Über den Autor:
Sebastian Fitzek hat sich mit bislang acht Bestsellern – zuletzt »Abgeschnitten«, zusammen mit Michael Tsokos – längst seinen Ruf als DER deutsche Star des Psychothrillers erschrieben. Seine Bücher werden in vierundzwanzig Sprachen übersetzt; als einer der wenigen deutschen Thrillerautoren erscheint Sebastian Fitzek auch in den USA und England, der Heimat des Spannungsromans. Sein dritter Roman, »Das Kind«, wurde mit internationaler Besetzung verfilmt.
Schreiben Sie dem Autor unter fitzek@sebastianfitzek.de,
besuchen Sie ihn im Internet: www.sebastianfitzek.de
oder http://www.facebook.com/sebastianfitzek.de.

Sebastian Fitzek

Amokspiel

Psychothriller

Sonderausgabe für GALERIA Kaufhof GmbH
Copyright © 2007 Knaur Taschenbuch
Ein Unternehmen der Droemerschen Verlagsanstalt
Th. Knaur Nachf. GmbH & Co. KG, München
Ein Projekt der AVA international GmbH
Alle Rechte vorbehalten. Das Werk darf – auch teilweise – nur mit
Genehmigung des Verlags wiedergegeben werden.
Umschlaggestaltung: ZERO Werbeagentur, München
Umschlagabbildung: FinePic®, München
Satz: Adobe InDesign im Verlag
Druck und Bindung: CPI – Clausen & Bosse, Leck
Printed in Germany
ISBN 978-3-426-51351-4

2 4 5 3 1

*Für C. F.,
in liebevoller Erinnerung.
Du warst dir so sicher,
dass du das Finale gar nicht mehr
abgewartet hast.*

»Eine willkürliche, anscheinend nicht provozierte
Episode mörderischen oder erheblich
(fremd)zerstörerischen Verhaltens.
Dabei muss diese Gewalttat mehrere Menschen
gefährden, verletzen oder gar töten.«

Definition von »Amok« nach der
Weltgesundheitsorganisation (WHO)

Das Schicksal mischt die Karten,
wir spielen.

Arthur Schopenhauer

Prolog

Der Anruf, der sein Leben für immer zerstörte, erreichte ihn exakt um 18.49 Uhr. Bei den nachfolgenden Befragungen wunderten sich alle, dass er die genaue Uhrzeit im Gedächtnis behalten hatte. Die Polizei, sein unfähiger Anwalt und auch die beiden Männer vom Bundesnachrichtendienst, die sich erst als Journalisten vorstellten und dann das Kokain in seinem Kofferraum versteckten. Alle fragten, weshalb er sich so gut an den Zeitpunkt erinnern konnte. An etwas so Nebensächliches, verglichen mit alldem, was danach noch passieren sollte. Die Antwort darauf war ganz einfach. Er hatte kurz nach Beginn des Telefonats auf die rhythmisch blinkende Digitaluhr seines Anrufbeantworters gestarrt. Das tat er immer, wenn er sich konzentrieren wollte. Seine Augen suchten sich einen Ruhepunkt. Einen Fleck auf der Fensterscheibe, eine Falte der Tischdecke oder den Zeiger einer Uhr. Einfach einen Anker, an dem sie sich festhalten konnten. So, als ob dadurch sein Verstand wie ein Schiff im Hafen sicher vertäut und in eine Ruheposition gebracht würde, die es ihm ermöglichte, besser zu denken. Wenn ihn früher, lange bevor das alles passiert war, seine Patienten mit komplizierten psychologischen Problemen konfrontierten, war der Fixpunkt seiner Augen stets ein zufälliges Muster in der Holzmaserung der wuchtigen Praxistür gewesen. Je nachdem, wie das Licht durch die getönten Scheiben seiner Privatpraxis in den gediegenen Behandlungsraum

fiel, hatte es ihn an ein Sternbild, ein Kindergesicht oder eine frivole Aktzeichnung erinnert.
Als er um 18.47 Uhr und 52 Sekunden den Telefonhörer in die Hand nahm, waren seine Gedanken weit entfernt von einer möglichen Katastrophe. Und deshalb war er in den ersten Sekunden nicht bei der Sache. Seine Blicke wanderten ruhelos durch das untere Stockwerk seines Maisonette-Appartements am Gendarmenmarkt. Alles war perfekt. Luisa, seine rumänische Haushälterin, hatte ganze Arbeit geleistet. Noch bis letzte Woche dachte er, seine Zweitwohnung in Berlins neuer Mitte wäre eine reine Geldverschwendung, die ihm ein geschickter Investment-Banker aufgeschwatzt hatte. Heute war er froh, dass es den Maklern bisher nicht gelungen war, dieses Luxusobjekt in seinem Auftrag zu vermieten. So konnte er Leoni heute hier mit einem Vier-Gänge-Menü überraschen, das sie auf der Dachterrasse mit Blick auf das illuminierte Konzerthaus genießen würden. Und dabei würde er ihr die Frage stellen, die sie ihm bislang verboten hatte.
»Hallo?«
Er lief mit dem Hörer am Ohr in die geräumige Küche, die erst vorgestern geliefert und eingebaut worden war. So wie fast alle anderen Möbel und Einrichtungsgegenstände auch. Sein eigentlicher Wohnsitz lag in der Berliner Vorstadt, in einer kleinen Villa mit Seeblick nahe der Glienicker Brücke zwischen Potsdam und Berlin.
Der Wohlstand, der ihm dieses Leben ermöglichte, beruhte auf einem spektakulären Behandlungserfolg, den er bemerkenswerterweise noch vor Beginn seines Studiums erzielt hatte. Mit einfühlsamen Gesprächen hielt er eine verzweifelte Schulfreundin vom Selbstmord ab, nachdem diese durch das Abitur gefallen war. Ihr Vater, ein Unter-

nehmer, bedankte sich mit einem kleinen Aktienpaket seiner damals fast wertlosen Softwarefirma. Nur wenige Monate später schoss der Kurs über Nacht in schwindelerregende Höhen.
»Hallo?«, fragte er noch einmal. Eigentlich wollte er gerade den Champagner aus dem Kühlschrank holen, doch jetzt hielt er inne und versuchte, sich ganz auf die Worte zu konzentrieren, die am anderen Ende der Leitung gesprochen wurden. Vergeblich. Die Hintergrundgeräusche waren so stark, dass er nur abgehackte Silben verstehen konnte.
»Schatz, bist du das?«
»… tu …eid …«
»Was sagst du? Wo bist du denn?«
Er ging mit schnellen Schritten zur Akkuladestation des Telefons zurück, die im Wohnzimmer auf einem kleinen Tisch stand, direkt vor den großen Panoramafenstern zum Schauspielhaus.
»Hörst du mich jetzt besser?«
Natürlich nicht. Mit seinem Telefon hatte er im gesamten Haus gleichmäßig guten Empfang. Er könnte damit sogar in den Fahrstuhl steigen, die sieben Stockwerke nach unten fahren und gegenüber in der Hotellobby des Hilton einen Kaffee bestellen, ohne dass dabei die Verständigung abreißen würde. Der schlechte Empfang lag unter Garantie nicht an seinem Handy, sondern an dem von Leoni.
»… heute … nie mehr …«
Die weiteren Worte gingen in einem Zischlautstakkato unter, ähnlich dem eines alten Analogmodems bei der Einwahl ins Internet. Dann hörten diese Geräusche so abrupt auf, dass er dachte, die Leitung wäre abgerissen. Er

nahm den Hörer vom Ohr und sah auf das grünlich schimmernde Display.
Aktiv!
Er riss den Apparat wieder hoch. Gerade noch rechtzeitig, um ein einziges, deutliches Wort zu verstehen, bevor die Kakophonie aus Wind- und Störgeräuschen wieder einsetzte. Ein Wort, an dem er eindeutig erkannte, dass es wirklich Leoni war, die gerade mit ihm sprechen wollte. Dass es ihr nicht gut ging. Und dass es keine Freudentränen waren, unter denen sie die drei Buchstaben herauspresste, die ihn in den kommenden acht Monaten jeden Tag verfolgen würden: »*tot*«.
Tot? Er versuchte, dem Ganzen einen Sinn zu geben, indem er sie fragte, ob sie damit sagen wolle, die Verabredung sei gestorben? Gleichzeitig machte sich in ihm ein Gefühl breit, das er sonst nur von Autofahrten in unbekannten Gegenden kannte. Ein Gefühl, das ihn an einer leeren Ampel instinktiv die Fahrertür verriegeln ließ, wenn ein Fußgänger sich seinem Saab näherte.
Doch nicht das Baby?
Es war erst einen Monat her, dass er die leere Verpackung des Schwangerschaftstests im Mülleimer gefunden hatte. Sie hatte es ihm nicht gesagt. Wie immer. Leoni Gregor war das, was er anderen gegenüber liebevoll als »schweigsam« und »geheimnisvoll« beschrieb. Weniger wohlmeinende Menschen würden sie »verschlossen« oder einfach nur »merkwürdig« genannt haben.
Von außen betrachtet, wirkten er und Leoni auf andere wie ein Paar, das man problemlos für eine dieser Fotos ablichten könnte, die häufig zur Verkaufsförderung als Attrappe in neuen Fotorahmen steckten. Motiv: »Frischvermähltes Glück«. Sie, die sanfte Schönheit mit rohrzu-

ckerbraunem Teint und dunkel gelockten Haaren, daneben der jungenhafte Mittdreißiger mit der etwas zu korrekt geschnittenen Frisur, in dessen humorvollen Augen ein Funke Ungläubigkeit darüber aufzublitzen schien, eine so gutaussehende Frau an seiner Seite zu haben. Äußerlich harmonierten sie. Aber charakterlich trennten sie Welten.
Während er ihr bereits beim ersten Date sein gesamtes Leben offenbarte, gab Leoni kaum das Nötigste von sich preis. Nur, dass sie noch nicht lange in Berlin lebte, in Südafrika aufgewachsen und ihre Familie dort bei einem Brand in einer Chemiefabrik ums Leben gekommen war. Davon abgesehen, präsentierte sich ihm ihre Vergangenheit wie ein zerfleddertes Tagebuch mit losen Seiten. Einige Blätter waren flüchtig beschrieben, doch teilweise fehlten ganze Abschnitte. Und wann immer er darauf zu sprechen kommen wollte – auf die fehlenden Kinderfotos, die nicht vorhandene beste Freundin oder die kaum sichtbare Narbe über ihrem linken Jochbein –, wechselte Leoni sofort das Thema oder schüttelte einfach nur leicht den Kopf. Auch wenn daraufhin jedes Mal die Alarmglocken in seinem Kopf schrillten, wusste er, dass diese Geheimniskrämerei ihn nicht davon abhalten würde, Leoni zur Frau zu nehmen.
»Was willst du mir damit sagen, Süße?« Er nahm den Hörer ans andere Ohr. »Leoni, ich verstehe dich nicht. Was tut dir denn leid? Was ist ›nie mehr‹?«
Und wer oder was ist tot?, traute er sich nicht zu fragen, obwohl er nicht davon ausging, dass sie ihn am anderen Ende der Leitung überhaupt verstehen konnte. Er fasste einen Entschluss.
»Pass auf, Liebling. Die Leitung ist so mies – wenn du

mich jetzt hörst – dann leg bitte auf. Ich ruf dich gleich wieder an. Vielleicht ist ja dann ...«
»Nein, nicht! NICHT!«
Die Verbindung war plötzlich glasklar.
»Na endlich...«, lachte er kurz, stockte dann aber. »Du klingst komisch. Weinst du?«
»Ja. Ich habe geweint, aber das ist nicht wichtig. Hör mir einfach zu. Bitte.«
»Ist etwas passiert?«
»Ja. Aber du darfst ihnen nichts glauben!«
»Wie bitte?«
»Glaub nicht, was sie dir sagen. Okay? Egal, was es ist. Du musst dir ...« Der Rest des Satzes ging wieder in einem knarrenden Störgeräusch unter. Gleich darauf zuckte er erschreckt zusammen, drehte sich ruckartig um und sah zur Eingangstür.
»Leoni? Bist du das?«
Er sprach gleichzeitig in den Hörer und in Richtung Tür, an der es laut und kräftig geklopft hatte. Jetzt hoffte er im Stillen, seine Freundin würde endlich davorstehen und der schlechte Empfang hätte nur am Fahrstuhl gelegen. Sicher. Das würde Sinn ergeben. »*Es tut mir leid*, Schatz, ich komme zu spät. Berufsverkehr, die Route nehme ich *nie wieder*. Bin völlig *tot*.«
Aber was soll ich nicht glauben? Warum weint sie? Und weshalb klopft sie an der Tür?
Er hatte ihr heute Vormittag den Wohnungsschlüssel per Boten in die Steuerkanzlei geschickt, in der sie als Aushilfssekretärin arbeitete. Zusammen mit dem Hinweis, sie möge die *Frankfurter Allgemeine* auf Seite zweiunddreißig aufschlagen. Dort war eine Anzeige abgedruckt, die er aufgegeben hatte: die Wegskizze zu seinem Appartement.

Aber selbst wenn sie den Schlüssel vergessen haben sollte. Wie konnte sie – wie konnte irgendjemand – nach oben gelangt sein, ohne dass der Portier vom Empfang ihm Bescheid gab?
Er öffnete die Tür, und die Antworten blieben aus. Stattdessen kam eine weitere Frage hinzu, denn der Mann, der vor ihm stand, war ein völlig Fremder. Seiner äußeren Erscheinung nach schien er keine große Zuneigung zu Fitnessstudios zu haben. Sein Bauch blähte ein weißes Baumwollhemd so weit nach vorne, dass man nicht sehen konnte, ob er einen Gürtel trug oder ob die fadenscheinige Flanellhose von seinen Speckrollen getragen wurde.
»Entschuldigen Sie die Störung«, begann dieser und fasste sich dabei verlegen mit Daumen und Mittelfinger seiner linken Hand an beide Schläfen, als stünde er kurz vor einer Migräneattacke.
Später konnte er sich nicht mehr erinnern, ob sich der Unbekannte überhaupt vorgestellt oder sogar eine Marke gezeigt hatte. Doch schon dessen allererste Worte klangen so routiniert, dass er sofort verstand: Dieser Mann drang aus beruflichen Gründen in seine Welt, als Polizist. Und das war nicht gut. Gar nicht gut.
»Es tut mir sehr leid, aber ...«
O Gott. Meine Mutter? Mein Bruder? Bitte lass es nicht meine Neffen sein. Er ging im Geiste alle möglichen Opfer durch. »Sind Sie bekannt mit einer Leoni Gregor?«
Der Kriminalpolizist rieb sich mit kurzen, dicken Fingern seine buschigen Augenbrauen, die im starken Kontrast zu seinem fast kahlen Schädel standen.
»Ja.«
Er war zu verwirrt, um seine wachsende Angst zu spüren. Was hatte das Ganze hier mit seiner Freundin zu tun? Er

sah auf den Hörer, dessen Display ihm versicherte, dass die Verbindung weiterhin gehalten wurde. Aus irgendeinem Grund kam es ihm vor, als ob sein Telefon in den letzten Sekunden schwerer geworden wäre.
»Ich bin so schnell wie möglich gekommen, damit Sie es nicht aus der Abendschau erfahren müssen.«
»Was denn?«
»Ihre Lebensgefährtin ... nun, sie hatte vor einer Stunde einen schweren Autounfall.«
»Wie bitte?« Eine unglaubliche Erleichterung durchströmte seinen Körper, und er merkte erst jetzt, wie sich die Furcht in ihm aufgestaut hatte. So also musste sich jemand fühlen, der vom Arzt angerufen wird und die Mitteilung bekommt, man habe sich geirrt. Alles wäre in Ordnung. Man hätte die HIV-Teströhrchen nur vertauscht.
»Soll das ein Scherz sein?«, fragte er halb lachend, worauf der Polizist ihn verständnislos ansah.
Er hob den Hörer ans Ohr. »Schatz, da will jemand mit dir sprechen«, sagte er. Doch kurz bevor er dem Polizisten den Hörer reichen wollte, hielt er noch einmal inne. Irgendetwas stimmte nicht mehr. Etwas war anders.
»Schatz?«
Keine Antwort. Das störende Zischen war plötzlich wieder genauso stark wie zu Beginn des Telefonats.
»Hallo? Süße?« Er drehte sich um, steckte den Zeigefinger seiner freien Hand in sein linkes Ohr und durchquerte mit schnellen Schritten sein Wohnzimmer in Richtung der Fenster.
»Hier ist der Empfang besser«, sagte er zu dem Polizisten, der ihm langsam in die Wohnung gefolgt war.
Doch das erwies sich wieder als Irrtum. Im Gegenteil.

Jetzt hörte er gar nichts mehr. Kein Atmen. Keine sinnentleerten Silben. Keine Satzfetzen. Noch nicht einmal mehr ein Rauschen. Nichts.
Und zum ersten Mal begriff er, dass Stille Schmerzen hervorrufen kann, wie es der größte Lärm nicht vermag.
»Es tut mir sehr, sehr leid für Sie.«
Die Hand des Polizisten lastete auf seiner Schulter. Im Spiegelbild der Panoramafenster sah er, dass der Mann bis auf wenige Zentimeter an ihn herangetreten war. Wahrscheinlich hatte er damit Erfahrung. Mit Menschen, die bei der Überbringung der Nachricht zusammenklappten. Und deshalb stellte er sich so unmittelbar in seine Nähe, damit er ihn auffangen konnte. Buchstäblich für den Fall des Falles. Doch dazu würde es nicht kommen.
Nicht heute.
Nicht bei ihm.
»Hören Sie«, sagte er und drehte sich um. »Ich erwarte Leoni in zehn Minuten zum Abendessen. Ich habe gerade eben, kurz bevor Sie an meine Tür klopften, mit ihr telefoniert. Eigentlich *telefoniere* ich noch in diesem Moment mit ihr und ...«
Während er den letzten Satz sprach, reflektierte er bereits darüber, wie er sich anhören musste. Schock, wäre seine eigene Diagnose, würde man ihn als neutralen Psychologen fragen. Aber er war heute kein Neutrum. Er war in diesem Augenblick die unfreiwillige Hauptperson des Schauspiels. Der Blick in die Augen des Polizeibeamten raubte ihm schließlich die Kraft zum Weitersprechen.
Glaub nicht, was sie dir sagen ...
»Ich bedauere, Ihnen mitteilen zu müssen, dass Ihre Lebensgefährtin, Leoni Gregor, vor einer Stunde auf dem Weg zu Ihnen von der Fahrbahn abgekommen ist. Sie

prallte gegen eine Ampel und eine Häuserwand. Wir wissen noch nichts Genaueres, aber offenbar fing der Wagen sofort Feuer. Es tut mir leid. Die Ärzte konnten nichts mehr für sie tun. Sie war sofort tot.«

Später, als die Beruhigungsmittel langsam ihre Wirkung verloren, kämpfte sich die Erinnerung an eine frühere Patientin in sein Bewusstsein, die einst ihren Kinderwagen vor der Tür einer Drogerie abgestellt hatte. Sie wollte schnell eine Tube Sekundenkleber kaufen. Für den lockeren Absatz ihrer hochhackigen Schuhe. Da es kalt war, deckte sie ihren fünf Monate alten David gut zu, bevor sie das Geschäft betrat. Als sie drei Minuten später wieder herauskam, stand der Kinderwagen noch vor dem Schaufenster. Doch er war leer. David war verschwunden und blieb es für immer.
Während seiner Therapiegespräche mit der seelisch gebrochenen Mutter hatte er sich oft gefragt, was in ihm selbst wohl vorgegangen wäre. Was er empfunden hätte, wenn er damals die Decke vom Kinderwagen zurückgeschlagen hätte, unter der es so merkwürdig ruhig war.
Er war immer davon ausgegangen, dass er den Schmerz der Frau niemals im Leben würde nachvollziehen können. Seit heute wusste er es besser.

I. Teil

Acht Monate später.
Heute.

Im Spiel verraten wir,
wes Geistes Kind wir sind.

Ovid

1.

Salzig. Der Lauf der Pistole in ihrem Mund schmeckte unerwartet salzig.
Komisch, dachte sie. *Ich bin früher nie auf die Idee gekommen, mir einmal meine Dienstwaffe in den Mund zu stecken. Nicht mal zum Spaß.*
Nachdem die Sache mit Sara passiert war, hatte sie oft darüber nachgedacht, bei einem Einsatz einfach loszulaufen und ihre Deckung preiszugeben. Einmal war sie ohne Schutzweste, völlig ungesichert auf einen Amokläufer zumarschiert. Aber noch nie hatte sie sich ihren Revolver zwischen die Lippen gesteckt und wie ein kleines Kind daran genuckelt, während ihr rechter Zeigefinger zitternd auf dem Abzug lag.
Nun, dann war heute eben die Premiere. Hier und jetzt in ihrer verdreckten Kreuzberger Wohnküche in der Katzbachstraße. Sie hatte den ganzen Morgen den Fußboden mit alten Zeitungen abgedeckt, so, als ob sie renovieren wollte. In Wahrheit wusste sie, welche Sauerei eine Kugel anrichten konnte, die einem den Schädel zerschmettert und Knochen, Blut sowie Teile des Gehirns in einem vierzehn Quadratmeter großen Raum verteilt. Wahrscheinlich würden sie für die Spurensuche sogar jemanden schicken, den sie kannte. Tom Brauner oder Martin Maria Hellwig vielleicht, mit dem sie vor Jahren auf der Polizeischule gewesen war. Egal. Für die Wände besaß Ira keine Kraft mehr. Außerdem waren ihr die Zeitungsseiten aus-

gegangen, und eine Plastikplane besaß sie nicht. Also saß sie jetzt im Reitersitz auf dem wackligen Holzstuhl mit dem Rücken zur Spüle. Die laminierte Schrankwand und die Metallspüle konnten nach der Spurensicherung leicht mit einem Schlauch abgespritzt werden. Und viel zu sichern gab es sowieso nicht. Alle Kollegen konnten sich an drei Fingern abzählen, warum sie heute einen Schlussstrich zog. Der Fall war eindeutig. Nach dem, was ihr passiert war, würde niemand ernsthaft auf die Idee kommen, hier läge ein Verbrechen vor. Daher machte sie sich gar nicht erst die Mühe, einen Abschiedsbrief zu schreiben. Sie kannte auch niemanden, der Wert darauf legen würde, ihn zu lesen. Der einzige Mensch, den sie noch liebte, wusste ohnehin besser Bescheid als alle anderen und hatte das im letzten Jahr überdeutlich zum Ausdruck gebracht. Durch Schweigen. Seit der Tragödie wollte ihre jüngste Tochter sie weder sehen, sprechen noch hören. Katharina ignorierte Iras Anrufe, ließ ihre Briefe zurückgehen und würde wahrscheinlich die Straßenseite wechseln, wenn sie ihrer Mutter begegnete.
Und ich könnte es dir nicht einmal verübeln, dachte Ira. *Nach dem, was ich getan habe.*
Sie öffnete die Augen und sah sich um. Da es eine offene amerikanische Küche war, konnte sie von ihrem Platz aus das gesamte Wohnzimmer überblicken. Würden die warmen Sonnenstrahlen des Frühlings nicht so unsagbar fröhlich auf die ungeputzten Fensterscheiben knallen, hätte sie sogar noch einen Blick auf den Balkon und den dahinter liegenden Viktoriapark werfen können. *Hitler*, schoss es Ira Samin durch den Kopf, als ihre Augen im Wohnzimmer an ihrer kleinen Bücherwand hängen blieben. Sie hatte während der Ausbildung bei der Hambur-

ger Polizei ihre Doktorarbeit über den Diktator geschrieben. »Die psychologische Manipulation der Massen«.
Wenn der Irre eine Sache richtig gemacht hat, dachte sie, *dann seine Selbsthinrichtung im Führerbunker.* Er hatte sich ebenfalls in den Mund geschossen. Doch aus Angst, dabei etwas falsch zu machen und den Alliierten am Ende als Krüppel in die Hände zu fallen, biss er kurz vor dem Todesschuss noch auf eine Zyankalikapsel.
Vielleicht sollte ich es genauso anstellen? Ira zögerte. Aber es war nicht das Zögern einer Selbstmörderin, die eigentlich bloß einen Hilferuf an ihre Umwelt richtet. Ganz im Gegenteil. Ira wollte auf Nummer sicher gehen. Und ein ausreichender Vorrat an Giftkapseln lag ja griffbereit in dem Gefrierfach ihres Kühlschranks. Digoxin, hochkonzentriert. Sie hatte den Beutel bei dem wichtigsten Einsatz ihres Lebens neben der Badewanne gefunden und niemals in der Asservatenkammer abgegeben. Aus gutem Grund.
Andererseits, Ira schob den Lauf im Mund fast bis an die Würgegrenze vor und hielt ihn völlig zentriert. *Wie groß ist die Wahrscheinlichkeit, dass ich mir nur den Kiefer zerstöre und die Kugel an den lebenswichtigen Adern vorbei durch irrelevante Teile des Gehirns jage?*
Klein. Sehr klein. *Aber nicht völlig ausgeschlossen!*
Erst vor zehn Tagen hatte man an einer Ampel im Tiergarten einem Mitglied der Hells Angels in den Kopf geschossen. Der Mann sollte schon im nächsten Monat aus dem Krankenhaus entlassen werden.
Die Wahrscheinlichkeit aber, dass sich so etwas wiederholte, war ...
Peng!
Ira erschrak so heftig durch den plötzlich einsetzenden Krach, dass sie sich mit der Waffe den Gaumen blutig

schabte. *Verdammt.* Sie zog den Lauf wieder aus ihrem Mund.
Es war kurz vor halb acht, und sie hatte den idiotischen Radiowecker vergessen, der jeden Tag um diese Uhrzeit lautstark losschlug. Im Augenblick heulte sich eine junge Frau die Augen aus dem Kopf, weil sie bei einem dieser bescheuerten Radiospiele verloren hatte. Ira legte ihre Waffe auf den Küchentisch und schlurfte träge in ihr abgedunkeltes Schlafzimmer, aus dem das Gejammer bis in die Küche drang:
»… wir haben Sie per Zufall aus dem Telefonbuch ausgewählt, und Ihnen würden jetzt fünfzigtausend Euro gehören, wenn Sie sich mit der Kohle-Parole gemeldet hätten, Marina.«
»Hab ich doch – ›Ich höre 101Punkt5 und jetzt her mit dem Zaster‹.«
»Zu spät. Sie haben leider zuerst Ihren Namen gesagt. Die Kohle-Parole muss aber sofort nach dem Abheben kommen, und deshalb …«
Ira zog entnervt den Stecker aus der Wand. Wenn sie sich schon umbringen wollte, dann sicherlich nicht unter dem hysterischen Gekreische einer verzweifelten Bürokauffrau, die gerade einen Hauptgewinn verspielt hatte.
Ira setzte sich auf das ungemachte Bett und starrte in ihren geöffneten Kleiderschrank, in dem es aussah wie in einer halb gefüllten Waschmaschine. Irgendwann hatte sie beschlossen, die durchgebrochene Kleiderstange nicht mehr auszutauschen.
So ein Mist!
Sie war noch nie eine gute Organisatorin gewesen. Nicht, wenn es um ihr eigenes Leben ging. Und erst recht nicht bei ihrem eigenen Tod. Als sie heute Morgen aufgewacht

war, auf dem gekachelten Fußboden, direkt neben der Kloschüssel, da wusste sie, dass es jetzt so weit war. Dass sie nicht mehr konnte. Nicht mehr wollte. Dabei ging es ihr weniger um das Aufwachen als um den ewig gleichen Traum, der sie seit einem Jahr heimsuchte. Den, in dem sie immer wieder die gleiche Treppe hinaufging. Auf jeder Stufe lag ein Zettel. Nur nicht auf der letzten. *Wieso nicht?*
Ira stellte fest, dass sie beim Nachdenken die Luft angehalten hatte, und atmete schwer aus. Nachdem das kreischende Radio verstummt war, kamen ihr die Nebengeräusche in der Wohnung jetzt doppelt so laut vor. Das gluckernde Brummen ihres Kühlschranks drang von der Küche bis ins Schlafzimmer. Für einen Moment hörte es sich an, als ob sich das altersschwache Gerät an seiner eigenen Kühlflüssigkeit verschluckte.
Wenn das mal kein Zeichen ist.
Ira stand auf.
Also schön. Dann eben die Tabletten.
Aber die wollte sie nicht mit dem billigen Wodka von der Tankstelle hinunterspülen. Das Letzte, was sie im Leben genoss, sollte ein Gesöff sein, das sie wegen des Geschmacks und nicht nur wegen seiner Wirkung in sich reinkippte. Eine Cola light. Am besten die neue mit Zitronengeschmack.
Genau. Das war eine gute Henkersmahlzeit. Eine Cola light Lemon und eine Überdosis Digoxin zum Nachtisch.
Sie ging in den Flur, griff sich ihre Haustürschlüssel und warf einen Blick in den großen Wandspiegel, an dessen linker oberer Ecke bereits die Beschichtung vom Glas abblätterte.
Schlimm, wie du aussiehst, dachte sie. *Heruntergekom-*

men. Wie eine ungekämmte Allergikerin, deren Augen vom Heuschnupfen feuerrot und aufgequollen sind.
Egal. Sie wollte keinen Schönheitspreis mehr gewinnen. Nicht heute. Nicht an ihrem letzten Tag.
Sie nahm ihre abgewetzte schwarze Lederjacke vom Haken, die sie früher so gerne zu engen Jeans getragen hatte. Wenn man sie genau ansah, konnte man trotz der tiefen dunklen Augenringe erahnen, dass sie einmal für den Jahreskalender der Polizei hatte posieren dürfen. Damals, in einem anderen Leben. Als ihre Fingernägel noch gefeilt und die hohen Wangenknochen dezent geschminkt waren. Heute versteckte sie ihre Füße in halbhohen Leinen-Turnschuhen und die schlanken Beine in einer blassgrünen, ausgeleierten Cargo-Hose. Sie ging schon seit Monaten nicht mehr zum Friseur, aber ihr langes, schwarzes Haar wies noch keine einzige graue Strähne auf, und die geraden Zähne waren schneeweiß, trotz der unzähligen Tassen schwarzen Kaffees, die sie täglich in sich reinkippte. Überhaupt hatte ihre Arbeit als Kriminalpsychologin, bei der sie als Verhandlerin einige der gefährlichsten SEK-Einsätze der Republik durchgestanden hatte, nur wenig äußerlich sichtbare Schäden nach sich gezogen. Ihre einzige Narbe verlief kaum sichtbar knapp zehn Zentimeter unter ihrem Bauchnabel. Kaiserschnitt. Sie verdankte sie ihrer Tochter Sara. Ihrer Erstgeborenen.
Vielleicht war es auch ihr Glück, dass Ira nie mit dem Rauchen angefangen hatte und sich deshalb eine faltenfreie Haut bewahrte. Oder ihr Pech, weil sie stattdessen der Ersatzdroge Alkohol verfallen war.
Doch damit ist jetzt Schluss, dachte sie sarkastisch. *Mein Mentor wäre stolz auf mich. Ab sofort werde ich keinen Schluck mehr trinken und es sogar durchhalten. Denn*

jetzt gibt es nur noch Cola light. Vielleicht sogar mit Zitrone, wenn Hakan dieses Getränk führt.
Sie ließ die Tür hinter sich ins Schloss fallen und atmete den typischen Geruch von Reinigungsmitteln, Straßenstaub und Küchendüften ein, den Berliner Altbau-Treppenhäuser regelmäßig verströmen. Ähnlich intensiv wie das Gemisch aus Dreck, Zigarettenqualm und Schmieröl, der einem aus U-Bahnhöfen entgegenschlägt.
Das werde ich vermissen, dachte Ira. *Viel ist es nicht, aber die Gerüche werden mir fehlen.*
Sie hatte keine Angst. Nicht vor dem Tod. Eher, dass es danach doch noch nicht vorbei sein könnte. Dass die Schmerzen nicht aufhörten, weil das Bild ihrer toten Tochter sie auch nach dem letzten Herzschlag noch verfolgte.
Das Bild von Sara.
Ira ignorierte ihren überquellenden Aluminiumbriefkasten im Hausflur und trat fröstelnd in die warme Frühlingssonne. Sie zog ihr Portemonnaie hervor, nahm das letzte Geld heraus und warf die Brieftasche in einen offenen Baucontainer am Straßenrand. Mitsamt Ausweis, Führerschein, Kreditkarten und dem Fahrzeugschein für ihren altersschwachen Alfa. In wenigen Minuten würde sie das alles nicht mehr benötigen.

2.

»Herzlich willkommen zu Ihrer Führung durch Berlins erfolgreichste Radiostation: 101Punkt5.«
Die zierliche Volontärin zupfte nervös an einer Falte ihres

Jeansrocks, pustete sich eine blonde Strähne aus der Stirn und begrüßte lächelnd die Besuchergruppe, die fünf Stufen weiter unten erwartungsvoll zu ihr hinaufsah. Ihr scheues Lächeln entblößte eine kleine Zahnlücke zwischen den oberen Schneidezähnen.
»Ich bin Kitty und das unterste Glied in der Nahrungskette hier im Sender«, scherzte sie passend zu ihrem figurbetonten T-Shirt mit dem Aufdruck »Miss Erfolg«. Sie erläuterte, was die Hörerclubmitglieder in den kommenden zwanzig Minuten alles erleben sollten. »... und zum krönenden Abschluss werden Sie dann Markus Timber und das Team seiner Morgensendung im Studio persönlich kennen lernen. Markus ist mit seinen zweiundzwanzig Jahren nicht nur der jüngste, sondern auch der erfolgreichste Moderator der Stadt, seitdem er bei 101Punkt5 vor anderthalb Jahren auf Sendung ging.«
Jan May verlagerte das Gewicht auf seinen Alukrücken, bückte sich zu der Aldi-Tüte am Boden, in der er die zusammengewickelten Leichensäcke und die Ersatzmunition verstaut hatte. Dabei musterte er verächtlich die begeisterten Gesichter der Gruppenmitglieder. Eine kindliche Frau neben ihm mit bunt bemalten Krallenfingernägeln trug ein billiges Kaufhauskostüm, das sicherlich zu den besten Stücken in ihrem Kleiderschrank zählte. Ihr Freund hatte sich für die Führung ebenfalls herausgeputzt und war in einer gebügelten Bundfaltenjeans erschienen, die er zu neuen Turnschuhen trug. *Plattenbau-Couture*, dachte Jan abfällig.
Neben dem Pärchen stand ein speckiger Buchhaltertyp mit hufeisenförmigem Haarkranz und aufgeschwemmtem Bürobauch, der sich die letzten fünf Minuten mit einer rothaarigen Frau unterhalten hatte, die sich ganz offen-

sichtlich in anderen Umständen befand. Momentan telefonierte die Schwangere etwas abseits von der Gruppe hinter einem überdimensionalen Pappaufsteller, der den dümmlich grinsenden Star-Moderator in Lebensgröße zeigte.
Siebenter Monat, schätzte Jan. *Wahrscheinlich sogar schon weiter. Gut*, dachte Jan. *Alles in bester Ordnung. Alles ...*
Seine Nackenmuskeln verkrampften sich, als sich plötzlich hinter ihm die elektrische Empfangstür öffnete.
»Ah, da kommt ja unser Nachzügler«, begrüßte Kitty den kräftigen Paketzusteller lächelnd, der der Volontärin missmutig zunickte, als trüge sie die Schuld an seiner Verspätung.
Verdammt. Jan überlegte fieberhaft, welchen Fehler er gemacht haben könnte. Der Kerl in der braunen, uniformierten Arbeitskleidung stand nicht auf der Liste der Hörerclubgewinner. Er war entweder direkt von der Arbeit gekommen oder wollte den Rundgang noch vor der Frühschicht erledigen. Jan fuhr nervös mit seiner Zunge über seine Zahnattrappe, die sowohl sein Gesicht als auch seine Stimme komplett entstellte. Dann rief er sich die Grundregel ins Gedächtnis, die sie bei ihren Vorbereitungen immer wiederholt hatten: »Es passiert stets etwas Unerwartetes.« Manchmal sogar in den ersten Minuten. *Mist.* Nicht nur, dass er über den Mann keine Informationen besaß. Der bärtige UPS-Bote mit den lieblos zurückgegelten Haaren sah zudem noch verdammt nach Ärger aus. Entweder sein Oberhemd war in der Wäsche eingelaufen, oder er hatte sich an einer Hantelbank aus ihr herautrainiert. Jan wog kurz ab, ob er alles abbrechen sollte. Doch dann verwarf er den Gedanken. Dazu waren die Vorbereitungen zu intensiv gewesen. *Nein!* Jetzt gab es kein

Zurück mehr, auch wenn das fünfte Opfer so nicht einkalkuliert war.
Jan wischte sich seine Hände an dem fleckigen Sweatshirt mit der eingenähten Bierbauchattrappe ab. Er schwitzte, seitdem er vor zehn Minuten im Fahrstuhl seine Verkleidung angelegt hatte.
»… und Sie sind der Herr Martin Kubichek?«, hörte er, wie Kitty seinen Tarnnamen laut von der Besucherliste ablas. Offensichtlich musste sich jeder der Truppe hier erst mal vorstellen, bevor's endlich losging.
»Ja, und ihr solltet mal eure Behinderteneinrichtungen überprüfen, bevor ihr Gäste einladet«, spie er ihr als Antwort entgegen und humpelte auf die Stufen zu. »Wie soll ich denn die Dreckstreppe hier hochkommen?«
»Oh!« Kittys Zahnlückenlächeln wurde noch unsicherer. »Sie haben Recht. Wir wussten nicht, dass Sie, äh …«
Ihr wisst auch nicht, dass ich zwei Kilo Plastiksprengstoff an meinem Körper trage, fügte er in Gedanken hinzu.
Der UPS-Fahrer sah ihn verächtlich an, trat aber einen Schritt zur Seite, als Jan unbeholfen nach vorne humpelte. Das Pärchen und der Büromensch taten einfach so, als ob sein beleidigendes Auftreten mit seiner Behinderung zu entschuldigen sei.
Herrlich, dachte Jan. *Zieh dir einen billigen Trainingsanzug an, schnapp dir eine ungepflegte Proletenperücke, und führ dich einfach auf wie ein Irrer – sofort bekommst du alles, was du willst. Selbst Zugang zum erfolgreichsten Radiosender Berlins.*
Die Besucher folgten ihm langsam die schmalen Stufen nach oben.
Kitty ging allen voran in Richtung der Redaktionsräume und Studios.

»Nein, mein Liebling. Ich hab's doch versprochen, ich frag ihn. Ja, ich liebe dich auch ganz dolle ...«
Die rothaarige Schwangere eilte als Letzte hinterher und entschuldigte sich, während sie ihr Handy in die Hosentasche steckte.
»Das war Anton«, erklärte sie. »Mein Sohn.« Sie öffnete ihr Portemonnaie und zeigte wie zum Beweis ein abgegriffenes Foto des vierjährigen Knirpses herum. Trotz seiner offensichtlichen geistigen Behinderung hatte Jan selten einen so glücklichen Jungen gesehen.
»Zu wenig Sauerstoff. Die Bauchnabelschnur hat ihn fast erdrosselt«, erklärte sie und schaffte es, dabei gleichzeitig zu lächeln und zu seufzen. Ohne es auszusprechen, wussten alle, welche Angst die Hochschwangere vor einer Wiederholung des Geburtstraumas haben musste. »Antons Vater hat uns noch im Kreißsaal verlassen«, sie verzog ihre Unterlippe. »Nun, dadurch verpasst er jetzt das Beste in seinem Leben.«
»Das glaube ich auch«, bestätigte Kitty und gab ihr das Foto zurück. Ihre Augen glänzten, und sie sah so aus, als lese sie gerade das Ende eines wunderschönen Buches.
»Eigentlich sollte mein kleiner Schatz ja heute mitkommen, aber er hatte gestern Abend wieder einen Anfall.«
Die werdende Mutter zuckte mit den Achseln. Anscheinend war das keine Seltenheit bei Anton. »Ich wollte natürlich bei ihm bleiben, aber ich durfte nicht. ›Mama‹, sagte er zu mir, ›du musst für mich gehen und Markus Timber fragen, was er für ein Auto fährt‹«, imitierte sie eine niedliche Kinderstimme.
Alle lachten gerührt, und selbst Jan musste aufpassen, dass er nicht aus seiner Rolle fiel.
»Wir werden es gleich für ihn herausfinden«, versprach

Kitty. Sie wischte sich eine Wimper aus dem Augenwinkel, dann führte sie die Gruppe einige Meter weiter in die Großraumredaktion hinein. Beruhigt stellte Jan May fest, dass die Raumaufteilung mit dem Grundriss übereinstimmte, den der entlassene Wachmann für ein Viertelgramm und eine Spritze aus der Erinnerung heraus für ihn aufgezeichnet hatte.
Der gesamte Radiosender befand sich im neunzehnten Stock des Medien-Centers Berlin, einem neumodischen Glashochhaus am Potsdamer Platz, mit einem atemberaubenden Panoramablick über Berlin. Für den Hauptsitz der Redaktion hatte man sämtliche Zwischenwände des Stockwerkes herausgerissen und stattdessen mit Hilfe cremefarbener Raumteiler und einer Unmenge monatlich wechselnder Mietpflanzen eine Kreuzberger Loftatmosphäre geschaffen. Die weißgrauen Massivholzdielen und der dezente Zimtduft, den man der Klimaanlage beimischte, verliehen dem Privatsender etwas Seriöses. Das sollte vielleicht von dem doch eher schrillen Programm ablenken, vermutete Jan und ließ seinen Blick in die rechte Ecke des Stockwerks wandern. Sie war dem »Aquarium« vorbehalten, jenem gewaltigen, gläsernen Dreieck, in dem sich die beiden Sendestudios und die Nachrichtenzentrale befanden.
»Was machen die denn da drüben?«, fragte der übergewichtige Buchhaltertyp mit der Hufeisenfrisur und zeigte auf eine Gruppe von drei Redakteuren in der Nähe der Studios. Sie standen um einen Schreibtisch herum, vor dem ein Mann saß, auf dessen Unterarm ein gelbrotes Flammeninferno tätowiert war.
»Spielen die Schiffe-Versenken?«, witzelte er.
Okay, Mr. Verwaltungsheini übernimmt also die Rolle des

Clowns in der Gruppe, registrierte Jan. Kitty lächelte höflich.
»Das sind die Autoren der Show. Unser Chefredakteur schreibt noch höchstpersönlich an einem Beitrag, der in wenigen Minuten fertig sein muss.«
»*Der* da ist Ihr Chefredakteur?«, fragte das Pärchen fast gleichzeitig. Die junge Frau zeigte dabei völlig ungeniert mit ihrem langen Fingernagel auf den Mann, von dem Jan wusste, dass er von allen Kollegen wegen seiner pyromanischen Neigungen nur »Diesel« genannt wurde.
»Ja. Lassen Sie sich von seinem Aussehen nicht täuschen. Er wirkt etwas exzentrisch«, sagte Kitty, »aber er gilt als einer der genialsten Köpfe der Branche und arbeitet fürs Radio, seit er sechzehn Jahre alt ist.«
»Aha.« Ein kurzes, ungläubiges Raunen ging durch die Gruppe, die sich wieder in Bewegung setzte.
Ich hab noch nie fürs Radio gearbeitet, werde euch aber gleich an meinem ersten Arbeitstag eine Einschaltquote bescheren wie bei einem WM-Endspiel im Fernsehen, dachte Jan, während er langsam hinter der Gruppe zurückblieb, um seine Waffe zu entsichern.

3.

Der abgetrennte Kopf des Hundes lag in einer schwarzroten Blutlache, etwa einen halben Meter vom Kühltresen entfernt. Ira blieb keine Zeit, sich in dem kleinen Gemischtwarenladen nach den sonstigen Überresten des toten Pitbulls umzuschauen. Die beiden Männer, die sich

gerade in einer unverständlichen Sprache anschrien und ihre Waffen aufeinander richteten, nahmen ihre ganze Aufmerksamkeit in Anspruch. Für einen Moment wünschte sie, sie hätte die Warnung des Halbstarken am Eingang ernst genommen.
»Ey, Tusse, bist du irre?«, hatte der Deutschtürke ihr zugerufen, als sie sich an ihm vorbei in den Laden drängen wollte. »Die machen dich aus!«
»Und wenn schon«, war ihr einziger Kommentar gewesen, mit dem sie den perplexen Jugendlichen stehen ließ. Zwei Sekunden später befand sie sich im Zentrum einer Standardsituation: ein Konflikt wie aus dem Lehrbuch des Mobilen Einsatzkommandos, das ihr am ersten Tag ihrer Ausbildung in die Hand gedrückt worden war und das für lange Zeit zu ihrer Bibel wurde. Zwei rivalisierende Ausländer standen kurz davor, sich den Kopf wegzuschießen. Den Mann mit dem hassverzerrten Gesicht und der Schusswaffe in der Hand kannte sie. Es war der türkische Ladenbesitzer Hakan. Der andere sah aus wie das Klischee eines russischen Schlägers. Bulliger Körper, gedrungenes Gesicht mit einer plattgeprügelten Nase, weit auseinanderstehenden Augen und ein Kampfgewicht von mindestens einhundertfünfzig Kilo. Er trug Badelatschen, eine Jogginghose und ein dreckiges Feinrippunterhemd, das seine üppige Ganzkörperbehaarung nur spärlich verdeckte. Das Auffälligste an ihm aber waren die Machete in seiner linken Hand und die Pistole in der rechten. Ganz sicher stand er auf der Gehaltsliste von Marius Schuwalow, dem Oberhaupt des organisierten osteuropäischen Verbrechens in Berlin.
Ira lehnte sich an den gläsernen Kühlschrank mit den Softdrinks und fragte sich, warum ihre Waffe zu Hause

auf dem Küchentisch lag. Doch dann fiel ihr ein, dass es heute sowieso nicht mehr darauf ankam.
Zurück zum Handbuch, dachte sie. *Kapitel Deeskalation, Absatz 2: Krisenintervention.* Während die beiden Männer sich weiter anbrüllten, ohne von Ira Notiz zu nehmen, ging sie mechanisch ihre Checkliste durch.
Unter normalen Bedingungen müsste sie die nächsten dreißig Minuten damit verbringen, die Situation einzuschätzen, den Tatort absperren zu lassen, um zu verhindern, dass aus der stationären eine mobile Einsatzlage wurde, etwa indem der Russe wild um sich schießend in den Viktoriapark rannte. *Normal? Ha!*
Unter normalen Bedingungen würde sie hier gar nicht stehen. Eine direkte Konfrontation, Auge in Auge und in unmittelbarer Nähe, ohne dass man zuvor auch nur eine Spur Vertrauen zu den Eskalationsparteien aufgebaut hatte, war ein Selbstmordkommando. Und sie wusste ja noch nicht einmal, worum es hier ging. Bei zwei Männern, die sich in verschiedenen Sprachen gleichzeitig anbrüllten, brauchte sie dringend den besten Dolmetscher, den das LKA zu bieten hatte. Und sie müsste sofort durch einen männlichen Verhandlungsführer ausgewechselt werden. Denn auch wenn sie ihr Psychologiestudium und die daran anschließende Ausbildung bei der Polizei mit Auszeichnung bestanden hatte, auch wenn sie seitdem zahlreiche Einsätze als Verhandlungsführerin bei Sondereinsatzkommandos im ganzen Bundesgebiet geleitet hatte, hier, in diesem Moment, konnte sie mit ihren Diplomen und Urkunden den Boden des Kramladens aufwischen. Weder der Türke noch der Russe würden auf eine Frau hören. Das verbot ihnen wahrscheinlich schon die Religion. Und das Motiv.

Meistens ging es in diesem Viertel um irgendeine Machoangelegenheit, und auch das hier sah nicht nach einer Schutzgelderpressung aus. Sonst wäre der Ukrainer nicht alleine gekomken, und Hakan läge bereits von mehreren Gewehrsalven durchsiebt mit dem Gesicht in der Kühltheke mit dem Feta. Als Ira hörte, wie der Russe den Hahn seines Trommelrevolvers spannte und die Machete fallen ließ, damit er beim Schießen beide Hände zur Verfügung hatte, warf sie einen Blick durchs Schaufenster nach draußen. *Bingo. Da haben wir ja das Motiv.* Dort stand ein tiefergelegter weißer BMW mit verchromten Felgen und einem kleinen Schönheitsfehler. Sein rechter Front-Scheinwerfer war zersplittert, und die Stoßstange hing auf Halbmast. Ira notierte auf einem imaginären Flipchart die Tatort-Puzzlesteine.
Türke. Russe. Machete. Kaputtes Zuhälterauto. Toter Hund. Offenbar war Hakan mit dem Wagen des Russen zusammengeprallt, und der war hier, um das nach »seiner Methode« zu regeln, indem er zur Begrüßung erst mal Hakans Kampfhund den Kopf abschlug.
Die Situation ist aussichtslos, dachte Ira. Das einzig Gute war: Außer ihr befand sich kein anderer Kunde in Schussweite, wenn die Ballerei in wenigen Sekunden losgehen würde. Und dass es zu einem Kugelwechsel kommen würde, stand völlig außer Frage. Immerhin ging es hier um einen Schaden von mindestens achthundert Euro. Fraglich war nur, wer den ersten Schuss abgab. Und wie lange es dauerte, bis ein Querschläger sie traf.
Also gut. Hier würde keiner einfach klein beigeben. Es war auch für keinen der beiden Männer ratsam. Der Erste, der die Waffe senkte, hätte eine Neun-Millimeter-Patrone im Kopf. Und dazu die Schmach. Weil er selbst

keinen Schuss abgegeben hatte, würden ihn bei seinem Begräbnis alle für einen Feigling halten.

Gleichzeitig wollte hier aber auch keiner seine Ehre verlieren und als Erster rumballern. Das war der einzige Grund, warum sie nicht schon längst ein Blutbad angerichtet hatten, wenn man mal von dem Pitbull auf den Fußbodenfliesen absah.

Ira nickte zustimmend, als sie eine weitere Eskalationshandlung des Russen beobachtete, der einen Schritt auf den Kühltresen zuging und voller Wucht auf dem abgeschlagenen Hundekopf herumtrampelte, so hart es seine Badelatschen eben erlaubten. Hakan, fast wahnsinnig vor Wut, schrie so laut, dass Iras Trommelfelle knackten.

Noch zehn Sekunden vielleicht. Allenfalls zwanzig, dachte sie. *Mist*. Ira hasste Suizidverhandlungen. Sie war auf Geiselnahme und Kidnapping spezialisiert. Dennoch wusste sie: Die sicherste Chance bei Lebensmüden hatte man, wenn man ihre Aufmerksamkeit ablenkte. Weg von dem eigenen Tod. Hin zu etwas weniger Wichtigem. Etwas Banalem. Etwas, bei dem nicht so viel auf dem Spiel stand, wenn es misslang.

Natürlich, dachte Ira und machte die Kühlschranktür auf.

Ablenkung.

»Hey«, rief sie, ihren Rücken den Duellanten zugewandt, »hey«, brüllte sie lauter, als keiner der beiden Männer von ihr Notiz zu nehmen schien.

»Ich hätte gern eine Cola!«, schrie sie noch einmal und drehte sich um. Und jetzt hatte sie es geschafft. Ohne die Waffen runterzunehmen, sahen beide Männer zur ihr hinüber. In ihren Blicken lag eine Mischung aus Fassungslosigkeit und blankem Hass.

Was wollte die Irre?
Ira lächelte.
»Und zwar light. Am besten eine Cola light Lemon.«
Atemlose Stille. Nur kurz. Dann fiel der erste Schuss.

4.

Kitty eilte ins A-Studio und stolperte dort fast über Markus Timber, der im Schneidersitz auf dem Fußboden saß und gelangweilt in einem Männermagazin blätterte. »Verflucht, pass doch auf!«, schnauzte er und rappelte sich umständlich hoch.
»Wie viel Zeit noch, Flummi?«, raunzte er seinen schlaksigen Produzenten an.
Benjamin Flummer sah vom Mischpult hoch auf den Studiomonitor, dessen Digitalanzeige ihm die Restlaufzeit von Madonna mitteilte.
»Noch vierzig Sekunden.«
»Okay.« Timber fuhr sich mit seinen langen Fingern durch seine blassblonden Haare.
»Und was machen wir jetzt?«
Wie immer hatte er keinen Überblick über den Sendeablauf und vertraute seinem Showproduzenten blind, wenn dieser ihn über das nächste Highlight seiner eigenen Sendung aufklärte.
»Es ist 7.28 Uhr. Der erste Cash Call ist gerade gelaufen. Wir können noch einen Song spielen, und danach haben wir was fürs Herz. Der dreijährige Felix stirbt in vier Wochen, wenn sich kein Knochenmarkspender findet.«

Timber verzog angewidert sein Gesicht, während Flummi unbeirrt fortfuhr: »Du rufst die Hörer dazu auf, sich typisieren zu lassen, ob sie als Spender in Frage kommen. Wir haben alles organisiert: Im großen Konferenzsaal stehen Liegen bereit, und drei Ärzte werden ab 12.00 Uhr jedem, der in den Sender kommt, einen halben Liter Blut abnehmen.«

»Hmm.« Timber grunzte widerwillig. »Haben wir wenigstens das Gör am Telefon, wie es sich die Augen vor Dankbarkeit aus dem Kopf heult?«

»Der Junge ist erst *drei* und hat *Krebs*. Du sprichst mit der Mutter«, antwortete Flummi knapp und prüfte mit der Vorhörtaste, ob der erste Spot des Werbecomputers richtig platziert war.

»Ist sie heiß?«, wollte Timber jetzt wissen und warf das Magazin in den Mülleimer.

»Wer?«

»Die Mutter!«

»Nein.«

»Dann ist Felix gestorben.« Timber rappelte sich auf und grinste als Einziger über seine geschmacklose Zweideutigkeit.

»Hast du damit ein Problem?«, fauchte er Kitty an, als er sah, dass sie immer noch vor ihm stand. »Eine Knochenmarkspende? Leben retten? Das ist doch bestimmt deine kitschige Idee gewesen, was?«

Kitty hatte große Mühe, die Fassung nicht zu verlieren.

»Nein.«

»Und warum atmest du mir dann hier im Studio die Luft weg?«

»Es geht um die Gruppe«, sagte sie schließlich.

»Die was?«

»Ich hab vergessen, dir zu sagen, dass heute eine Besuchergruppe kommt.«
»Wer?« Timber schaute sie an, als ob sie den Verstand verloren hätte.
»Die Hörerclubmitglieder?« Sie stellte die Antwort als Frage, so als ob sie sich selber nicht mehr sicher wäre, wer gerade im Nachbarstudio stand und darauf wartete, ins Allerheiligste vorgelassen zu werden. Normalerweise wäre es Kittys Job gewesen, Timber schon am Vortag über dieses Ereignis zu informieren. Da sie es nicht getan hatte, stand er jetzt in wenigen Augenblicken seinen treuesten Anhängern unrasiert und in zerrissenen Jeans gegenüber. Er hatte in seiner kurzen Zeit beim Sender Mitarbeiter schon für weniger gefeuert, und dieses Mal würde sie vermutlich das nicht retten können, weshalb sie überhaupt von ihm eingestellt worden war: ihr Dekolleté.
»Wann kommen die?«, fragte Timber völlig entgeistert.
»Jetzt!«
Sobald der Krückenmann endlich wieder vom Klo runterkam. Wenigstens hatte es etwas Gutes, dass der unangenehme Prolet gerade jetzt die restlichen Besucher noch etwas aufhielt.
Der Moderator blickte seitlich an Kitty vorbei durch die getönte, schalldichte Glasscheibe, die das Sendestudio A vom dahinter liegenden Service-Bereich trennte. Tatsächlich. Eine Gruppe von vier Hörern klatschte dem Nachrichtenchef Beifall für irgendetwas, was dieser gerade zu ihnen gesagt hatte.
»In etwa drei Minuten.«
»Hol sofort meine Autogrammkarten!«, befahl er und nickte mit dem Kopf nach links in Richtung einer Seitentür neben dem Regal mit den Archiv-CDs.

Wenigstens steckt noch ein Rest Professionalität in ihm, dankte Kitty ihrem Schöpfer, während sie losrannte. Es hätte sie auch nicht weiter gewundert, wenn er unmittelbar vor den Gästen ausfallend geworden wäre. Kitty riss die kleine Tür zum »Erlebnisbereich« auf. Die Moderatoren hatten dem kleinen, fensterloser Aufenthaltsraum, in dem man essen, rauchen und sich frisch machen konnte, den ironischen Spitznamen gegeben. Letztlich bestand sein Inventar nur aus einer Küchenzeile und einem wackligen Esstisch. Der Bereich war ausschließlich vom A-Studio aus begehbar. Über ihn war ein Technikschaltraum erreichbar und der Notausstieg für Brandfälle. Letzterer war ein Meisterwerk architektonischer Fehlplanung. Im Ernstfall lief man hier in eine Falle. Hinter der Tür führte eine Aluminium-Wendeltreppe an der Außenwand entlang, ein halbes Stockwerk hinunter auf einen begrünten Dachvorsprung und endete genau dort. Im Nichts. Irgendwo zwischen dem achtzehnten und neunzehnten Stock.
Kitty sah sich um. Timber hatte seinen schwarzen Designerrucksack neben die Spüle zwischen einem Aschenbecher und einem halbvollen Kaffeebecher abgestellt. Sie wühlte fieberhaft darin herum, um die verdammten Autogrammkarten zu finden. Gerade, als sie erleichtert einen kleinen Stapel mit Timbers retuschiertem Hochglanzgesicht herauszog, fuhr ihr der Schreck in die Glieder.
»Herzlich willkommen!«
Sie drehte sich um und sah durch einen eingelassenen Glasstreifen in der Tür zum Erlebnisbereich ins A-Studio, wo Timber gerade irgendjemandem zur Begrüßung die Hand reichte. *Oh, bitte nicht!* Kubichek musste von der Toilette zurück sein, und der Nachrichtenchef führte

die Gruppe entgegen der Absprache bereits jetzt ins Studio. Timber würde ausrasten, so viel war sicher. Ein weiterer Punkt auf ihrer Abschussliste.
»Schön, dass Sie hier sind!«
Die Stimme des Star-Moderators drang aus dem Studio dumpf durch die geschlossene Tür. Diese war hinter Kitty zugefallen, als sie den »Erlebnisbereich« betreten hatte. Da sie nur nach außen geöffnet werden konnte, musste Kitty jetzt abwarten, bis sich alle Hörer an der Tür vorbeigezwängt und an der »Theke« Platz genommen hatten.
Die »Theke« schwang sich in einer leichten U-Form wie ein Hufeisen um das große Sendemischpult, vor ihr standen Barhocker für die Studio-Gäste. Kitty ging zurück zur Tür und spähte angespannt in das Studio hinein. Mittlerweile saßen fast alle Besucher auf ihren Stühlen. Alle, bis auf einen.
Was macht der Idiot da so lange am Eingang?, fragte sie sich. *Wieso kommt er nicht rein, wie die anderen? Aha. Gut.*
Jetzt humpelte er endlich auch nach vorne. Aber wieso zog er die schwere Studiotür hinter sich zu? Man konnte in dem kleinen Sendestudio sowieso kaum atmen.
O Gott. Kitty hielt sich unwillkürlich die Hand vor den Mund. *Was hat er vor?*
Zehn Sekunden später sah sie es und begann zu schreien.

5.

Für Jan gab es nur eine einzige Möglichkeit, wenn er das Überraschungsmoment in dieser kritischen Phase für sich ausnutzen wollte: Er musste jemanden verletzen, so schnell und so spektakulär wie möglich. Er benötigte eine eindrucksvolle Inszenierung. Etwas Schockierendes, das einen unbeteiligten Zuschauer sofort paralysierte. Also reichte er Timber die Hand zur Begrüßung, doch bevor der Moderator sie ergreifen konnte, zog Jan sie wieder weg, hob den Alugriff seiner Krücke an und hieb ihn mit Brachialgewalt auf dessen Nase.
Der Blutstrahl, der sich aus Timbers Gesichtsmitte auf das Mischpult vor ihm ergoss, und der damit verbundene, entsetzliche Aufschrei des Moderators erzielten die gewünschte Wirkung. Niemand im Raum unternahm irgendetwas. Genau wie erwartet. Vor allem am Gesicht des Showproduzenten konnte Jan ablesen, wie dessen Gehirn vergeblich versuchte, das Geschehene zu verarbeiten. Flummi war auf eine harmlose Begrüßungsszene mit oberflächlichem Smalltalk eingestellt gewesen. Der Anblick des Moderators, der sich wimmernd beide Hände vors Gesicht hielt, passte einfach nicht in diese Erwartungshaltung. Ebendiese Verwirrung hatte Jan einberechnet. Sie verschaffte ihm Zeit. Mindestens anderthalb Sekunden.
Mit einem Handkantenschlag zertrümmerte er die kleine Scheibe des Notrufkastens an der Wand und aktivierte den Alarmknopf. Augenblicklich übertönte eine schrille Sirene die letzten Töne des neuesten Hits von U2. Gleichzeitig fiel eine schwere Metalljalousie von außen vor dem

großen Studiofenster herunter und nahm der Außenwelt die Sicht auf das Chaos im Inneren des A-Studios.
»Was zum Teufel ...?« Der UPS-Fahrer hatte, wie erwartet, als Erster seine Stimme wiedergefunden. Er hockte am Ende der Theke, am weitesten von Jan entfernt. Zwischen ihnen saßen die Schwangere, das junge Pärchen und der übergewichtige Behördenwitzbold.
Jan riss sich mit der linken Hand die Perücke vom Kopf und zog mit der anderen die Pistole aus der Tasche seiner Jogginghose.
»Um Himmels willen, bitte ...« Er konnte in dem ohrenbetäubenden Lärm nur ahnen, was die Schwangere zu ihm sagen wollte. Doch sie schaffte es nicht, ihren Satz zu vollenden. Sie erstarrte, als er die Pistole auf Timbers blutverschmiertes Gesicht richtete und dabei kurz auf die Studiouhr sah. 7.31 Uhr.
Er hatte zehn Minuten, sieben Geiseln und drei Türen. Eine zum B-Studio. Eine zum News-Bereich. Die dritte direkt hinter ihm führte zu einer Art Küche. Davon hatte ihm der Junkie-Wachmann zwar nichts gesagt, aber wenn er sich richtig an den Grundriss des Gebäudes erinnerte, konnte sie zu keinem Ausgang führen. Um sie würde er sich also später kümmern. Jetzt musste er erst einmal seine Geiseln daran hindern, durch eine der beiden anderen Türen das Studio zu verlassen. Der Wachschutz war wegen des Alarms bereits auf dem Weg und würde in weniger als sechzig Sekunden von außen Stellung beziehen. Aber das bereitete ihm überhaupt keine Sorgen. Eben deshalb war er ja als Letzter reingegangen und hatte das Keycodeschloss an der Studiotür manipuliert. Das elektronische Schloss war ein sicherheitstechnischer Witz. Sobald dreimal hintereinander der falsche Nummerncode

eingetippt wurde, kam niemand mehr in den Studiobereich hinein. Die Tür wurde automatisch verriegelt, und eine Zeitschaltuhr sorgte dafür, dass man zehn Minuten warten musste, bevor ein neuer Versuch möglich war.
Wie zur Bestätigung rüttelten in diesem Moment die Wachmänner von außen an der Klinke. Da sie wegen der heruntergelassenen Jalousien keine Sicht ins Studio hatten, wussten die schlecht ausgebildeten Aushilfskräfte nicht, was sie jetzt tun sollten. Auf so eine Situation waren sie nicht vorbereitet.
Jan freute sich gerade, dass so weit alles nach Plan verlief, als die Dinge außer Kontrolle gerieten.
Er hatte es geahnt: der UPS-Fahrer! Später machte er sich große Vorwürfe, weil er nicht bedacht hatte, dass er in Berlin nicht der Einzige war, der eine Waffe bei sich trug. Gerade wenn jemand als Paketbote täglich bei wildfremden Menschen an der Haustür klingelte, wusste er natürlich die beruhigende Wirkung einer Pistole zu schätzen. In dem winzigen Moment, als Jan seinen Geiseln ein erstes Mal den Rücken zudrehen musste, um hinter die Theke und vor das Mischpult zu gelangen, hatte der Bote seine Schusswaffe gezogen.
Okay, du willst also den Helden spielen, dachte Jan und ärgerte sich, dass er bereits in diesem frühen Stadium eine Geisel opfern musste.
»Waffe runter!«, rief der Paketbote, so wie er es aus den Tatortkrimis im Fernsehen her kannte, doch Jan ließ sich nicht beirren. Stattdessen riss er den stöhnenden Timber zu sich hoch.
»Sie machen einen großen Fehler«, sagte Jan und hielt Timber seine Beretta an die Schläfe. »Noch können Sie ihn korrigieren.«

Der Fahrer begann zu schwitzen. Er wischte sich die rechte Schläfe mit dem Ärmel seiner braunen Uniform ab.
Noch sieben Minuten. Vielleicht nur sechs, wenn die Wachleute draußen schnell waren und etwas von ihrem Job verstanden.
Also gut. Jan sah die Panik in den verängstigten, blassgrauen Augen des Paketzustellers, und er war sich sicher, dass dieser nicht schießen würde. Aber er konnte in dieser frühen Phase kein zu großes Risiko eingehen. Doch kurz bevor er dazu ansetzte, Timber wegzustoßen, damit ihm genügend Bewegungsspielraum für einen sicheren Schuss blieb, sah er den zentralen Netzschalter am Mischpult. Ihm kam eine noch viel bessere Idee. Er nahm Timber wieder fester in den Schwitzkasten und zog ihn einen halben Meter zurück zur Wand, die Pistole immer noch an dessen Kopf gepresst.
»Keinen Schritt weiter!«, schrie der Fahrer aufgeregt.
Doch Jan lächelte nur müde.
»Okay, okay. Ich bleib ja schon, wo ich bin.«
Und dann hatte er wieder das Überraschungsmoment auf seiner Seite. Einfach indem er den großen Schalter an der Wand hinter sich umlegte. Das Licht ging schlagartig aus. Bevor sich die Augen seiner Geiseln an das plötzliche Dämmerlicht gewöhnen konnten, schaltete Jan mit seiner freien linken Hand das Studiomischpult mitsamt allen angeschlossenen Flat-Screen-Monitoren ab. Jetzt war das Studio nahezu in völlige Finsternis getaucht. Nur das rote Licht zweier Not-LEDs zuckte wie Glühwürmchen durch die Dunkelheit.
Wie erwartet erstarrten die Geiseln durch diesen einfachen Trick und waren erneut wie gelähmt. Der UPS-Fahrer

konnte sein Gegenüber nicht mehr genau sehen, also zögerte er mit weiteren Maßnahmen.
»Du verfluchter Bastard, was soll das?«, schimpfte er.
»Ruhig bleiben«, befahl Jan in die Dunkelheit hinein. »Wie heißen Sie?«
»Manfred, aber das geht dich einen Scheißdreck an.«
»Aha, Ihre Stimme flattert. Sie haben Angst«, stellte Jan fest.
»Ich knall dich ab. Wo bist du?«
Für einen kurzen Moment wurde das künstliche Dunkel von einer kleinen gelben Feuerzeugflamme erhellt. Danach sah man das rot glühende Ende einer Zigarette mitten in der Luft schweben.
»Hier. Aber schießen Sie besser nicht in meine Richtung.«
»Verdammt, wieso nicht?«
»Weil Sie wahrscheinlich nur meinen Oberkörper erwischen.«
»Na und? Was wäre daran falsch?«
»Gar nichts. Aber Sie würden den schönen Plastiksprengstoff zerstören, den ich mir um den Bauch gebunden habe.«
»O mein Gott«, stöhnten der Verwaltungsbeamte und die Schwangere gleichzeitig auf. Jan hoffte, dass die anderen Geiseln sich die nächsten Sekunden nicht aus ihrer inneren Erstarrung befreien würden. Einen einzelnen Aufständischen konnte er vielleicht noch beherrschen. Die gesamte Gruppe nicht.
»Du verarschst uns!«
»Meinen Sie? Ich an Ihrer Stelle würde es nicht darauf ankommen lassen.«
»Scheiße!«

»Sie sagen es. Jetzt werfen Sie Ihre Pistole zu mir nach vorne über das Mischpult. Und zwar ein bisschen plötzlich. Wenn in fünf Sekunden das Licht wieder angeht und ich immer noch die dämliche Waffe in Ihrer Hand sehe, dann jage ich unserem Star-Moderator hier eine Kugel in den Schädel. Ist das klar?«
Da der Fahrer keine Antwort gab, hörte man für einen Augenblick nur das Rauschen der Klimaanlage.
»Also schön, dann mal los.« Jan klopfte Timber auf die Schulter. »Zählen Sie von fünf an rückwärts!«, kommandierte er.
Nach kurzem Schnauben und dumpfem Stöhnen begann Timber mit nasaler und ungewohnt zittriger Stimme mit dem makabren Countdown: »Fünf, vier, drei, zwei, eins.«
Dann polterte es. Und als das Licht wieder anging, sahen die restlichen Geiseln etwas, das sie in ihrem Leben nie wieder vergessen würden.
Der Paketfahrer hing bewusstlos über der Theke. Der vom eigenen Blut völlig besudelte Markus Timber umklammerte ängstlich seinen Produzenten, dem wiederum Jan seine Zigarette in den Mund gesteckt hatte, bevor er seelenruhig um die Theke herumspaziert war, um Manfred von hinten bewusstlos zu schlagen.
Jan registrierte zufrieden das Entsetzen in den Gesichtern seiner Opfer. Jetzt, nachdem er das einzige Alpha-Tier im Raum ausgeschaltet und dabei trotzdem alle Geiseln behalten hatte, verlief für ihn alles wieder ganz nach Plan. Er ließ sich von Flummi und Timber deren Schlüssel geben und schloss zuerst die Tür zum Nachrichtenbereich ab. Dann verriegelte er das B-Studio und knickte anschließend den Schlüssel im Schloss um.

»Was wollen Sie von uns?«, fragte ihn Timber ängstlich. Jan gab keine Antwort, sondern verscheuchte ihn mit einem Wink seiner Pistole auf einen Besucherplatz hinter der Theke. Flummi hingegen musste bei ihm bleiben. Jetzt, wo sie wussten, dass er eine lebende Bombe war, würde niemand mehr die Hand gegen ihn erheben, und so konnte er die dürre Bohnenstange ohne Gefahr neben sich dulden. Zumal er jemanden brauchte, der sich mit der Technik auskannte. Er befahl dem Show-Produzenten, alles Erforderliche zu tun, damit sie wieder auf Sendung gehen konnten.

»Wer sind Sie?«, stellte Timber eine weitere Frage, diesmal von der anderen Seite des Mischpultes. Wieder ohne eine Antwort zu erhalten.

Zufrieden registrierte Jan, dass die Monitore und das Mischpult wieder funktionierten, und zog den Mikrophongalgen zu sich heran. Dann drückte er auf den roten Signalschalter auf dem Touchscreen-Keypad vor sich, so wie er es zu Hause an der Attrappe wieder und wieder geübt hatte. Er war so weit. Es konnte losgehen.

»Wer zum Teufel sind Sie?«, fragte Timber noch einmal, und dieses Mal konnte ihn die ganze Stadt dabei hören. 101Punkt5 war wieder auf Sendung.

»Wer ich bin?«, antwortete Jan endlich, während er die Pistole erneut auf Timber richtete. Und dann wurde seine Stimme ganz sachlich und ernst. Er sprach direkt in das Mikrophon:

»Hallo Berlin. Es ist 7.35 Uhr. Und Sie hören gerade Ihren größten Albtraum.«

6.

Ira saß im Schneidersitz auf dem gräulich gemusterten Fliesenboden des Gemischtwarenladens und starrte nunmehr seit über zwanzig Minuten in die Waffe des Russen. Seine erste Kugel hatte sie um mehrere Meter verfehlt und ein münzgroßes Loch in die Plexiglasscheibe des Kühlschranks gerissen. Seitdem zielte er auf ihre Brust, während Hakan seinerseits die Waffe auf den Kopf des Schlägers richtete.

»Lass sie in Ruhe!«, forderte er, was der Russe mit einem unverständlichen Wortschwall kommentierte. Die Situation war endgültig hoffnungslos verfahren. Soweit Ira das unaufhörliche Kauderwelsch des Russen verstehen konnte, wollte er jetzt statt Rache doch lieber das Geld aus der Kasse von Hakan nehmen, sonst sollte der zweite Schuss sein Ziel treffen.

Und das tat er dann auch.

Die erste Patrone durchschlug das Schulterblatt, das zweite Projektil zerfetzte die Kniescheibe samt Meniskus. Der Russe ließ seine Waffe fallen, während er vor der Theke einknickte. Erst als er am Boden aufschlug und realisierte, wie unnatürlich sein Bein abgewinkelt war, begann er zu schreien. Wie Iras Gehirn hatte auch das seine ganz offensichtlich erst mit Zeitverzögerung die veränderte Sachlage registriert.

»Waffe runter und Hände hoch«, brüllte eine Stimme vom Eingang in Hakans Richtung. Ira stand auf und drehte sich etwas benommen zu dem kräftig gebauten SEK-Mann herum, der in voller Montur die Tür des Gemischtwarenladens ausfüllte.

»Was machst du denn hier?«, fragte sie ihn überrascht.
An der Art, wie er mit dem Handrücken das Visier seines titanlegierten Schutzhelmes hochklappte, hatte sie ihn erkannt. Seine wachen Augen musterten sie, und in seinem Blick lag wie immer jene ungewöhnliche Mischung aus Entschlossenheit und Melancholie.
»Dasselbe könnte ich dich fragen, Schätzchen.«
Oliver Götz hielt die Maschinenpistole weiterhin auf Hakan gerichtet, der seiner Anweisung bedingungslos gefolgt war und in diesem Moment seine unbewaffneten Hände zur Ladendecke streckte. Er fingerte mit der linken Hand zwei Plastikfesseln aus einer Brusttasche und warf sie Ira zu.
»Du weißt ja, wie es geht.«
Sie sammelte zunächst die Waffen am Boden ein und gab sie Götz. Danach band sie erst Hakan und dann dem Russen die Hände hinter dem Rücken zusammen, was Letzteren zu lauten Schmerzensschreien brachte.
»Wo sind denn die anderen?« Ira sah durch das Schaufenster, konnte aber niemanden entdecken. Normalerweise arbeitete das SEK Berlin wie jedes Sondereinsatzkommando der Polizei immer im Team. Bei einem Einsatz wie diesem rückten mindestens sieben Mann gleichzeitig aus. Doch Götz stand ganz allein vor ihr. Zudem war ihr völlig schleierhaft, wie es das SEK so schnell zum Tatort hatte schaffen können.
»Ich bin alleine«, antwortete Götz, und sie musste unwillkürlich lächeln. Mit diesen Worten hatte er sie früher immer angerufen, wenn er wollte, dass sie die Nacht bei ihm verbrachte. Oder den Rest ihres Lebens, wenn es nach ihm gegangen wäre. Manchmal fragte sie sich, ob nicht alles anders gekommen wäre, wenn sie sich damals auf

mehr als nur eine Affäre eingelassen hätte. Doch dann hatte sie Sara gefunden, und mit ihrer Tochter waren auch alle Gedanken an eine glückliche Zukunft gestorben.
»Allein?«, rief Ira. »Du läufst *alleine* in voller Einsatzausrüstung und mit deinem ›Baby‹ im Anschlag zum Laden an der Ecke?«
Sie ging langsam auf den fünf Jahre älteren Polizeihauptkommissar zu, mit dem sie die meisten ihrer Berliner Einsätze durchgestanden hatte. *Und einige Nächte.*
»Wozu? Wolltest du Milch holen?«
»Nein«, antwortete er knapp. »Dich.«
»Mich?«
»Ja. Du hast einen Einsatz. Der Rest der Crew wartet bereits im Park. Ich bin hier nur zufällig vorbeigelaufen, als ich dich von zu Hause abholen wollte.«
Sie gingen beide nach draußen, und Ira sah zum ersten Mal, welchen Menschenauflauf sie verursacht hatten. Die halbe Nachbarschaft starrte sie an, während sie mit dem schwer bewaffneten Mann diskutierte. Von weitem hörte sie die Sirenen eines herannahenden Krankenwagens.
»Ich arbeite nicht mehr für euch«, sagte sie zu Götz.
»Ich weiß.«
»Na also. Dann such dir jemand anderen.«
»Willst du denn gar nicht hören, was passiert ist?«
»Nein«, antwortete sie, ohne ihn anzusehen. »Es ist mir völlig egal. Ich hab heute etwas Wichtigeres zu tun.« *Ich will mich vergiften. Und dazu brauch ich nur noch eine Cola light Lemon.* Diese Gedanken behielt sie für sich.
»Hab mir gedacht, dass du so reagierst«, erwiderte Götz.
»Aha. Und wieso bist du dann trotzdem vorbeigekommen?«
»Weil ich dich überreden werde.«

»Na, da bin ich ja mal gespannt. Wie denn?«
»So!«, antwortete er ihr lächelnd, stellte ihr in Windeseile ein Bein, warf sie auf den Boden und legte ihr so atemberaubend schnell ein Paar gusseiserner Handschellen an, dass zwei herumstehende Halbstarke applaudierten, als er damit fertig war.
»Steuer hat mich autorisiert, alles zu tun, was erforderlich ist, um die Krise in den Griff zu kriegen.«
»Ich hasse dich, Götz«, grunzte Ira. Während sie von ihm hochgerissen wurde, registrierte sie, dass einige Umstehende mit ihren Foto-Handys ein paar Aufnahmen machten. Mittlerweile war der Krankenwagen eingetroffen, und ein Aufgebot von Streifenfahrzeugen jagte die Straße hinunter.
»Und ich pfeif auf Steuer! Du weißt, was ich von dem reaktionären Fascho-Armleuchter halte.«
»Ja. Nur leider besitzt der ›Fascho-Armleuchter‹ heute die taktische Einsatzleitung.«
Oh, dachte Ira, während sie sich widerstrebend von Götz über die Straße führen ließ. Dann musste es etwas Großes sein, wenn Andreas Steuer, der leitende Polizeidirektor, bei diesem Einsatz persönlich die Fäden an sich riss. Etwas ganz Großes.
»Wohin gehen wir?«, fragte sie.
»Wie ich schon sagte, in den Park.«
»Was soll der Quatsch. Ihr habt das Einsatzfahrzeug im Park abgestellt? Geht's noch auffälliger?«
»Wer sagt etwas von einem Fahrzeug?« Götz trieb Ira noch weiter zur Eile an. »Dort, wo wir hin müssen, gibt es mit einem Auto bereits jetzt kein Durchkommen mehr.«
»Aha.«
Während Ira noch überlegte, wo das sein könnte, akti-

vierte der SEK-Beamte das Helmmikrophon mit einem Druck auf die Sprechtaste auf seiner Brust.
Dann gab er den Befehl, den Hubschrauber sofort zu starten.

7.

Der Viktoriapark unter ihr entfernte sich dröhnend und ließ die gaffenden Passanten in einer Wolke aus Laub, Erde und aufgewirbeltem Müll zurück. Als Ira klar wurde, dass Götz immer noch keine Anstalten machte, ihr die Handschellen wieder abzunehmen, sah sie sich gelangweilt in der engen Kabine des brandneuen Hubschraubers um. Außer ihr, Götz und dem Piloten befanden sich noch vier SEK-Beamte an Bord. Alle genau wie ihr Teamchef komplett in Kampfmontur.
»Wohin fliegen wir?«, brach sie das Schweigen. Der Helikopter wurde gewendet und flog in südliche Richtung.
»Zum Potsdamer Platz. Das MCB-Gebäude.«
Götz' Stimme klang etwas blechern, war aber trotz der Nebengeräusche über die Helmkopfhörer gut zu verstehen.
»Wie viele?« Ira konnte sich denken, dass man sie wegen ihres Spezialgebietes angefordert hatte: Geiselnahme.
»Das wissen wir noch nicht«, antwortete Götz und zog seine Handschuhe aus, um einen Kaugummi vom Alupapier befreien zu können.
»Aber vielleicht lässt du dir das vom Chef persönlich erklären.« Er gab dem Piloten ein Zeichen, und Ira verzog

ihr Gesicht, als sie nach einem kurzen Knacken eine ihr allzu gut bekannte, kratzende Stimme hörte.
»Ist sie an Bord?« Andreas Steuer kam ohne Begrüßung gleich zur Sache.
»Ja, sie hört mit«, antwortete Götz dem Mann, dem alle Berliner SEK-Einheiten und damit über hundertachtzig Beamten unterstanden.
»Schön. Hier ist der Lagebericht: Vor etwa dreiunddreißig Minuten hat ein Unbekannter im Studio des Radiosenders 101Punkt5 eine Besuchergruppe und den Moderator der Morgensendung als Geiseln genommen. Er bedroht seine Opfer mit einer noch nicht näher identifizierten Schusswaffe und gibt vor, mit Plastiksprengstoff ausgerüstet zu sein, den er angeblich um seinen Bauch trägt.«
»Was will er?«, fragte Ira.
»Darüber macht er zum jetzigen Zeitpunkt keine Angaben. Das Technikteam hat sich bereits einen ersten Lageüberblick verschafft. Der Tatort ist nicht einsehbar. Das Studio befindet sich im Ostflügel im neunzehnten Stock und ist komplett durch blickdichte Jalousien abgeschottet.«
»Also tappt ihr momentan in totaler Finsternis«, kommentierte Ira.
»Derzeit sind vierundfünfzig Personen im Einsatz«, überging Steuer ihren bissigen Einwand. »Ich persönlich habe die taktische Gesamtleitung übernommen. Hauptkommissar Götz führt das operative Kommando des Sondereinsatzkommandos vor Ort im Sender. Alle Absperr- und Verkehrsmaßnahmen sind weiträumig getroffen worden. Der gesamte Platz ist abgeriegelt, und der Autoverkehr wird umgeleitet. Zwei Präzisionsschützenteams haben sich jeweils mit sieben Mann in den Büros der gegenüber-

liegenden Hochhäuser verteilt. Und die Soko ›Cash Call‹ hat bereits mit kriminalpolizeilichen Maßnahmen begonnen.«

»›Cash Call‹?«, fragte Ira. »Was ist denn das für ein bescheuerter Name?«

»Vielleicht unterlassen Sie Ihre unqualifizierten Bemerkungen und hören sich besser diese Aufnahme an, die wir um 7.35 Uhr mitgeschnitten haben.«

Es gab ein weiteres Knacken in der Leitung, dann setzte eine Radioaufzeichnung in erstaunlich klarer Digitalqualität ein. Mitten im Satz des Geiselnehmers.

»... Sie hören gerade Ihren größten Albtraum. In dieser Sekunde unterbreche ich dieses Radioprogramm für eine wichtige Durchsage. Ich habe soeben Markus Timber und weitere Personen in diesem Radiostudio als Geiseln genommen. Und das ist ausnahmsweise einmal kein Scherz, der ach so lustigen Morgenmannschaft von 101Punkt5. Das hier ist mein bitterer Ernst. Markus, können Sie bitte mal ans Mikrophon kommen und bestätigen, was ich sage?«

Es gab eine kurze Pause, und dann hörte man Timber, dessen bekannte Stimme jedoch völlig verändert klang. Verunsichert. Ängstlich. Und nasal.

»Ja, es stimmt. Ich werde ... also wir werden von ihm mit einer Waffe bedroht. Und er hat Sprengstoff an seinem ...«

»Danke, das reicht fürs Erste«, unterbrach der Geiselnehmer rüde den bekannten Moderator. Er riss das Mikrophon offenbar wieder an sich und fuhr mit seiner Ansprache fort. Seine Stimme klang paradoxerweise sehr angenehm, fast freundlich. Wenn auch lange nicht so geübt wie die von Timber.

»Keine Sorge. Sie da draußen vor den Radiogeräten müssen keine Angst haben. Nur weil ich ein paar Menschen als Geiseln halte, werden Sie trotzdem den schwachsinnigen Mix aus schlechter Musik, lauen Gags und belanglosen Nachrichten serviert bekommen, den Sie von dieser Dudelwelle gewöhnt sind. Und es wird sogar ein Gewinnspiel geben. Darauf stehen Sie doch, oder?«
Der Unbekannte ließ für eine Sekunde diese Frage im Raum stehen und klatschte dann in die Hände.
»Also gut. Deshalb verspreche ich Ihnen am Radio Folgendes: Ich werde weiter Cash Call mit Ihnen spielen. Garantiert.
Das heißt: Ich rufe irgendjemanden in Berlin an. Und wenn Sie es sind und mit der richtigen Parole meinen Anruf beantworten – dann gibt's was zu gewinnen. So kennen Sie das ja. Und genauso wird's auch weitergehen. Allerdings wird Cash Call heute mit zwei winzigen Regeländerungen gespielt.«
Der Geiselnehmer lachte kurz auf, so als ob er sich wie ein kleines Kind auf das kommende Spiel freuen würde. Dann wurde seine Stimme leiser, als er vom Mikro weg in den Raum hinein eine andere Person ansprach, die offenbar neben ihm stand.
»Hey, Sie. Wie heißen Sie?«
»Man nennt mich Flummi«, hörte man einen jungen Mann zögerlich antworten.
»Okay, Flummi. So wie ich die Sache sehe, sind Sie hier der Showproduzent, das heißt, Sie kennen sich mit dem Mischpult und dem Computerkram aus. Richtig?«
»Ja.«
»Haben Sie in diesem Kasten hier auch irgendwo einen Trommelwirbel? So wie im Zirkus, wenn der Elefant rein-

kommt? Okay, den will ich hören, wenn ich Ihnen gleich ein Zeichen gebe. So ...«
Der Geiselnehmer sprach wieder zu allen Radiohörern, und seine Stimme besaß jetzt eine eindringliche Präsenz, als ob er direkt neben Ira im Hubschrauber sitzen würde.
»Hier ist Regeländerung Nummer 1: Ich rufe weiterhin wahllos irgendjemanden aus dem Berliner Telefonbuch an. Aber es gibt keine fünfzigtausend Euro zu gewinnen. Stattdessen geht es um etwas viel Wertvolleres. Doch dazu gleich. Denn zunächst müssen Sie die zweite Regeländerung kapieren. Die ist die wichtigste.«
Ein Trommelwirbel setzte ein, und der Geiselnehmer sprach jetzt im Tonfall eines Rummelplatzansagers:
»Regeländerung Nummer 2, meine Damen und Herren: Die Kohle-Parole hat sich geändert. Sie lautet ab sofort: ›Ich höre 101Punkt5, und jetzt lass eine Geisel frei!‹«
Der Wirbel hörte abrupt auf.
»Um es noch einmal ganz schlicht zusammenzufassen: Es ist jetzt 7.36 Uhr. Ab jetzt spiele ich jede Stunde einmal Cash Call nach meinen Regeln. Zum ersten Mal wird um 8.35 Uhr irgendwo in Berlin ein Telefon klingeln. Vielleicht bei Ihnen zu Hause. Oder auch bei Ihnen im Büro. Und wenn Sie abheben und sich mit der neuen Parole melden, dann lass ich eine der Geiseln hier nach Hause gehen. Klingt doch fair, oder?«
Bei den letzten Worten registrierte Ira eine Veränderung im Tonfall des Geiselnehmers. Sie ahnte, was jetzt kommen würde.
»Sollte ich aber nicht die richtige Parole hören, dann wäre das schade. Denn dann hätte jemand diese Spielrunde verloren.«

O mein Gott. Ira schloss die Augen.
»Das bedeutet konkret: Wenn derjenige, den ich anrufe, direkt nach dem Abheben seinen Namen sagt. Oder ›Hallo‹. Oder irgendetwas anderes als ›Ich höre 101Punkt5 und jetzt lass eine Geisel frei‹, dann werde ich jemanden hier im Studio erschießen.«

8.

Es zischte kurz in den eingebauten Helmlautsprechern, und Ira öffnete ihre Augen, als Steuer sich wieder zu Wort meldete. »So weit die Aufzeichnung. Es ist jetzt 8.06 Uhr. Das heißt, wir haben weniger als dreißig Minuten bis zur ersten Spielrunde. Wir müssen erst einmal davon ausgehen, dass der Kerl es ernst meint. Die Verhandlungsgruppe unter Simon von Herzberg hat bereits ihr Quartier im Sender aufgeschlagen ...«
»Im Sender?«, unterbrach Ira den SEK-Chef. »Seit wann verhandeln wir direkt in der Gefahrenzone?«
Normalerweise gab es für derartige Krisen eine technisch perfekt eingerichtete, stationäre Leitstelle in Tempelhof. In wenigen Ausnahmefällen fuhren sie mit einem mobilen Einsatzwagen direkt vors Gebäude. Aber sie betraten niemals den Tatort.
»Das MCB-Hochhaus bietet ausnahmsweise perfekte Bedingungen für eine Einsatzzentrale. Das sechste Stockwerk ist noch nicht bezogen, hier können wir den Zugriff während der Verhandlungen proben«, erläuterte Steuer ungeduldig.

»Na, so perfekt kann die Lage ja doch nicht sein«, sagte Ira.
»Wieso?«, fragte Steuer, und zum ersten Mal bemerkte sie anhand der Hintergrundgeräusche, dass er sich in einem leeren Raum oder einer großen Lagerhalle aufhalten musste. »Weil Sie mich nicht holen würden, wenn Sie bereits einen Verhandlungsführer hätten. Aber Simon von Herzberg ist eine unerfahrene Flachpfeife. Und deshalb soll ich jetzt mein Frühstück sausen lassen, damit Sie sich nicht vor aller Welt lächerlich machen, weil ein Grünschnabel vom BKA die Sache versaut.«
»Sie irren sich«, schnauzte Steuer zurück. »Herzberg ist ganz und gar nicht das Problem. Im Gegensatz zu Ihnen ist er nicht nur Psychologe, sondern offizielles Mitglied unserer Spezialeinheit.«
Da war er wieder. Der alte Vorwurf. Das Vorurteil, man könne eher einem guten Polizisten Verhandlungstechniken beibringen als einem schlechten Psychologen die Polizeiarbeit. Dass Ira beides war, Psychologin und Polizistin, wollte Steuer nicht gelten lassen. Ihre Grundausbildung in Hamburg beim MEK, der einzigen Sondereinheit Deutschlands, die Frauen aufnahm, war in seinen Augen wertlos, da sie es vorgezogen hatte, danach nur bei ausgesuchten Fällen als beratende Kriminalpsychologin vor Ort zu arbeiten, um ansonsten angewandte Psychologie an der Polizeischule zu lehren. Aufgrund ihrer spektakulären Erfolge, unter anderem beim Zehlendorfer Geiseldrama, duldete Steuer sie hin und wieder am Tatort, damit ihm hinterher niemand vorwerfen konnte, er hätte nicht alles versucht.
»Herzberg ist ein versierter Mann. Und nur damit Sie es ganz genau wissen, Frau Samin. Ich halte Sie für eine ab-

gewrackte Alkoholikerin mit zerrütteten Familienverhältnissen, die ihre besten Tage lange hinter sich hat und bei der es nur noch eine Frage der Zeit ist, wann sie ihre persönlichen Probleme mit an den Tatort schleppt, um dadurch zu einer viel größeren Gefahr für Leib und Leben der anderen zu werden als jeder noch so durchgeknallte Psychopath, mit dem sie verhandeln will.«
»Ja, ja. Ich kann Sie auch ganz gut leiden«, erwiderte Ira und dachte wieder an ihre Cola light Lemon.
»Aber wieso befinde ich mich dann in diesem Moment im Landeanflug auf das MCB-Gebäude und nicht zu Hause in meiner Küche am Herd, wo ich Ihrer Meinung nach doch hingehöre?«
»Was fragen Sie mich? Glauben Sie allen Ernstes, das war meine Idee?« Steuers Stimme klang amüsiert. »Hätte Götz sich nicht für Sie stark gemacht, würde ich kaum meine Zeit mit Ihnen verplempern.«
Ira warf Götz einen fragenden Blick zu, der sich daraufhin achselzuckend von ihr abwandte.
»Wenn es nach mir geht ...«, setzte Steuer wieder an, »... und es geht nach mir, werden Sie so schnell wie möglich durch einen kompetenteren Mann ersetzt. Bis dahin nehmen Sie Herzbergs Platz ein, denn der Irre weigert sich aus irgendeinem Grund, mit ihm zu sprechen.«
Das macht ihn wiederum sympathisch, dachte Ira, behielt es aber für sich.
»Eine weitere Komplikation entsteht dadurch, dass er nur übers Radio verhandeln will. Öffentlich. Jeder soll mithören.«
Steuer atmete schwer aus.
»Wenn wir ihm den Saft abdrehen, will er *sofort* jemanden erschießen.«

9.

Die Tür flog auf, als Diesel gerade hinter seinem Schreibtisch saß und einen halben Liter flüssigen Grillkohlenzünder in den Papierkorb goss.

»Was machen Sie hier denn noch?«, schrie der kleine Mann, der in diesem Abschnitt des Stockwerks offenbar niemanden mehr vermutet hatte.

Das MCB-Gebäude wurde seit zwanzig Minuten komplett evakuiert. Diesel wusste genau, dass die Frage des geschniegelten Lackaffen mit der Nickelbrille nur rhetorisch gemeint war. Trotzdem gab er brav eine Antwort.

»Was ich mache? Na, wonach sieht's denn aus? Ich verbrenne die Show.«

»Sie verbrennen ...?«

Eine grelle Stichflamme schoss aus dem verzinkten Mülleimer etwa anderthalb Meter hoch in Richtung Zimmerdecke und raubte Simon von Herzberg für eine Sekunde den Atem.

»Verdammt!«

»Hey, hey, hey!« Diesel schnitt dem Mann das Wort ab. »In meinem verschissenen Büro wird nicht geflucht, verdammter Mist.«

Dann lachte er laut auf, weil der schmächtige Beamte in der Tür offensichtlich nicht wusste, worüber er sich zuerst wundern sollte. Dass er in einem Raum stand, der eher wie ein Spielzeugladen als ein Arbeitszimmer aussah. Oder dass der Verrückte ihm gegenüber doch wohl nicht derjenige sein konnte, der sich laut Türschild in diesem Zimmer aufhalten sollte. Nämlich der Chefredakteur des Radiosenders 101Punkt5.

»Hände hoch, und ganz langsam aufstehen!«, brüllte Herzberg jetzt und nickte den zwei Beamten zu, die hinter ihm bereits ihre Dienstpistolen gezogen hatten.
»Ho, ho, ho, ganz ruhig«, erwiderte Diesel. Statt dem Befehl des Verhandlungsführers Folge zu leisten, blieb er sitzen und begann langsam, sich mit beiden Händen sein graues Sweatshirt über den Kopf zu ziehen.
»Verdammt heiß hier auf einmal, was?«, drang seine Stimme dumpf lachend durch den Stoff. Dabei zerrte er weiter an dem Kleidungsstück. Doch ganz offensichtlich bekam Diesel auf einmal Probleme, das Sweatshirt über seine platinblond gefärbten Haare zu ziehen.
»Mist. Ich hab mich an meinem Nasenpiercing verheddert ...«
Von Herzberg drehte sich zu seinen Kollegen um, nur um sich zu vergewissern, dass sie dasselbe sahen wie er. Denn mittlerweile war Diesel aufgestanden und taumelte quer durch den Raum.
»Können Sie mir mal bitte helfen, sonst ... Kacke.«
Diesel knallte mit voller Wucht gegen einen Spielautomaten, den man normalerweise nur in Bahnhofskneipen vermuten würde, aber ganz bestimmt nicht im Büro eines Abteilungsleiters. Doch als Chef der verrücktesten Radioshow Deutschlands hatte man Diesel vertraglich gewisse Freiheiten zugestanden. Solange die Quoten stimmten, durfte er aus seinem Büro ein Disneyland für Erwachsene machen. Ein Arbeitsumfeld, in dem ihm angeblich die besten Ideen kamen. Und man verzieh ihm sogar seine pyromanischen Neigungen, denen er seinen Spitznamen verdankte und deretwegen man in seinem Büro die Rauchmelder herausgeschraubt hatte.
Während ihm die zwei Kripobeamten Feuerschutz gaben,

ging Herzberg mit gezogener Pistole zwei Schritte in den Raum hinein.
»Wo bin ich?«, schrie Diesel fast panisch und rammte mit seinem Kopf einen von der Decke hängenden Sandsack. Jetzt hatten sich seine Arme auch noch hoffnungslos in dem Shirt verfangen. Fast wäre er der Länge nach hingefallen. Sein Sturz wurde nur von dem Starwars-Flipper gebremst, der mitten im Raum stand. Auf dem lag er jetzt bäuchlings.
»Aufstehen!«, brüllte Herzberg, die Waffe weiterhin im Anschlag. »Ganz langsam.«
»Okay.« Diesel leistete dem Befehl Folge, und seine Stimme klang gedämpft, wie durch ein Kissen.
»Ich glaub, ich krieg keine Luft mehr.«
Herzberg machte einen Schritt auf den Chefredakteur zu und tastete ihn mit seiner linken Hand nach Waffen ab.
»Die Hände oben lassen, nicht umdrehen!«
Mittlerweile versammelten sich vor dem Büro noch weitere Polizisten, die alle mit offenen Mündern das skurrile Schauspiel durch die Glasscheiben verfolgten.
»Gut.« Diesel war unbewaffnet und Herzberg beruhigt.
»Wie kann ich Ihnen helfen?« Man konnte an Herzbergs Stimme hören, dass er jetzt langsam wieder in gewohntes Fahrwasser kam. Als psychologisch geschulter Verhandlungsführer des BKA besaß er ausreichend Erfahrungen bei Kriseninterventionen. Obwohl diese Krise hier garantiert in keinem Lehrbuch behandelt wurde.
»Mein Nasenring hängt irgendwo an dem Reißverschluss fest.«
»Okay, ich verstehe. Aber das ist kein Probleeeeeee...«
Herzberg schrie beim letzten Wort wie ein Teenager beim Looping in einer Achterbahn. Dabei wich er panisch zu-

rück. Denn urplötzlich war Diesel herumgeschnellt und riss sich im Bruchteil einer Sekunde das Shirt vom Kopf.
»Buh!«
Herzbergs Schrei endete so abrupt, wie er begonnen hatte, und jetzt wandelte sich seine Stimmungslage von blanker Angst zu purem Entsetzen. Denn irgendwie war es Diesel gelungen, sich unter dem Kleidungsstück eine Scherzartikel-Brille aufzusetzen, bei der auf Knopfdruck zwei blutige Gummiaugäpfel aus der Fassung fielen. Sie kullerten Herzberg direkt vor die Füße.
»April, April.« Diesel lachte schallend und registrierte amüsiert, dass auch die Beamten vor seinem Büro sich ein Grinsen nur schwer verkneifen konnten.
»Sind Sie wahnsinnig? Ich ... ich hätte Sie töten können«, keuchte Herzberg, als er wieder etwas klarer denken konnte. »Sie, Sie ... Sie stören gerade einen sensiblen Einsatz und benehmen sich unverantwortlich«, tobte er weiter. »Ich bin empört.«
»Angenehm. Ich bin Clemens Wagner«, grinste der Chefredakteur und erntete damit erneut ein Schmunzeln der Polizisten.
»Aber meine Feinde dürfen mich Diesel nennen.«
»Schön, äh, Herr Wagner. Dann sind Sie neben Markus Timber heute Morgen der ranghöchste Mitarbeiter hier im Sender?«
»Ja.«
»Und warum benehmen Sie sich dann wie ein Kleinkind? Warum haben Sie nicht wie alle anderen das Gebäude verlassen, sondern fackeln stattdessen Ihr, äh ...«
Herzberg sah sich verächtlich um. »... Ihr Büro ab?«
»Ach, deswegen sind Sie so sauer?« Diesel sah zu dem Papierkorb, aus dem immer noch leichter Rauch aufstieg.

»Das ist nur so 'ne alte Angewohnheit von mir.«
»Alte Angewohnheit?«
»Ja. Wenn eine Show nicht gut war, drucke ich alle Texte aus und verbrenne sie. Ist so ein Ritual.«
Nachdem Diesel kein Sweatshirt mehr trug, sah man jetzt die auf seine Unterarme tätowierten züngelnden Flammen.
»Und das heute ist doch echt eine miese Morgenshow – oder?«
»Ich hab davon keine Ahnung. Und ich habe auch keine Zeit mehr zu verlieren. Ein Beamter wird Sie sofort zum Auffanglager begleiten, das wir im Sony-Center eingerichtet haben.«
Herzberg nickte in Richtung Ausgang, doch Diesel blieb einfach stehen.
»Schön, aber ich komme nicht mit.«
»Wie meinen Sie das schon wieder?«
»So, wie ich es sage. Ich bleibe hier.«
Diesel ging zu einer überlebensgroßen Barbiepuppe und drückte ihr auf die rechte Brust. Sofort öffneten sich ihre Lippen, und man hörte das laufende Programm aus ihrem Mund. Auf 101Punkt5 lief gerade Werbung.
»Der Geiselnehmer will, dass alles so weiterläuft wie immer«, erklärte Diesel. »Das bedeutet: zweimal die Stunde Nachrichten, alle fünfzehn Minuten Wetter und Verkehr, dazwischen gute Laune und viel Musik.«
»Dieser Sachverhalt ist mir bekannt.«
»Gut für Sie. Aber vielleicht wissen Sie nicht, wie viel Arbeit hinter so einer Sendung steckt. Das alles erledigt sich nicht von alleine. Und da ich hier der Chefredakteur der Show bin, werden Sie wohl oder übel mit meiner Gegenwart vorlieb nehmen müssen. Sonst kriegt Mr. Amok im

Studio nicht das, was er will. Und das dürfte nicht in Ihrem Interesse sein.«

»Da hat er Recht.«

Alle Köpfe drehten sich zu der Tür um, von wo die tiefe Stimme ertönte. Diesel registrierte amüsiert, dass Herzberg offenbar großen Respekt vor dem Zwei-Meter-Hünen hatte, der sich schnaufend in sein Büro zwängte. Jedenfalls nahm er sofort Haltung an.

»Was ist hier los?«

»Alles bestens, Herr Polizeidirektor. Ich habe unten die Einsatzleitstelle verlassen und wollte mir kurz vor Ort einen Überblick über die Lage verschaffen, als wir plötzlich Rauch auf dem Gang bemerkten. Ich ging der Sache nach und stieß auf den, äh ...«, Herzberg warf Diesel einen verächtlichen Blick zu, »... den Chefredakteur. Clemens Wagner.«

»Ich weiß, wie er heißt«, sagte Steuer mürrisch. »Wir haben ihn bereits durchgecheckt. Er ist sauber. Und er hat Recht. Er darf hier bleiben und sich um den Sendebetrieb kümmern.«

»Alles klar«, nickte Herzberg und sah dabei aus, als ob er gerade eine brennende Kartoffel verschluckt hätte. Diesel grinste triumphierend.

»Außerdem verlegen wir Ihre Verhandlungszentrale aus dem sechsten Stock nach hier oben.«

»Hierhin?«

»Ja. Je dichter Sie am Studio dran sind, desto besser. Sie sollen ja nicht nur verhandeln, sondern den Irren gegebenenfalls ablenken, damit das Team von Götz besser zuschlagen kann. Dafür liegt das Büro ideal. Es ist weit genug vom Studio entfernt, trotzdem hat man noch volle Sicht auf den Tatort. Hier oben sind Sie außerdem unge-

stört. Im sechsten Stock bauen wir gerade den kompletten Sendekomplex nach, um den Eingriff zu proben.«
»Verstehe«, murmelte Herzberg und schien dabei gar nicht glücklich, die folgenden Stunden in Reichweite einer möglichen Sprengstoffexplosion arbeiten zu müssen.
»In Ordnung«, fügte er etwas lauter hinzu, als Steuer seine rechte Hand fragend hinter sein Ohr legte.
»Schön. Also beeilen wir uns. Wir haben nur noch zwölf Minuten bis zur ersten Deadline. Und zuvor muss ich Ihnen noch eine alte Bekannte vorstellen.«
Diesel beobachtete erstaunt, wie der fleischige Riese mit unvermuteter Geschwindigkeit aus dem Büro polterte und wenige Augenblicke später mit einer schlecht gelaunt wirkenden, schwarzhaarigen Frau im Schlepptau wieder zurückkam, deren Hände in Handschellen steckten.
»Meine Herren, bitte begrüßen Sie herzlich Frau Ira Samin.«

10.

Er überlegte, wen er nehmen würde. Die erste Spielrunde war die schwierigste, so viel stand fest. Wenn man davon ausging, dass etwa dreihundertdreißigtausend Menschen die Sendung in genau diesem Augenblick hörten, dann gab es noch über drei Millionen weitere Berliner, die überhaupt nichts davon wussten, dass er das Studio gestürmt, Geiseln genommen und die Spielregeln des Cash Calls geändert hatte. Keine Frage. Die erste Runde war nicht zu gewinnen. Und deshalb gab es auch keine Freiwilligen, als er danach fragte.

»Nicht so stürmisch«, rief Jan May in die Runde und ließ seinen Blick über die Gruppe an der Studiotheke wandern. Von Timber, dessen Nase endlich aufgehört hatte zu bluten, über das Pärchen, die verängstigte Cindy und ihr Maik, die sich aneinanderklammerten, zu dem Witzbold Theodor, dem Buchhaltertyp, der sichtlich unter Schock stand und seinen Sinn für Humor in einer anderen Welt zurückgelassen hatte. Der UPS-Held Manfred lehnte nach seiner kurzfristigen Bewusstlosigkeit an der mit grauem Stoff bezogenen Studiowand, unmittelbar neben der schwangeren Rothaarigen, die sich als Krankenschwester Sandra entpuppt hatte. Jan hatte ihr erlaubt, Timber mit blutstillender Watte und Manfred mit Aspirin aus dem Erste-Hilfe-Koffer des Studios zu versorgen.

»Wir haben noch etwa drei Minuten, meine Damen und Herren«, fuhr er mit seinem Monolog fort. »Wie Sie hören, hat Queen gerade mit ›We are the Champions‹ begonnen. Und sobald dieser Song ... Entschuldigung ...«, Jan drehte sich zu Flummi um, der erstaunlich gelassen die Musikaufpläne kontrollierte, »...wie sagt ihr zu so einem Lied?«

»Mega-Hit«, antwortete Timber für Flummi. Wegen seiner gebrochenen Nase klang er jetzt, als wäre er stark erkältet.

»Danke. Sobald dieser Mega-Hit von Queen zu Ende ist, werde ich Flummi bitten, mir eine freie Telefonleitung nach draußen zur Verfügung zu stellen. Und dann werden wir die erste Runde Cash Call mit den neuen Regeln spielen.«

Jan hob seine linke Hand, die er zur Faust geballt hatte,

und zählte beim Sprechen jeden Punkt seiner Aufzählung an den Fingern ab.

»Also, ich habe einen Produzenten, ich habe ein Telefon und eine Leitung. Ich habe die Spielregeln. Fehlt nur noch der Einsatz. Wen soll ich freilassen, wenn am anderen Ende die richtige Parole gesagt wird?«

Keiner wagte es, ihm direkt in die Augen zu sehen. Jeder wusste, dass es nicht um eine Freilassung ging. Nur Sandra hob kurz den Kopf, und Jan konnte in ihren hellen Augen unendlichen Hass erkennen. Im Gegensatz zu Theodor, der in seinem Schockzustand wie ein Autist mit dem Kopf wackelte, erschien sie als tapfere Mutter, die anscheinend als Einzige noch den Mumm hatte, der Gefahr ins Auge zu sehen. Jan wunderte sich, wie viel man aus einem einzigen Blick lesen konnte. Doch dann zwang er sich wieder zur Konzentration auf den nächsten Schritt und startete sein perfide durchdachtes Auswahlverfahren.

»Ja, ja, ich weiß. Jeder von euch will der Erste sein. Und da ihr euch nicht entscheiden könnt, werde ich wohl selbst die Wahl treffen müssen.«

»O mein Gott ...« Cindy schluchzte auf und vergrub ihr Gesicht im Oberkörper ihres Mannes.

»Bitte ...« Jan hob beschwichtigend beide Hände. Die Waffe hielt er dabei weiterhin, leicht abgewinkelt, in seiner Rechten.

»Nicht zu früh freuen. Noch ist es ja nicht so weit. Ich werde meine Entscheidung erst *nach* der ersten Spielrunde bekannt geben.«

Die beiden Frauen im Studio schlossen ihre Augen. Alle anderen versuchten, keine Reaktion zu zeigen, und wirkten dadurch nur noch nervöser.

»Noch mal zur Erinnerung«, sagte Jan wieder lauter. »Ich

rufe gleich irgendeine Telefonnummer in Berlin an. Dann sind wir alle sehr gespannt, ob sich der Teilnehmer mit der Parole meldet, die da heißt?«
Jan richtete die Pistole auf Maik, der blass wurde und anfing zu stottern: »Ich ... ich ... höre 101 ... äh ... Punkt ... äh ... fünf. Und je... jetzt ...«
»... und jetzt lass eine Geisel frei. Richtig«, ergänzte Jan im doppelten Sprechtempo. »Und gleich danach suche ich mir aus, wen ich freilasse oder – falls der Angerufene die Parole wider Erwarten falsch aufsagen sollte – wen ich ...« Er ließ den Satz unvollständig, aber dadurch umso bedrohlicher im Raum stehen.
Jan sah noch mal aus dem Augenwinkel auf die Uhr und verglich die Restzeit mit der Anzeige des Musiccomputers. Noch eine Minute und dreißig Sekunden. Queen startete in die letzten Refrains.
»Manfred?« Er warf ihm einen kurzen Blick zu und griff sich dabei den ersten Band des Telefonbuchs, das er vorhin auf der Ablage neben dem CD-Regal entdeckt hatte.
»Ja?«
»Ich bin am Verdursten. Das da hinten ist doch eine Küche, oder?«
»Ja.« Timber nickte.
»Bitte, setzen Sie für uns alle eine große Kanne Kaffee auf, während ich hier telefoniere. Es kann eine lange Show werden. Wir stehen ja erst vor unserer ersten Spielrunde.«
Während er sprach, ließ Jan die dünnen Seiten des Telefonbuchs wie bei einem Daumenkino an seinem Finger vorbeigleiten und sah wieder fragend in Timbers Richtung.
»Spielrunde – dafür habt ihr doch im Radiojargon bestimmt auch einen Fachausdruck. Oder?«

»Pay Off.« Diesmal war es Flummi, der die Antwort gab.
»Pay Off«, wiederholte Jan, schlug im selben Augenblick den dicken Wälzer auf und drosch dann mit der flachen Hand auf die rechte Seite.
»Ha!« Alle im Studio zuckten zusammen.
»Wir starten einen Pay Off in sechzig Sekunden mit einer zufällig ausgewählten Nummer aus dem Berliner Telefonbuch, erster Band, Buchstabe ›H‹. Mal hören, wer der Glückliche sein wird.«

11.

Als Ira im neunzehnten Stock ans Fenster der provisorischen Verhandlungszentrale trat, konnte sie erkennen, dass der Verkehrsstau im Westen bereits bis zur Bülowstraße und im Osten bis zum roten Rathaus reichte. Im Augenblick waren siebenundsechzig Polizeibeamte damit beschäftigt, ein Areal in der Größe von etwa siebzig Fußballfeldern für den gesamten Verkehr inklusive Fußgänger abzusperren. Niemand durfte die Gefahrenzone rund um das MCB-Gebäude betreten. Es war kurz vor halb neun, in weniger als vierzig Minuten öffneten die Geschäfte in den Arkaden, und siebzigtausend Berliner machten sich wie jeden Tag auf den Weg, um im Glaspalast ihre Einkäufe zu erledigen. Sie würden ihr Ziel heute nicht erreichen. Genauso wenig wie die unzähligen Menschen, die zu ihren Arbeitsplätzen in beiden Teilen der City wollten, unter ihnen hochrangige Bundesbeamte

und Politiker, die bei einer Bundesratssitzung oder im Parlament erwartet wurden. Noch nie war der Begriff der »Bannmeile« für das Regierungsviertel so zutreffend gewesen wie heute.
»Wie wäre es, wenn Sie endlich mit der Arbeit anfangen würden, anstatt die Aussicht zu genießen?«
Ira drehte sich zu Steuer um, der im Türrahmen stand und von dort aus die Aktivitäten seiner Untergebenen beobachtete. Von Herzberg hatte den Sandsack abmontieren und den Flipper beiseite räumen lassen, um so in Diesels Büro Platz für die Grundausrüstung zu schaffen: eine mobile Computereinheit inklusive der Überwachungselektronik sowie den großen Standard-Einsatzkoffer und zwei Flipcharts. Er schloss gerade das Aufnahmegerät an die Telefonanlage an. Dabei half ihm ein Assistent mit schlohweißem Haar. Ira hatte noch nie zuvor mit ihm gearbeitet und vermutete, dass er der Protokollant war.
»Wo ist der dritte Mann?«, fragte sie. Es war ein ungeschriebenes Gesetz, dass jede Verhandlungsgruppe zu dritt agierte. Einer sprach, einer protokollierte. Der Dritte behielt die objektive Sicht von außen und übernahm die Verhandlungen, wenn der Unterhändler erschöpft war. Gespräche mit Entführern und Geiselnehmern konnten sich über viele Stunden, manchmal sogar Tage hinziehen. Die psychische Belastung war für einen Beamten allein untragbar.
»*Sie* sind der dritte Mann«, antwortete von Herzberg. »Der Geiselnehmer verweigert weiterhin jeden Kontakt mit unserer Verhandlungsgruppe.«
Iras Puls beschleunigte sich plötzlich, als wäre sie gerade von einem Laufband gestiegen, weshalb sie Herzbergs Worte nicht kommentierte. Diese erste Kreislaufschwäche

signalisierte ihr, wie definitiv fehl am Platze sie hier war, es sei denn, irgendjemand mixte ihr bald einen Drink.
Herzberg nahm von seinem Platz am mobilen Einsatzcomputer aus den Telefonhörer ab und drehte sich auf seinem Bürostuhl zu Ira. »Keine Verbindung. Er geht nicht mehr ans Studiotelefon.«
»Mist«, grummelte Steuer zurück und zog sich eine Zigarette aus der Packung.
»Hey, hier wird nicht geraucht!«, bellte Diesel scherzhaft, und Ira musste grinsen. Der Geruch von dem verbrannten Papier aus seinem Mülleimer hing immer noch in der Luft.
»Versuchen Sie es weiter, Herzberg. Frau Samin muss noch vor der ersten Deadline mit ihm reden.«
»Kommt gar nicht in Frage«, sagte Ira ruhig, aber bestimmt.
»Ich werde auf gar keinen Fall eine Verhandlung führen. Nicht heute. Mal ganz abgesehen davon, dass ...«, sie musste sich räuspern, um einen trockenen Hustenreiz zu unterdrücken.
»Wovon abgesehen?«, wollte Steuer wissen.
... dass du meinen Entzug bald live miterleben wirst, wenn wir uns noch etwas länger unterhalten, wollte sie ihm am liebsten antworten. Stattdessen provozierte sie ihn: »Mal ganz abgesehen davon, dass Gespräche in diesem Fall gar keinen Erfolg bringen *können*.«
In Steuers Augen blitzte es kurz auf. Damit hatte er nicht gerechnet.
»Keine Verhandlung? Wir sollen stürmen? Kommt das wirklich aus Ihrem Mund, Frau Samin?«
»Quatsch. Das hätten Sie wohl gerne.«
Ira wusste genau, was Steuer von psychologischen Ver-

handlungen mit Schwerstkriminellen hielt. Gar nichts. Nach seiner Meinung waren Verhandlungsführer wie Ira verweichlichte Softies, die nicht den Mumm hatten, eine Krise mit Waffengewalt zu lösen. Es widerte ihn an, einem Verbrecher auch nur den kleinsten Finger zu reichen. Geschweige denn, ihm eine Pizza oder Zigaretten vorbeizubringen, selbst wenn er dafür im Austausch eine Geisel frei bekam.

»Gut, Frau Psychologin, wir haben jetzt noch fünf Minuten bis zum ersten Cash Call. Sie wollen nicht verhandeln. Sie wollen nicht stürmen. Was ist denn dann Ihr Plan, wenn ich fragen darf?«

»Das wissen Sie nicht?«, tat Ira erstaunt. Dann sah sie kurz an die Zimmerdecke und rollte mit den Augen. »Ach, stimmt ja. In Ihrer Position sind Ihnen Tatorte nur noch vom Schreibtisch aus bekannt. Na, dann will ich Ihnen mal kurz auf die Sprünge helfen: Wir haben es hier mit einer perfekten Schulbuchsituation zu tun. Das kann sogar der da drüben erledigen.« Ira nickte in Herzbergs Richtung. »Man muss nämlich gar nichts tun. Einfach nur abwarten.«

»Nichts tun?«, fragte Diesel, der die Unterhaltung aus der anderen Zimmerecke aus mitverfolgt hatte. »Normalerweise mach ich das gerne. Den ganzen Tag. Aber heute klingt das nach einer blöden Idee, zumindest für die Geiseln, oder?«

»Ja, das ist leider wahr. Die Menschen im Studio werden sterben. Alle.«

Ira hob beide Hände, um sich eine Haarsträhne aus der Stirn zu wischen. Offenbar trug sich Steuer nicht mit der Absicht, ihre Handschellen zu lösen, bevor sie die Gespräche mit dem Geiselnehmer aufnahm.

»Das ist zwar sehr bedauerlich und klingt hart. Doch bei derartigen Verhandlungen geht es eigentlich fast nie um das Leben der Geiseln.«
»Sondern?« Auch Steuer war jetzt völlig entgeistert.
»Um das Leben Tausender anderer.«
»Tausender anderer? So ein Blödsinn? Wie soll der Irre im Studio das denn bitte gefährden können? Quatsch!«, fluchte Steuer, während Herzberg sich wieder zu ihnen umdrehte.
»Noch immer keine Reaktion.«
»Weiter versuchen«, bellte Steuer kurz und sah dann wieder zu Ira.
»Wir haben zwei Präzisionsschützenteams in Position, und Götz leitet eine Elitetruppe, die umfangreiche Erfahrung in Krisensituationen hat.«
»Schön für Sie. Aber all das nützt nichts, wenn der Geiselnehmer einen Hubschrauber fordert und damit in ein Hochhaus fliegt. Oder heute Abend ins voll besetzte Olympiastadion. Jetzt hat er sechs Menschen in seiner Gewalt ...«
»Sieben«, korrigierte Steuer. »Zwei Angestellte, fünf Besucher.«
»Okay. Ist auch egal. Wenigstens haben wir jetzt eine stabile Lage. Das Studio ist abgeschlossen, es gibt keinen Weg nach draußen. Das Gebäude ist evakuiert. Demnach ist die Zahl der Opfer überschaubar. Und da er nach und nach seine Geiseln erschießen will, ist sogar das zeitliche Ende des Dramas abzusehen. Alles, was wir also tun müssen, ist zu verhindern, dass aus der stabilen eine mobile Lage wird, wie damals in Gladbeck. Wenn Sie stürmen lassen, Steuer, wäre es das Blödeste, was Sie tun können. Sie laufen nur Gefahr, die Zahl der Opfer zu erhöhen.«

»Aber wieso wollen Sie dann nicht verhandeln?«, wollte Herzberg jetzt wissen. Er war aufgestanden und pochte mit seinem Zeigefinger auf seine Armbanduhr, die viel zu groß für sein dünnes Handgelenk war.
»Um Himmels willen, wir haben nur noch drei Minuten, und Sie stehen hier rum und quatschen.«
»Und was soll ich Ihrer Meinung nach tun, Mr. Einstein? Sie können mir ja den Geiselnehmer noch nicht einmal ans Telefon holen. Außerdem ...«
Irritiert sah Ira, wie ein Beamter der Soko »Cash Call« vom Flur aus an Steuer herantrat und ihn flüsternd mit irgendwelchen Ermittlungsergebnissen versorgte.
»... außerdem haben wir gar keine Verhandlungsmasse«, fuhr Ira nach einer kurzen Pause fort. »Sie können ihm keinen Deal vorschlagen, denn es gibt nichts, was Sie ihm als Gegenleistung anbieten könnten. Er hat das Wichtigste, was er bekommen wollte, bereits.«
»Und das wäre?«, fragte Steuer, den Kopf immer noch zu dem Polizeibeamten runtergebeugt.
»Aufmerksamkeit. Öffentlichkeit. Medienrummel. Wir haben es hier nicht mit einem Psychopathen zu tun, dafür ist die Tat zu gut geplant. Es ist offensichtlich auch kein politisch motivierter Anschlag, sonst hätte er schon längst seine Forderungen gestellt. Unser Geiselnehmer ist leider ein sehr, sehr intelligenter Mensch, der einfach um jeden Preis ins Rampenlicht will.«
»Also wird er töten?«, fragte Diesel.
»Ja. Um noch mehr Beachtung zu erhalten. Leider. Und wir können im Augenblick nichts dagegen tun.«
»Doch können wir«, sagte Steuer, ging einen Schritt auf Ira zu und drückte ihr einen kleinen Schlüssel für ihre Handschellen in die linke Hand.

»Wir leiten einfach die Anrufe aus dem Studio um.«
Das war es also. Ira entglitten die Gesichtszüge. Das also hatte der Beamte eben Steuer ins Ohr geflüstert.
Eine Rufumleitung!
»Sie können ja gerne hier weiter dumm stehen und blöd quatschen. Ich hab einen Einsatz zu führen. Guten Tag.«
Nach diesen Worten trat Steuer wütend mit seinem Fuß gegen Diesels Metallpapierkorb und verließ schnellen Schrittes den Raum.
Ira zögerte erst einen Moment, dann hastete sie Steuer hinterher.

12.

Am Ausgang an der offenen Fahrstuhltür holte sie ihn endlich ein. »Sie wollen die ausgehenden Anrufe aus dem Studio manipulieren?«
Ira stieg mit dem Polizeidirektor in den Lift und versuchte, sich dabei gleichzeitig mithilfe des winzigen Schlüssels von den Handschellen zu befreien. Steuer antwortete nicht.
»Ist das wirklich Ihr Ernst?«
Der Einsatzleiter drehte mit einem müden Lächeln seinen Kopf und sah auf Ira herab.
»Ach? Sind Sie etwa sauer, dass Sie nicht selbst darauf gekommen sind?«
Der Fahrstuhl setzte sich kaum merklich in Bewegung, und Ira gelang es endlich, eine Hand aus der Metallumklammerung der Handschellen zu lösen.

»Die Beamten in dem Callcenter sind bestens instruiert, wie sie sich im Falle des Falles am Telefon zu melden haben. Sie kennen die Parole.«
»Das ist nicht Ihr Ernst, oder?« Ira starrte in das aufgedunsene Gesicht des Polizeidirektors. Zahlreiche fettige Zwischenmahlzeiten und unnötige Bürosnacks hatten zweifelsfrei ihre Spuren hinterlassen.
»Mein voller Ernst. Leider ist die Studioanlage sehr kompliziert. Die Techniker können noch nicht garantieren, dass wirklich alle ausgehenden Anrufe umgeleitet werden. Sie müssen erst noch einen Testlauf machen.«
»Das wäre ein großer Fehler«, protestierte Ira, doch Steuer ignorierte sie jetzt wieder. Der Fahrstuhl war im sechsten Stock angekommen und öffnete seine Tür zum Bereich der Einsatzleitung. Steuers Schaltzentrale. Oben, in der neunzehnten Etage, besetzte das Verhandlungsteam nur ein mittelgroßes Büro. Hier unten hatte Steuer eine gesamte Büroetage des MCB-Gebäudes für seine Zentrale okkupiert. Eigentlich wollte hier im nächsten Monat ein Marktforschungsunternehmen seine Zweigstelle eröffnen. Das Stockwerk war erst zu neunzig Prozent fertig. Es sah aus wie in einer Messehalle am Tag vor der Ausstellungseröffnung. Umzugskisten, eingeschweißte Büromöbel und ganze Teppichrollen lagen zwischen den zukünftigen Telefon-Arbeitsplätzen des Großraumbüros. Von hier aus sollten in wenigen Tagen schlecht ausgebildete Teilzeitkräfte willkürlich ausgewählte Personen anrufen und sie nach ihrer Meinung über die Beliebtheit der Bundesregierung befragen. Die Telefone und Computer dafür funktionierten bereits. An einigen saßen Beamte und telefonierten.
»Also, Ira, entscheiden Sie sich. Entweder Sie fahren mit

dem Fahrstuhl wieder rauf und fangen an zu arbeiten, oder Sie verabschieden sich hier und jetzt. Nur halten Sie mich nicht länger von *meiner* Arbeit ab.«
Während Steuer in die Leitstelle eilte, blieb Ira staunend in der Fahrstuhltür stehen. Eins musste man ihm lassen: Der SEK-Chef hatte in der kurzen Zeit ganze Arbeit geleistet. In der rechten hinteren Ecke waren alle Zwischenwände wieder herausgerissen worden. Sie sollten einem originalgetreuen Nachbau des Studiokomplexes aus dem neunzehnten Stock weichen. Bislang stand erst eine Rigipswand. Die Glasscheiben fehlten noch. Doch eine wurde gerade von zwei Männern durch den Raum getragen.
Ira löste sich aus ihrer Verblüffungsstarre und betrat das Großraumbüro. Auf dem Fußboden markierten weiße Aufkleber die Stellen, an denen die Teppichverleger nächste Woche einen Läufer mit dem Firmenemblem des Instituts auslegen sollten. Ira folgte ihnen und sah, dass der Weg sie zum Chefbüro in der linken Ecke der Ebene führte. Die schwere Holztür stand offen, und so konnte Ira sehen, wie Götz und Steuer gemeinsam auf einen Monitor starrten, der auf einem obszön großen, oval geschwungenen Schreibtisch thronte. Steuer saß auf einem schwarzen Ledersessel. Götz stand hinter ihm und beugte sich über seine Schulter.
»Können wir von hier aus auf die Überwachungskamera zwölf schalten?«, fragte Steuer gerade, als Ira den Raum betrat. Beide sahen kurz auf. Während Götz ihr aufmunternd zunickte, lag in Steuers Blick unverhohlene Verachtung. Wenn er etwas sagen wollte, so schluckte er es jedoch aus Zeitgründen wieder herunter. Auf dem Schreibtisch neben dem Computer stand ein transportab-

les Würfelradio mit einer digitalen Zeitanzeige. 8.34 Uhr. Noch dreiunddreißig Sekunden bis zur ersten Spielrunde. Götz beugte sich über Steuers Schulter und tippte etwas in die mobile Computereinheit. Auf dem Plasmabildschirm baute sich ein Bild vom Haupteingang des Radiosenders auf. Ira konnte alles gestochen scharf auf einem zweiten Monitor verfolgen, der auf der ihr zugewandten Seite des Schreibtisches stand. Vermutlich für einen von Steuers Assistenten. Der Bildschirm zeigte den Empfangstresen im neunzehnten Stock, eine Metallleiter davor. Daneben stand ein schmächtiger Polizeibeamter, der gerade im Begriff war, seine Uniform auszuziehen.
»Alles ist so, wie Sie es angeordnet haben«, erklärte Götz, und Steuer nickte. »Onassis ist zum Glück so dünn, dass er durch den Schacht der Klimaanlage passt.«
Onassis war natürlich nicht der richtige Name des Mannes, doch SEK-Beamte arbeiteten grundsätzlich anonym und mit Codenamen.
»Er wird problemlos durchkommen. Wie Sie sehen, macht er sich in dieser Sekunde auf den Weg.«
»Aber es sind noch mindestens fünfzig Meter bis zum Studio«, stöhnte Steuer auf und blickte auf die Zeitanzeige des Radios. »Wir haben nur noch wenige Sekunden.«
»Selbst wenn er es nicht rechtzeitig vor dem ersten Anruf schafft, kann er trotzdem noch schießen, bevor das Objekt sich an einer Geisel vergreift.«
»Und das wäre ein noch viel größerer Fehler«, sagte Ira, doch keiner, weder Götz noch Steuer, hörten ihr zu. Sie starrten weiter auf den Monitor, auf dem der mittlerweile fast nackte Polizeibeamte gerade mit einer Neun-Millimeter-Pistole bewaffnet die Leitersprossen hinaufkletterte.

Rufumleitung! Ein Scharfschütze im Lüftungsschacht!, dachte Ira. *Wissen die denn nicht, auf welche Katastrophe sie gerade zusteuern?*

13.

Manfred Stuck ahnte, dass er nicht zum Kaffeekochen in den Erlebnisbereich geschickt worden war. Und deshalb verlor er auch keine Zeit damit, Wasser in die chromfarbene Fünf-Liter-Maschine zu kippen und nach dem Kaffeefilter zu suchen. Er öffnete die kleine Feuerschutztür am Kopfende des Raumes und freute sich für einen Moment, dass sie ins Freie führte. Die Erleichterung währte nicht lange, als er sah, dass er hier in der Falle saß. Neunzehn Stockwerke, neunzig Meter hoch über der Potsdamer Straße. Die begrünte Terrasse führte ins Nichts. Wenn er hier rauslief, gab er sich ein halbes Stockwerk tiefer zum Abschuss frei. *Verdammt.*
In Manfreds Kopf hämmerte es wieder so schlimm wie unmittelbar nach dem Schlag, den ihm der Irre im Studio verpasst hatte.
Warum konnte ich mich nur nicht beherrschen? Jetzt will er mich natürlich zuerst abservieren.
Er setzte sich wieder in Bewegung. Zurück in den Aufenthaltsraum. Die andere Tür neben der Küchenzeile. Abgeschlossen. Manfred rüttelte an der Plastikklinke. Nichts. Egal, was dahinter lag, auch dieser Weg war ihm versperrt.
Er riss die Hängeschränke über der Spüle auf, in der Hoff-

nung, hier einen Schlüssel zu finden. Doch er wusste, dass es hoffnungslos war. Warum sollte sich jemand die Mühe machen, eine Tür abzuschließen, um dann den Schlüssel für jedermann zugänglich aufzubewahren? Dann könnte sie gleich offen bleiben.
Trotzdem beugte er sich nach unten und öffnete die weißen Lamellentüren direkt unter dem Waschbecken. Und knallte vor Schreck mit dem Kopf an die Kante der Arbeitsplatte.
»Heilige ...«
»Pscht!« Eine kleine blonde Frau kauerte unter der Spüle neben dem Mülleimer und presste ihren Zeigefinger an die Lippen.
»Wer zum Teufel sind Sie?«, flüsterte Manfred. Eine neue Schmerzwoge schwappte in seinem Kopf von einer Schädelhälfte zur anderen, als er hektisch zur Studiotür sah. Der Geiselnehmer stand immer noch unverändert über das Mischpult gebeugt und ließ sich von Flummi die Telefonanlage erklären. Offenbar hatte niemand ihn oder die junge Frau bemerkt.
»Ich bin Kitty. Ich arbeite hier.«
»Gut. Sie müssen mir helfen. Wie komm ich hier raus?«
»Gar nicht. Der einzige Ausweg führt zurück durchs Sendestudio.«
»Und was ist mit der Tür da?«
»Dahinter ist der Technikraum. Und einen Schlüssel dafür hat nur Timber. In jedem Fall ist es aber auch nur eine Sackgasse.«
Manfred sah noch mal rechts durch das schmale Glasfenster in der Tür ins Studio hinein. Der Geiselnehmer hatte zum Telefonhörer gegriffen und begann, eine Nummer zu wählen. Es ging los.

»Bitte«, flüsterte Manfred, und jetzt stand ihm unverhohlen die Panik im Gesicht. »Gibt es denn gar nichts, was Sie für mich tun können?«
»Was ist das da?«
»Was?«
»Hinten an Ihrer Jeans.«
Dadurch, dass der UPS-Mann in die Knie gegangen war, hatte sich sein braunes Uniform-Hemd über seinen breiten Hintern nach oben geschoben.
»Ist das ein Handy?«
Manfred griff zu dem Lederetui an seiner Gürtelschlaufe. »Das Ding? Großer Gott, nein. Das ist nur unser verfluchtes Firmenfunkgerät. Was willst du damit anfangen?« Er riss es aus dem Etui und drückte es Kitty in die Hand. »Willst du damit Hilfe holen? Verdammter Mist, was glaubst du, warum er uns nicht auf Handys untersucht hat? Weil die ganze Welt sowieso über diesen blöden Radiosender zuhört.«

14.

⇒ *Ich hab ihn direkt im Visier*
Ira starrte fassungslos auf den Bildschirm. Das Bild wackelte leicht, wenn der Scharfschütze sich bewegte. Doch es gab keinen Zweifel. Der Mann war kurz vor seinem Zielobjekt. Schneller als erwartet hatte er sich durch den staubigen Schacht der Klimaanlage bis zum A-Studio vorgeschoben. Seine Knie bluteten, und seine Handballen waren aufgerissen. Aber die Mühe hatte sich gelohnt. Er

lag jetzt neben dem Abzugsventilator, direkt über dem Studiomischpult. Die funkgesteuerte Mikrofaser-Endoskopiekamera an der Stirn des Schützen lieferte eine Nahansicht vom Hinterkopf des Geiselnehmers. Leider konnte man aus dieser Perspektive nicht auch alle anderen Menschen sehen, die sich im Raum befanden. Dazu hätte der Polizist die Lüftungsplatte anheben müssen. Der schmale Schlitz zwischen den Metallrotorblättern des Deckenlüfters reichte gerade aus, um die Mündung der Heckler & Koch in Position zu bringen.
Es gab einen kurzen Signalton, dann füllte sich vor den Augen von Götz, Steuer und Ira die rechte obere Ecke des Bildschirms mit einer neuen Textnachricht. Der Polizist arbeitete mit einem Mini-Text-Computer. Eine Funkverbindung wäre zu laut gewesen.
⇒ *Erwarte weitere Befehle*
»Er ist so weit«, sagte Götz.
»Gut«, antwortete Steuer.
»Nichts ist gut!«, widersprach Ira heftig. »Ihr dürft auf gar keinen Fall schießen.«
»Maul halten!« Steuer stand von seinem Stuhl auf und legte Götz die Hand auf die Schulter. »Es ist Ihr Mann.«
Götz setzte sich und zog die kabellose Funktastatur zu sich heran.
Seine Finger flogen über die Tasten.
»Waffe entsichern.«
Die Antwort kam prompt: *Ist entsichert*
»Ihr dürft ihn nicht erschießen«, wiederholte Ira.
»Was macht Zielperson?«
⇒ *Er wählt*
»Welche Nummer?«
Die Auflösung über die mobile Kamera war zu schlecht,

um die Zahlenfolge vom Telefoncomputer im Studio abzulesen.
⇒ *Beginnt mit 788*
Das ist Kreuzberg. Mein Viertel, dachte Ira, sagte aber nichts. Seitdem man seine Telefonnummer beim Umzug mitnehmen konnte, war es sowieso nicht mehr möglich, den Anrufer anhand der ersten Ziffern zu lokalisieren.
»Abwarten«, tippte Götz in die Tastatur und drehte sich mit der Frage: »Warum dürfen wir nicht schießen?« zu Ira um.
»Verplempern Sie Ihre Zeit nicht mit dieser Schrulle«, keifte Steuer, der gerade einen Kaffee entgegennahm, den ihm ein unrasierter Assistent mit zusammengewachsenen Augenbrauen und einer Prinz-Eisenherz-Frisur in einem Pappbecher auf den Tisch stellte. Der Mann setzte sich stumm an den Monitor gegenüber von Götz und dem Polizeidirektor.
»Weil ihr nicht wisst, was passiert, wenn ihr auf ihn feuert«, redete Ira weiter. »Er trägt genug Sprengstoff an seinem Körper, um die Pfeiler aus diesem Hochhaus wegzupusten.«
»Sagt er. Und selbst wenn. Ihm bleibt noch nicht einmal mehr Zeit, um einen Furz zu lassen, wenn wir ihm das Gehirn wegblasen. Geschweige denn, um einen Zünder zu ziehen.«
Jetzt ignorierte Ira den Redeschwall von Steuer. Stattdessen stellte sie das Radio lauter, um das laufende Programm besser hören zu können.
Der Geiselnehmer wählte gerade die letzte Ziffer. Das Freizeichen ertönte und füllte das gesamte Büro.
Einmal.
Ira sah Götz an und schüttelte den Kopf.

»Nicht schießen«, formte sie lautlos mit ihren Lippen.
Zweimal.
Steuer setzte die Kaffeetasse ab und starrte auf den Bildschirm. Der Scharfschütze bewegte sich keinen Millimeter. Der Blick der Kamera haftete wie festgeschraubt auf dem Hinterkopf des Geiselnehmers.
Dreimal.
Ira sog hörbar die Luft ein und hielt sie an.
Viermal.
Mitten im fünften Klingeln wurde abgehoben.

15.

Sonya Hannemann war vierundzwanzig Jahre alt, leidenschaftliche Stammhörerin von 101Punkt5 und lag im Tiefschlaf. Als sie um 8.29 Uhr von einem Leben in einer Jugendstilvilla am Hertha-See träumte, übertrugen bereits vier Radiosender der Konkurrenz das Live-Programm ihres Lieblingssenders, um die Bevölkerung über das tödliche Spiel zu informieren. Sonya aktivierte um 8.32 Uhr in der unterirdischen Schwimmhalle ihrer erträumten Villa den Tageslicht-Beamer. Während sie im olympischen Pool ihre Runden drehte, unterbrach der lokale TV-Sender gerade eine Wiederholung seiner Diät-Kochshow für eine Nachrichtensondersendung. Alle fünf Minuten wurden die Zuschauer jetzt darüber informiert, wie sich jeder am Telefon melden sollte, um das Schlimmste zu verhindern. Zu diesem Zeitpunkt war die Homepage von 101Punkt5 im Internet bereits wegen Überlastung zusammengebrochen. Mehrere zehntausend User versuchten gleichzeitig, die Studiowebcam anzuklicken, die der Geiselnehmer allerdings schon wenige Minuten nach dem Überfall deaktiviert hatte.

Um 8.34 Uhr schwamm Sonya zwei Bahnen und begab sich danach in den angrenzenden Wellnessbereich ihres Anwesens. Zu dieser Zeit forderten gleich mehrere elektronische Werbe-Laufbänder am Alexanderplatz und rund ums Kranzler-Eck die Hauptstädter auf, sofort ihr Radio einzuschalten. Auf die Frequenz 101,5 UKW.

Als Sonya um 8.35 Uhr schließlich nackt vor ihrem Tennislehrer stand, der ihr die Tür zur finnischen Dampfsauna öffnete, klingelte das Telefon auf ihrem Nachttisch. Und nachdem es viermal geläutet hatte, nahm sie endlich ab. Etwas zögerlich. Ärgerlich. Und leicht verwirrt. Hatte sie eben noch in den muskulösen Armen eines Testosteronwunders gelegen, so zerstörte das profane Telefonklingeln diesen wunderschönen Traum vom Luxusleben einer Millionärsgattin. Es katapultierte sie in die harte Realität einer müden Kellnerin zurück, die sich nach einer anstrengenden Nachtschicht in ihrer Kreuzberger Sozialwohnung schlafen gelegt hatte. Vor drei Stunden. Als die Welt noch in Ordnung gewesen war.

16.

»Hallo?« Unter normalen Umständen hätte die verschlafene Frauenstimme sympathisch geklungen. Doch für die Menschen im A-Studio von 101Punkt5 besaß sie die

Erotik eines Maschinengewehrs. »Mit wem spreche ich bitte?«
»Sonya Hannemann, wieso. Was gibt's denn?«
Jan zog den Mikrophongalgen etwas näher zu sich heran. »Hier ist 101Punkt5, und wir spielen gerade Cash Call.«
Am anderen Ende hörte Jan ein kurzes Rascheln, dann ein leises Fluchen.
»'tschuldigung. Ich habe gerade geschlafen. Hab ich jetzt was gewonnen?«
»Nein. Sie haben sich leider nicht mit der richtigen Kohle-Parole gemeldet.«
»Doch, doch ...« Sonya klang auf einmal hellwach. »Ich höre euch jeden Morgen. Du bist Markus Timber, nicht?«
»Nein. Aber der sitzt mir gegenüber.«
»Ich, äh, also ... ich höre 101Punkt5, und jetzt her mit dem Zaster«, rief Sonya hastig, und ihre Stimme überschlug sich fast bei jedem Wort. »Ich kenne die Parole. Ich bin auch im Gewinnerclub für die fünfzigtausend Euro registriert, bitte ...«
»Nein.« Jan schüttelte den Kopf.
»Aber ich hatte doch Nachtschicht«, flehte sie. »Ich hab nur kurz geschlafen, ich brauch das Geld.«
»Nein, Sonya. Heute geht es nicht um Geld. Wir haben die Regeln geändert.«
Die Frau am anderen Ende stutzte.
»Was soll das denn heißen?« Man konnte hören, dass sie gegen ein leichtes Gähnen ankämpfen musste.
»Die richtige Kohle-Parole hätte gelautet: ›Ich höre 101Punkt5 und jetzt lass eine Geisel frei!‹«
»Eine Geisel?«
»Ja.«
»Und was dann?«

»Dann hätte ich eine Geisel freigelassen.«
»Moment mal, wer ist da noch mal dran?« Die junge Frau klang jetzt wieder so verwirrt wie am Anfang des Gesprächs.
»101Punkt5. Ich kann Ihnen meinen Namen leider nicht nennen, aber Sie sind jetzt live in einer Sondersendung. Ich habe seit einer Stunde mehrere Personen im Studio als Geiseln in meiner Gewalt.«
»Das ist ein Scherz?«
»Nein.«
»Und ... und was passiert jetzt?«
»Jetzt muss ich leider auflegen und jemanden erschießen.«

17.

Ira war frustriert, weil niemand ihre Warnungen hatte hören wollen. Aber sie wusste, sie würde gleich noch viel deprimierter sein, wenn das eintrat, was sie befürchtete. Denn natürlich konnte jemand, der sich mit dem Funktionsintervall des elektronischen Studiotürschlosses vertraut gemacht hatte, auf gar keinen Fall das Problem mit den Lüftungsschächten übersehen haben.
⇒ *Zielobjekt bewegt sich. Befehl?*
Der Cursor blinkte immer noch hinter der letzten Textmeldung von Onassis. Nachdem der erste Cash Call wie erwartet misslungen war, rechneten alle nun mit dem Schlimmsten. Zumal der Geiselnehmer aufgestanden war und sich mit einer Schusswaffe in der Hand langsam in Bewegung setzte.

Götz pochte mit seinem Zeigefinger auf die linke äußere Seite des Bildschirms und drehte sich zu Steuer um.
»Was ist das für eine Tür, da neben dem Regal?«
»Da geht's in den Erlebnisbereich«, antwortete der Assistent an Steuers Stelle.
»Wohin?« Götz drehte sich um.
»In die Studioküche.«
»Verdammt. Wahrscheinlich hat er die erste Geisel bereits isoliert, die er dort gleich erschießen will.«
Götz sah wieder auf den Monitor und hackte den nächsten Satz hektisch in den Computer.
»Zielobjekt will den Raum verlassen. Sofort schießen, wenn er aus dem Blickfeld gerät.«
»Okay, das war's, ihr Idioten«, rief Ira. »Ihr könnt euch gerne in die Luft sprengen, aber ich hab beim Sterben keine Lust auf eure Gesellschaft.« Sie erreichte gerade den Ausgang von Steuers Büro, als Götz plötzlich hektisch wurde.
»Hey, hey, hey…..!«, rief er. »Es tut sich was.«
»Was ist passiert? Ist er aus dem Schussfeld?«, wollte Steuer wissen.
»Nein. Der Geiselnehmer hatte schon die Klinke der Küchentür in der Hand. Doch dann … Sie sehen ja selbst …«
Ira blieb im Türrahmen stehen und drehte sich um. Und dann stockte ihr der Atem. Denn auf dem ihr zugewandten Monitor blickte der Geiselnehmer auf einmal nach oben. Zu dem Lüftungsventilator in der Studiodecke. Plötzlich sah er direkt in die Kamera des Scharfschützen. Und dann begann er mit ihnen zu sprechen.
»Ton«, brüllte Götz, und der Assistent mit der Prinz-Eisenherz-Frisur drehte das Radio auf volle Lautstärke. Tatsächlich waren die Mikrophone im A-Studio noch auf

Sendung, und sie konnten die Stimme des Geiselnehmers leise über das Radio hören:

»… aber für den Fall, dass ihr mich gerade mit einer Zielscheibe verwechselt: Mit Gewalt könnt ihr mich nicht stoppen. Der Sprengstoff, den ich unter diesem formschönen Sweatshirt trage, ist mit einem Pulsmessgerät an meine Halsschlagader gekoppelt. Sollte mein Puls länger als acht Sekunden aussetzen, wird die gesamte Ladung sofort detonieren. Ich bin mir nicht sicher, aber ich glaube, die Druckwelle würde noch im Beisheim Center gegenüber die Panoramafenster rausschießen. Hier jedenfalls überlebt das keiner. Also überlegt euch gut, ob ihr mich daran hindern wollt, in diese Küche zu gehen. Ihr hättet nur acht Sekunden Zeit, um mich zu entschärfen.«

Der Mann lächelte kurz und ging dann langsam rückwärts auf die Tür zum Erlebnisbereich zu.

»Ach, und noch was«, sagte er, zynisch grinsend. »Wenn der Scharfschütze dort oben nicht bei drei seine Waffe runterwirft, erschieße ich gleich zwei Geiseln.«

»Das ist ein Bluff«, sagte Steuer, doch niemand nahm ihn zur Kenntnis.

⇒ *Befehl?*

Die Nachricht des Schützen kündigte sich wieder mit dem obligatorischen Signalton an. Ira hatte aus ihrer Perspektive nur noch eine eingeschränkte Sicht auf den Bildschirm, der das Geschehen im Studio übertrug. Aber es reichte, um mitzubekommen, dass alles völlig außer Kontrolle geraten war. Sie hatte schon viele Einsätze mit Götz miterleben dürfen, aber selten war er so nervös gewesen. Seine Finger trommelten wie wild einen halben Zentimeter über der Tastatur, ohne dabei die Buchstaben zu berühren.

»*Eins!*«, begann der Geiselnehmer zu zählen.
Götz war sich augenscheinlich immer noch nicht sicher, was er seinem Mann im Lüftungsschacht befehlen sollte. Und Steuer war ihm keine Hilfe. Einsatzleiter hin. Einsatzleiter her. Im entscheidenden Fall wollte er nicht die Verantwortung für einen finalen Todesschuss tragen.
»*Zwei!*«
Die Deckenlautsprecher übertrugen die Stimme des Geiselnehmers laut und deutlich übers Radio.
»Nicht schießen. Waffe fallen lassen!«, riet Ira ein letztes Mal.
»Er blufft«, beharrte Steuer auf seiner Meinung und sah sich im Zimmer um. Doch weder sein unrasierter Assistent noch Götz noch Ira konnten ihren Blick vom Bildschirm losreißen, auf dem der Geiselnehmer gerade im Rahmen der Küchentür stehen geblieben war. Der Mann tippte sich mit Zeige- und Ringfinger an die Halsschlagader.
⇒ *Befhel?*
Der Schütze hatte sich zum ersten Mal in der Hektik vertippt. Götz wischte sich den Schweiß von der Stirn, zögerte ein letztes Mal.
»*Drei!*«
Und schrieb dann die entscheidenden vier Wörter.
»ABBRECHEN.« Und kurz darauf: »Waffe fallen lassen«.
Ira atmete erleichtert auf, als nach einem kurzen Augenblick die Pistole polternd auf dem Studioboden aufschlug. Nur Steuer fluchte unverhohlen.

Der Scharfschütze besaß genügend Geistesgegenwart, vor seinem Rückzug die Kamera neu auszurichten. Doch jetzt war nichts mehr auf dem Bildschirm zu erkennen. Der Platz im Türrahmen war leer. Das Zielobjekt war aus dem Sichtfeld in die Dunkelheit des angrenzenden Raumes verschwunden. Und Ira wusste ganz genau, was Jan May mitgenommen hatte: die geladene Pistole des Scharfschützen. Jetzt hatte der Geiselnehmer eine Waffe mehr. Und er befand sich auf dem Weg in die Studioküche, um sie zu benutzen.

Ira verließ das Büro der Einsatzleitung. Wenn sie sich richtig erinnerte, würde sie bei ihrem Weg nach draußen im Foyer an einem Getränkeautomaten vorbeikommen.

18.

Kitty kauerte neben dem dreckigen Mülleimer unter der Spüle und konnte durch die Lamellen hindurch lediglich die Hosenbeine der beiden Männer erkennen. Rechts der UPS-Fahrer in brauner Uniform. Links der Geiselnehmer, der jetzt kaum wiederzuerkennen war. Sein falsches Gebiss, die verfilzte Perücke und sogar sein Bierbauch waren verschwunden, und Kitty ärgerte sich fast darüber. Denn der asoziale Prolet hätte viel besser zu den verbrecherischen Handlungen gepasst als das wahre, fast sympathische Gesicht des Geiselnehmers. Der Psychopath mit den raspelkurzen braunen Haaren sah aus wie der freundliche Junggeselle, den man gerne an der Kasse vorlässt, wenn er nur eine Kleinigkeit bezahlen will. Jemand, der auf den ersten Blick etwas zu dünn, etwas zu hochgewachsen und etwas zu blass aussah, um als schön zu gel-

ten. Doch Kitty kannte diese Sorte Mann: Je öfter man sich mit einem davon traf, desto attraktiver wurde er. Mit blankem Entsetzen sah sie, dass Jan etwas auf den Boden fallen ließ, das er zuvor aus einer Aldi-Tüte herausgenommen hatte. Als sie erkannte, was es war, musste sie sich in ihren Handrücken beißen, um nicht laut aufzuschreien.
Leichensäcke.
»Es tut mir leid«, sagte der Geiselnehmer, und Kitty fand, dass seine Stimme unverstärkt viel unsicherer klang als über das Radio, das natürlich auch hier in der Küche eingeschaltet war. Wie überall im Sender.
»Moment!«, flehte der UPS-Fahrer mit brüchiger Stimme.
»Keine Angst. Es wird nicht wehtun.«
»Bitte.« Der starke Mann zitterte am ganzen Körper, und seine Stimme verriet Kitty, dass er weinte.
»Es tut mir sehr leid. Aber machen Sie sich keine Sorgen.«
»Ich will nicht sterben.«
»Das werden Sie nicht.«
»Nein?«
»Nein.«
Kitty glaubte, ihren Ohren nicht zu trauen. Doch tatsächlich. Statt auf den Mann zu schießen, trat der Geiselnehmer an die Spüle und füllte ein Glas mit Wasser.
»Hier nehmen Sie die.«
»Was ist das?«
»Eine Kopfschmerztablette. Es tut mir leid, dass ich vorhin so doll zugeschlagen habe.«
Die Stimme des Geiselnehmers klang auf einmal völlig verändert. Nicht mehr zynisch, sondern fast freundlich. Kitty war verwirrt. Was ging hier vor?

»Warum tun Sie das?«, fragte der UPS-Mann.
»Das ist eine lange Geschichte. Ich würde sie Ihnen gerne erzählen, aber ich kann die anderen im Studio nicht mehr länger warten lassen.«
Der Geiselnehmer ging auf den UPS-Mann zu. Da er einen Kopf größer war, musste er sich zu ihm runterbeugen. Kitty hielt den Atem an. Doch ihr Herz hämmerte so laut, dass sie nicht hören konnte, was er ihm ins Ohr flüsterte.
Der Knall, der wenige Sekunden später die Stille zerriss, war dagegen so ohrenbetäubend, dass sie vor Schreck zusammenzuckte und mit ihrem Kopf an die Abdeckplatte stieß. Sie fürchtete, dadurch ihr Versteck verraten zu haben, doch die entsetzten Schreie aus dem A-Studio hatten alle Geräusche, die Kitty unter der Spüle erzeugte, übertönt.
Sie war sich nicht sicher, ob sie immer noch schrie, als der UPS-Bote wankte. Um schließlich direkt vor ihren Augen sterbend zusammenzubrechen.

19.

Betäubte Angst. Ira fand keine Worte, die den Zustand besser beschrieben, in dem man sich befindet, wenn man nachts in seiner dunklen Wohnung von einem unbekannten Geräusch aus dem Tiefschlaf gerissen wird. Der Puls reißt einem an den Adern, das Herz klopft wie ein kranker Schiffsmotor, und alle übrigen Sinne versuchen, die nachtblinden Augen wachzurütteln. Betäubte Angst.

Als der Schuss fiel und über das Radio in ganz Berlin und Brandenburg übertragen wurde, erlebte Ira ein ähnliches Gefühl. Nur tausendfach potenziert.
Eine Geisel war tot. Der Täter hatte ernst gemacht. Und die Tatsache, dass Ira es vorausgesehen hatte, machte die Gewissheit nicht weniger schmerzlich. Im Gegenteil.
Ira steckte die ersten Zwanzig-Cent-Münzen in den Getränkeautomaten am Eingang des Radiosenders und verdrängte die Vorwürfe. Sie hatte die Lage richtig eingeschätzt. Die Situation war nicht verhandelbar. Jedenfalls nicht für eine Alkoholikerin, die mit ihrem Leben bereits abgeschlossen hatte.
»Hey!«
Sie unterdrückte den Impuls, sich zu Götz umzudrehen, und warf stattdessen weiteres Geld nach. Sie hatte sich nicht getäuscht. Der Automat stand im Foyer, nur wenige Meter vom bewachten Ausgang entfernt. Doch die schwer bewaffneten Polizisten wollten nur verhindern, dass Menschen das abgesicherte Gebiet betraten. Rauskommen würde sie problemlos.
»Was machst du hier?«, fragte Götz.
»Na, wonach sieht es denn aus?«, antwortete sie mit einem sarkastischen Unterton in der Stimme.
»Nach einer Flucht, würde ich sagen.«
Sie spürte seine Hand auf ihrem Oberarm und ärgerte sich, dass ihr Körper immer noch so empfänglich für seine Berührung war. Nach all der Zeit.
»Hör mal, wenn ich einen schlechten Psychologen brauche, dann ruf ich mich selbst an.« Sie warf die letzte Münze ein.
»Du bist nicht schlecht. Das weißt du. Nur weil ...«
»... weil was? Nur weil ich meine eigene Tochter nicht

vom Selbstmord abhalten konnte, sagt das nichts über meine Fähigkeiten als Psychologin aus? Na klar ...« Ira lachte verächtlich. »Vielleicht sollte ich darüber mal einen Ratgeber schreiben.«
Sie drückte auf den Knopf für Cola light Lemon und die letzte Halbliter-Glasflasche des Faches ratterte in den Ausgabeschacht.
»Ich hab eine noch bessere Idee. Wie wär's damit: Du reißt dich endlich zusammen und hörst mit deiner beschissenen Selbstmitleidstour auf.«
»Und dann ...?«, schrie sie ihn an. »Was mache ich dann?«
»Deinen verdammten Job!«, brüllte er zurück. Zwei Polizisten am Eingang sahen zu ihnen herüber. Götz senkte seine Stimme.
»Da drinnen sitzen sieben Geiseln, und eine davon braucht jetzt ganz besonders deine Hilfe.«
»Was soll das heißen?«
»Na, wonach hört es sich denn an?«, äffte er ihren Tonfall nach.
Ira bückte sich, zog die Cola aus dem Schacht, doch Götz nahm sie ihr gleich wieder aus den Händen.
»Glaubst du etwa, ich weiß nicht ganz genau, was du vorhast?«
»Jetzt bist du also auch noch Hellseher, ja?«
»Du lebst verdammt noch mal nicht allein auf der Welt. Sara ist tot. Okay. Du hast unserer Beziehung danach keine Chance mehr gegeben. Schön. Hast dich von allen, die dir nahestanden, entfernt, am weitesten von dir selbst. Auch gut. Aber vielleicht solltest du in diesem Moment wenigstens an deine andere Tochter denken.«
»Katharina kommt sehr gut ohne mich zurecht.« Ira griff

wütend wieder nach der Flasche und entriss sie Götz' großen Händen.
»Da wär ich mir an deiner Stelle nicht so sicher.«
»O doch, glaub mir. Sie will seit einem Jahr nicht mehr mit mir reden. Sie gibt mir die Schuld an Saras Tod.«
Womit sie gar nicht mal so falsch liegt.
»Gut möglich«, sagte Götz. »Aber die Dinge haben sich etwas geändert. Ich habe Kontakt zu ihr.«
»Seit wann?«
»Seit zwanzig Minuten.«
»Sie hat dich angerufen?«
»Nicht mich. Vor wenigen Minuten ging in der UPS-Zentrale ein Hilferuf ein. Die erste Geisel, die erschossen wurde, hat dort gearbeitet. Und eine Mitarbeiterin des Senders ist irgendwie an das Funkgerät von dem Mann gekommen.«
»Wer?«
»Deine Tochter!«
Ira ließ die schwere Glasflasche fallen, die durch den Aufprall einen Riss am Hals bekam, aus dem sich die braune Flüssigkeit sofort schäumend auf den Steinfußboden ergoss.
»Aber ... aber, das ist nicht möglich ...«
»Doch. Was glaubst du denn, warum ich dich unbedingt hier haben wollte? Zuerst war es nur ein Verdacht. Katharina arbeitet seit einem Monat am Hörerservicetelefon. Als wir die Mitarbeiterlisten durchgingen, stellten wir fest, dass sie fehlt. Katharina hält sich offenbar unter der Spüle in der Senderküche versteckt.«
»Du lügst.«
»Warum sollte ich?«
»Weil sie Jura studiert.«

»Das hat sie geschmissen.«
»Aber warum … warum sagst du mir das erst jetzt?«
»Weil ich mir bis zum Funkkontakt nicht sicher war. Sie steht unter dem Nachnamen ihres Vaters im Personalverzeichnis, und sie benutzt nur ihren Spitznamen: Kitty. Ich habe Steuer noch nichts davon verraten. Er soll so spät wie möglich erfahren, dass du von der Situation persönlich betroffen bist. Er ist sowieso schon gegen deinen Einsatz.«
»Du bist ein Arschloch«, fauchte Ira ihn an und wischte sich mit dem Handrücken eine Träne von der Wange. »Ein gottverdammtes, beschissenes Arschloch.«
»Und du bist die Einzige, die deine Tochter retten kann.« Er nahm sie in den Arm und drückte sie fest an sich. Früher, in einer anderen Zeitrechnung, hätte ihr seine mitfühlende Geste Geborgenheit vermitteln können. Doch heute empfand sie nur die angstvolle Gewissheit, dass ihre Tochter verloren war.
Es ist hoffnungslos, dachte Ira. *Katharinas Schicksal liegt in den Händen eines durchgedrehten Psychopathen und einer suizidgefährdeten Alkoholikerin.*
Je länger sie sich in Götz' Armen ausweinte, desto deutlicher schälte sich in ihrem Innersten eine bittere Erkenntnis heraus: Ihre Tochter würde heute Morgen eher eine Runde Cash Call gewinnen, als dass sie diese aussichtslose Verhandlung leiten könnte.

II. Teil

Es ist jener Teil meiner Arbeit,
der mir immer wieder am interessantesten erscheint.
Direkte Gespräche mit Leuten zu führen,
welche in Erfahrungswelten leben,
die wir nicht betreten können.

Thomas Müller, Bestie Mensch

Beim Spiel kann man einen Menschen
in einer Stunde besser kennen lernen,
als im Gespräch in einem Jahr.

Platon

1.

Hmm.«
Ira atmete tief in den Bauch in der schwachen Hoffnung, damit einer ihren ganzen Körper beherrschenden Panikattacke entgegenzuarbeiten.
Katharina – Kitty – Katharina – Kitty! Vor- und Spitzname ihrer jüngsten Tochter gellten abwechselnd in ihrem Kopf, während vor ihr auf dem Computermonitor die letzten Bilder des Überwachungsvideos liefen. Sie war erst vor wenigen Minuten in Diesels Büro zurückgekehrt, doch Igor, der Techniker, hatte ihr bereits einen direkten Intranet-Zugang zum Zentralrechner verschafft.
»Hmm«, seufzte Ira erneut und stoppte die Aufnahme, so dass der auf Krücken humpelnde Geiselnehmer mitten in einer Bewegung auf dem Flur des neunzehnten Stockwerks erstarrte. Sie wertete die Bilder jetzt schon zum dritten Mal aus und hatte schon wieder nicht genau hingesehen.
Ira spürte, wie mehrere Emotionsschübe ihren Körper erschütterten. Zuerst Wut, dann Verzweiflung und schließlich ein Gefühl, das sie schon lange nicht mehr gespürt hatte: Angst. Reinhold Messner hatte einmal nach einer Nahtoderfahrung beim Abstieg vom Mount Everest gesagt, der Vorgang des Sterbens wäre das Leichteste. Schwer wäre es nur vorher. Solange man noch Hoffnung besäße. Wäre aber der feste Entschluss zum Sterben getroffen, ginge alles ganz leicht.

Ira hatte sich heute früh verabschiedet und seitdem keine Furcht mehr gespürt. Bis jetzt. Die anderen im Raum, Herzberg und Igor, bekamen zum Glück nichts von ihrem schwelenden Anfall mit. Doch in ihrem Innersten glich sie einem verängstigten kleinen Mädchen, das sich aus Angst vor Schlägen in der hintersten Zimmerecke zusammenkauert, während es angeschrien wird: »Du bist ein Wrack. Eine abgewrackte Alkoholikerin. DU SCHAFFST DAS NICHT!«

Ira gab ihrer inneren Stimme Recht. Vor wenigen Stunden wollte sie eine Schwelle überschreiten, von der es kein Zurück mehr gab. Jetzt stand sie kurz davor, mit einem potenziellen Massenmörder zu sprechen, der ihre *letzte* Tochter in seiner Gewalt hatte. Katharina. Oder Kitty, wie sie sich jetzt nannte. *Anscheinend hat sie nicht nur ihre Mutter abgelegt, sondern auch ihren Namen*, dachte Ira. *Mist. Ich stecke so tief drin, von Rechts wegen dürfte ich diesen Fall gar nicht annehmen.*

»Haben wir auch eine Kamera in den Fahrstühlen?«, fragte sie, nur um irgendetwas Intelligentes von sich zu geben.

»Nein.« Herzberg stand neben ihr und schüttelte den Kopf. »Und soeben hat der Täter auch die Endoskopiekamera, die Onassis oben in der Decke zurückgelassen hatte, entdeckt und mit einer Farbdose unbrauchbar gemacht.«

»Na schön, damit war zu rechnen.« Ira schloss das Videofenster auf ihrem Computer und öffnete stattdessen ein Word-Dokument, das sie mit »Geiselnehmer« betitelte. Die folgenden routinemäßigen Handgriffe erleichterten es ihr etwas, die wellenartig aufkommende Panik zu unterdrücken. Sie öffnete zwei weitere Dokumente und versah sie mit den Überschriften »Geiseln« und »Ich«.

»Dann fassen wir mal zusammen, was wir alles über den Täter wissen«, sagte sie, als sie nach wenigen Sekunden fertig war. Alle drei Dokumente waren jetzt nebeneinander auf dem Monitor angeordnet.

»Nicht sehr viel, leider.« Herzberg zuckte mit den Schultern.

»Nun, wie wäre es damit ...« Ira stand auf, nahm sich einen Edding und trat an das Flipchart, das neben dem Computertisch direkt vor dem Fenster zur Potsdamer Straße stand, und versuchte, sich an das zu erinnern, was von der Auswertung der Videoaufnahmen hängen geblieben war.

»Er ist zwischen dreißig und fünfunddreißig Jahre alt, schlank, zirka ein Meter fünfundachtzig groß, körperlich in guter Verfassung. Er ist Deutscher, gebildet, Akademiker, wahrscheinlich hat er ein geisteswissenschaftliches oder medizinisches Studium abgeschlossen.«

Während sie sprach, notierte sie die wichtigsten Fakten ihrer Aufzählung auf dem Chart und fragte sich, wie lange sie heute ihre eigene Schrift wohl noch würde lesen können. Ihre Hände schwitzten bereits leicht. Bald würden sie zu zittern anfangen, wenn sie ihren Blutalkoholspiegel weiter so vernachlässigte.

»Schön«, grunzte Herzberg und stand auf. »Seine Personen-Beschreibung haben wir durch das Video. Wir jagen gerade dieses Bild durch den Polizeicomputer.« Er nahm einen DIN-A5-Farbausdruck aus dem Scanner und pappte ihn an das Flipchart. »Aber woher wissen Sie, was er beruflich macht?«

»Da ist zunächst sein Sprachduktus«, antwortete Ira mechanisch. »Er ist auffallend elaboriert. Der Täter benutzt Fremdworte, und seine Sätze bestehen aus mehr als sechs

Wörtern. Umgangssprache, Dialekt und Schimpfwörter setzt er bewusst ein, um einen Kontrast zu seiner sonst so gepflegten Wortwahl zu setzen. Der Mann hat gelernt, sich auszudrücken, und er geht wahrscheinlich einem Beruf nach, in dem er viel und oft mit Menschen reden muss. Seine Stimme ist geschult, mit einem angenehmen Klang. Er weiß, dass man ihm gerne zuhört. Außerdem hat er entweder beruflich, in jedem Falle aber privat, häufig mit Künstlern zu tun.«

»Woher wollen Sie *das* denn wissen?«

»Hier.« Ira drückte Herzberg den Edding in die Hand, ging zurück zum Schreibtisch und öffnete noch einmal das File mit dem Überwachungsvideo.

Als sie die Stelle fand, pochte sie mit dem Zeigefinger auf den Monitor.

»Perücke, falsche Zähne, Jogginghose, Bierbauch, Krücken. Der Mann ist perfekt verkleidet. Und sehen Sie, wie er läuft?«

Sie bewegte die Maus, und die letzten Bilder des Videos zeigten den Geiselnehmer, wie er langsam zum Treppenhaus schlurfte.

»Er spielt großartig. Nicht so übertrieben, wie vielleicht ein ungeübter Laie einen Mann mit einer Gehbehinderung mimen würde. Sehen Sie, wie vorsichtig er sein kaputtes Bein aufsetzt? Entweder er ist selbst Schauspieler, Maskenbildner, oder – was wahrscheinlicher ist – er hat Kontakte in diese Szene, und jemand hat ihm Unterricht gegeben.«

»Meinen Sie nicht, das ist etwas weit hergeholt?« Herzberg sah sie zweifelnd an.

»Vergessen Sie nicht die Tat selbst. Die Geiselnahme wurde fast generalstabsmäßig durchgeführt. Und die Idee mit dem Cash Call deutet ebenfalls auf eine überdurchschnittliche Kreativität des Täters hin.«

»Schön. Gibt es sonst noch etwas, was Sie aus dem Video ziehen?«

»Jede Menge. Doch ich will hier nicht unsere kostbare Zeit mit sinnlosem Gerede verschwenden. Deshalb nur schnell das Wichtigste in einem Satz: Der Geiselnehmer kennt jemanden in diesem Sender.«

Herzberg öffnete den Mund, aber seine Worte kamen vor Staunen erst mit einer kleinen Zeitverzögerung heraus.

»Und wie haben Sie *das* jetzt wieder herausgefunden?«

»Überlegen Sie doch einfach mal selbst. Warum hat der Mann sich verkleidet? Warum die Mühe?«

»Damit er unerkannt bleibt.«

»Gut. Unerkannt. Aber von wem?«

»Sie meinen …?«

»Richtig. Die Überwachungskameras belegen, dass er sich erst im Fahrstuhl umgezogen hat. Also wird die Person, die ihn nicht entdecken sollte, wohl kaum am Empfang sitzen. Es muss sich um jemanden hier im Sender handeln. Stimmt's?«

»Auffallend«, gab Herzberg zu. »Aber warum hat er sich nicht schon verkleidet, bevor er das MCB-Gebäude betrat? Warum die Hektik im Fahrstuhl? Er hätte sich doch ganz einfach in Ruhe zu Hause umziehen können.«

»Das sind die ersten vernünftigen Fragen, die Sie heute Morgen stellen. Und es gibt auf alle eine ganz einfache Antwort: weil unser Mann nicht nur kreativ ist, sondern auch gut plant. Sehen Sie hier.«

Mit drei Mausclicks spulte Ira das Überwachungsvideo zurück und startete es erneut bei den Aufnahmen von 7.00 Uhr früh.

»Alle anderen Studio-Gäste, mit Ausnahme des UPS-Fahrers, sind vor dem Geiselnehmer im Sender eingetroffen. Und fast alle mussten ihre Taschen vorzeigen.« Ira drehte sich zu Herzberg um und kontrollierte, ob er ihr auch aufmerksam zuhörte.
»Unser Freund hingegen kam um 7.24 Uhr mit einem Juristenkoffer und sah aus wie der typische Anwalt. Er wurde problemlos durchgewunken. Kein Zweifel: Er wollte seriös wirken. Wäre er gleich in seiner Proletenverkleidung aufgetaucht, hätte er damit rechnen müssen, dass er auffliegt, weil ein übereifriger Wachmann ihn abtastet. Das Risiko wollte er nicht eingehen.«
»Das sind alles irgendwie keine guten Nachrichten«, sagte Herzberg und setzte sich wieder an seinen Platz Ira gegenüber.
»Nein. Denn sie verraten uns nicht nur etwas über den Täter, sondern auch über den weiteren Tatverlauf: Der Geiselnehmer ist intelligent, kreativ, und er überlässt nichts dem Zufall, wie wir spätestens seit dem Intermezzo im Lüftungsschacht gelernt haben. Hinter all seinen Handlungen steckt Methode. Selbst hinter der Art und Weise, wie er seine Geiseln exekutiert. Und das ist wahrscheinlich das Auffälligste an ihm. Denn dass er systematisch tötet, ist äußerst unüblich, wie wir alle wissen.«
Herzberg nickte stumm, und Ira war dankbar, dass sie ihm wenigstens diese Grundregel nicht weiter erläutern musste. Opfer waren für Geiselnehmer die beste Versicherung. Solange die Geiseln noch lebten, waren sie wie ein Pfand, das sie vor einem Zugriff bewahrte und mit dem sie sich den Weg in die Freiheit erkaufen konnten. Es kam daher, entgegen der landläufigen, von Krimiserien genährten Meinung, tatsächlich recht selten zu Geiselnah-

men mit Todesfolge. Eine tote Geisel war für den Täter nutzlos.
»Wir dürfen uns von dem Spiel nicht ablenken lassen«, fuhr Ira fort. »Es sieht auf den ersten Blick vielleicht so aus wie die Tat eines Geisteskranken, aber dafür ist alles zu gut geplant. Möglicherweise handelt es sich hier um einen politisch motivierten Anschlag. Das würde die Wahl eines Radiosenders erklären. Terroristen nutzen gerne die Medienöffentlichkeit für ihre Zwecke. Dagegen spricht aber, dass er seine Forderungen nicht sofort gestellt hat. Freilassung von Häftlingen, Austausch von Geiseln, Abzug aus Krisengebieten, normalerweise sagen Extremisten sofort, was sie wollen, und setzen ein Ultimatum. Wie wir es auch drehen und wenden, noch gibt es nur eine einzige Tatsache, die wir definitiv kennen!«
»Und die wäre?«
»Er wird weiter töten, und zwar so lange, bis er sein Ziel erreicht hat. Was auch immer es sein mag.«
»Das heißt also, dass Sie Recht haben?« Aus Herzbergs zusammengekniffenen Augen schimmerte zum ersten Mal etwas Furcht hinter der Unsicherheit hervor. Ira musste kurz daran denken, dass es ganz sicher Frauen gab, die von seinem wichtigtuerischen Gehabe beeindruckt waren. Nun denn, sie gehörte definitiv nicht zu ihnen.
»Es gibt also nichts, was wir tun können?«, fragte er weiter.
Das Telefon klingelte. Es stand in der Aufladestation zwischen den beiden Computermonitoren von Ira und Herzberg. Igor hatte die Hauptstudionummer darauf umgeleitet.
»Doch«, sagte Ira und legte die Hand auf den Hörer.

»Wir müssen noch mehr über den Mann herausfinden. Und über die Tat.«
Sie zeigte auf das von ihr angelegte Word-Dokument mit der Überschrift »Geiselnehmer«.
Es klingelte zum zweiten Mal. Es war ein heller Klang, fast wie bei einem Handy oder einem billigen Radiowecker.
»Wir wissen, dass er Aufmerksamkeit braucht. Aber warum? Warum heute? Warum hier im Sender?« Das Telefon klingelte zum dritten Mal.
»Wir brauchen sein Motiv.«
Ira ließ es noch einmal läuten.
»Sein Motiv!«, wiederholte sie leise. Dann hob sie ab.

2.

»Hallo, ich bin Ira Samin, Ihre Unterhändlerin für heute. Mit wem spreche ich, bitte?«
»Gut, sehr gut.«
Ira hatte auf laut gestellt, damit alle die sonore Stimme des Geiselnehmers im gesamten Büro hören konnten. Trotzdem hielt sie sich zusätzlich das schnurlose Telefon an ihr linkes Ohr, um den Mann besser zu verstehen. Selbst mit der leichten Hybridverzerrung klang sein Bariton unangemessen sympathisch.
»Haben Sie Herzberg schon mein Profil erläutert?«
Sie hob den Kopf und sah durch die gläsernen Bürowände zum Studiokomplex herüber. Da die Brandschutzjalousien zum A-Studio immer noch heruntergelassen waren,

konnte sie nicht erkennen, was nur wenige Meter entfernt im Inneren des Sendestudios vor sich ging.
Und im Nebenraum. Unter der Spüle.
Von ihrem Platz aus sah sie lediglich die vorderen Nachrichten- und Serviceplätze. Normalerweise saßen um diese Uhrzeit dort mindestens zwei Personen, die abwechselnd die Nachrichten verlasen, den Wetterbericht vorbereiteten oder zum Verkehrsflieger hochschalteten. Jetzt war der gesamte Trakt verwaist.
»Ja, wir haben uns gerade über Sie unterhalten«, sagte Ira und verzog das Gesicht, als ein unangenehmer Pfeifton aus dem Nichts auftauchte und immer lauter wurde.
Diesel, der es sich gerade auf einem knallgelben Sitzkissen in der gegenüberliegenden Büroecke bequem machen wollte, sprang auf und drehte an dem Knopf neben der Tür die Deckenlautsprecher leise. Dann drückte er der überlebensgroßen Blondinenpuppe auf die Brust und schaltete somit das Radio aus.
»Anfängerfehler«, murmelte er und schüttelte belustigt den Kopf wegen der Rückkopplung.
»Wir sind auf Sendung«, ergänzte der Geiselnehmer. »Alle können uns zuhören. Bitte stellen Sie also Ihr Radiogerät leise, Ira. Oder machen Sie es am besten gleich aus, damit es nicht wieder zu einer Störung kommt.«
»Schon erledigt.«
»Danke. Dann kann's ja losgehen.«
»Wollen Sie mir Ihren Namen sagen, damit ich weiß, wie ich Sie ansprechen darf?«
»Auf mich kommt es nicht an, Ira. Aber es ist schön, dass Sie sich an das Handbuch halten. Gute alte Schule: Sag dem Geiselnehmer, wie du heißt, aber ohne Dienstrang, damit er nicht nach einem höhergestellten Vorgesetzten

verlangt. Und dann frag ihn nach seinem eigenen Namen, um so schnell wie möglich eine persönliche Beziehung aufzubauen.«
»Sie kennen sich sehr gut mit meiner Arbeit aus. Also schön, wie soll ich Sie denn nennen?«
»Noch mal: Das tut nichts zur Sache.«
»Aber irgendeinen Namen muss ich Ihnen geben, wenn wir uns länger unterhalten wollen.«
»Na schön. Wie wäre es mit Jan?«
Ira tippte den Vornamen in das Word-Dokument, das mit »Geiselnehmer« überschrieben war.
»Okay, Jan, ich würde Ihnen gerne helfen, aber Sie machen es mir nicht gerade leicht, wenn Sie Stunde für Stunde eine Geisel erschießen.«
»Oh, Sie haben ›Geisel‹ gesagt. Das macht man normalerweise doch besser nicht, oder? Wäre es nicht ungefährlicher, meine Aufmerksamkeit von den Menschen in meiner Nähe wegzulenken und mich stattdessen in ein harmloseres Gespräch zu verwickeln?«
»Normalerweise ja«, bestätigte Ira. Tatsächlich zählte das Wort »Geisel« während einer Verhandlung ebenso zu den verbotenen Wörtern wie »nein«, »aufgeben«, »Strafe«, »Verbrechen« und »Töten«. Doch hier lag der Fall ihrer Einschätzung nach anders. Sie überlegte kurz, ob sie offen mit Jan über ihre Strategien sprechen durfte, und entschied dann, dass es das Risiko wert wäre. Jan hatte anscheinend alles gelesen, was es an Literatur über Verhandlungstheorien auf dem Markt gab. Wenn sie sein Vertrauen gewinnen konnte, dann nur mit absoluter Ehrlichkeit.
»Wir beide wissen, dass Sie hier ein Spiel spielen. Deshalb erwähne ich die Geiseln. Denn dadurch mache ich sie menschlich.«

»Damit sie für mich den Spielzeugcharakter verlieren?«
Der Mann lachte kurz auf, und ein ehrlich amüsierter Ton schwang in seiner Stimme mit.
»Das haben Sie schön gesagt, Ira. Gut, dass man Sie gegen diese Flachpfeife von Herzberg ausgetauscht hat. Sie scheinen Ihr Fach zu verstehen.«
»Danke, Jan.«
Erleichtert sah sie, dass Götz, der gerade in das Büro gekommen war, ihr einen aufmunternden Blick zuwarf. Offenbar billigte er ihre ungewöhnliche Vorgehensweise. Ganz im Gegenteil zu Herzberg, der aussah, als ob er gerade geohrfeigt worden wäre.
»So wie es aussieht, sind Sie also jetzt der Boss im Studio?«, fragte Ira in der Hoffnung, dass sie durch die Antwort etwas über mögliche Komplizen erfahren würde. Umso erstaunter war sie, als Jan ihr ohne Umschweife eine klare Auskunft gab:
»Lassen Sie uns unsere Zeit nicht mit Nebensächlichkeiten verschwenden. Ich arbeite allein. Keine Komplizen. Und um die Antwort auf Ihre nächste Frage gleich vorwegzunehmen: Ja, uns geht es allen gut. Den restlichen sieben zumindest. Mich mitgerechnet.«
»Sieben Geiseln = sechs lebend / eine tot«, schrieb Ira in das Dokument mit der Überschrift »Geiseln« und machte gedanklich einen Haken dahinter. Die Information stimmte mit den Informationen von Götz überein, der ihr den Dienstplan der Morgenshow und die Einladungsliste für die Senderführung gegeben hatte. Neben Timber und seinem Produzenten Flummi befanden sich jetzt noch eine schwangere Frau, ein junges Pärchen und ein Verwaltungsangestellter mittleren Alters in Jans Gewalt. Die siebte Geisel, der UPS-Fahrer, war tot. Ira dankte einem

höheren Wesens, dass Kitty in Jans Aufzählung noch nicht enthalten war und offenbar immer noch unentdeckt unter der Spüle kauerte.

»Hören Sie, Jan, wir würden gerne Manfred Stuck aus dem Studio holen.«

»Warum? Der ist tot.«

»Wir könnten Ihnen im Gegenzug etwas hereinbringen, was Sie benötigen. Lebensmittel, Medikamente? Wie geht es Sandra Marwinski?«

»Unserer werdenden Mutter fehlt es an nichts«, antwortete Jan. »Und danke, nein. Wir alle haben ausreichend gefrühstückt. Wir brauchen nichts.«

»Was genau wollen Sie dann?«, fragte sie direkt, in der Hoffnung, eine klare Ansage zu erhalten.

»Wissen Sie das nicht, Ira?«

»Nein. Ich kann mir nicht anmaßen, über Sie zu urteilen oder Ihre Gedanken zu lesen. Ich kenne Sie nicht, aber ich würde Sie gerne näher kennen lernen.«

»Das ist gut. Das ist sehr gut ...« Der Geiselnehmer lachte laut auf, dann fuhr er fort: »Ich dachte, es wäre ein ungeschriebenes Gesetz für den Verhandlungsführer, den Täter nie anzulügen?«

»Ja, das ist es.« Ira hatte darüber sogar mal einen Vortrag gehalten. Die Verhandlung bei einer Geiselnahme glich einer Beziehung. Beides konnte nur erfolgreich verlaufen, wenn es eine Vertrauensbasis gab. Und nichts zerstörte das Vertrauen gründlicher als eine vom Geiselnehmer aufgedeckte Lüge des Unterhändlers.

»Jetzt reden wir erst zwei Minuten, und ich hab Sie schon bei einer ertappt«, sprach Jan weiter.

»Wie meinen Sie das?«

»Das Letzte, was Sie heute Morgen wirklich wollen, ist

doch ein Gespräch mit mir. Es sei denn, ich erzähle Ihnen etwas über Ihre Tochter Sara. Richtig?«
Ira sah auf den Rollcontainer unter Diesels Schreibtisch und fragte sich, ob er etwas zu trinken darin aufbewahrte.
Dann fixierte sie das hellblaue Mauspad neben ihrem Computer, um sich zu konzentrieren.
»Woher kennen Sie Sara?«, fragte sie schließlich mit fester Stimme.
»Ich kenne sie nicht. Ich habe nur, während wir hier sprechen, ihren Namen im Internet gegoogelt. ›Tochter von Polizeipsychologin in Badewanne ertrunken.‹ Vor einem Jahr war Saras *Unfall* der *B.Z.* ganze sechs Zeilen wert.«
An der Art, wie er »Unfall« betonte, hörte sie, dass er im Bilde war. Die Geschichte vom epileptischen Anfall war natürlich eine Lüge gewesen, um Sara die Obduktion zu ersparen, die bei Suizidopfern sonst automatisch angeordnet wird. Doch die Vorstellung, ein wildfremder Pathologe würde Sara aufschneiden und jedes ihrer Organe einzeln abwiegen, hatte Ira nicht ausgehalten. Götz musste damals all seine Beziehungen spielen lassen, um die wahre Todesursache in den Akten zu verschleiern.
»Sie wissen also, wie es ist, wenn man einen geliebten Menschen plötzlich für immer verliert.«
Jan klang bei diesem Satz in Iras Ohren ehrlich betroffen. *Er ist Schauspieler*, erinnerte sie sich im nächsten Atemzug.
»Ja.« Ira verkrampfte sich innerlich. Einerseits war es gut, wenn sie so schnell eine persönliche Ebene zu dem Geiselnehmer aufbaute. Andererseits ging es hier um ihre tote Tochter. Der Grund, weswegen sie heute hatte Schluss machen wollen. *Weswegen ich Schluss machen will!* Und

jetzt sprach sie mit einem unberechenbaren Psychopathen über ihre schlimmsten seelischen Wunden, der noch dazu unwissentlich Kitty in seiner Gewalt hielt.

»Noch mal: Was verlangen Sie?«, fragte sie knapp und zwang sich zur Konzentration. Mit der folgenden Antwort hatte sie nicht gerechnet.

»Öffnen Sie bitte folgende Homepage: http:\\leoni1X2dD.net.«

Ohne den Hörer aus der Hand zu legen, griff Ira zur Maus, und der Bildschirmschoner verschwand vom Monitor. Dann öffnete sie den Explorer, und nur wenige Sekunden später begann der Browser, die gewünschte Website im Internet zu suchen.

Das Bild einer attraktiven, jungen Frau öffnete sich. Passend zu ihrem dichten, lockigen Haar hatte sie dunkle, braunschwarze Augen. Ein kurzer Blick genügte, um bei Ira eine Mischung aus Neid und Wehmut zu erzeugen. So hatte sie auch einmal ausgesehen, und es war gar nicht mal so lange her. Allerdings war sie selbst niemals so perfekt gewesen, wie sie sich eingestehen musste.

Mit Ausnahme einer kleinen Narbe über dem Jochbein besaß diese Frau ein fast makelloses Gesicht mit leicht eurasischen Zügen, elegant geschwungenen Brauen und vollen Lippen, hinter denen man wohlgeformte, gerade Zähne vermutete. Letzteres konnte man auf dem Porträtfoto nicht erkennen, da die Frau sehr ernst in die Kamera blickte, ohne zu lächeln. Und trotzdem strahlte sie nicht die unnahbare Kälte aus, die schöne Frauen manchmal besitzen, wenn sie sich ihrer Attraktivität bewusst sind. Sie wirkte ernst und zugleich verletzlich. Stark und hilfesuchend. Eine Mischung, die viele Männer unwiderstehlich finden mussten, denn sie weckte sowohl den Beschützer-

instinkt als auch den Romantiker. Ihre Körpergröße konnte Ira nicht einschätzen. Das Bild war kurz unter dem schmalen Hals abgeschnitten, der von einer weißen Seidenbluse mit ausladendem Kragen umrahmt wurde.
»Wer ist das?«, fragte Ira.
»Leoni Gregor!«
»Ein schöner Name.«
»Und eine schöne Frau«
»Ja, da haben Sie Recht. Wer ist sie?«
»Meine Verlobte. Finden Sie Leoni.«
»Okay. Wir werden sie suchen. Aber dann muss ich mehr über sie wissen. Was können Sie mir für Informationen geben?«
»Sie ist die Frau, die ich heiraten werde. Leoni Gregor. Heute auf den Tag genau vor acht Monaten wurde sie verschleppt. Ich würde gerne wissen, wohin.«
Ira registrierte zufrieden, dass Herzberg alle wesentlichen Fakten schriftlich protokollierte. Das Gespräch wurde im Computer mitgeschnitten, aber darauf wollte sie sich nicht verlassen. Zumal sie später wahrscheinlich keine Zeit haben würde, sich die Audiofiles nochmals durchzuhören.
»Verschleppt? Was genau ist passiert?«
»Genau das will ich ja von Ihnen wissen. Deswegen bin ich hier.«
Ira sah auf und zuckte vor Schreck zurück. Steuer stand direkt vor ihr. Sie hatte gar nicht bemerkt, wie Götz den Raum verlassen hatte und der Einsatzleiter an seine Stelle getreten war. Jetzt starrte er mit wutverzerrtem Gesicht auf sie herab. Dabei fuchtelte Steuer drohend mit seinem dicken Zeigefinger in der Luft herum und machte mit der anderen Hand eine eindeutige Bewegung.

Auflegen.
Was war nur los mit ihm?
Sie schüttelte wütend den Kopf und konzentrierte sich wieder auf die Verhandlung.
»Gut, Jan. Ich werde sehen, was ich tun kann. Aber dafür brauche ich Zeit.«
»Kein Problem. Sie haben alle Zeit der Welt. Ich moderiere in der Zwischenzeit einfach meine neue Radioshow weiter. Ich werde mich schon nicht langweilen.«
»Dann werden Sie mit dem nächsten Cash Call aussetzen?«, fragte Ira hoffnungsvoll.
»Wo denken Sie hin? Die nächste Runde beginnt in fünfundvierzig Minuten.«
»Jan, so kann ich Ihnen nicht helfen.«
»Doch, Sie können Leoni finden. Und bis dahin spiele ich weiter. Runde für Runde. Stunde um Stunde. So lange, bis ich meine Verlobte endlich wiedersehe.«
»Bitte, Jan. Das funktioniert so nicht. Entweder Sie kommen mir etwas entgegen, oder …«
»Oder was?«
»Oder ich lege auf und gehe nach Hause.«
»Das tun Sie nicht.«
»Nennen Sie mir einen Grund, der mich abhalten sollte.«
Langsam wurde Ira wütend. Sie gehörte hier nicht her. Sie fühlte sich elend wegen Kitty. Und noch elender, weil sie nicht nur andauernd an ihre Tochter, sondern fast ebenso oft an einen Schluck Alkohol denken musste.
»Schön!«, polterte sie los. »Dann mal los, Jan. Spielen Sie Runde für Runde, erschießen Sie nach und nach all Ihre Geiseln. Ihr Publikum dafür ist groß genug. Da brauchen Sie mich aber nicht auch noch als Zaungast. Entweder wir machen jetzt einen Deal, oder Sie können wieder mit

Herzberg verhandeln. Denn eins ist sicher: Wenn Sie mir keinen Spielraum geben, werde ich früher oder später sowieso abgezogen. Kein Politiker kann es sich lange leisten, die ganze Nation bei öffentlichen Hinrichtungen zuhören zu lassen. Und der Einsatzleiter ist ein guter Politiker, wenn Sie verstehen, was ich meine.«

Pause. Unruhige Stille hing in der Luft. Ira merkte nicht, wie sie selbst den Atem anhielt, und versuchte, sich das Gesicht des Geiselnehmers auszumalen. Überlegte er fieberhaft? Wog er in Ruhe seine Optionen ab? Oder grinste er höhnisch über ihr lächerliches Gestammel?

»Gut«, unterbrach er schließlich ihre Gedanken. »Ich gebe Ihnen eine Schonfrist. Der nächste Cash Call wird erst wieder um 10.35 gespielt. Nutzen Sie den Aufschub.«

»Danke, aber das wird nicht ...«

Ira zuckte zusammen, als mitten in ihrem Satz das typische Phil-Collins-Schlagzeug von »In the air tonight« einsetzte. Das Gespräch war beendet. Der Täter hatte den nächsten Song gestartet. Die Show ging weiter.

3.

»Ich sehe Sie unten in der Leitstelle. Und zwar sofort«, bellte Steuer in derselben Sekunde, in der Ira den Hörer weglegte. Er stützte sich jetzt mit beiden Händen auf ihren Arbeitsplatz, und Ira registrierte, dass sich sein Mundgeruch noch verschlimmert hatte. Currywurst mit Zwiebeln.

»Was fällt Ihnen eigentlich ein, Sie unglaublich großes ...«, platzte es aus ihr heraus.
»Sagen Sie es ruhig«, forderte er sie auf. »Liefern Sie mir einen Grund.«
Sie schluckte eine bissige Antwort herunter, nicht aber ihre Wut.
»Was soll das? Warum platzen Sie hier mitten in meine Verhandlung, lenken mich bei der ersten Kontaktanbahnung ab, und jetzt soll ich kostbare Zeit verschwenden und Ihnen für eine Besprechung hinterherlaufen? Sie haben es doch selbst gehört. Ich habe nur eine Runde Aufschub. In einhundert Minuten startet er den nächsten Cash Call.«
»Ja. Dank Ihrer laienhaften Vorstellung von eben.«
»Laienhaft?«
»Genau.« Steuer brüllte jetzt fast, senkte seine Stimme dann aber wieder auf eine Lautstärke, die ein wütender Vater seinem betrunkenen Sohn gegenüber anschlägt, der zu lange ausgeblieben war.
»Der Täter kennt jeden Ihrer Verhandlungstricks. Sie selbst geben ihm ja sogar noch Nachhilfeunterricht. Mist! Ist Ihnen überhaupt klar, dass im Augenblick alle Radiostationen Berlins und Brandenburgs das Programm von 101Punkt5 live übernommen haben, um die Bevölkerung zu warnen, sich mit der richtigen Parole zu melden?«
»Sehr gut.«
»Nichts ist gut. Sie machen das gesamte SEK lächerlich. Sie lassen sich vorführen. Ich weiß nicht, welcher Teufel mich geritten hat, als ich mich von Götz überreden ließ. Als er sie heute Morgen hier anschleppte, war mir schon übel. Aber ich konnte nicht ahnen, dass ich sofort kotzen müsste. Ich gab Ihnen nach dem Fehlschlag mit dem

Scharfschützen eine zweite Chance. Und die haben Sie soeben die Toilette runtergespült. Fest steht: Sie haben versagt, Ira. Sie haben das Ultimatum nur für eine Stunde verschieben können. Der Mann zieht sein Ding durch, egal, wie lange Sie mit ihm rumlabern. Denn er weiß, dass er geliefert ist. Der Irre hat bereits eine Geisel getötet. Damit ist der Damm gebrochen, die entscheidende Hemmschwelle zum Todesakt wurde überschritten. Was wollen Sie jetzt tun? Sie können ihm keinen offenen Vollzug mehr anbieten. Oder Bewährung. Er sitzt ein, lebenslänglich, und genau das weiß er.«
Ira zählte langsam bis zehn, bevor sie den Redeschwall kommentierte. Weniger, um sich zu beruhigen, als um etwas Zeit zum Nachdenken zu gewinnen. *Was ist hier los? Was führt Steuer im Schilde?* Schön. Er hatte ihr von Anfang an klargemacht, dass er sie nicht dabeihaben wollte. Als sie vorhin zum Ausgang gegangen war, beglückwünschte er sie höhnisch zu ihrer weisen Entscheidung. Doch dann hatte Götz sie am Cola-Automaten überredet weiterzumachen. Steuer ärgerte sich zwar über ihren plötzlichen Meinungsumschwung, doch schließlich ließ er sie doch Kontakt aufnehmen. Wahrscheinlich damit er später sagen konnte, er hätte wirklich alles versucht. Doch jetzt verlor er gleich nach dem ersten Verhandlungsgespräch wieder die Fassung. *Warum? Was ist passiert?* Iras Gedanken fuhren Achterbahn. Ihr kam es so vor, als ob seine Kritik an ihrer Taktik nur ein Vorwand war. Hatte es etwas damit zu tun, dass Jan ihre verstorbene Tochter erwähnte? Wusste Steuer schon von Kitty? Götz hatte ihr ausdrücklich versichert, dass er mit niemandem darüber sprechen würde.
Aber vielleicht ist es schon durchgesickert? Nein. Dann

würde Steuer mich in Grund und Boden rammen. Das alles ergab keinen Sinn.

»Sie übersehen eins«, sagte Ira, als sie mit dem innerlichen Zählen bei acht angekommen war. »Ich habe mich vorhin geirrt. Wir können den Mann doch stoppen. Die Verhandlung war bereits nach den ersten Minuten sehr erfolgreich.«

»Pah«, schnaubte Steuer.

»Doch. Ich dachte zuerst, er will nur Aufmerksamkeit. Doch das stimmt nicht. Ich habe mich geirrt. Der Mann hat ein Motiv, und wir kennen es jetzt. Leoni. Er sucht seine Freundin. Es ist ganz einfach. Wir müssen nur diese Frau finden und zu ihm bringen.«

Ira deutete mit einem Nicken auf den Bildschirm, auf dem immer noch Leonis Foto zu sehen war. Herzberg hatte bereits einen Ausdruck gemacht und ihn zu dem Bild von Jan an das Flipchart gepinnt.

»Tja, und das dürfte ein wenig schwierig werden, meine Liebe«, sagte Steuer sarkastisch und wischte sich mit der blanken Hand den Schweiß von der Stirn.

»Warum?«

»Ganz einfach. Weil diese Frau seit acht Monaten tot ist.«

Ira war schlagartig ernüchtert, ihre Lippen formten ein lautloses »Oh!«.

»Begreifen Sie jetzt, warum Sie hier nichts mehr ausrichten können? Sie verhandeln gerade mit einem psychopathischen Massenmörder. Der lebt in einer anderen Welt und spricht eine andere Sprache als Sie, Ira.«

Ira drückte mit der belegten Zunge von innen gegen ihre Zähne, als wäre das die einzige Möglichkeit, ihren Mund zu öffnen.

»Was werden Sie also tun?«

»Das, was ich am besten kann. Die Dinge im Sturm erledigen.«
Als ob es einer lautmalerischen Unterstützung seiner Worte bedurft hätte, zischte ein unverständlicher Wortschwall aus Steuers Funkgerät.
»Ja?«
»... besten schauen Sie sich ... mal an«, hörte Ira bruchstückhaft die Sätze irgendeines wichtigtuerischen Soko-Beamten mit. Dann etwas klarer: »Ich glaube, wir sind da auf etwas gestoßen.«
»Was denn?«
Steuer wartete ungeduldig die Antwort ab, stellte eine kurze Nachfrage und verließ unmittelbar danach die Verhandlungszentrale. Ira blieb allein zurück. Ein Gefühl der Einsamkeit überwältigte Ira, und sie begriff erst nach einer Weile, was sie wirklich gehört hatte:
»Es gibt hier eine Unregelmäßigkeit.«
»Eine Unregelmäßigkeit?«
»Ja, mit der Mitarbeiterliste.«

4.

»Was ist hier los?«
An jedem Wort, das der Oberstaatsanwalt in sein Reinickendorfer Arbeitszimmer spuckte, klebte eine Mischung aus Abscheu und Fassungslosigkeit.
»Wie bitte?« Die herbeigeeilte kroatische Haushälterin ließ ihren unruhigen Blick ängstlich über die erlesene Inneneinrichtung gleiten, was Johannes Faust nur noch

mehr verärgerte. Blöde Kuh. Natürlich tat sie wieder so, als ob nichts wäre.
»Wer war hier in meinem Studierzimmer?«
Faust sah von oben auf sie herab. Im Vergleich zu seiner groß gewachsenen, hageren Gestalt wirkte Maria neben dem »Herrn Doktor« wie ein Gartenzwerg mit Schürze und Wischmopp.
»Habe ich Ihnen nicht ausdrücklich verboten, das Studierzimmer alleine zu betreten?«, fragte er drohend. Faust zog seine grauen Augenbrauen so fest zusammen, dass seine sonst eher knochige Stirn vollkommen in Falten lag. Tatsächlich durfte Maria hier nur putzen, wenn er dabei anwesend war, und bisher hielt sie sich immer streng an seine Anweisungen. So wie an den »Putzplan«, den er für sie aufgestellt hatte und dessen Abfolge sie penibel und in der vorgegebenen Reihenfolge abarbeiten musste. Erst die Landhausdielen wischen (nebelfeucht, nicht nass!), dann den Papierkorb leeren und schließlich Wände, Decken und Sekretär abwedeln.
»Wer war hier? Raus mit der Sprache?«, fragte Faust erneut. Seine Stimme hatte jetzt jenen strengen Ton angenommen, den sonst nur Angeklagte im Gerichtssaal fürchten mussten. Dabei hielt er wie bei der Beantragung des Strafmaßes seinen Kopf so, dass die randlose Brille von seiner Nase zu rutschen drohte.
»*Sie* ist da gewesen«, gab die Haushälterin endlich zu. »Sie hat gesagt, sie darf das.«
»Wer *sie*?«
»Das Fräulein.«
Natürlich. So impertinent konnte nur Regina sein. Faust ging zu der Regalwand und schüttelte seinen Kopf. Er hasste Unordnung. Selbst jetzt, wo er in den Vorbereitun-

gen für den vielleicht größten Fall seiner Karriere steckte, befand sich nicht eine einzige Akte auf seinem Schreibtisch. Und jetzt *das!* Wo er doch immer so penibel darauf achtete, dass all seine juristischen Nachschlagewerke ordentlich, nach Ausgaben aufgereiht im Regal standen und – das war die Hauptsache – allesamt bündig abschlossen. Seine Exfrau hatte die Frechheit besessen, den braunen NJW-Band 1989 I einfach um drei Zentimeter nach hinten zu rücken. Weil sie wusste, dass ihn das zur Weißglut trieb. Und um ihm zu zeigen, dass sie da gewesen war. Unangemeldet.

»Was wollte sie?«

»Hat sie nicht gesagt. Sie hat gewartet, und als Sie nicht kamen, ist sie wieder gegangen.«

»Hmm.« Das Parkett ächzte unter den genagelten Schuhen, als Faust mit zwei großen Schritten an seinen Schreibtisch trat. Er zog die oberste, kupferbeschlagene Schublade auf und registrierte mit einem knappen Blick, dass das Geldbündel noch in der kleinen Schatulle lag. Nicht, dass es ihn finanziell getroffen hätte. Geld hatte er ja seit kurzem mehr als genug. Aber es ging um das Prinzip. Das letzte Mal hatte sie sich einfach seinen Notgroschen genommen und war mit den fünftausend Euro verschwunden. »Als kleine Entschädigung für unsere Ehe«, hatte sie ihm auf einen Bogen seines eigenen Briefpapiers gekritzelt. Miststück! Als ob die monatlichen Zahlungen nicht mehr als genug waren für die wenigen glücklichen Stunden, die er bei ihr in vierzehn Jahren hatte erbetteln können.

»Soll ich bleiben?«

Sein Handy klingelte im selben Moment, als Maria schüchtern ihre Frage an ihn richtete.

Erst war er irritiert. Dann wurde ihm übel.
Das Mobiltelefon hatte Faust bisher nur einmal benutzen müssen. Und auch das nur zur Probe, als man ihn mit den Funktionen vertraut machte. Faust hasste die moderne Kommunikationstechnik und entzog sich möglichst allem, was nur entfernt nach Internet, E-Mail oder Funktelefon aussah. Doch gerade jetzt musste er immer erreichbar sein. Hatte sich sogar einen Laptop zugelegt. Zu viel stand zurzeit auf dem Spiel, so kurz vor dem Prozess. Faust verscheuchte mit einer ungeduldigen Geste seine Haushälterin, die sichtbar erleichtert die Flügeltüren hinter sich schloss. Dann klappte er umständlich das Handy auf und bereitete sich innerlich auf das Schlimmste vor. Sein Kontaktmann hatte versprochen, diese Nummer nur im Notfall zu wählen.
»Wir haben ein Problem!«
»Die Geiselnahme?«
»Nicht direkt.«
»Sondern?«
»Die Forderung des Täters. Er will *sie*.«
Faust blieb wie angewurzelt in der Mitte seines Arbeitszimmers stehen.
Sie!
Ihr Name musste nicht offen ausgesprochen werden, er wusste auch so sofort, wer gemeint war.
Leoni!
Und ihm war auch klar, was das für ihn bedeutete.
»Wie ist das möglich?«
»Ich kann Ihnen jetzt nichts Näheres sagen.«
Richtig. Die Leitung war nicht sicher. Faust ermahnte sich, einen kühlen Kopf zu bewahren und jetzt nicht unvorsichtig zu werden. Auch wenn die nackte Angst sich

gerade wie ein nasser Bademantel um seinen Körper legte.
»Wann sind wir ungestört?«
»Ich lass mir was einfallen. Sie sollten erst einmal die Lage vor Ort klären. Wir reden dann in zwanzig Minuten.«
»In zwanzig Minuten.« Faust räusperte sich heiser und legte dann auf, ohne sich zu verabschieden. Er sah zu dem Bücherregal hinüber und wünschte sich, der verrutschte Buchband wäre heute Morgen sein größtes Problem geblieben.
Zwanzig Minuten, dachte er. *Zwanzig Minuten? Vielleicht ist das bereits zu spät. Vielleicht bin ich dann schon tot.*

5.

Ira lehnte sich erschöpft an die Wand in Diesels Büro, das jetzt fast wie eine richtige Verhandlungszentrale aussah und nicht mehr wie das Spielzimmer eines leicht übergeschnappten Exzentrikers. Nachdem auch Igor und Herzberg in die Einsatzleitung abkommandiert worden waren, kam Götz herein und verhängte die Fenster mit den Lageplänen des Stockwerkes und mehreren Kopien aller wichtigen technischen Leitungen.
»Hat er das mit Kitty schon herausgefunden?«, fragte sie ihn, während er den letzten Plan befestigte. Da Diesel sich gerade einen Kaffee holte, waren sie für einen kurzen Moment ungestört.
»Wer?«

»Steuer. Seine Männer haben irgendetwas auf der Mitarbeiterliste entdeckt.«
»Ich weiß. Aber das ist kein Problem, sondern Absicht. Ich hab ihnen vorhin eine veraltete Liste untergejubelt. Kein Wunder, dass sie beim Abgleich Probleme bekommen.«
Er sah sie besorgt an. »Du solltest dir eher um dich Gedanken machen.«
»Wieso, was ist mit mir?«
»Du hast dich nicht im Griff. Greif Steuer nicht immer vor allen Leuten so an.«
»Wieso, was hab ich schon zu verlieren?«
»Deine Tochter«, erinnerte er sie. »Steuer ist ein Hitzkopf. Ich hab mit Engelszungen auf ihn eingeredet, dich verhandeln zu lassen. Du kennst ihn. Nur weil er einen Anzug und keine Waffe trägt, macht ihn das nicht weniger gefährlich. Im Gegenteil. Ich weiß nicht, wieso, aber er will um jeden Preis stürmen. Also gib ihm keinen Grund, die Verhandlungen vorzeitig abzubrechen. Denn wenn er mich mit meinen Jungs reinschickt, dann kann ich mich nicht weigern.« Er sah ihr tief in die Augen, und sie musste den Blick abwenden. Als ob allein sein intensiver, glasblauer Blick ihre Pupillen reizte.
»Dann kann ich dir und Kitty nicht mehr helfen«, ergänzte er und drückte ihr einen roten Papphefter in die Hand. »Hier.«
»Was ist das?«
»Alles, was die Ermittler in der Kürze der Zeit über Leoni Gregor zusammentragen konnten.«
Ira klappte den Hefter auf und stieß zuerst auf mehrere Zeitungsartikel. Sie überflog die Schlagzeilen: »Schwerer Unfall mit Todesfolge«. »Junge Frau starb noch an der

Unfallstelle«. «Tank explodiert. Schuld war Werkstattfehler. Versicherung muss zahlen«.
Sie blätterte zur vorletzten Seite. Ein DIN-A3-Doppelbogen. Links das wahrscheinlich letzte Foto von Leoni. Ein völlig verkohlter Körper auf einem Aluminiumtisch mit Ablaufrinne. Rechts eine Faxkopie. Offenbar von einem dünnen Durchschlag und deshalb etwas unleserlich. Aber trotzdem unschwer erkennbar: der Obduktionsbericht.

Leoni Gregor, 26, weiblich, deutsch, 1,72 m; 56 kg. Todesursache: Genickbruch mit Schädelbasisfrakturen und Hirnquetschungen infolge eines Autounfalls. Verbrennungen post mortem.

»Sie war Sekretärin in einer angesehenen Großkanzlei hier am Potsdamer Platz«, fuhr Götz fort. »Steuer hat Recht. Der Irre will, dass wir ein Treffen mit einer Toten arrangieren.«
»Wie kam es zu dem Unfall?«, wollte Ira wissen.
»Die Werkstatt hat Mist gebaut. Beim Wechseln der Sommerreifen wurden die Muttern nicht richtig angezogen. Ein halbes Jahr hat es gehalten, dann lösten sich die Bolzen, und zwei Reifen fielen gleichzeitig ab. Im ersten Schock muss Leoni wohl Bremse und Gas verwechselt haben und raste mit hoher Geschwindigkeit gegen eine Ampel, dann prallte sie frontal gegen eine Häuserwand. Es kam zu einer Kettenreaktion. Ihr Auto brannte völlig aus.«
Götz nahm ihr den Hefter aus der Hand und fingerte ein neues Foto hervor, das sie überblättert hatte.
»Aua.« Ira verzog ihre Mundwinkel, als ob sie bitteren Hustensaft verschluckt hätte.

Der BMW sah aus, als ob er mit einem Tanklaster kollidiert wäre. Die verkohlte Karosserie war sowohl seitlich wie vom Dach her eingedrückt, nahezu alle Fensterscheiben fehlten oder waren zersplittert, und das Heck bog sich samt Motorhaube wie eine rausgestreckte Zunge in den Himmel.
Ira griff sich in den Nacken und versuchte, mit vorsichtigen Drehbewegungen des Kopfes eine Verspannung in ihrer Schulter zu lösen. Sie gab sich dabei keinen großen Illusionen hin. Die stärker werdenden Kopfschmerzen hatten keine orthopädische Ursache. Wenn sie weitermachen wollte, würde sie früher oder später etwas trinken müssen.
»Was haben wir für Informationen über Jan?«
»Ein Ermittlungsteam durchleuchtet gerade das Umfeld von Leoni Gregor. Aber bis jetzt haben wir ja nur einen Vornamen, und ich bezweifle, dass das sein echter ist.«
»Und was wissen wir über die Geiseln?«
»Was soll da schon sein? Das ist ein zufällig zusammengewürfelter Haufen. Die haben die Senderführung bei einer Verlosung gewonnen. Wir ermitteln gerade ihre Angehörigen.«
»Gut.« Sie machte eine Pause und stellte dann die Frage, die ihr schon die ganze Zeit über auf der Zunge lag. Und die sie aus Furcht immer wieder runtergeschluckt hatte.
»Gibt es was Neues von Katharina?«
Jetzt machte Götz eine kurze Pause und atmete tief ein, bevor er antwortete.
»Nein, Kitty hat sich nicht noch einmal gemeldet.« Er hob seine kräftige rechte Hand, die in einem schwarzen Handschuh steckte, und sah für einen Moment aus wie der Fänger in einem amerikanischen Baseballspiel.

»Aber das ist ein gutes Zeichen«, versicherte er.
»Oder auch nicht. Ich muss mit ihr reden.«
»Das kann ich nicht zulassen.« Götz schüttelte energisch den Kopf.
»Was muss ich tun, damit ich mit ihr sprechen darf?«
Götz zog seinen schweren Handschuh aus und wollte Ira gerade eine Haarsträhne aus dem Gesicht streichen, als das Läuten des Telefons ihn zusammenzucken ließ.
»Rede zuerst mit Jan.«

6.

Warum dauert das so lange?
Der Geiselnehmer trommelte nervös mit den Fingern seiner linken Hand auf der Kante des Studiomischpultes. Sie hinterließen deutliche Abdrücke auf der schwarzen Schaumstoffummantelung.
Er räusperte sich. Dann ging Ira nach dem vierten Läuten endlich an den Apparat. Er wartete ihre Begrüßungsfloskel erst gar nicht ab.
»Haben Sie schon etwas herausgefunden?«
»Ja, ich habe gerade den Obduktionsbericht erhalten.«
»Von Leoni? Dann verschwenden Sie die kostbare Zeit, die ich Ihnen großzügig einräume, also nur.«
Jan warf einen Blick auf den großen Fernseher, der an einem schweren Greifarm von der Studiodecke hing. Normalerweise verfolgten die Moderatoren hier die neuesten Nachrichten im Teletext. Jetzt zappte er mit einer Fernbedienung im Sekundenbruchteil durch die sieben-

undfünfzig Kabelkanäle und stellte zufrieden fest, dass er auf fast allen Sendern das Hauptthema war.
»Wie meinen Sie das?«, fragte Ira.
»Ich habe Ihnen doch gesagt: Ich höre erst auf, wenn Sie Leoni zu mir bringen. Hierher. Lebend. Ins Studio.«
Er blieb auf einem Vierundzwanzig-Stunden-Nachrichtenkanal hängen.
Im Laufband wurde der Bevölkerung erklärt, wie sie sich am Telefon zu melden habe. Außerdem wurde eine Pressekonferenz angekündigt, in der der Innenminister eine Erklärung zur Lage abgeben wollte.
Gut. Sehr gut.
»Sobald ich Leoni lebend in meinen Armen halte, ist der Spuk vorbei«, fuhr er fort.
»Ich weiß«, sagte Ira, und es klang leicht resigniert. »Doch ich bin mir noch nicht sicher, wie ich das schaffen soll, Jan. Laut den Unterlagen, die ich gerade in meinen Händen halte, ist Ihre Verlobte bei einem Autounfall gestorben. Am neunzehnten September. Um 17.55 Uhr.«
»Ja, ja. Ich kenne den Bericht. Ich habe ihn selbst gesehen. Eine Kopie davon liegt sogar bei mir zu Hause. Doch er ist Mist. Kompletter Schwachsinn.«
»Wieso?«
»Weil Leoni noch lebt!«
»Was macht Sie da so sicher?«
Jan kratzte sich mit der Pistole am Nacken.
»Ich lass jetzt mal den ganzen Irrsinn weg, der sich allein in der letzten halben Stunde ereignet hat, seitdem ich über Leoni im Radio geredet habe, Ira. Sie können sich ja nicht mal annähernd vorstellen, was hier los ist.«
Er warf einen schnellen Blick auf die dreiunddreißig weinroten Lämpchen der Telefonanlage neben dem Stu-

diomischpult, die rhythmisch im Gleichtakt blinkten. Nach den ungläubigen Blicken des Showproduzenten zu urteilen, hatte selbst ein erfahrener Radioprofi wie er noch nie zuvor ein solches Dauerfeuerwerk erlebt.
»Alle Leitungen sind besetzt. Ununterbrochen. Können Sie das glauben, Ira? In der ganzen Stadt, was sag ich, mittlerweile im ganzen Land wollen die Menschen mit mir sprechen. Und jeder Zweite hat angeblich Hinweise, wo Leoni steckt.«
Jan sah wieder zum Fernseher hoch. Seitlich neben dem Nachrichtensprecher prangte nun ebenfalls das Bild seiner Verlobten. Danach wechselte die Einstellung, und das MCB-Gebäude füllte den leicht angestaubten Studio-Bildschirm aus. Anscheinend waren es Archivaufnahmen, oder das Hochhaus wurde gerade aus einem Hubschrauber gefilmt.
»Eine vierundvierzigjährige Frau aus Tübingen war der Meinung, sie hätte Leoni gestern per Anhalter mitgenommen«, redete Jan weiter. »Ein älterer Mann aus Kladow wollte Geld haben, wenn er mich zu ihr bringt. Einer bot mir sogar Nacktfotos an.«
»Sie haben die Geister gerufen.«
»Nein!«, widersprach Jan heftig. »Das habe ich nicht. Es ist nicht meine Schuld. All das hätte nicht so weit kommen müssen. Irgendjemand da draußen spielt ein falsches Spiel mit mir. Jemand mit höchstem Einfluss und größter Macht. Entweder ich locke ihn heute aus der Reserve, oder es werden viele Menschen sterben.«
»Wenn ich ehrlich bin, verstehe ich Sie nicht«, hörte er Ira sagen. Sie klang glaubwürdig verwirrt.
»Also gut, Ira.« Jan sah auf die große Studiouhr. »Wir haben noch etwa vierzig Minuten bis zur nächsten Spiel-

runde. Aber so lange wird es gar nicht dauern. Ich erzähle Ihnen jetzt mal eine Geschichte. Meine Geschichte.«

7.

Wo ist Diesel?
Ira formte die Worte lautlos mit den Lippen, während sie sich das Headset aufsetzte, auf das sie den Studioanruf umgeleitet hatte, um beim Telefonieren durch den Raum gehen zu können. Herzberg zuckte nur kurz mit den Achseln und tippte dann weiter irgendetwas in seinen Computer. Auch Igor sah sie nur fragend an. Beide hatten die Verhandlungszentrale erst vor wenigen Sekunden wieder betreten, nachdem Steuer ihnen Gott weiß was für Instruktionen gegeben hatte, nur der Chefredakteur war von seinem Gang zur Kaffeeküche noch immer nicht zurückgekehrt.
»Es war mir immer bewusst, dass ich privilegiert war, Ira. Ich stand mein gesamtes Leben lang auf der Sonnenseite«, hörte sie Jan sagen, und es schwang ein leises Bedauern in seiner Stimme mit. »Ich besaß alles, was man sich nur wünschen kann: einen angesehenen Beruf, ausreichend Geld und eine wunderhübsche Frau. Doch eines Tages, wie aus heiterem Himmel, wird mir alles Stück für Stück wieder entrissen. Meine Freundin wird entführt, ich stelle Nachforschungen an, und von diesem Moment an zerbricht mein Leben zu einem wertlosen Scherbenhaufen.«
»Moment! Warum glauben Sie, jemand hätte Leoni entführt?«, hakte Ira nach.

»Nicht *jemand*. Der Staat.«
»Das klingt etwas ...«
»Unglaubwürdig? Ich weiß. Aber nur der Staat hat die Macht, das zu tun, was mir angetan wurde.«
»Was wurde Ihnen angetan?«
»Gegenfrage: Mal abgesehen von der Liebe. Was macht einen Menschen aus? Was brauchen Sie, um zu existieren? Um zu atmen. Um morgens die warme Decke zurückzuziehen und den Fuß in die kalte Welt zu setzen?«
Meine Kinder, schoss es Ira als Erstes durch den Kopf. Aber *Liebe* hatte er ja ausgeklammert.
»Ich meine: Worauf könnten Sie wirklich nicht verzichten? Was darf man Ihnen nicht wegnehmen, weil Sie sonst nur noch ein Schatten wären?«
»Ich weiß nicht«, zögerte Ira. »Vielleicht meine Musik.«
In dem Moment, als sie es aussprach, wünschte sie sich schon, sie könnte es wieder zurücknehmen. Tatsächlich war sie sich überhaupt nicht klar darüber, warum sie es überhaupt gesagt hatte. Früher, in einem anderen Leben, hatte sie sehr viel Musik gemacht. Schlagzeug gespielt. Viele Jahre lang hatte sie Unterricht genommen und noch länger zahlreiche Bands mit ihrem Einsatz zusammengehalten. Es war ihr fast peinlich, dass sie vergessen hatte, wie schön die Zeit gewesen war, als sie noch Auftritte in den drittklassigen Berliner Hinterhofkneipen bestritten. Und dass es ihr erst wieder einfiel, als sie von einem Geiselnehmer und Mörder danach gefragt wurde.
»Musik ist eine gute Antwort«, sagte Jan. »Bei manchen ist es Sex. Bei einigen der Sport. Und bei mir war es die Arbeit. Ich war Psychologe. Ich war ganz gut. Führte meine eigene Praxis und musste mir über Geld keine Sorgen machen. Aber das ist nicht das Wesentliche. Kennen

Sie den Unterschied zwischen Job und Beruf? Für mich war das Praktizieren kein Job, sondern ein Beruf, weil dieses Wort sich für mich von ›Berufung‹ ableitet. Ohne meine Arbeit kann ich nicht existieren. Und die haben sie mir genommen.«

»Wer sind *die*? Und wie haben *die* das gemacht?«

»Nun, als ich die ersten Fragen stellte, da gab man sich noch freundlich. Der Mann vom Bezirksamt zeigte mir den Totenschein. Die Polizei gab mir das Autopsiefoto. Doch als ich Leonis Leiche sehen wollte, wiegelten sie ab. Nicht möglich. Dann wollte ich Einsicht in die Ermittlungsakten haben, die sich mit dem angeblichen Unfall beschäftigen. Immerhin war der Wagen ja explodiert.«

»*Explodiert?*« Ira erinnerte sich an die Zeitungsfotos, die ihr Götz gerade gezeigt hatte.

»Ja. Schon ungewöhnlich, wenn auf einmal zwei Reifen abfallen. Aber das gab ja erst den Anstoß für den Kurzschluss in der Lichtmaschine. Kabelbrand. Verursacht durch ein falsches Ersatzteil, das ich angeblich selbst eingebaut haben soll. Ich! Dabei breche ich mir schon beim Ölstandmessen fast die Hände. Niemals würde ich freiwillig an einer Lichtmaschine rumschrauben. Aber das ist praktisch, oder?«

»Wie meinen Sie das?«

»Na ja, der Hersteller ist fein raus, weil es nicht sein Fehler war. Und ich kann mich nirgendwo beschweren, weil die Versicherung der Werkstatt für alle Schäden aufkam. Aber es kommt noch besser.«

Ira schrieb beim Zuhören eine Erinnerung auf einen gelben Post-it-Zettel und pappte ihn auf den Ordner mit dem Obduktionsbericht.

Wo ist die Ermittlungsakte?

»Ich wollte das Auto sehen. Es war natürlich schon verschrottet. Können Sie sich das vorstellen? Der Tank fliegt in die Luft, meine Freundin verbrennt, aber es gibt kein Verfahren wegen fahrlässiger Tötung? Stattdessen gehen auf meinem Konto einhundertfünfundzwanzigtausend Euro von der Versicherung ein. Und noch mal einhunderttausend Euro vom Hersteller. Ohne Gerichtsverfahren, ohne Urteil. Obwohl es offiziell hieß, ich wäre schuld.«
»Das klingt unglaublich.«
»Abwarten, es kommt noch besser: Ich wollte den Fall publik machen und schrieb an so ziemlich jede TV-, Zeitungs- und Radioredaktion, die ich kannte. Sogar hier an 101Punkt5. Doch niemand antwortete mir. Stattdessen bekam ich Besuch von zwei Herren, vermutlich vom Bundesnachrichtendienst. Sie gaben mir sehr deutlich zu verstehen, was mit mir geschehen würde, wenn ich nicht augenblicklich meine Nachforschungen einstellen würde.«
»Doch sie hörten nicht auf?«
»Nein. Und die beiden Kollegen in ihren schwarzen Anzügen hielten Wort. Als Erstes fand man bei einer Geschwindigkeitskontrolle Drogen in meinem Kofferraum. Die Kammer entzog mir ohne Anhörung meine Zulassung. Und nahm mir damit das Einzige, was mir neben der Trauer um Leoni noch geblieben war. Meinen Beruf.«
»Hören Sie ...«
Ira griff dankbar nach dem Pappbecher, den Herzberg ihr reichte, und nahm einen Schluck. Entweder er hatte ihre spröden Lippen und den hauchdünnen Schweißfilm auf der Stirn gesehen oder die bereits angestaubte Stimme be-

merkt. Vielleicht steckte in seiner Milchbubi-Haut doch ein aufmerksamer Gentleman.

»Das hört sich alles sehr schlimm an, Jan. Fast unglaublich. Und ich merke, dass ich nicht mal annähernd nachvollziehen kann, was Sie in den letzten Wochen durchmachen mussten. All das, was Sie mir erzählt haben, ist sicher ungerecht, zynisch und grausam. Es ist womöglich ein Beweis für die Willkür unseres Staates, in dem einige Menschen mehr Rechte haben als andere. Aber es ist *kein* Beweis dafür, dass Leoni noch lebt.«

Sie nahm einen zweiten Schluck. Das Wasser war kalt. Jedoch nicht so kalt wie Jans letzte Worte, bevor er die Verbindung wieder unterbrach.

»Ich denke, wir verschwenden unsere Zeit, Ira. Wir sollten nicht reden, sondern lieber das tun, wofür wir eigentlich hier sind. Sie finden Leoni. Und ich spiele Cash Call.«

8.

In dem kleinen Radiostudio stand die Luft. Die schallisolierte Kabine war nicht für den Daueraufenthalt von so vielen Menschen ausgelegt, und die sechs Geiseln produzierten gerade ein Gemisch aus Angstschweiß, Adrenalin und Körperwärme, das von der Lüftungsanlage viel zu langsam aus dem Raum gesogen wurde. Obwohl Jan schon lange die Proletenperücke abgenommen und sich von den meisten verunstaltenden Verkleidungsutensilien getrennt hatte, schwitzte er in seinem Trainingsanzug und musste sich regelmäßig die Stirn abwischen. Letzteres konnte aber auch daran liegen, dass die Beruhigungstabletten langsam ihre Wirkung verloren, die er vorhin auf dem Weg zum Sender eingenommen hatte. Die Dosis war auf vier Stunden berechnet. Er hatte nicht damit gerechnet, dass es länger dauern würde. *Über den Tod einer Geisel hinaus.* Doch jetzt war bereits die dritte Stunde angebrochen, und der zweite Cash Call stand kurz bevor. Ira zeigte sich kooperativ und unvoreingenommen. Aber ganz offensichtlich war niemand dort draußen, der sie mit den wirklich relevanten Informationen versorgte. Er musste noch mehr Druck machen. Und das bedeutete: Irgendetwas lief hier schief!

Jan wollte sich gerade im Nebenraum ein Glas Wasser holen, als Sandra, die schwangere Rothaarige mit dem behinderten Sohn, vom Hocker rutschte und sich lauthals beschwerte: »Ich muss mal.«

Er musterte sie von oben bis unten, dann nickte er mit dem Kopf in Richtung Studioküche.

»Da drin gibt es eine Spüle. Mehr kann ich Ihnen nicht anbieten.«

»Und wie soll das gehen? Ich bin doch keine Trickpinklerin«, sagte sie, ging aber trotzdem auf ihn zu. Seitdem er den UPS-Fahrer beseitigt hatte, war sie die einzige der Geiseln, die sich noch traute, mit ihm zu sprechen. Timber starrte ebenso wie der Buchhalter ängstlich auf den Boden, das Pärchen aus Marzahn hielt sich aneinander fest, und Flummi reihte stoisch ein Musik-File an das nächste. Jan erlaubte ihm dabei, Rücksprache mit Timber zu halten. Normalerweise plante ein Computer die gesamte Musik, doch für Timbers Morgensendung gab es keine Playlist. Der Star-Moderator durfte als Einziger im Sender seine Songs noch von Hand zusammenstellen. Ein

Privileg, das ihm so lange gewährt wurde, wie die Quoten stimmten.
»Das haben Sie bei Ihrem Plan wohl übersehen, was?«, fauchte die Krankenschwester. »Geiseln müssen hin und wieder mal auf Toilette.«
Jan wunderte sich. Es war so, als ob alle nicht auffallen wollten, um ja nicht in die engere Auswahl für die nächste Spielrunde zu fallen. Alle bemühten sich darum, möglichst unsichtbar für Jan zu werden. Alle, bis auf Sandra.
»Was ist los?«, flüsterte sie Jan zu, als sie sich an ihm in die Küche vorbeidrängte. »Warum dauert das so lange?«
Er sah sie ärgerlich an und legte fast schon reflexartig einen Finger auf seine Lippen.
»Keine Angst. Alles im Griff«, flüsterte er zurück und stieß sie in den Nebenraum.
»Und bringen Sie mir bitte ein Glas Wasser mit«, rief er, während er die Tür hinter Sandra zuzog.
Als er sich dann wieder in Richtung des Mischpultes umdrehte, registrierte Jan aus den Augenwinkeln heraus, dass auch der Buchhalter für einen kurzen Augenblick aus seiner Rolle fiel. Er saß nur zwei Schritte von ihm entfernt an der Studiotheke und sah aus, als ob sich sein Körper nicht zwischen leiser Ohnmacht oder einem offenen Nervenzusammenbruch entscheiden könnte. Doch ganz plötzlich hörte sein Zittern auf. Seine Atmung wurde ganz ruhig, und er sah auf die große Studiouhr an der gegenüberliegenden, mit grauem Stoff bezogenen Schallschutzwand. Nur noch dreißig Minuten bis zur nächsten Runde.
Als Theodor Wildenau seinen Kopf in Jans Richtung drehte, verkrampfte sich dessen Magen wie der Körper bei einer unerwartet kalten Dusche. Jan hatte Angst. Un-

bändige Angst, der Mann würde etwas sagen. Jetzt schon. Viel zu früh!
Aber der Buchhalter blieb ruhig. Schüttelte kaum merklich seinen fast kahlen Kopf. Sah dann nach unten auf den Teppich. Und fing einen Moment später wieder an zu zittern.
Jan sah sich im Studio um. Erleichtert atmete er aus. Keiner der anderen hatte etwas bemerkt.

9.

Ein Stockwerk tiefer stand Diesel fröhlich singend in der Buchhaltung von 101Punkt5 und fräste mit einem Schweißbrenner ein Loch in den Dokumententresor.
Natürlich hätte er auch offiziell um Erlaubnis fragen können. Vermutlich wäre der Verwaltungschef des Senders sogar mit den passenden Schlüsseln herbeigeeilt. Aber eben nur vermutlich. Mit dem Schneidbrenner konnte er sicher und schneller seinen Verdacht überprüfen. Außerdem wollte Diesel das Ding schon lange einmal ausprobieren. Von der ersten Minute an, als er es vor zwei Wochen im Lager entdeckte, hatte er sich eine gute Gelegenheit herbeigewünscht. Und hier war sie.
»Sandy ...«, sang er schief auf der Melodie des Stones-Klassikers »Angie«, »Saaandieee ... ist deine Akte etwa hiiiiiieeer?«
Nach dem dritten Refrain hatte er den unregelmäßigen Kreis rund um das Schloss vollendet. Diesel war fast etwas enttäuscht, wie unspektakulär einfach sich die Tür

danach öffnete. Aber schließlich wurde in dem schrankgroßen Tresor keine größere Menge Geld, sondern lediglich die Hörerkartei aufbewahrt. Dass diese weggeschlossen wurde, lag nur an den strengen Bestimmungen des Datenschutzgesetzes. Noch nie hatte sie jemand stehlen wollen. Bis heute.
Diesel verzog das Gesicht, als er die fünfzig grauen Aktenordner sah, die ihm ihre sorgsam beschrifteten Rücken zuwandten. Für ihn waren sie das zu Materie gewordene Sinnbild geistloser Langeweile. Wie konnte jemand seinen Lebensunterhalt mit dem Lochen und Abheften von Papier verdienen? Was stimmte nicht mit diesen Menschen? Keine zwanzig Sekunden würde er als Verwaltungskraft hier unten überleben.
Diesel fingerte aus seiner hinteren Hosentasche die Liste mit den Namen der Hörerclubmitglieder, die die heutige Senderführung gewonnen hatten, heraus:

Martin Kubichek
Sandra Marwinski
Cindy und Maik Petereit
Manfred Stuck
Theodor Wildenau

Es gab zwei »K«-Ordner und drei mit dem Buchstaben »M«, von denen sich Diesel jeweils den ersten griff. Wenige Augenblicke später hatte sich sein Verdacht bestätigt. Auch bei »P« wurde er schnell fündig. Nur bei »S« verschlug es ihm die gute Laune. Zuerst fand er den Nachnamen »Stuck« gar nicht in dem Verzeichnis. 101Punkt5 Berlin hatte im Gegensatz zu den anderen Sendern der Stadt erst sehr spät mit dem Aufbau eines Hörerclubs an-

gefangen und deshalb nur etwa siebzigtausend registrierte Mitglieder in seinem Datenbestand. Deshalb ließ sich die gesamte Kartei bislang in nur einem einzigen Schranktresor unterbringen. Trotzdem konnte Diesel den UPS-Fahrer zunächst in keinem der vier Aktenordner zum Buchstaben »S« entdecken. Schließlich merkte er, dass zwei Bögen Papier zusammenklebten. Seine Freude über diese Entdeckung verschwand sofort wieder, als er den DIN-A4-Bogen las, auf dem die relevanten Angaben zur Person verzeichnet waren. Vom Wohnort über Alter, Telefonnummer, Musikvorlieben, Geburtsdatum, E-Mail-Adresse bis zum Eintrittsdatum in den Gewinnerclub.
Mist!, dachte Diesel, während er die Daten von Manfred Stuck überprüfte. *Alles normal. Habe ich mich etwa doch geirrt?*
Der vierte Name, Theodor Wildenau, war wieder ein Treffer. Einzig und allein der UPS-Angestellte Stuck passte nicht ins Muster.
Diesel lehnte sich mit dem Rücken an den aufgeschweißten Dokumentenschrank und zog eine zerknitterte Packung Kaugummis aus der hinteren Hosentasche. Er war schon seit vier Monaten Nichtraucher und benutzte scharfe Zimtkaugummis zum Abgewöhnen.
Denk nach! Denk verdammt noch mal nach!
Als der Geiselnehmer vorhin das erste Mal den Namen seiner Freundin erwähnte, hatte er sich an ein Gespräch erinnert, das er vor Monaten im Starbucks unten am Potsdamer Platz führte. Sein Gesprächspartner war ein Kerl gewesen, der aussah, als hätte er eine Woche in seinen Klamotten gepennt. Der Mann stocherte damals mit einer Kuchengabel in einem Latte macchiato herum, trank das gesamte Gespräch über keinen einzigen Schluck und er-

zählte stattdessen eine komplett wirre Geschichte. Von einer Leoni.
Wie hieß er bloß?
Diesel folgte einer spontanen Eingebung und griff sich noch mal den Ordner mit dem Buchstaben »M«, als sich jemand hinter ihm räusperte. Er zuckte so heftig zusammen, dass er seinen Kaugummi verschluckte. Ohne zu wissen, was ihn erwartete, drehte er sich langsam zur Tür herum. Dann versuchte er, den Blick eines der Männer, die ihre Maschinengewehre auf ihn richteten, einzufangen. Es gelang ihm nicht. Alle drei SEK-Beamte trugen Sturzhelme mit Sichtblenden.
»Willst du heute etwa sterben?«, fragte ihn der Anführer der Truppe, der einen Schritt auf ihn zuging. Seine Stimme kam Diesel bekannt vor.
»Du sollst oben den Sendebetrieb aufrechterhalten. Was willst du hier unten?«
»Ich hab da eine Vermutung.«
»Wovon redest du?«
»M.« Diesel deutete mit dem Kopf zum Aktenschrank.
»›M‹ – was?«, fragte Götz. Auf ein unsichtbares Zeichen von ihm stieß einer der beiden anderen SEK-Männer Diesel zur Seite und griff sich den Aktenordner mit dem entsprechenden Buchstaben.
»›M‹ wie May. Ich hab die Namen der Geiseln gecheckt und bin auf etwas gestoßen.«
Götz musterte ihn misstrauisch.
»Ich höre?«
»Ira sagte doch, der Geiselnehmer würde jemanden hier im Sender kennen. Deshalb hätte er sich verkleidet.«
»Und?« Götz beugte sich ungeduldig vor.
»Ich glaube, dieser Jemand bin ich.«

10.

Der dünne Papphefter roch nach Götz' Aftershave. Für den Bruchteil einer Sekunde fragte sich Ira, ob sie deswegen den Obduktionsbericht die ganze Zeit über in ihren Händen hielt, während sie wieder mit dem »Radio Killer« sprach. Die privaten Fernsehsender hatten dem Geiselnehmer bereits diesen Namen verpasst. Alle unterbrachen ihr normales Programm für eine Sondersendung. Auf einem Vierundzwanzig-Stunden-Nachrichtenkanal prangte der Slogan »Amokspiel im Radio« in Großbuchstaben auf dem Bildschirm. Die Geisel-Parole wurde am unteren Bildschirmrand beständig wiederholt: »Bitte melden Sie sich am Telefon immer mit: ›Ich höre 101Punkt5. Und jetzt lass eine Geisel frei.‹ Hin und wieder wurde zusätzlich ein Foto von Leoni eingeblendet.
»Glauben Sie, Ihre Verlobte hätte das alles hier gewollt?«
Ira öffnete den Obduktionsbericht und strich eine umgeknickte Ecke auf der ersten Seite glatt.
»*Will.*«
»Bitte?«
»Sie sagten ›hätte das hier gewollt‹«, erläuterte Jan. »Es muss aber richtig heißen: ›Glauben Sie, Leoni *will* das hier?‹ Denn sie ist ja nicht tot. Also sprechen Sie bitte nicht in der Vergangenheitsform von ihr.«
Ira nickte, machte sich eine Notiz auf der Fehlerliste und sagte dann:
»Verzeihung. Also denken Sie, sie *ist* einverstanden mit dem, was hier passiert?«
Stille. Die Pause war einen Wimpernschlag zu lang, und Ira konnte beinahe sehen, wie Jan im Studio überlegte.

Als ob er sich bis jetzt darüber noch gar keine Gedanken gemacht hätte.
»Nein«, sagte er schließlich. »Ich glaube nicht.«
»Wie wird sie dann reagieren, wenn das alles vorbei ist?«
»Solange sie überhaupt reagiert, ist mir alles recht. Das würde nämlich bedeuten, dass ich endlich weiß, was mit ihr passiert ist.«
Ira blätterte eine Seite weiter. Zog das Foto des Unfallwagens heraus.
»Lassen Sie mich offen sein, Jan. Ich fürchte, so oder so bekommen Sie Leoni nicht zurück. Entweder sie wird gar nicht erst zu Ihnen kommen können, weil Sie sich irren ...«
»Ich irre mich nicht.«
»... oder sie wird nicht zu Ihnen kommen wollen, weil sie Sie hasst für das, was Sie hier und heute getan haben. Sie können Ihr Ziel nicht erreichen. Wieso hören Sie nicht auf, bevor es noch schlimmer wird? Bevor noch mehr Menschen sterben?«
Während sie sprach, blendete Ira ihre gesamte Umgebung aus. Die Verhandlungszentrale in Diesels Büro, Herzberg an seiner mobilen Computereinheit. Igor, der gerade zum hundertsten Mal überprüfte, ob das Telefonat auf der Festplatte mitgeschnitten wurde. Sie unterdrückte ihren immer stärker werdenden Durst, um den zu stillen sie etwas Härteres als den Kaffee brauchte, der in dem Becher vor ihr stand und langsam kalt wurde. Sie verdrängte sogar den brennenden Gedanken an Kitty und die Todesangst, die ihre Tochter sicher gerade durchlitt. Stattdessen konzentrierte sie sich auf den einzigen Menschen, von dem heute alles abhing. Leben und Tod. Zukunft und Vergangenheit. Sie schloss die Augen und visualisierte

Jans Gesicht, das sie bisher nur aus den Bildern der Überwachungskamera kannte. Mit und ohne Perücke. Schließlich fragte sie ihn noch einmal:
»Warum hören Sie nicht auf?«
Am anderen Ende der Leitung raschelte es. Dann hustete Jan leise, bevor er antwortete.
»Lassen Sie mich eine Gegenfrage stellen: Sie haben ein Kind verloren, richtig?«
Das geht Sie gar nichts an, schrie Ira innerlich.
»Ja«, flüsterte sie leise.
»Aber in der Presse über Sie steht auch, dass Sie Mutter von zwei Töchtern sind? Wie heißt die andere?«
»Katharina.«
Ira öffnete die Augen und sah für einen Augenblick ihre Umgebung wie in einem überbelichteten Film. Dann hatte sie sich an die plötzliche Helligkeit gewöhnt. *Hatte er Kitty etwa entdeckt?*
»Gut. Tun Sie mir bitte einen Gefallen, und stellen Sie sich vor, Sie machen mit Katharina eine Kreuzfahrt.«
»Okay.«
»Das Kreuzfahrtschiff kommt in Seenot und ist untergegangen. Katharina treibt vor Ihnen in den Wellen. Sie können sie ganz einfach retten, Sie müssen nur den Arm ausstrecken und Ihre Tochter auf das Floß ziehen, auf dem Sie sitzen. Würden Sie das tun?«
»Sicher.«
»Gut. Katharina ist also gerettet. Und jetzt sehen Sie neben Katharina ein weiteres Mädchen. Es ist Sara.«
»O Gott«, stöhnte Ira. Ihre rechte Hand verkrampfte sich um die Obduktionsakte.
»Stellen Sie sich vor, das Schicksal gibt Ihnen noch einmal die Chance, die Zeit zurückzudrehen. Sie können Ihre

Tochter retten. Aber Sie können nicht beide Kinder auf das Floß ziehen. Es bietet nicht genügend Platz und würde untergehen. Würden Sie Katharina wieder runterschubsen und Sara raufziehen?«
»Nein!«
»Wollen Sie lieber Sara sterben lassen?«
»Nein, natürlich nicht«, keuchte Ira. »Was soll das?«
»Tut mir leid, ich will Sie nicht quälen, Ira. Ich beantworte nur Ihre Frage. Warum ich heute so handeln muss, selbst wenn Leoni mich dafür hassen wird. Wir alle müssen manchmal Dinge auf uns nehmen, die wir eigentlich gar nicht wollen. Dinge, die anderen wehtun. Und die selbst *die* Menschen ablehnen, denen wir Gutes tun. Denken Sie nur an das Floß. Ich bin mir sicher, Katharina würde Sie später dafür hassen, wenn Sie Sara nicht retteten. Denn der Preis von Katharinas Rettung wäre die ewige Gewissheit, nur auf Kosten der Schwester weiterleben zu dürfen.«
Schmerz schoss unvermittelt durch Iras Hand, während sie sich gleichzeitig so fühlte, als steche Jan ihr gerade mit einer Nadel ins Auge, um mit einer Einwegspritze seine bösen Gedanken direkt in ihr Gehirn zu pumpen.
Die eine hat überlebt und hasst ihre Mutter. Wenn du wüsstest, wie nahe du an der Wahrheit bist, dachte Ira und sah jetzt erst den Blutfleck auf der Zusammenfassung des Obduktionsberichtes. Sie hatte sich beim Zuhören an einer Seite geschnitten. Genau in der Hautfalte zwischen Daumen und Zeigefinger.
»Haben Sie verstanden, Ira? Ich habe keine Wahl. Ich muss das hier durchziehen. Egal, was Leoni darüber denkt.«
»Aber was macht Sie denn so sicher, dass Sie noch lebt? Haben Sie einen Beweis?«

Ira steckte sich den verletzten Handballen in den Mund wie eine Zitronenscheibe, kurz bevor man den Tequila runterstürzt. Das Blut schmeckte angenehm metallisch und erinnerte sie an die Pistole von heute früh in ihrer Küche.
»Ja. Mehrere. Ich habe zahlreiche Beweise.«
»Welche?«
»Sie hat mich angerufen.«
»Wann?«
»Eine halbe Stunde danach.«
»Wonach?« Ira feuerte ihre Fragen blitzschnell ab, um die Unterhaltung auf gar keinen Fall abreißen zu lassen.
»Nach ihrem angeblichen Unfall. Ich hatte gerade den Tisch auf der Terrasse gedeckt. Wir wollten zu Abend essen. Es sollte ein besonderer Tag werden.«
»Aber sie ist nicht gekommen?«
»Nein. Es war alles vorbereitet. Das Essen, der Champagner. Der Ring. Wie im Film, verstehen Sie? Und dann rief sie an.«
»Was hat sie gesagt?«
»Ich konnte sie nur schlecht verstehen. Die Verbindung riss immer wieder ab. Aber es war eindeutig Leoni. Plötzlich klopft es an der Tür, ich öffne, und ein Polizist erklärt mir, meine Freundin wäre gestorben. Jetzt verraten Sie mir: Wie kann das sein? Wie konnte ich in dieser Minute noch mit ihr sprechen, wenn ihr Auto angeblich schon lange ausgebrannt war?«
»Woher wissen Sie, dass das am Telefon keine Tonbandaufnahme war?«
»Wer sollte mir so einen grausamen Streich spielen wollen? Außerdem ist das völlig ausgeschlossen. Sie hat auf meine Fragen geantwortet.«

»Auf welche?«
»Ich fragte, ob sie geweint hätte, was sie bejahte.«
Merkwürdig, dachte Ira. *Entweder Jan ist komplett irre, oder es kann tatsächlich keine Aufnahme gewesen sein. Vermutlich Ersteres.*
»Wie ging das Gespräch weiter?«
Ich wollte natürlich wissen, was passiert war. Kurz zuvor hatte ich nur ein einziges Wort verstanden. ›Tot‹.«
»›Tot‹?«
»Ja. Doch sie wiederholte es nicht mehr. Stattdessen sagte sie, ich dürfe nichts glauben.«
»Was meinte sie damit?«
»Keine Ahnung. ›Glaub nicht, was sie dir sagen‹, das waren ihre letzten Worte. Danach habe ich nie wieder etwas von ihr gehört. Eine Sekunde später will mir ein Polizist weismachen, Leoni sei schon lange gestorben.«
»Aber Sie glaubten das nicht?«
»Ich weiß, was Sie jetzt denken. Dass ich traumatisiert war. Dass ich mich in eine Scheinwelt flüchtete, *nachdem* ich die Todesnachricht erhielt. Aber so war es nicht.«
»Was macht Sie so sicher?«, fragte Ira.
»Alles. Der Obduktionsbericht zum Beispiel.«
Ira starrte in den aufgeschlagenen Ordner. Der Blutfleck auf der Seite hatte die Form eines Fingerabdrucks angenommen.
»Was ist damit?«
»Er ist gefälscht. Sehen Sie mal unter ›Besondere Merkmale‹.«
Ira öffnete den Hefter und blätterte zu der angegebenen Stelle.
»Das steht nichts.«
»Das ist der Beweis.«

»Wieso?«

»Wissen Sie, was ich eine Woche nach dem Begräbnis in einer Jacke fand, die Leoni bei mir in den Schrank gehängt hatte? Einen kleinen Umschlag mit einem Zettel.«

»Was stand drauf?«

»›Nicht vorm Geburtstag öffnen.‹ Es war ein Geschenk. Ich hab natürlich nicht gewartet. Ich riss den Umschlag auf, und ein Teströhrchen kullerte heraus.«

»Sie meinen, sie war...«

»Schwanger«, ergänzte Jan. »Genau. Und wenn ein verdammter B-Test das herausgefunden hat, wie konnte es der Obduktionsarzt dann übersehen?«

11.

Ira saß auf dem geschlossenen Toilettendeckel und drückte die letzte Tablette aus der Folienverpackung.
Hoffentlich bekomme ich wenigstens eine davon runter, dachte sie und legte die blaue Pille auf ihre Zunge. Sie hatte das Beruhigungsmittel zum Glück in einer der zahlreichen Taschen ihrer Cargo-Hose gefunden. Direkt nach dem letzten Gespräch mit Jan war sie aufs Klo gegangen, um sich zu übergeben. Aber außer etwas Galle war nichts aus ihr herausgekommen. Auch nicht die Übelkeit, die sie in sich trug und deren Ursache sie nicht genau einordnen konnte. War es wegen des toten UPS-Fahrers? Wegen des Verrückten im Studio, der in ihrer Vergangenheit herumstocherte? Oder wegen Kitty, zu der sie immer noch keinen Kontakt hatte?

Ira schluckte und hätte sich nicht gewundert, wenn ihr Kehlkopf wie eine rostige Fahrradkette gequietscht hätte. Die Tablette ging nicht runter.
Himmel! Sie streckte ihre rechte Hand in Augenhöhe gerade nach vorne und versuchte, dabei nicht zu zittern. Vergeblich. Genauso gut könnte sie hier sitzen und warten, dass Jan aus eigenem Antrieb aufgab.
Sie brauchte einen Schluck oder wenigstens diesen Tranquilizer. Sonst würde sie das nächste Telefonat mit dem Psychopathen nicht überstehen. Geschweige denn ihre Tochter da rausholen.
Ira legte ihren Kopf auf die Klinke der Toilettentür und begann zu lachen. Erst leise, dann immer lauter. Die Situation war so skurril. Ausgerechnet ein Beruhigungsmittel auf ihrer Zunge ließ sie die Fassung verlieren. Ira brüllte jetzt fast und trat dabei gleichzeitig wie wild mit ihren Füßen gegen die Tür. Ihr gesamter Körper bebte, und sie merkte gar nicht, dass ihr Lachen schon längst in ein hysterisches Gekreische übergegangen war. Plötzlich hörte sie, wie jemand laut und deutlich ihren Namen rief. Gerade in eine Pause hinein, während sie um Atem rang, weil sie sich an ihrer eigenen Spucke verschluckt hatte.
»Hallo? Ira? Bist du hier?«
»Was willst du auf dem Damenklo?«, hustete sie und überprüfte mit Zunge und Gaumen, ob die Tablette endlich unten war. Fehlanzeige.
»Steuer schickt mich«, rief Götz in den Waschraum hinein. »Er sucht dich.«
»Was will er?«
»Er muss dich zu einer wichtigen Besprechung bringen.«
»Mit wem?« Sie zog die Nase hoch.
»Hat er nicht gesagt.«

»Spinnt der jetzt komplett? Ich muss gleich wieder mit Jan reden. Die nächste Spielrunde steht kurz bevor.«
Ira nahm die hoffnungslos aufgeweichte Tablette aus dem Mund und hörte irritiert, wie der Wasserhahn ging. Sie betätigte die Spülung der Toilette, um Götz keine Erklärung abgeben zu müssen, und öffnete die Tür.
»Ich muss jetzt wieder ...« Sie stockte. »Was ist das?«
Götz hielt ihr ein Glas Wasser hin.
»Für was immer du schlucken musst, um nicht völlig zusammenzuklappen. Nun mach schon. Und dann beeil dich. Steuer wartet schon im Treppenhaus.«
»Was will er denn dort?« Iras Stimme klang wegen der Überbeanspruchung von eben, als wäre sie stark erkältet.
»Dich zu deinem Meeting bringen. Auf dem Dach des Senders.«

12.

Während Ira die graugrünen Betonstufen im Treppenhaus des MCB-Gebäudes nach oben eilte, vibrierte es in ihrer Lederjacke. Sie befürchtete, Jan wäre wieder am Apparat, doch die Nummer im Display war nicht die aus dem Studio.
»Ich bin's. Sagen Sie kein Wort.«
Diesel.
»Ich muss Ihnen ein paar Infos stecken, die ich in unserer Hörerkartei gefunden habe. Aber behalten Sie das für sich. Götz und ich vertrauen dem BigMäc nicht, mit dem Sie gerade unterwegs sind.«

Ira musste über die zutreffende Beschreibung Steuers lächeln. Sie hatte ihn soeben im vierundzwanzigsten Stock getroffen und ging jetzt vier Stufen hinter ihm.
»Der Geiselnehmer heißt May. Jan May. Mit a – y.«
Ira schnaubte. Einmal weil sie außer Atem war. Zum anderen, weil sie Diesel dadurch unauffällig zum Weiterreden auffordern wollte.
»Ich könnte jetzt sagen, dass ich den Polizeicomputer geknackt habe oder über seherische Fähigkeiten verfüge. Aber die Wahrheit ist wie immer viel simpler. Ich hab mir unsere Hörerkartei vorgenommen. Eigentlich, um die Geiseln zu überprüfen. Leider hat mich Ihr Freund Götz dabei erwischt. Zuerst dachte ich, er will mich vierteilen. Doch dann zeigte ich ihm, was ich gefunden habe. Halten Sie sich fest: Unser Täter ist registriert. In unserer Datenbank. Ich selbst habe ihn letztes Jahr in das System eingegeben. May schrieb mir damals kurz vor Weihnachten eine E-Mail. Ich hab mich nicht gleich daran erinnert, doch als Jan zum ersten Mal den Namen von seiner Braut nannte, wusste ich es wieder.«
Ira schnaubte nochmals. Diesmal noch lauter.
»Auf meine Antwortmail hin rief May mich an, und wir verabredeten uns in einem Café. Er wollte mich überzeugen, eine Vermisstenmeldung für Leoni über unseren Sender zu jagen. Timber persönlich war dagegen, weil ...«
»Geht's *noch* schneller?«, fragte Ira ironisch und versteckte kurz das Handy hinter ihrem Rücken, denn Steuer drehte sich um und zeigte ihr den Mittelfinger. Aber Diesel hatte verstanden und fasste die Fakten jetzt gestraffter zusammen.
»Okay, zu May selbst: Er ist siebenunddreißig Jahre alt,

stammt aus gutbürgerlichen Verhältnissen, ist gebürtiger Berliner und hat das Psychologiestudium an der Freien Universität im Schnelldurchlauf als Jahrgangsbester absolviert. Danach folgten seine Promotion, seine Anstellung an der Charité. Bereits mit Ende zwanzig hatte er seine eigene Praxis am Ku'damm. Er ist unverheiratet, kinderlos, seit acht Monaten völlig neben der Spur. Hat ein Strafverfahren an der Backe, das ihn die Zulassung kostete. Hat eine ehemalige Patientin geb... äh, belästigt. Kokain war wohl auch im Spiel. Das steht natürlich nicht alles in unserer Kartei, aber ich hab unsere Nachrichtendatenbanken nach ihm durchforstet. Er behandelt übrigens nicht nur simplen Gehirnhusten, sondern ist ein Vollprofi. Hat seine Doktorarbeit über psychologische Verhandlungsmethoden geschrieben. Er kennt alle Tricks.«
»Mist«, keuchte Ira, und Steuer vor ihr nickte, weil er es auf die restlichen Stufen bezog, die sie noch zu bewältigen hatten.
»Doch da ist noch was, das Sie wissen sollten, wo immer Sie gerade stecken.«
»Was?«, flüsterte Ira. Noch wenige Schritte, dann würde sie oben angekommen sein und müsste auflegen.
»Da stimmt was nicht mit den Geiseln.«
»Ich kann nicht mehr«, keuchte Ira und dachte an Kitty. Steuer winkte verächtlich ab, aber Diesel hatte wieder verstanden.
»Gut, ich sag's Ihnen später. Götz hat mich gebeten, ihm zu helfen und ...«
Ira konnte nicht länger zuhören und drückte das Gespräch weg. Sie waren oben angelangt, und in ihrem Kopf ging es zu wie auf der Stadtautobahn am Freitagnachmit-

tag. Daran konnte auch der kräftig frische Wind nichts ändern, der sie auf dem Dach empfing. Unzählige Gedanken schossen hindurch, und einige davon versuchten, sich selbst zu überholen: Warum fehlte in dem Obduktionsbericht der Hinweis auf die Schwangerschaft von Leoni? Was war mit den Geiseln? Warum bat Götz, der normalerweise am liebsten alleine arbeitete, ausgerechnet einen Zivilisten um Hilfe? Warum wollte Steuer sie ausgerechnet auf dem Dach sprechen? Und was zum Teufel suchte der andere große Mann hier oben, dem der Einsatzleiter gerade die Hand schüttelte – und den sie sonst nur aus dem Fernsehen kannte?

13.

»Danke, dass Sie gekommen sind«, sagte Faust, und Ira zögerte einen Augenblick, bevor sie die knochige Hand des alten Oberstaatsanwaltes ergriff. Sie standen etwas windgeschützt hinter einem kleinen Aluminiumverschlag, auf dem ein Schild in vier verschiedenen Farben vor den Gefahren der Hochspannung warnte. Er gehörte offenbar zu dem dahinterstehenden Kommunikationswald mit den drei Satellitenschüsseln und einer Antennenanlage in der Größe eines Mobilfunkmastes.
»Mein Name ist ...«
»... Dr. Johannes Faust, ich weiß. Leiter der zuständigen Abteilung für organisierte Kriminalität«, ergänzte Ira. Dann sah sie zu Steuer, der sich gerade eine Zigarette anzünden wollte.

»Was soll das Ganze hier? Was geht hier vor?«
Faust taxierte sie von oben nach unten und verzog dabei seine schmalen Lippen zu einem einstudierten Interviewgrinsen.
»Ich möchte mich zunächst einmal für das Verhalten von Herrn Steuer bei Ihnen entschuldigen, Frau Samin.«
Ira sah Faust misstrauisch in die Augen. Sie wusste nicht viel über den Mann, aber das, was sie über ihn gehört hatte, deutete nicht darauf hin, dass er darin geübt war, wildfremde Menschen um Verzeihung zu bitten.
»Es ist sicher kein Geheimnis für Sie, dass Herr Steuer Sie nicht im Team haben will. Aber ich möchte Ihnen versichern, dass das keine persönlichen Gründe hat. Seine Ressentiments sind ausschließlich fachlicher Natur.«
»Ach was?!«
»Ja. Er hält Sie für nicht mehr einsatzfähig, seitdem das mit Ihrer ältesten Tochter passiert ist und Sie infolgedessen etwas, nun sagen wir mal, unpässlich wurden.«
»Ich wüsste nicht, was Sie meine Arbeit angeht. Geschweige denn meine Familie.«
»Sehr viel, leider. Und glauben Sie mir, ich wünschte, ich könnte mich aus Ihren persönlichen Belangen heraushalten. Doch nun hat der Geiselnehmer Ihre verstorbene Tochter ins Spiel gebracht. Von Rechts wegen, und das wissen Sie selbst, dürften Sie nicht eine Minute länger die Verhandlungen führen.«
»Ich hab mich, weiß Gott, nicht aufgedrängt.«
»Ich weiß. Auch wenn ich nicht Gott bin.« Steuer lächelte als Einziger über den müden Scherz des Staatsanwaltes.
»Aber gestatten Sie mir eine Frage, Frau Samin? Schwitzen Sie schon?«
»Wie bitte?«

»Ja, ich glaube, dass Sie bereits transpirieren. Ich habe es gespürt, als Sie mir eben die Hand gaben. Wie lange ist es her seit dem letzten Schluck?«
»Das muss ich mir nicht bieten lassen.«
»Ich fürchte doch. Und ich fürchte sogar, dass Sie bald zu zittern anfangen werden. Dass Ihre Reizschwelle immer weiter sinken wird und Sie in einem unbeobachteten Moment das Büro verlassen werden, um in der Senderküche nach Alkohol zu suchen. Weil der Pegel sonst zu weit unterschritten wird. Hab ich Recht?«
Ira spürte den festen Griff seiner Hand auf ihrer linken Schulter, der es ihr unmöglich machte, sich von ihm wegzudrehen und zu gehen. So wie sie es eigentlich gerade vorhatte.
»Hier geblieben.« Fausts Stimme wurde eisig, und sein Grinsen erstarb so schnell wie ein brennendes Streichholz im Luftzug. »So. Und jetzt hören Sie mir gut zu: Obwohl ich alles über Sie weiß; zum Beispiel, dass Sie vor über einem Jahr Ihre Tochter Sara tot im Badzimmer gefunden haben, wofür Ihnen Ihre andere Tochter die Schuld gibt. Oder dass Sie seitdem nur noch als Alibi jeden Abend eine Pizza zu den zwei Flaschen Lambrusco beim Bringdienst bestellen. Obwohl ich auch ganz genau weiß, dass Sie schon mehrmals mit dem Gedanken gespielt haben, Ihrer Tochter zu folgen, und wahrscheinlich bereits eine geschärfte Rasierklinge auf dem Rand Ihrer Badewanne liegt, ja, obwohl mir das alles bekannt ist, habe ich mir trotzdem die Mühe gemacht und bin per Helikopter hierhergeflogen, nur um Sie persönlich davon zu überzeugen, wie wichtig mir Ihre Teilnahme an der Aktion heute ist. Haben Sie das verstanden?«
»Nein«, antwortete Ira ehrlich. »Ich verstehe hier bald gar

nichts mehr. Wenn ich angeblich so wichtig bin, dann soll der Idiot da drüben mich doch einfach meine Arbeit machen lassen!«

»Der Idiot da drüben«, Faust nickte in Steuers Richtung, der gerade einen Lungenzug nahm, »*macht* seine Arbeit bestens, indem er Sie nicht dabeihaben will und Ihnen Steine in den Weg legt. Denn mal ganz offen gesprochen: Sie sind ein Wrack, Ira Samin, und dazu muss man nicht einmal Ihre Personalakte lesen. Da genügt ein kurzer Blick in Ihre Pupillen.«

Peng. Nun war es raus. Faust hatte ihr die Peitsche der Wahrheit ins Gesicht geschlagen, sie als nervliches Wrack bezeichnet, und jetzt stand sie in einhundertvierzig Meter Höhe über dem Potsdamer Platz und wunderte sich, wie wenig es sie schmerzte. Vielleicht weil es die Wahrheit war und selbst die schlimmste Wahrheit immer noch leichter zu ertragen ist als die barmherzigste Lüge.

»*Ich* bin der Einzige hier«, fuhr der Oberstaatsanwalt fort, »der will, dass Sie jetzt gleich wieder nach unten gehen und die Verhandlungen weiterführen.«

Ira zog die Augenbrauen hoch.

»Weshalb sind Sie wirklich hergekommen?«

Ihr Blick wechselte zwischen Faust und Steuer hin und her. Sie schüttelte sich. Langsam wurde ihr kalt, und sie wusste nicht, ob es am Wetter lag oder an der Gesellschaft.

»Ich will ganz ehrlich zu Ihnen sein«, sagte Faust, und seine Stimme klang wie die Durchsage eines schlecht gelaunten Busfahrers.

»Ich sehe keine große Chance, dass Sie ihn zum Aufgeben bewegen können. Oder einen weiteren Zeitaufschub bekommen. Doch Sie müssen Ihr Bestes geben, denn wir

brauchen jede Sekunde. Steuers Eliteeinheit ist gerade dabei, einen Lähmungsschuss zu proben.«
»Sie wollen ihn betäuben?«
»Genau. Es ist unsere einzige Chance«, meldete sich Steuer zu Wort. Er trat seine Zigarette aus und strich sich seine zerzausten Haare glatt.
»Wir haben einen Weg gefunden, uns von unten dem Studio zu nähern, und proben gerade im sechsten Stockwerk in der Studioattrappe einen finalen Schuss durch die Bodenplatten. Da wir jetzt davon ausgehen, dass Jan May mit einer Pulskontrolle verkabelt ist, müssen wir ihn mit dem ersten Treffer so lähmen, dass er keinen Finger mehr rühren kann, um den Auslöser für den Sprengstoff zu drücken. Aber er darf auch nicht sterben, weil uns sonst alles um die Ohren fliegt, wenn sein Puls aussetzt.«
»Und ich soll für ihn die Telefonseelsorge spielen, so lange, bis das mobile Einsatzkommando mit der Probe fertig ist?«
»Genau. Sie sind die Einzige, mit der er redet. Wenn wir Sie jetzt abziehen, riskieren wir eine Kurzschlussreaktion. Also, halten Sie ihn hin. Überzeugen Sie ihn von Leonis Tod. Meinetwegen reden Sie auch über Ihre Tochter mit ihm. Egal was, schinden Sie Zeit. Aber gehen Sie um Himmels willen nicht auf seine Hirngespinste ein, indem Sie Ihre Zeit damit vergeuden, nach einem Phantom zu suchen. Vergessen Sie die Obduktionsakte. Leoni war *nicht* schwanger. Verstehen Sie? Das gehört zu seinen Wahnvorstellungen. Bestärken Sie ihn noch nicht einmal in seinen wirren Gedanken. Leoni ist tot. Ist das klar?«
»Warum habe ich ein ungutes Gefühl, weil Sie das so deutlich betonen?«, fragte Ira.
Faust nahm ein leinenes Taschentuch aus der Tasche sei-

nes Mantels und tupfte sich affektiert die Wangen ab. Ira fragte sich, ob er heimlich Lippenstift trug. Der Staatsanwalt zwang sich, freundlich zu lächeln, vergaß dabei aber seine Augen. Ira wusste, der Unterschied zwischen einem ehrlichen Lachen und dem leeren Gesichtsausdruck eines grinsenden Werbemodells liegt nur im Blick. Faust lächelte zwar, aber die Augen hinter seiner Brille waren eiskalt. Und das konnte nur eines bedeuten: dass alles, was er gleich sagen würde, eine Lüge war:
»Leoni ist gestorben, das müssen Sie mir glauben. Und ja – ich weiß, was Sie jetzt denken. Dass hier etwas oberfaul ist. Würde ich auch tun. Würde jeder halbwegs intelligente Mensch denken, den man auf ein Hochhausdach zitiert und dann mit offenen Fragen zurücklässt. Aber noch mal: Es hat augenscheinlich einen Grund, dass ich als Oberstaatsanwalt hier auf dem Plan stehe. Doch diesen Grund kann ich Ihnen aus Aspekten, die die Sicherheit unseres Staates betreffen, nicht erläutern. So gern ich es würde. Ich kann Ihnen keinen reinen Wein einschenken. Nur so viel: Sie gefährden das Leben unzähliger Menschen, wenn Sie auch nur den Hauch eines Zweifels am Tod von Leoni Gregor in der Öffentlichkeit säen. Sie können sich ja gar nicht vorstellen, wer Ihnen gerade zuhört! Also?«
»Also was?«
»Versprechen Sie mir, uns zu helfen? Kann ich mich auf Sie verlassen?«
Mitten im letzten Satz vibrierte es wieder in Iras Lederjacke. Sie zog das Handy heraus, froh darüber, nicht sofort auf Fausts Frage antworten zu müssen. Doch die Freude währte nur kurz. Es war das Studio. Igor hatte den Anruf weitergeleitet. Jan May wollte sofort mit ihr sprechen.

14.

In Diesels altem Porsche Targa funktionierte das Radio nur, wenn es regnete. Die Antenne war ihm letzte Woche direkt vor dem Wettbüro geklaut worden, in dem er samstags immer auf das nächste Hertha-Spiel setzte. Jetzt konnte er das Gespräch zwischen Ira und Jan auf seinem Weg zum Flughafen nur mit gelegentlichen Aussetzern verfolgen. Zum Glück sagte der Wetterbericht für später Regenschauer voraus, und eine einsame dunkle Wolke zeigte sich bereits über der Stadtautobahn nach Schönefeld. Aus irgendeinem Grund war bei schlechtem Wetter der Empfang besser. Fast so, als ob sich der alte Receiver bei strahlendem Sonnenschein hitzefrei nehmen würde.
»Lassen Sie uns offen sprechen. Ich weiß, Ihre Tochter Sara ist nicht verunglückt. Sie war keine Epileptikerin, sie hat sich das Leben genommen. Warum?«, fragte der Geiselnehmer gerade, und Diesel wunderte sich, warum Jan May immer wieder auf diesen sensiblen Punkt zu sprechen kam. So als ob er der Verhandlungsführer wäre und Ira von etwas abgelenkt werden müsste. Noch mehr allerdings fragte sich Diesel, warum Ira auf diesen Psychoterror überhaupt einging. Ihm war schon klar, dass sie um jeden Preis eine persönliche Beziehung zu dem Täter aufbauen musste. Aber doch nicht auf Kosten ihres eigenen Seelenlebens.
Ein größeres Rätsel war für Diesel nur noch, wieso *er* sich überhaupt diese Fragen stellte. Irgendetwas an Iras traurigem Blick musste wohl sein Helfersyndrom angesprochen haben, und er gestand sich insgeheim ein, dass er

diese mutige Frau gerne unter anderen Umständen kennen gelernt hätte.
»Ehrlich gesagt, ich weiß nicht, warum Sara sich etwas angetan hat.« Iras Antwort, die gleichzeitig ein Geständnis war, kam mit belegter Stimme aus den schlechten Radioboxen. »Ich hatte in den letzten Monaten vor ihrem ...«, Ira stockte eine Millisekunde, »... vor ihrem Tod kaum noch Kontakt zu ihr. Sie hatte ihre Probleme. Aber ich war nicht ihre Vertrauensperson.«
»Das war ihre Schwester Katharina, richtig?«
»Ja, manchmal. Wer war denn *Leonis* beste Freundin?«, startete Ira den Versuch, das Thema zu wechseln. »Was ist mit ihrer Familie?«
»Sie ist Vollwaise. Ihre Eltern starben an zu viel Haarspray.«
»Wie bitte?«
»Es war in Südafrika. Leonis Eltern arbeiteten gemeinsam als Chemiker in der industriellen Produktion von ›Wackmo‹, einer mittelgroßen Aktiengesellschaft, die auch Konsumgüter herstellt, wie zum Beispiel Haarspray. Bei einer Explosion in der Fabrik kamen vierundvierzig Angestellte ums Leben. Sechs verbrannten bis zur Unkenntlichkeit. Darunter Leonis Eltern. Damals war sie vier. Die Schwester ihrer Mutter nahm sie mit nach Europa. Sie wuchs in Italien auf, studierte in Paris und lebte erst seit kurzem in Berlin.«
»Das heißt, sie hatte hier keine engeren Freunde außer Ihnen?«
»Ja, richtig. Und wie war das bei Sara?«, übernahm Jan wieder die Gesprächsführung. Diesel beschlich das Gefühl, als ob es zwischen den beiden im Radio eine unausgesprochene Vereinbarung über die Regeln gab, nach

denen sie ihre Unterhaltung führten. *Do ut des.* Wie bei
»Wahrheit oder Pflicht« musste der eine dem anderen intime Details beichten, bevor er selbst eine weitere Frage stellen durfte. Nur dass das hier kein normales Partyspiel, sondern tödlicher Ernst war.
»Sara ist doch bestimmt in Berlin geboren und aufgewachsen?«
»Ja.«
»Hatte sie einen festen Freund?«
»Einen?«
Diesel stutzte. Die Art, wie Ira das Wort betonte, klang nicht nach einer Mutter, die stolz darauf war, dass ihrer hübschen Tochter die Männer in Schwärmen hinterherliefen.
»Sie hatte also viele Verehrer?«
»Nein. So kann man es nicht nennen.«
»Wie denn dann?«
»Nun. Sara wollte nicht ›verehrt‹ werden. Sie hatte keine herkömmliche Einstellung zu Liebe und Sexualität.«
»Sie war promiskuitiv?«
»Ja.«
Diesel näherte sich der Ausfahrt und wunderte sich, wie weit Ira noch gehen wollte, während Millionen von Menschen ihr dabei zuhörten. Warum breitete sie das alles offen aus? Warum diese zwanghafte Ehrlichkeit? Ira beantwortete seine stummen Fragen mit den nächsten Sätzen.
»Wissen Sie, ich könnte Ihnen jetzt irgendwas erzählen, Jan. Und, ehrlich gesagt, fühle ich mich nicht besonders wohl bei dem Thema. Doch, wie ich Sie bislang kennen gelernt habe, haben Sie diesen Drecksartikel über meine Tochter schon längst im Internet gefunden.«

»Sie meinen den über die Sexclubs?«
»Genau den.«
»Und? Stimmt er?«
»Stimmt es, dass eine Patientin *Sie* wegen sexueller Nötigung angezeigt hat, Jan?«, drehte sie den Spieß wieder um. Diesel schämte sich fast, aber er spürte einen kleinen Anflug von Stolz, dass sie Informationen benutzte, die er ihr vorhin gegeben hatte.
»Ja. Ich soll sie unter Drogen gesetzt und vergewaltigt haben. Aber das ist nicht wahr. Ich habe sie nicht angerührt.«
»So wie Sie Manfred Stuck nichts getan haben?«, fragte Ira gehässig, und Diesel spürte, dass sie kurz davor war, den Bogen zu überspannen. Er überlegte, ob er rechts ranfahren sollte, und wusste, dass es in diesem Augenblick zahlreichen anderen Zuhörern im Auto ebenso gehen musste. So pervers die Unterhaltung auch war, das Wechselspiel besaß eine morbide Faszination.
»Das ist etwas anderes«, antwortete Jan. »Ich habe mich noch nie einer Patientin genähert. Das gehört doch alles zu dem Plan.«
»Was für ein Plan? Wessen Plan?«
»Dem der Regierung. Der des Staates. Was weiß ich? Die wollen mich fertigmachen. Ich habe Ihnen doch gesagt, dass sie mein Leben systematisch ruiniert haben. Erst nahmen sie mir Leoni weg. Dann meine Zulassung. Und zuletzt meine Ehre. Deswegen sind wir doch hier, Ira. Deswegen musste ich Geiseln nehmen.«
»Und töten?«
»Es gibt immer einen Grund«, antwortete Jan leise, und jeder Zuhörer wusste, dass er beides meinte: die Hinrichtung im Studio und den Selbstmord von Iras Tochter.

Ein elektronisches Alarmsignal wie das Klingeln eines billigen Reiseweckers ertönte, und Diesel sah irritiert auf sein Armaturenbrett, bis er merkte, dass es aus dem Radio kam.
»Es ist wieder so weit, Ira. Die nächste Runde.«
»Jan ...«, wollte Ira einsetzen, doch der Geiselnehmer ließ sie gar nicht erst weiterreden.
»Sparen Sie sich die Worte. Sie hatten Ihren Aufschub. Sie haben ihn nicht sehr sinnvoll genutzt.«
»Sie haben Recht. Ich bin noch nicht viel weitergekommen. Aber ich kann nicht gleichzeitig mit Ihnen reden und recherchieren. Ich erhalte meine Informationen nur scheibchenweise. Geben Sie mir noch etwas mehr Zeit.«
»Nein.«
»Aber warum können wir nicht einfach jetzt weiterreden? Lassen Sie diese Spielrunde ausfallen. Wir sprechen darüber, wie Ihr Leben zerstört wurde. Und über Sara. Lassen Sie uns gemeinsam eine Antwort finden. Warum das alles hier passiert. Was Ihnen angetan wurde. Und Sara. Und mir. Okay? Nur legen Sie jetzt nicht auf. Wir sollten nicht unterbrechen, es läuft doch gerade so gut, finden Sie nicht?«
Nein, nein, nein, dachte Diesel. *Das wird nichts, du klingst zu flehend.*
Er schüttelte energisch den Kopf, während er nervös mit der flachen Hand auf das Holzlenkrad klopfte.
»Kann ich Ihnen vertrauen?«, fragte Jan May nach einer längeren Pause im Äther. Diesel stellte das Radio noch lauter, obwohl er keine Probleme hatte, das Gespräch zu verstehen.
»Wieso fragen Sie das? Ich war bisher immer offen und ehrlich zu Ihnen. Ich bin nicht dafür verantwortlich, dass

man Ihnen einen Scharfschützen durch die Lüftung geschickt hat.«
»Ja, das weiß ich.«
»Dann lassen Sie die Runde ausfallen. Lassen Sie uns weiter reden.«
»Ich würde es ja gerne.«
»Okay, dann ...«
»Aber ich muss erst noch etwas testen.«
»Was meinen Sie damit? Was wollen Sie testen?«
»Das erfahren Sie gleich.«
Er legte auf.

15.

»Was meint er mit ›Test‹? Geht bei euch in der Einsatzleitung irgendetwas vor, wovon ich nicht weiß?«
Ira sprach mit Götz über ihr privates Handy, damit die andere Leitung für Jan frei blieb. Auch wenn kaum zu befürchten war, dass er sie in den nächsten Minuten anrief. In wenigen Sekunden würde die nächste Cash-Call-Runde seine gesamte Aufmerksamkeit in Anspruch nehmen.
»Ich unternehme gar nichts«, antwortete Götz. Seine Stimme klang, als spräche er durch ein Taschentuch. Dumpf und etwas nasal. »Das Team ist noch nicht so weit. Wir wissen nicht, wie wir den Lärmfaktor ausschalten sollen, wenn wir durch den Fußboden kommen.«
»Gut.« Sie drückte auf den Fahrstuhlknopf mit dem Pfeil nach unten, entschied sich dann aber doch für den Weg

über das Treppenhaus, damit die Handy-Verbindung in dem abgeschirmten Lift nicht abriss. Ira fühlte eine kleine Erleichterung darüber, dass der Lähmungsschuss noch nicht zum Einsatz kommen würde. Sie fürchtete einen Fehlschlag. Wenn sie sich heute das Leben nahm, dann bitte nicht mit der Gewissheit, auch noch ihre zweite Tochter auf dem Gewissen zu haben.
»Ich muss mit Katharina reden. Sofort.«
»Das ist keine gute Idee, Ira.«
»Das Ganze hier ist keine gute Idee, also hör mir auf mit dem Mist«, sagte sie, während sie immer zwei Treppenstufen auf einmal nahm. »Ich weiß genau, was Diesel über die Geiseln herausgefunden hat und was du mir nicht erzählen willst. Sie sind eingeweiht, richtig? Sie sind keine Opfer, sondern Täter.«
»Das wissen wir noch nicht. Ja, möglicherweise hat Jan einen Komplizen da drinnen.«
»Oder mehrere. Was bedeutet, dass Katharina in noch größerer Gefahr ist. Hast du mir deshalb nichts gesagt?«
Ira wertete die lange Pause als Zustimmung.
»Du Mistkerl. Du vertraust einem dahergelaufenen Chefredakteur mehr als mir. Hast du vergessen, wie viele Einsätze wir zusammen hatten?« *Und wie oft wir in die Kiste geklettert sind?*, hätte sie fast ergänzt. »Du weißt gar nichts über ihn und machst ihn zum Hilfssheriff. Herrgott, was ist nur in dich gefahren?«
»Ich kann nicht darüber reden.«
»Wie bitte? Was soll das heißen? Wo hast du ihn denn überhaupt hingeschickt?«
»Ich kann *jetzt wirklich nicht* darüber sprechen«, wiederholte Götz. Diesmal war unverhohlene Wut aus seinem zischenden Flüstern herauszuhören. Iras Gummisohlen

quietschten auf dem grauen Spritzbetonboden der Stufen.
»Na schön. Ich bin gleich bei dir. Dann bist du mir eine Erklärung schuldig. Stell bis dahin schon mal die Verbindung her. Ich *will* Kontakt zu Katharina.«
»Und was ist, wenn *sie* nicht will?«
Ira blieb kurz auf dem Treppenabsatz im achten Stock stehen und atmete schwer in den Hörer. Ihre mangelnde Kondition lag nicht nur an der einjährigen Trainingspause. Kaum auszudenken, wie sie sich fühlen würde, wenn sie die Etagen wieder nach oben rennen müsste.
»Hat sie das etwa gesagt?«
»Hör mal, Ira. Ich verstehe dich. Aber du kannst jetzt nichts für deine Tochter tun«, wich Götz der Frage aus. »Außerdem ist es ein ungünstiger Zeitpunkt für ein Gespräch. Der nächste Cash Call wird jeden Augenblick losgehen.«
»Das ist der *beste* Zeitpunkt«, widersprach sie und hustete kurz. Ihr Mund war so trocken, als ob sie ihn mit Löschpapier ausgerieben hätte. »Dadurch ist Jan abgelenkt. Ich muss sofort mit ihr sprechen und sie warnen. Außerdem kann Kitty uns vielleicht Informationen geben, die ich für die Verhandlung brauche. Womöglich hat sie etwas gesehen, was wir hier draußen nicht hören konnten.«
Die Tür in den Hauptflur vom sechsten Stock flog auf, und ein Polizist vor den Notausgängen zuckte zusammen, als Ira aus dem Treppenhaus hereinstürmte. Sie bog in den Flur Richtung Einsatzzentrale und kam keine vier Schritte weit. Sie prallte auf Götz, der sie wie ein American-Football-Spieler abfing, ihr den Arm verdrehte und sie wie einen Sträfling in den kleinen Raum drängte, vor dem er auf sie gewartet hatte.

»Bist du jetzt völlig übergeschnappt?«, schrie sie ihn an, als die Tür hinter ihnen ins Schloss fiel und er das Licht anmachte.
Ira sah sich wütend um. Der Raum war einer von der fensterlosen Sorte, die man in modernen Bürokomplexen häufiger antrifft und bei denen jeder vernünftige Mensch sich fragt, was den Architekten eigentlich geritten haben mag, so was in seine Baupläne aufzunehmen. Für ein Lager zu klein und als Abstellkammer zu groß, war er momentan mit unnützem Krempel vollgestellt, den niemand vermissen würde, wenn man ihn einfach wegschmiss. Götz lehnte sich an die graue Kunststofftür und nahm Ira damit jede Chance, an ihm vorbeizukommen.
»Was soll das Affentheater ...?«
Der Finger an seinen Lippen ließ sie innehalten. Sie beobachtete verwundert, wie er ein kleines Radiogerät aus der Innentasche seiner schwarzen Lederjacke hervorholte, die er über der kugelsicheren Weste trug. Er stellte es auf volle Lautstärke, und »Don't speak« von »No Doubt« hallte unangenehm von den nackten Betonwänden.
Götz zog Iras Körper ganz nah zu sich, und für einen Moment dachte sie schon, er würde die Situation allen Ernstes für ein Techtelmechtel ausnutzen wollen.
»Wir müssen vorsichtig sein«, raunte er in ihr Ohr. »Jemand spielt gegen uns.«
»Wer?«, flüsterte sie zurück. Ihre Wut auf Götz hatte sich von einer Sekunde auf die andere zu einem Gefühl gewandelt, das sie zuletzt vor ihrer Examensprüfung gespürt hatte. Eine adrenalingesteuerte Mischung aus Angst, Abenteuerlust und Übelkeit. Nur dass es damals viel schwächer gewesen war.
»Ich habe keine Ahnung«, antwortete Götz. Seine Lippen

berührten beinahe ihr Ohrläppchen. »Jemand aus dem engeren Kreis. Ein Maulwurf. Vielleicht ist es Steuer selbst.«
»Aber warum sollte er? Wie kommst du darauf?«
»Ich erhalte fast keine brauchbaren Informationen. Die Akte von Jan zum Beispiel. Steuer sagt, es gäbe keine. Dabei hat Diesel herausgefunden, dass er eine Anklage wegen sexuellen Missbrauchs und Drogenbesitzes an der Backe hat. Jetzt sagt Steuer mir, das wäre nicht so wichtig. Er treibt die Stürmung um jeden Preis voran. Und ich glaube, er will etwas vertuschen.«
»Was ist mit den Geiseln? Diesel hat mich kurz vor meinem Treffen mit Faust angerufen und etwas angedeutet.«
»Ja, richtig.« Götz blinzelte, als ob er etwas ins Auge bekommen hätte. »Diesel hat da eine Vermutung. Er hat die Hörerdatenbank überprüft. Vier von den fünfen hätten die Senderführung gar nicht gewinnen dürfen.«
»Wieso?«
»Weil diese Studiobesuche hochbegehrt sind und nur an langjährige Stammhörer vergeben werden. Die meisten Geiseln haben sich aber erst vor kurzem überhaupt registrieren lassen. Ich habe eine Überprüfung angefordert und Diesel aus dem Sender geschickt.«
»Wieso?«
»Weil er zu clever ist. Er hat schon zu viel herausgefunden. Es ist nur noch eine Frage der Zeit, bis er entdeckt, dass Kitty noch im Studio steckt. Wenn er mit dieser Information zu Steuer rennt, wirst du abgezogen. Also habe ich ihm eine Aufgabe gegeben, mit der er erst einmal beschäftigt sein dürfte. In der Zwischenzeit überprüfen meine Jungs den Hintergrund von Jan und den anderen Geiseln.«

»Und?«
»Ich warte noch immer auf die Rückmeldung. Auch hier werde ich vertröstet. Irgendwas stinkt gewaltig. Und es ist nicht nur Steuers Mundgeruch.«
Ira nickte bedächtig mit dem Kopf, als ob sie Migräne hätte und sich nicht zu schnell bewegen dürfte. Gwen Stefani setzte zum letzten Refrain an, und der Song wurde langsam ausgeblendet.
»Es geht los«, sagte Götz. »Der Cash Call.«
»Dann gib mir jetzt sofort Katharina.«
Sie blickte ihn fordernd an. Er schüttelte den Kopf und griff mit einer Hand hinter seinen Rücken. »Hör auf mit den Spielchen«, sagte Ira lauter. »Ich will mit meiner Tochter reden.«
Verblüfft registrierte sie, dass nach einem kurzen Senderjingle ein weiterer Song startete. Eigentlich hatte sie das Telefonwahlgeräusch für die nächste Spielrunde erwartet. Jan war schon lange über der Zeit. Doch nun hörte sie eine Country-Pop-Nummer von Shania Twain, deren Titel sie nicht mehr kannte. Hatte er es sich anders überlegt? Ließ Jan auch diese Runde ausfallen? Egal. Was auch immer gerade im Studio vor sich ging, es verschaffte ihr Zeit. Zeit für ihre Tochter.
»Hol mir Katharina endlich an das Funkgerät, du elender Scheißkerl, oder …«
Während sie noch nach einer passenden Drohung suchte, öffnete Götz die Gürteltasche hinter seinem Rücken und zog das Funkgerät hervor.
»Pass auf, was du sagst.« Er streckte es ihr entgegen. Sein dicker Daumen drückte fest auf die Sprechtaste.
»Sie kann dich schon hören.«

16.

»Was willst du?«
Ira konnte nichts dagegen tun. Sie hatte es sich so fest vorgenommen, alles zurückzuhalten. Doch jetzt schossen ihr die Tränen in die Augen. Noch nie hatte sie sich so sehr gefreut, eine so offen feindselige Stimme zu hören.
»Geht's dir gut?«, stellte sie die Frage, die jede Mutter als Erstes parat hat, wenn sie nach langer Zeit zum ersten Mal wieder mit ihrem Kind spricht. Nur dass Katharina sich dieses Mal nicht zu einem lästigen Pflichtanruf zu Weihnachten durchrang, sondern nur wenige hundert Meter Luftlinie entfernt in Lebensgefahr unter einer Einbauspüle hockte.
»Was erzählst du da für widerliche Dinge, Mama?«
Für einen Moment war Ira verwirrt, dann schloss sie die Augen, als es ihr schlagartig einfiel. *Sara! Natürlich!* Kitty hatte ja alles über das Radio mitgehört.
»Reicht es dir nicht, dass du Sara nicht helfen konntest? Musst du sie jetzt auch noch öffentlich als Sex-Schlampe durch den Dreck ziehen?«
Du kannst es nicht wissen, wollte Ira antworten. *Du bist ihr nicht gefolgt. In die Kinos. Auf die Parkplätze. Und du hast auch keine Ahnung, warum ich darüber mit Jan sprechen muss. Weil ich nur so eine Chance habe, an ihn ranzukommen. Und dich zu retten.*
»Wir haben jetzt keine Zeit dafür«, antwortete sie stattdessen und wunderte sich, wie ausdruckslos ihr das über die Lippen kam. »Bitte sprich nicht so viel. Stell dein Funkgerät so leise wie möglich. Und antworte nur, wenn Musik läuft, und auch nur, wenn ich dich etwas frage.«

»Klar. Damit du meine Vorwürfe nicht hören musst. Weil du die Wahrheit nicht ertragen kannst.«
Ira schluckte.
»Nein. Weil du die Batterie schonen musst. Und weil du nicht entdeckt werden darfst.«
Statt einer Antwort gab es ein atmosphärisches Zischen. Katharina hatte nur kurz auf die Sprechtaste gedrückt, aber in Iras Ohren klang es wie ein höhnisches Naserümpfen.
»Hör mir jetzt gut zu. Ich brauche deine Hilfe, um euch da rauszuholen.«
»Du willst uns retten? Du hast es ja noch nicht einmal bei Sara geschafft. Und die wurde damals nicht von einem Wahnsinnigen bedroht. Sie hat dich sogar vorher noch angerufen.« Katharina flüsterte zwar, doch sie hätte die Worte genauso gut mit einem Megaphon brüllen können. Jedes einzelne prallte wie eine Rasierklinge auf Iras Trommelfell.
Aber sie hat Recht, dachte Ira.
Das Telefon hatte damals zum ersten Mal bei Wolfsburg geklingelt. Die Verbindung im Zug war jedoch so schlecht gewesen, dass Ira mehrfach zurückrufen musste. Keine gute Voraussetzung für eine Verhandlung, bei der man die eigene Tochter vom Suizid abhalten will.
Du wirst doch keine Tabletten nehmen, Kleines?, hatte sie gefragt.
Nein, Mami, war Saras Antwort gewesen, eine Lüge.
»Bitte«, versuchte Ira erneut zu ihrer Tochter durchzudringen. »Ich möchte, dass du kurz vergisst, wie sehr du mich hasst, und mir eine einzige Frage beantwortest.«
Stille am anderen Ende.
Shania Twain sang »Get a life, get a grip, get away some-

where, take a trip«, und aus irgendeinem Grund fiel Ira ausgerechnet jetzt der dämliche Titel wieder ein: »Come on Over«.
Götz sah auf seine Taucheruhr, doch Ira brauchte keine subtilen Zeichen. Sie wusste auch so um den Zeitdruck.
»Wo befindet sich die Leiche des UPS-Fahrers?«, fragte sie.
Die Stille wurde kurz durch ein Knacken unterbrochen. Danach folgte eine weitere Pause. Bis Katharina endlich antwortete.
»Im kleinen ZGR.«
»Das ist der Zentrale-Geräte-Raum«, erklärte Götz leise, als er Iras Stirnrunzeln sah. »Das Studio hat eine Tür zu der Küche. Von der Küche wiederum geht es zu einer Terrasse und zu einem Kabuff, in dem ein Teil der Sendetechnik untergebracht ist. Modems, Geräte, die den Sound verbessern, ein Notstromaggregat.«
»Kannst du die Leiche sehen?« Ira musste die Frage zweimal stellen, weil sie beim ersten Mal vergessen hatte, die Sprechtaste zu aktivieren.
»Nein, aber ich hab gesehen, wie er ihn kaltgemacht hat.«
Katharinas Stimme hatte jetzt eine andere Klangfärbung angenommen. Aber vielleicht war es auch nur Wunschdenken einer Mutter, die lieber etwas Menschliches wie Angst statt der reinen, hasserfüllten Wut gegen sich selbst hören wollte.
»Er hat ihn in einen Leichensack gesteckt und …«
Plötzlich rumpelte es, und dann war die Verbindung weg.
»Was ist da los?«, rief Ira lauter als beabsichtigt und starrte Götz an. Dieser hob beruhigend die Hände.

»Verdammt, was geht da vor ...?« Ira brüllte jetzt beinahe. Sie fühlte sich wie ein Motorradfahrer, der zu schnell in eine Kurve raste und zu spät erkennt, dass er sich doch besser einen Helm aufgesetzt hätte. Ihr entglitt gerade die Kontrolle, und diese Erkenntnis strangulierte sie nahezu. Nach zwei Sekunden, die eine Ewigkeit andauerten, brachte ein erneutes Knacken endlich die Erleichterung.
»Es geht wieder los«, flüsterte Katharina so leise, dass weder Ira noch Götz sie verstehen konnten. Doch das war auch gar nicht mehr nötig. Mittlerweile hatte es auch Ira über das Radio gehört. Shania Twain war von dem charakteristischen Freizeichen eines digitalen Telefons abgelöst worden.

17.

Während Jan die ersten Ziffern der Nummer wählte, die er sich für die nächste Runde seiner perversen Variante des russischen Roulettes ausgesucht hatte, stellte Kitty das Funkgerät auf lautlos und kroch so langsam wie möglich aus ihrem Versteck. Die Tür mit den vergilbten Plastiklamellen knarrte etwas, doch das wurde garantiert von der dicken Tür zum Studio verschluckt, an die sie sich auf Zehenspitzen heranschlich. Kitty ärgerte sich über das Gespräch mit ihrer Mutter. Besser, sie hätte gar nicht mit ihr gesprochen. Oder einfach die Wahrheit gesagt!
Entsetzt merkte sie, wie die Glasscheibe der Tür zum Radiostudio beschlug, weil sie viel zu dicht dran stand. Sie wich zurück, damit ihr Atem sie nicht verraten konnte.

Der Nebelschleier auf der Scheibe verflüchtigte sich langsam, und sie betete, dass Jan nicht ausgerechnet in dieser Sekunde zur Küchentür hinübersah. Sie riskierte einen schnellen Blick und war beruhigt. Der Geiselnehmer stand mit gebeugtem Kopf vor der Telefonanlage. Er drückte die letzte Ziffer, und eine kurze Weile lang passierte gar nichts. Als ob er eine Nummer im Ausland gewählt hätte.

Doch dann schien der Vermittlungscomputer endlich anzuspringen. Die Schaltstelle fand die richtige Verbindung. Ein klagendes Tuten wurde laut.

Die Wahrheit. Was, wenn du sie nie wieder sprechen wirst und ihr nie die Wahrheit über Sara gesagt hast?

Kitty verdrängte den Gedanken und zählte die Freizeichen.

Eins.

Zwei.

Sie stellte sich vor, wie irgendwo irgendjemand an irgendeinem Ort gerade zögernd zu seinem Telefon griff. Vielleicht ein Mann. Im Auto? Oder in seinem Büro. Seine Kollegen standen um seinen Schreibtisch herum. Oder der Anruf erreichte eine Hausfrau. Sie saß zu Hause im Wohnzimmer, während ihr Mann sie noch mal an die richtige Parole erinnerte.

Was, wenn wieder jemand abnimmt, der sich falsch meldet? Welches Opfer hat er sich als Nächstes ausgesucht?

Kitty versuchte, sich zu konzentrieren, wusste aber nicht, worauf, und ließ deshalb ihren Gedanken weiter freien Lauf.

Was, wenn es diesmal klappt? Wen lässt er frei? Die Schwangere? Was passiert überhaupt, wenn sich ein Anrufbeantworter meldet? Ist eine Mailbox ein Todesurteil

für eine Geisel? Und warum habe ich Mama nicht die Wahrheit gesagt?
Ihr Gedankenstrom erstarb mit dem fünften Klingeln. Mit dem Abheben. Und mit dem ersten Wort am anderen Ende.

18.

Ira und Götz standen vor dem provisorischen Studionachbau im Großraumbüro der Einsatzzentrale und wagten kaum zu atmen. Sie trugen beide Kopfhörer, über die sie das Gespräch verfolgen konnten. Aus irgendeinem Grund waren im gesamten Stockwerk alle Lautsprecher abgeschaltet. *Wählen – klingeln – abheben.* Die banalen Klänge zählten noch bis vor wenigen Stunden für jeden Menschen zu der ungefährlichen Geräuschkulisse des zivilisierten Alltags. Jetzt hatten sie ihre harmlose Bedeutung verloren und sich zu grauenhaften Todesboten verwandelt. Über Kopfhörer besaßen sie zudem eine noch viel größere, fast körperlich spürbare Intensität, die sich ins Unermessliche steigerte, als endlich abgehoben wurde.
»Ich, äh, ich höre 101Punkt5, und jetzt lass eine Geisel frei.«
Erleichterung. Grenzenlos.
Im selben Moment, als der Jubel in der Einsatzzentrale losbrach, strömte ein fast unbekanntes Glücksgefühl durch Iras Körper. Zuletzt hatte sie etwas Vergleichbares, etwas so Lebendiges, nach der Geburt ihrer Töchter gespürt. Sie wollte die Emotion konservieren. Das Lachen

auf dem Gesicht von Götz, die hochgereckten Fäuste der Beamten im Großraumbüro und ihre eigenen Freudentränen – sie wollte sie mit einem inneren Fotoapparat für alle Ewigkeiten in ihrem Langzeitgedächtnis bewahren.
Doch vier schlichte Worte des Geiselnehmers rissen sie in die Realität zurück.
»Das war ein Test.«
Iras Lachen erstarb. Ihre Hoffnung fiel in sich zusammen wie eine Konservenpyramide, aus der man die falsche Dose herausgezogen hatte.
Ein Test!
Jetzt wusste sie, was Jan vorhin gemeint hatte. Warum er sie gefragt hatte, ob er ihr vertrauen könne. Und jetzt wurde ihr auch klar, warum die Lautsprecher ausgeschaltet worden waren. Warum sie alle Kopfhörer trugen.
Rückkopplung!
Sie drehte sich langsam um einhundertzwanzig Grad im Uhrzeigersinn. Ihr Blick wanderte über die verschiedenen Schreibtische, von denen einige noch mit einer Plastikschutzfolie ummantelt waren. An denen dennoch zahlreiche unbekannte Gesichter saßen. Vor ihren eingeschalteten Computern und mit kleineren Kopfhörern als denen, die sie selbst trug. Viel kleineren. So genannten Headsets. Mit denen man hören *und* sprechen konnte.
»Verdammt Götz? Was habt ihr mit den Anrufen gemacht?«
Der Teamleiter, der gerade einen Kollegen umarmen wollte, zuckte zusammen, als ob er sich einen Nerv eingeklemmt hätte.
»Ich ... ich weiß nicht. Dafür bin ich nicht ...«
Ira setzte sich in Bewegung, ohne die vollständige Antwort abzuwarten. In Richtung Steuers Büro. Während sie

an einem der Schreibtische vorbeirannte, sah sie aus dem Augenwinkel heraus etwas, was ihre schlimmsten Befürchtungen bestätigte. Eine Eingabemaske auf dem Monitor. Alle Mitarbeiter, die hier saßen, warteten auf Anrufe.
Die Tür stand offen, und Ira konnte schon von weitem Steuers grinsende Visage ausmachen.
»Haben *Sie* den Anruf eben umleiten lassen?«, rief sie ihm zu.
Verdammt. Bitte sag, dass das nicht wahr ist. Iras Gedanken rannten jetzt genauso schnell wie sie selbst.
»Was regen Sie sich so auf?«, lachte Steuer, als sie beinahe in sein Büro flog. »Ich hab es Ihnen doch vorhin sogar persönlich angekündigt.«
»Sie bescheuerter Idiot«, schleuderte sie ihm entgegen. Erstaunt nahm sie den belegten Klang ihrer Stimme zur Kenntnis. Als die Tränen in ihren Augen das dreckige Grinsen in Steuers Mund zu einer gemeinen Fratze verschwimmen ließen, merkte sie, dass sie wieder weinte. Sie wiederholte ihre Beleidigung, die Steuer aber nichts auszumachen schien. Im Gegenteil. Sie verstärkte sogar noch seinen tief befriedigten Gesichtsausdruck.
»Danke, dass Sie das vor Zeugen so offen gesagt haben. Damit bleibt es wohl kaum bei einer einfachen Dienstaufsichtsbeschwer...«
Der erste Schuss unterbrach ihn.
Der zweite raubte Steuer das höhnische Lächeln und ersetzte es durch einen Blick in seinen Augen, der an Fassungslosigkeit nicht mehr zu überbieten war.
Ira schlug beide Hände vors Gesicht.
Steuer griff mit zittrigen Fingern zur Fernbedienung und schaltete das Radio auf seinem Tisch an.

»Das war ein Test«, wiederholte Jan gerade mit harter Stimme.
»Und ihr habt ihn nicht bestanden.«

19.

Was für ein Irrsinn. Jan schloss seine Hand so fest, wie er konnte, um die Glock, die er vor wenigen Stunden dem UPS-Mann abgenommen hatte, und hämmerte den Kunststoffgriff in seiner Faust auf das Studiomischpult. *Irrsinn!*
Die Pistole kam ihm viel zu leicht vor. Kaum Gewicht. Noch vor wenigen Wochen hätte er sie für eine Attrappe gehalten. Eine Spielzeugpistole, mit der man locker durch die Flughafenkontrollen marschieren könnte, ohne dass der Metalldetektor auch nur müde fiepsen würde. Heute, drei Wochen nach dem Waffencrash-Kurs, den ihm der versoffene Hausmeisterjunkie während seiner lichten Momente gegeben hatte, wusste er es besser. Die Waffe war nicht schwer, aber deshalb nicht weniger tödlich.
»Was ist los mit Ihnen?«
Jan hob den Kopf und konnte nicht anders. Er musste über die Frage von Markus Timber lächeln, die angesichts der Situation, in der sie alle gerade steckten, mehr als absurd war.
Was mit mir los ist? Nichts. Kleiner Ausraster. Passiert mir manchmal, dass ich bei einer Geiselnahme etwas nervös werde und anfange, ein paar Menschen zu erschießen. Sorry. Dumme Angewohnheit.

»Ich meine, was war falsch an der Antwort?«, konkretisierte der Star-Moderator seine Frage. Wegen seiner blutverkrusteten Nase sah er aus wie ein Wahnsinniger, der sich zum Zeitvertreib ein Handtuch mit Erdbeermarmelade quer über das Gesicht gezogen hatte. In seinen Nasenlöchern steckten zwei verschmierte Stöpsel aus zusammengerollten Tempotaschentüchern, die bei jedem Wort gefährlich mitwackelten.
»Die Antwort war okay. Die Person war es nicht.«
Jan tippte Flummi auf die Schulter, der das Zeichen verstand, einen neuen Song zu starten. Seit den beiden Schüssen hatte sich der Produzent nicht einen Millimeter bewegt und wie in Trance auf irgendeinen Punkt auf dem Computerbildschirm gestarrt. Dadurch war er der Einzige im Raum, der nicht wusste, wen Jan gerade getroffen hatte.
»Was soll das heißen?«, fragte Timber, während die charakteristischen Drums von »Running up that hill« den größten Hit von Kate Bush einleiteten.
»Seit wann gehört das zu den Regeln? Sie haben gesagt, Sie lassen eine Geisel frei, wenn sich jemand mit der richtigen Parole meldet. Genau das ist geschehen.«
»Ja.« Jan brachte es irgendwie fertig, seiner positiven Antwort einen negativen Klang zu geben.
»Und?« Der Moderator sah ihn herausfordernd an, und wieder musste Jan lächeln. Er wusste, dass alle im Studio ihn missverstehen und für ein zynisches Arschloch halten würden. Doch der Anblick des aufgebrachten Timbers, dessen geschwollene Nase jetzt eigentlich viel besser in sein feistes Gesicht passte, war einfach zu komisch. Oder auch nicht und er drehte langsam wirklich durch. Vielleicht sollte er doch noch eine der ovalen Pillen nehmen,

die er sich für den Notfall in die Tasche seiner Jogginghose gesteckt hatte. Mittlerweile war sie das einzige Stück seiner Verkleidung, das er noch trug. Er ging davon aus, dass sein Foto spätestens jetzt in Überlebensgröße von einem Beamer auf die Projektionswand der SEK-Einsatzzentrale geworfen wurde und dass Dutzende Beamte in dieser Sekunde seine Villa in Potsdam auf den Kopf stellten. Eine Tarnung war nicht mehr nötig.
»Was war falsch mit diesem Cash Call?«, wollte Timber wissen.
Er betonte jedes Wort einzeln, genau im Takt mit der flackernden roten LED-Anzeige des Studiotelefons.
Ira!
Jan überlegte kurz, ob er sie ignorieren sollte. Doch dann gab er Flummi ein Zeichen. Der zog die Musik runter und schaltete die Leitung On Air.

20.

»Das war wohl nichts.«
Ira wollte gerade die Tür zum Treppenhaus öffnen, als Jan nach dem einundzwanzigsten Klingeln endlich abnahm.
»Wie viele sind verletzt?«, kam sie gleich zur Sache.
»Wie oft habe ich denn geschossen?«, antwortete er lakonisch.
»Zweimal. Es gibt also zwei Opfer? Braucht jemand von denen Hilfe?«
»Ja. Ich! Ich brauche sofort jemanden, der mir hilft, Leoni zu finden.«

Ira nahm zwei Stufen auf einmal, merkte aber sofort, dass sie diese Anstrengung über die nächsten dreizehn Stockwerke nicht durchhalten würde, und schaltete wieder einen Gang runter.

»Das weiß ich. Ich arbeite dran. Doch jetzt muss ich erst einmal wissen, auf wen Sie geschossen haben.«

»Nun, vielleicht sage ich es Ihnen, wenn Sie mir verraten, was da gerade für ein Betrug abgelaufen ist?«

Sie dachte kurz über eine Ausrede nach, entschied sich dann für die Wahrheit.

»Die Anrufe aus dem Studio wurden umgeleitet.«

»Wohin?«

»In ein Callcenter. Zu einem entsprechend instruierten Beamten, der sich natürlich mit der richtigen Losung meldete.«

»Aha. Und wie habe ich das wohl herausgefunden?«

Ira hatte das Gefühl, als ginge ihr Atem doppelt so schnell wie sie selbst. Sie musste sich fast zwingen, nicht zu hecheln, als sie ihm antwortete.

»Sie haben sich selbst angerufen. Auf Ihrem eigenen Handy.«

Es hätte besetzt sein müssen. Auf gar keinen Fall hätte jemand rangehen dürfen. Steuer war so ein Idiot. Wie konnte er diese Möglichkeit nur übersehen?

»Richtig geraten. Wie haben Sie die Fünfhunderttausend Euro-Frage geknackt, Ira? Hatten Sie einen Telefonjoker?«

»Ich verstehe, dass Sie wütend sind. Ich weiß, dass Sie denken, ich hätte Sie angelogen. Doch damit hatte ich nichts zu tun. Die Leitungen wurden ohne mein Wissen manipuliert.«

»Gut, gesetzt den Fall, ich glaube Ihnen. Wieso sollte ich

meine Zeit dann noch mit Ihnen verschwenden? Anscheinend haben Sie da draußen überhaupt gar keinen Einfluss. Sie werden ja noch nicht mal in die Einsatztaktik eingeweiht.«

»Sie wollten mir sagen, auf wen Sie geschossen haben«, ignorierte sie die Vorwürfe. Sie brauchte Informationen.

»Auf niemanden.« Kurze Pause. Dann ergänzte er: »Noch nicht.«

»Gut.« Ira blieb stehen. Hielt sich am Treppengeländer fest und beugte sich nach vorne, als müsse sie sich auf die grauen Betonstufen übergeben.

»Sehr gut.«

Ihre Erleichterung über die gute Nachricht währte nur kurz.

»Aber das werde ich gleich nachholen«, zischte Jan. »Jetzt sofort. Und ich habe mich schon entschieden. Diesmal werde ich mich nicht mit einem Opfer zufriedengeben.«

Natürlich, du Mistkerl. Du willst mich bestrafen. Mit der Schwangeren.

Iras Atmung hatte sich noch nicht beruhigt. Trotzdem ging sie weiter. Zwei mannshohe blaue Zahlen auf dem trostlosen Spritzbeton verrieten ihr, dass sie erst im zwölften Stock angelangt war.

»Ich verstehe Sie«, log Ira. »Aber Sandra Marwinski ist eine werdende Mutter. Sie und ihr Baby haben nichts mit der schlimmen Lage zu tun, in der Sie jetzt gerade stecken.«

»Ha!«

Ira zuckte zusammen, als hätte Jan sie durch das Telefon ins Gesicht gespuckt.

»Hören Sie doch mit den Taschenspielertricks auf. *Mutter, Baby,* glauben Sie, indem Sie diese Worte benutzen, wird meine Hemmschwelle raufgesetzt? Ich hab nichts mehr zu verlieren, Ira.«

Ich auch nicht, dachte sie und wäre im nächsten Moment fast hingefallen. Die Schnürsenkel ihrer knöchelhohen Leinenturnschuhe waren aufgegangen, und sie stolperte wie ein schlaksiges Schulmädchen über ihre eigenen Füße.

»Wie ich schon sagte: Jede weitere Verhandlung mit Ihnen ist Zeitverschwendung.«

Dreizehnter Stock. Die Zahlen waren lieblos auf die Flurwände gepinselt worden, so als ob sich der Innenarchitekt gar nicht vorstellen konnte, dass es irgendwann mal jemanden aus dem exklusiven Inneren des MCB-Komplexes in dieses triste Treppenhaus verschlagen würde. Ira versuchte einen schwachen Gegenangriff.

»Wenn Sie jetzt auflegen, dann verlieren Sie den einzigen Menschen hier draußen, der Ihnen garantiert nichts getan hat.«

»Aber genau das ist ja das Problem, Ira. Sie haben *nichts* getan. Wie damals bei Sara. Hab ich Recht?«

Aus professioneller Sicht hätte ihr klar sein müssen, dass er wütend war und sie verletzen wollte. Nur gelang Ira in diesem Moment keine professionelle Sichtweise. Sie war selbst aufgebracht und sagte besser nichts, damit ihre aggressiven Emotionen sich wechselseitig hochpeitschen würden.

»Unterhalten wir uns nur aus diesem Grund, Ira? Weil *Sie* Ihr Trauma überwinden wollen? Weil Sie die Katastrophe damals bei Ihrer Tochter nicht verhindern konnten? Wollen Sie es heute wiedergutmachen? Ja, ich glaub, das ist es.« Jan lachte. Iras Aggressionspegel stieg weiter an.

»Sie verhandeln doch nur aus einem einzigen Grund mit

mir. Ich bin für Sie nichts anderes als ein Medikament, mit dem Sie Ihren Schmerz betäuben wollen.«
Obwohl er die Wahrheit nur streifte, trafen seine Worte Ira irgendwo zwischen dem vierzehnten und fünfzehnten Stock wie ein Querschläger. Jetzt konnte sie es nicht mehr zurückhalten. Statt stehen zu bleiben, nahm sie nun doch wieder zwei Stufen auf einmal. Es war ihr gleich, was ihr Körper dazu sagte. Die Wut putschte sie auf. Und wenn sie im neunzehnten Stock hyperventilierend zusammenbrach. Was soll's? Sie ignorierte absichtlich alles, was sie über psychologisch zurückhaltende Verhandlungstaktik gelernt hatte, und sprach Klartext: »Das ist Quatsch, Jan, und das wissen Sie. Ich habe mir heute keinen Fehler zu Schulden kommen lassen. Ich bin für die Rufumleitung nicht verantwortlich. Aber wissen Sie was? Mir ist völlig egal, was Sie denken. Wenn Sie nicht mehr mit mir reden wollen, bitte, ich besorge Ihnen einen anderen Unterhändler. Herzberg langweilt sich sicher schon. Nur eines sollte Ihnen klar sein: Zurzeit bin ich die Einzige, die zwischen Ihnen und einem Stoßtrupp steht, der nur darauf wartet, Ihnen eine Kugel durch den Kopf zu jagen, sobald Sie auch nur einen einzigen Fehler machen. Und der kommt früher oder später. Eher früher. Sobald Ihnen die Geiseln ausgehen.«
Die letzten Worte keuchte sie nur noch, dann konnte sie den Hustenanfall nicht mehr unterdrücken.
Sie fing sich erst wieder, als sie im Fahrstuhlbereich des neunzehnten Stocks stand. Ihre Lunge brannte, und ihre Oberschenkelmuskeln waren taub vor Anspannung. Doch am meisten schmerzten sie wieder die Worte von Jan: »Sie sagten, Sie hätten *heute* keinen Fehler gemacht. Und wie war das am zwölften April?«

Ira schlurfte erschöpft zum geöffneten Empfang des Radiosenders, in Richtung Verhandlungszentrale. Alles um sie herum drehte sich.
»Warum sollte ich ausgerechnet Ihnen das erzählen?«, fragte sie schließlich. *Warum willst du unbedingt über den zwölften April reden? Was hat der Tod meiner Tochter hiermit zu tun.*
»Warum sollte ich ausgerechnet Ihnen wieder vertrauen?«, kam die Gegenfrage.
»Okay ...« Ira passierte zwei uniformierte Beamte am Sendereingang, von denen sie keine Notiz nahm. »... dann machen wir einen Deal. Ich sage Ihnen, was sich meine Tochter angetan hat, und Sie lassen Sandra Marwinski in Ruhe.«
»Schlechtes Geschäft. Sie brauchen doch sowieso jemanden, mit dem Sie über Sara reden können. Welchen Vorteil habe ich davon?«
»Eine Geisel mehr. Ich verlange nicht, dass Sie sich an Ihre eigenen Regeln halten und jemanden freilassen. Wir zählen die Runde einfach nicht. So gewinnen wir Zeit für die Suche nach Leoni, und Sie haben eine Geisel in Reserve.«
Ira war wieder in Diesels Büro angelangt. Die Verhandlungszentrale war verlassen.
»Also schön.«
»Abgemacht?«
»Nein, noch nicht. Erst reden wir über Sara. Dann entscheide ich mich, ob ich Ihnen noch vertraue.«
Ira sah aus dem Fenster hinunter auf die abgesperrte Potsdamer Straße. Auf dem grünen Mittelstreifen stand eine Glasvitrine, in der drei Plakate rollierten. Eines warb für Zigaretten. Selbst von hier oben war der fett gedruckte Warnhinweis zu lesen: *Rauchen tötet.*

»Ira?«
Selbst wenn sie nicht so ausgelaugt und müde gewesen wäre. Selbst wenn sie in diesem Moment die Kraft dazu gehabt hätte. Es ging nicht. Sie wollte einfach nicht darüber reden. Nicht über die Nacht, in der sie heimlich Saras Tagebuch gelesen hatte, um ihre älteste Tochter wenigstens im Ansatz zu verstehen. Die Männer. Die Gewalt. Und Saras Sehnsucht.
»Sind Sie noch dran?«, fragte Jan erbarmungslos.
Nein. Sie wollte nicht darüber sprechen.
Aber sie hatte wohl keine andere Wahl.

21.

Das Einzige, was bei ihm an einen Piloten erinnerte, war sein Name. Habicht hatte Fettringe am Bauch, einen David-Copperfield-Hals (er war weggezaubert) und ein kleines Haarbüschel, das er mit einem Gummi im Nacken zu einem Rasierpinsel zusammengebunden hatte.
»Was willst du denn hier in der Pampa?«, lachte er. Das war so eine Art Tick von ihm. Habicht lachte eigentlich immer. Meistens grundlos. Diesel vermutete, dass er mit seinem Verkehrsflieger zu oft unter Sauerstoffmangel geflogen war. Vielleicht war er aber auch einfach nur irre. In diesem Augenblick saßen sie beide in Habichts Büro am Flughafen Schönefeld. Der Pilot hinter einem völlig überladenen Schreibtisch, Diesel auf einem Metallklappstuhl, der so bequem war wie ein Einkaufswagen.
»Ich sag's nur ungern. Ich brauche deine Hilfe.«

Eigentlich hatte ihn Götz damit beauftragt, den Fahrer des Rettungswagens zu besuchen, der damals als Erster an der Unfallstelle eingetroffen war. Doch im Krankenhaus Waldfriede, wo der Sanitäter jetzt arbeitete, wollte ihm niemand eine Auskunft geben. Er war noch nicht mal zu Herrn Waschinsky, Warwinsky oder Wanninsky vorgelassen worden, oder wie immer der Mann hieß, der mit unleserlicher Handschrift den Unfallbericht unterschrieben hatte.

»Ich flieg aber kein Koks für dich über die Grenze!« Habicht lachte und suchte irgendwas auf seinem Schreibtisch. Dabei schmiss er eine Kaffeetasse um. »Mist. Schätze, das war dein Drink!« Er lachte noch lauter.

Diesel fragte sich, ob es wirklich so intelligent von ihm gewesen war, Götz' Anweisungen zu ignorieren und eigenmächtig zum Flughafen zu fahren. Aber wenn es einen gab, der ihm helfen konnte, dann dieser Verrückte vor ihm.

»Geht es um euer neues Radiospiel? Ist ja das Abgefahrenste, was ich seit langem auf eurem Mistsender gehört habe. Wie viel hat der bislang kaltgemacht?« Obwohl Habicht seit über sieben Jahren fast täglich morgens den Verkehrsreport aus der Luft moderierte, wollte er sich nicht mit 101Punkt5 identifizieren. Er sprach nie von »unserem«, sondern immer von »eurem« Sender.

»Bist du am neunzehnten September geflogen?«, kam Diesel direkt zum Punkt.

»Ja.«

»Ich meine letztes Jahr.«

»Ja, ja.«

»Musst du nicht in deinen Kalender schauen oder deine Sekretärin fragen?«

»Wieso?« Habicht sah Diesel an, als ob ihm ein Popel aus der Nase hängen würde. »Ich hab am neunzehnten September Geburtstag. Da flieg ich immer.«
Gut. Sehr gut sogar.
Diesel zog aus der Innentasche seiner abgewetzten Lederjacke ein zerknittertes Stück Papier hervor. Er legte es mit der leeren Seite nach oben vor sich auf den Schreibtisch und strich es glatt.
»Hast du eine Karte von einem Unfall in Schöneberg an diesem Tag?«
Habicht grinste breit und entblößte dabei für seine Gesamterscheinung erstaunlich gepflegte Zähne.
»Eine Geburtstags*karte*?« Habicht lachte schallend über den müden Witz.
Diesel nickte.
»Karte« war Habichts Lieblingsvokabel. Er und eine Handvoll anderer Spinner sammelten Unfallfotos: ein umgekippter Laster auf dem Stadtring, ein ausgebrannter Golf nach einer Massenkarambolage oder ein Radfahrer unter der Straßenbahn. Je krasser, desto besser. Die meisten Fotos schossen die Sanitäter am Unfallort. Alles Habichts Kumpel, die nur so schnell zur Stelle sein konnten, weil er als Pilot die Unfälle als Erster von oben aus seiner Cessna entdeckte. Aus Dankbarkeit bekam er meistens einen Abzug als Trophäe. Habicht machte aus ihnen Spielkarten, die er in einen Sammelordner klebte wie andere Leute Abziehbilder von Fußballspielern. Manchmal tauschte er sie mit anderen Verkehrsreportern in ganz Deutschland. Er war nicht der einzige Mensch beim Radio, der öffentlich seine Macken auslebte.
»War das nicht der Tag, an dem der Idiot beim Fahren seinen Kopf aus dem Seitenfenster rausstreckte, weil seine

Scheibenwischer nicht funktionierten und er wegen Regens nichts sehen konnte?«
Habicht drehte sich mit seinem Sessel um einhundertachtzig Grad und starrte auf ein Metallregal. Darum konnte er nicht sehen, wie Diesel den Kopf schüttelte. Der »Idiot« war damals bei Tempo sechzig mit dem Kopf gegen einen entgegenkommenden Außenspiegel geprallt.
Habicht summte »I'm singing in the rain«, während er einen Aktenordner nach dem anderen hervorzog.
»Wusst' ich's doch.« Er drehte sich wieder um und hielt ein Schüleroktavheft in seinen breiten Händen. Er klappte es in der Mitte auf. Diesel sah angewidert auf die eingeklebte »Karte.« Ein Sanitäter presste vergeblich seine Hände auf einen blutverschmierten Brustkorb. Der Mann auf dem Foto war bereits tot.
»Das mein ich nicht. Ich suche einen schwarzen BMW.« Diesel erklärte ihm kurz den Unfallhergang, so wie er aus Leonis Obduktionsbericht hervorging.
Habicht sah ihn kurz an und schlug dann lachend mit seiner Pranke auf den Schreibtisch.
»Du bist so krank, Diesel, weißt du das?« Er lachte weiter, und Diesel konnte nicht anders, als mit einzustimmen. Die ganze Situation war einfach zu grotesk. Vor ihm saß ein offensichtlich verhaltensgestörter Pilot mit einer Vorliebe für morbide Nahaufnahmen, und der nannte ihn einen kranken Menschen.
»Einen Aufprall? Auf eine Ampel? Totalschaden? Ausgebrannt? Mit einer Toten?«
Diesel nickte bei jeder Frage mit dem Kopf, während Habicht sich wieder zu seinem Regal umgedreht hatte. Ein Hefter nach dem anderen wurde erneut herausgezogen, aufgeklappt und wütend wieder zurückgeschoben.

»Nee«, schüttelte Habicht schließlich seinen Kopf.
»Ausgeschlossen?«
»Wenn es in meiner Stadt und auf meinen Straßen passiert sein soll, wüsste ich's.«
»Es stand in der Zeitung.«
»Da steht auch drin, dass jede zweite Frau Sex mit einem Fremden haben will, und mich hat noch nie eine gefragt.«
»Und was sagst du dann *dazu*?«
Diesel drehte das Papier aus seiner Jacke um und schob es ihm rüber. Es war eine Farbkopie, die er sich vorhin im Sender vom Unfallfoto aus der Akte gemacht hatte.
»Geil, was willst du dafür?«
»Das ist keine ›Karte‹, Habicht. Ich will wissen, was du mir zu diesem Unfall sagen kannst?«
»Keine Ahnung.« Der Verkehrspilot starrte verzückt auf das Blatt in seinen Händen. Wahrscheinlich heftete er es im Geiste bereits in einen neuen Sammelordner.
»Kenn ich nicht. Ehrlich. Aber wenn du willst, könnte ich es mal checken.«
Jetzt lachte Diesel. Na klar. »Checken« bedeutete, er würde damit vor seinen Kumpels angeben. Egal. Sollte er es ihnen per E-Mail schicken. Einen Versuch war es wert.
»Aber eins kann ich dir jetzt schon verraten.«
»Was?«
»Das war niemals am neunzehnten September. Und auf gar keinen Fall an dieser Stelle.«
»Wieso bist du dir da so sicher?«
»Komm mit. Ich zeig's dir …«
Mit diesen Worten stand er auf, und Diesel sah ihm nach, wie er zum Ausgang ging. Richtung Rollfeld.

22.

Ira war von einer einfachen Wahrheit felsenfest überzeugt: Der Mensch war umso glücklicher, je mehr er verdrängen konnte. Ihr Unglück begann, als bei ihrer Tochter die Anzeichen zu deutlich wurden und Iras Verdrängungsmechanismus versagte.
»Sie war vierzehn. Und ich erwischte sie im Bett.«
Ira sprach sehr leise, obwohl sie in der Verhandlungszentrale allein war. Das war doppelt paradox, da ihr in diesem Augenblick etwa neunzehn Millionen Menschen zuhören konnten, ganz egal wohin sie sich zurückzog. Nahezu jeder größere Radiosender der Republik übertrug das Programm von 101Punkt5 auf der eigenen Frequenz. Zahlreiche Internetplattformen forderten auf ihren Startseiten die Leser auf, die richtige Parole zu lernen. Sogar das deutschsprachige Inselradio auf Mallorca informierte die sonnenbadenden Urlauber. Ira ignorierte den unangenehmen Gedanken, dass jedes Wort zwischen ihr und Jan bald in zahlreichen ausländischen Medien verbreitet werden würde.
»Okay. Vierzehn ist vielleicht etwas frühreif. Aber ist das nicht in Großstädten das Durchschnittsalter fürs erste Mal?«, fragte Jan.
»Zu dritt?«
Sein Kommentar auf Iras knappen Einwand war ein kurzes Grunzen in der Art, wie es Männer von sich geben, wenn sie über einer geöffneten Motorhaube stehen und nicht zugeben wollen, dass sie keinen blassen Schimmer haben, wo das Problem liegt.
»Ich hab mich immer für, wie sagt man, ›aufgeschlossen‹

gehalten«, erläuterte Ira. »Ich bildete mir sehr viel auf meine unkomplizierte Einstellung ein. Meine Eltern hatten mich schließlich sehr frei und offen erzogen. Mein erster Freund durfte vom ersten Tag an bei mir übernachten. Mit meiner Mutter sprach ich sogar über Orgasmusprobleme.« Sie änderte den Tonfall und wurde mit jedem Wort schneller. »Nicht, dass Sie denken, ich entstammte einer alternativen Hippie-Familie, bei der mein Vater immer nackt mit einem Joint im Mund zur Haustür gelaufen wäre, um Wildfremde reinzulassen. Nein. Es war einfach nur ungezwungen, und zwar nicht in der schmierigen Bedeutung, die das Wort in Kontaktanzeigen besitzt. Als ich zum Beispiel mit siebzehn meine experimentelle Phase auslebte, durfte ich problemlos eine Freundin über Nacht mit nach Hause bringen. Ich schwor mir damals, es später bei meinem Kind genauso zu machen. Und als Sara in die Pubertät kam, fühlte ich mich innerlich auf alles vorbereitet. Die Pille, vielleicht ein Outing als Lesbe oder einen erwachsenen Freund. Ich dachte, ich könnte mit allem klarkommen.«

»Sie haben sich geirrt?«

»Ja.« *Wie selten jemals zuvor.*

Ira überlegte, wie viel sie wirklich preisgeben musste, damit Jan wieder Vertrauen gewinnen würde. Saras ständig wechselnde Geschlechtspartner. »Spielzeug«, das garantiert nicht unter das Bett eines Teenagers gehörte. Ihr offenes Geständnis beim Frühstück, sie könne nur unter Schmerzen zum Orgasmus kommen.

Wenn sie die Details wegließ, würde er merken, dass sie ihn mit Allgemeinplätzen abspeiste.

Schlimmer noch. Er würde sie nicht verstehen. Und aus irgendeinem Grund wurde ihr schmerzlich bewusst, wie sehr sie sich wünschte, endlich von jemandem verstanden zu werden.

Am besten ich schildere ihm einfach mein Schlüsselerlebnis, dachte sie. *Den Moment, als mir drastisch bewusst wurde, wie unwiederbringlich mir Sara entglitten war.*

»Kennen Sie den großen Parkplatz am Teufelsberg?«

»Ja. Ich war da hin und wieder mal mit Leoni. Wenn wir im Grunewald spazieren gegangen sind, haben wir manchmal den Wagen dort abgestellt. Es ist ganz schön da.«

»Tagsüber vielleicht. Fahren Sie mal nachts ab 23.00 Uhr vorbei.«

Ira schloss die Augen, und die Bilder aus der Erinnerung wurden langsam schärfer. Wie ein Film im Entwicklungsbad gewannen sie ihre schreckliche Kontur.

Die Autos im Dunkeln. Viel zu viele für die späte Uhrzeit. Ihr eigener Scheinwerfer, der diese traf, als sie mit dem Van auf den holprigen Parkplatz einbog. Dunkle Gestalten hinter den Lenkrädern. Aufblitzende Feuerzeuge. Und etwas abseits eine kleine Menschenansammlung. Um einen Kombi. Mit geöffnetem Kofferraum. Und auf der Ladefläche …

»Ich habe von diesen Treffpunkten gelesen«, gestand Jan. »Ich war sogar einmal dort, um mich zu überzeugen, dass sie kein moderner Mythos sind. Tatsächlich gibt es in Berlin sogar mehrere davon. Meistens an Seen wie in Tegel und eben am Teufelsberg. Oder auf ausgewählten Rastplätzen an der Autobahn. Es existiert sogar eine Homepage im Internet, unter der man gegen Gebühr die neuesten Treffpunkte erfährt. Die Spielregeln und Rituale vor Ort sind immer gleich: Sie stellen Ihr Auto ab. Wenn jemand kommt, lassen Sie im Dunkeln Ihr Feuerzeug aufblitzen. Früher oder später steigt irgendwer ein. Der Sex

ist schnell, hart und wortlos. Keine Namen. Keine Verabschiedungen. Allerdings dachte ich, dass dahin nur ...«
»Was? Dass da nur Männer hingehen?« Ira lachte unsicher. »Das dachte ich auch. Bis ich meiner siebzehnjährigen Tochter dorthin folgte. Vielleicht war es dort eigentlich auch ein Schwulentreffpunkt. Möglich. Aber wenn das damals alles Homosexuelle waren, dann haben mindestens zehn von ihnen in jener Nacht eine Ausnahme gemacht. Wahrscheinlich waren es eher mehr. Ich konnte die Hände nicht zählen. Es waren so viele, dass ich meine Tochter nur noch anhand der kniehohen Lederstiefel an ihren dünnen Beinen erkennen konnte.« Ira spuckte die letzten Sätze angewidert ins Telefon. »Sie ragten wie abgeknickte Zahnstocher aus dem Kofferraum heraus. Der Rest ihres Körpers verschwand wie eine Glühbirne unter einer Traube notgeiler Mücken.«
»Was haben Sie gemacht?«, wollte Jan nach einer kurzen Pause wissen, in der beide nichts sagten.
»Nichts. Zuerst wollte ich aussteigen. Doch dann bekam ich Angst.«
»Vor den Männern?«
»Nein. Vor Sara. Solange ich im Wagen sitzen blieb und ihr Gesicht nicht sah, konnte ich mir einreden, dass ...«
Sie ließ wieder eine lange Pause. Schließlich ergänzte Jan:
»... dass es ihr keinen Spaß macht.«
Ira nickte wie in Trance. Er hatte sie durchschaut. Nicht zum ersten Mal erkannte sie, wie gut er einmal in seinem Beruf gewesen sein musste, bevor er durch das Trauma zum Verbrecher wurde. Keine Mutter will zusehen, wie sich ihre Tochter wie ein billiges Stück Fleisch vor die Meute wirft. Freiwillig? Aus selbstbestimmter Lust? Für Ira war das unvorstellbar. Sie hatte in dieser Nacht den

Parkplatz fluchtartig verlassen. Erst als sie zu Hause angekommen war, registrierte sie die Beule an ihrem Kotflügel. Sie stand so unter Schock, dass sie gar nicht bemerkt hatte, wie sie bei der Ausfahrt ein anderes Fahrzeug angestoßen haben musste. Der äußere Schaden ließ sie damals kalt, zumal der notgeile Neuankömmling ohnehin nicht das Interesse der Polizei auf sich lenken würde. Doch die inneren Verletzungen wogen schwer. Sie war verzweifelt. All ihr Wissen über die menschliche Psyche versagte bei dem konkreten Anwendungsfall ihrer eigenen Tochter. Es gab kein Lehrbuch, das sie aufschlagen, und keinen Experten, den sie hinzuziehen könnte. In ihrer Not überlegte Ira sogar kurz, ob sie ihren Ex anrufen sollte. Doch nach allem, was sie heute noch über ihn wusste, konnte sie nicht sicher sein, ob er nicht selbst gerade irgendwo ein Feuerzeug auf einem dunklen Parkplatz aufleuchten ließ. Immerhin hatte er sie damals für eine Minderjährige verlassen, als sie mit Kitty schwanger war.

»Haben Sie Sara darauf angesprochen?«

»Ja. Aber viel zu spät.«

»Was hat sie gesagt?«

»Nicht viel. Ich habe es falsch angepackt. Ich habe die falschen Fragen gestellt.«

So wie bei unserem letzten Telefonat, dachte Ira.

»*Du wirst doch keine Tabletten nehmen?*«

»*Nein, Mami!*«

»Welche Fragen meinen Sie?«

»Ich suchte natürlich nach einer Ursache für ihr Verhalten. Als Mutter wollte ich eine logische Erklärung. Da lag die Vermutung auf Missbrauch nahe. Ich ging alle Personen durch, die in Frage kamen. Doch sie stritt alles ab.

Sie lächelte sogar und sagte: ›Nein Mami, ich bin *nicht* vergewaltigt worden. Aber ja, es stimmt. Es gibt jemanden, der mir etwas angetan hat. Du kennst ihn. Sogar sehr gut.‹«
»Wen?«
»Ich weiß es nicht. Genau das macht mich ja so wahnsinnig.« *So wahnsinnig, dass ich eigentlich nur eine Cola light Lemon haben will, um endlich die Kapseln schlucken zu können, die in meinem Gefrierfach liegen. Doch zuvor muss ich noch meine letzte Tochter gegen ihren Willen befreien.*
»Sie sagte sogar, ich würde es herausfinden.«
»Wie war der genaue Wortlaut?«
Ira wunderte sich kurz über die Frage. Aber schließlich sah sie keinen Grund darin, es ihm zu verschweigen.
»Nun, ich glaube, Sara sagte so etwas wie: ›Mach dir keine Sorgen, Mami. Bald wirst du wissen, wer mir das hier angetan hat. Und dann wird alles gut.‹« Ira schluckte. »Aber es wurde nie gut. Es wurde immer schlimmer. Ich habe es nie erfahren, verstehen Sie?«
Eine Weile schwiegen beide.
Der Moment dauerte nicht lang, war aber ausreichend, um Ira klarzumachen, wie kurz sie vor einem Kollaps stand. Ihre Hände zitterten wie die eines Parkinsonpatienten, und der Schweißfilm auf ihrer Stirn verdichtete sich zu perlengroßen Tropfen.
»Die, die wir am meisten lieben, sind uns das größte Rätsel«, stellte der Geiselnehmer in der Sekunde fest, in der Ira sich fragte, ob Götz ihr später etwas zu trinken besorgen würde. *Ewas Richtiges.*
Sie war über die plötzliche Verzweiflung in Jans Stimme so irritiert, dass sie etwas machte, was sie in den letzten

fünfzehn Minuten nicht mehr getan hatte. Sie öffnete die Augen.
»Jetzt sprechen wir aber nicht mehr über meine Tochter, oder?«
»Ja«, bestätigte Jan leise, und da wusste sie es.
Sie hatte eben einen hohen Preis dafür zahlen müssen.
Aber es war ihr gelungen.
In dieser Runde würde Jan keine Geisel erschießen.
»Sie haben Recht«, bestätigte er noch mal. Diesmal etwas lauter. »Jetzt reden wir über Leoni.«

23.

Die Verhandlungszentrale war weiterhin verwaist. Herzberg und der Albinotechniker waren kurz aufgetaucht, doch Ira hatte sie mit wütenden Armbewegungen wieder hinauskomplimentiert. Egal, wie viele ihr gerade zuhörten – beim Telefonieren musste sie allein sein. Das war schon immer so gewesen. Sie konnte es nicht leiden, wenn noch jemand im Raum war. Ein Tick, der ihr die Arbeit als Vermittlerin nicht gerade erleichterte. Bei den Einsätzen musste sie sich wohl oder übel an die Anwesenheit eines ganzen Teams gewöhnen. Was sie privat aber nie davon abhielt, die Tür hinter sich zu schließen, sobald jemand anrief. Und das war hier ja wohl ein privates Gespräch. Das intimste, das sie je geführt hatte.
Iras Blick fiel auf den Rollcontainer unter Diesels Schreibtisch. Sie ging durch den Raum, während sie Jan weiter über die Freisprechanlage zuhörte.

»Jeder, der uns im Leben etwas bedeutet, bleibt uns wenigstens zum Teil für immer verschlossen, Ira.« Seine Stimme klang nachdenklich, nach innen gekehrt. Wie ein Wissenschaftler, der mit sich selbst redet, um die Lösung eines Problems zu finden. »Wenn Sie das verstehen, was ich Ihnen gleich erzähle, werden Sie Leoni schneller finden können. Und es wird vielleicht sogar das letzte Rätsel lösen, das Ihre Tochter Ihnen aufgab.«
Ira verkniff sich jeden Kommentar, um seinen Redeschwall nicht zu unterbrechen. Außerdem war sie kurzfristig etwas abgelenkt. Eine angebrochene Flasche Single Malt stand zwischen einem Boxhandschuh und einem Pokal für »Miss Wet-T-Shirt« in der ausgezogenen Schublade.
Vielleicht bin ich ja nur deshalb froh, dass keiner hier ist, schoss es Ira durch den Kopf. *Weil ich wusste, was Diesel für mich in seinem Schreibtisch bereithält.*
»Nehmen wir zum Beispiel die Ehe«, sprach Jan weiter. »Ich habe während meiner Sitzungen immer wieder dieselben Erfahrungen gemacht: Je erfüllter eine Partnerschaft ist, desto stärker ist das Geheimnis ihrer Liebe. Nichts ermüdet mehr als eine Geschichte, deren Ausgang wir schon kennen. Und nichts schweißt so sehr zusammen wie ein großes Fragezeichen. Was denkt mein Partner wirklich? Wird er mir ewig treu sein? Teile ich mit ihm jede Empfindung, oder gibt es Gefühle, die er vor mir verschlossen hält? Wenn wir ehrlich sind, wollen wir unsere große Liebe doch nie wirklich kennen lernen. Nur durch ihre Geheimnisse werden sie uns nie langweilig …«
Er räusperte sich. »Deshalb dachte ich ja auch, es würde mit mir und Leoni so gut klappen.«
Fast hätte Ira den letzten entscheidenden Satz überhört, so

sehr war sie damit beschäftigt, die Flasche zu öffnen. »Was war denn Leonis Geheimnis?«, fragte sie.

»Ich hab es nie herausgefunden. Schätze, deswegen sind wir heute hier, was?« Er lachte gekünstelt.

»Nicht, dass ich es nicht versucht hätte. Kurz bevor sie verschwand, bin ich Leoni auch einmal gefolgt. So wie Sie Ihrer Tochter auf den Parkplatz bin ich meiner Freundin in den Straßen Berlins hinterhergeschlichen. Sie besuchte mich eines Mittags in meiner Praxis und wollte mit mir essen gehen. Das war ungewöhnlich, weil Leoni sonst nie spontane Entschlüsse fasst. Verstehen Sie das jetzt nicht falsch. Sie ist nicht langweilig oder gar verklemmt. Einmal setzte sie das Schlafzimmer meines Potsdamer Hauses unter Schaum, weil sie das Gefühl haben wollte, wir liebten uns auf Wolken. Sie war außergewöhnlich und überraschend, aber nur solange wir die eigenen vier Wände nicht verließen. Die Öffentlichkeit – oder irgendetwas darin – machte ihr Angst. Große Angst. Wenn wir uns verabredeten, wollte sie immer ganz genau wissen, wo wir uns treffen und welchen Weg wir nehmen würden. Bei jedem Ausflug schaute sie ununterbrochen nervös in den Rückspiegel.«

»Aber auf einmal stand sie unangemeldet in Ihrer Praxis und wollte mit Ihnen essen gehen?«, fragte Ira.

»Ja. Es tat mir in der Seele weh. Ausgerechnet da konnte *ich* nicht spontan sein. Ich erwartete gerade die Mutter einer dreizehnjährigen Patientin, um sie über das Problem ihrer Tochter aufzuklären, das leider nicht nur psychologischer Natur war. Die Kleine hatte Aids.«

»Himmel«, stöhnte Ira. Vor ihrem inneren Auge blitzte Saras Gesicht auf wie eine überbelichtete Fotografie.

»Um es kurz zu machen – Leoni war erst zwei Minuten

fort, da rief die Mutter an und verschob den Termin. Ich rannte Leoni also hinterher und hatte sie unten auf dem Ku'damm beinahe eingeholt, als ...«, er zögerte kurz, »... als ich die anderen bemerkte.«
»Wen?«
»Leonis Verfolger.«
Ira starrte den bronzefarbenen Schraubverschluss der Whiskeyflasche an, die vor ihr auf dem Schreibtisch stand. Zwei Dinge waren ihr nun klar: Ihre zitternden Hände würden einen Teil des kargen Inhaltes verschütten, sobald sie die Flasche zum Mund führte. Und Jan war dabei, ihr etwas zu erzählen, was ihre Zweifel an Leonis Tod noch verstärken würde.

24.

»Die Tarnung war eigentlich perfekt. Wer würde schon eine junge Frau mit einem Kleinkind an der einen und einem Hund an der anderen Hand für einen Beschatter halten?«
»Warum haben Sie es denn getan?«
»Tat ich zuerst gar nicht. Zunächst war ich eigentlich nur verwirrt darüber, welchen Weg Leoni einschlug. Ich hatte sie ja noch nie nach Hause bringen dürfen. Sie sagte immer, sie schäme sich wegen ihrer kleinen Einzimmerwohnung in Charlottenburg, während ich ja eine Villa in Potsdam bewohnen würde. Obwohl ich ihr immer wieder beteuerte, wie wenig mir das ausmachte, musste ich sie nach unseren ersten Rendezvous immer am Amtsgericht absetzen.

Später war sie eh fast bei mir eingezogen, und sie übernachtete kaum noch in ihren eigenen vier Wänden.«
»Also haben Sie Leonis Wohnung nie gesehen?«
»Nicht bis zu jenem Tag. Ich wusste aber ungefähr, wo sie lag, und als Leoni zur Lietzenburger Straße ging, dachte ich erst, sie hätte dort noch etwas zu erledigen. Dann aber wechselte sie plötzlich die Straßenseite. Ging in ein Mode-Geschäft für Übergrößen, was bei ihrer Figur absurd war. Ich beobachtete, mittlerweile mit gebührendem Abstand, wie sie den Laden nach wenigen Minuten durch einen Seiteneingang wieder verließ. Nur um erneut die Straßenseite zu wechseln. Und dann wieder. Sie benahm sich merkwürdig, erst recht, als sie plötzlich anfing zu rennen. Da bemerkte ich es dann.«
»Was?«
»Die Frau ließ Hund und Kind einfach stehen und rannte Leoni hinterher, während sie etwas in ihr Handy sprach. Ich war vor Erstaunen noch wie erstarrt, da fuhr ein Kombi an den Straßenrand. Ein Mann stieg aus, und in weniger als zehn Sekunden waren Kind und Tier eingesammelt und mitsamt dem Fahrzeug verschwunden.«
»Was haben Sie unternommen?«
»Ich zögerte zunächst. Schließlich wollte ich wissen, was da vor sich ging. Leoni und die Verfolgerin hatte ich im Mittagsgewühl schon aus den Augen verloren. Doch ich kannte eine Abkürzung Richtung Stuttgarter Platz. Ich hoffte, dass Leoni zu ihrer Wohnung wollte und sich früher oder später unsere Wege kreuzen müssten.«
»Was sie dann auch taten.«
»Ja. Es war purer Zufall. Ich hatte die Suche eigentlich schon aufgegeben und setzte mich in ein Café in der besseren Hälfte vom Stuttgarter Platz.« Ira lächelte leicht.

Der »Stutti« war ein Berliner Phänomen. Nur wenige hundert Meter trennten eine familiengerechte Altbauwohngegend mit traumhaft schönen Straßencafés und Kinderspielplätzen von übelsten Billigbordells und Table-Dance-Kneipen. »Meine Mittagspause war schon überschritten, und der nächste Patient wartete längst. Also rief ich sie an. Und da traf mich fast der Schlag.«
»Was?«
»Genau vor mir, mit dem Rücken zu mir, ging eine mir völlig fremde, rothaarige Frau an ihr Telefon. Erst da registrierte ich, dass es direkt hier bei mir, nur einen Tisch weiter, im Café geklingelt hatte. Ich legte sofort auf. Die Fremde sah auf das Display und musste meine Nummer erkennen. Irgendetwas daran machte sie nervös. Sie legte hastig etwas Geld auf den Tisch und verließ das Lokal, ohne sich noch einmal umzudrehen. Dabei sah ich es dann natürlich.«
»Was?«, fragte Ira wieder, atemlos vor Spannung.
»Dass sie eine Perücke trug. Deswegen hatte ich sie nicht schon beim Reinkommen erkannt. Leoni musste mich ebenfalls übersehen haben. Ich nahm also wieder die Verfolgung auf. Doch jetzt dauerte es nicht lange. Nur wenige hundert Meter weiter bog sie in die Friedbergstraße und eilte zu einem Mietshaus mit himmelblau verputzter Fassade.«
»Wo sie wohnte?«
»Ja.«
»Ich werde nie ihre Augen vergessen, als sie die Tür öffnete. Wie kann man gleichzeitig Liebe, Überraschung und grenzenlose Furcht auf einmal ausdrücken?«
Ira wusste, dass Jan keine Antwort erwartete, stattdessen fragte sie weiter: »Was hat sie gesagt?«

»Erst einmal nichts. Sie war zum Glück nicht wütend. Immerhin hatte ich mein Versprechen gebrochen, sie nie zu Hause zu besuchen. Darum war ich schon froh, dass Leoni mir nicht die Tür vor der Nase zuknallte. Stattdessen bat sie mich herein. Bevor ich auch nur ein Wort herausbekam, zog sie mich zu sich heran, umarmte mich und flüsterte: ›Frag mich bitte nicht. Ich erzähle dir alles, irgendwann. Aber nicht hier. Nicht jetzt.‹«
»Und das hat Ihnen ausgereicht?« *Immerhin wollten Sie die Frau heiraten,* fügte Ira in Gedanken hinzu.
»Natürlich nicht. Aber ich hatte ja ihr Versprechen. Sie wollte mir alles irgendwann erzählen. Und sagte ich nicht vorhin, dass es gerade die Geheimnisse sind, die uns verbinden?«
»Sie sagten auch, dass ich etwas hören würde, was uns die Suche nach Leoni erleichtert.«
»Bevor ich wieder in meine Praxis zurückging, wusch ich mir im Bad die Hände. Leoni hatte ja keinen Besuch erwartet. Also hatte sie weder Veranlassung, ein frisches Handtuch hinzulegen, noch, ihr Ersatzhandy aus der Aufladestation über dem Waschbecken zu nehmen.«
»Sie checkten die SMS?«
»Ist das nicht ein Volkssport heutzutage? Natürlich las ich ihre Einträge, wie ein eifersüchtiger Ehemann auf der Suche nach Mitteilungen des Liebhabers.«
»Und?«
»Nichts.«
»Wie nichts?«
»Das Mobiltelefon war voll mit Daten. Aber es gab nichts, was ich lesen konnte. Ich verstand kein Wort. Die SMS waren alle in kyrillischen Buchstaben geschrieben.«
»Was soll das heißen?«

»Dass Sie, wenn es wirklich Leonis Handy war, nach einer Russin suchen müssen, Ira.«

25.

Es klingelte jetzt schon zum dritten Mal. Hier, bei den Schließfächern am Ostbahnhof, hallte es doppelt so laut wie normal. Faust sah auf das Display seines Handys, als ob von dem Mobiltelefon eine ansteckende Krankheit ausginge. *Die Nummer!*, dachte er und fasste sich nervös an seine Halsschlagader. Sie pochte sichtbar. Außerdem schmerzte ein vergrößerter Lymphknoten zwischen Kinn und Hals wie vor einer schweren Erkältung.
Wie haben die es geschafft, an diese Nummer zu kommen? Jetzt schon?
So viel Angst hatte der Oberstaatsanwalt zuletzt empfunden, als er in einer onkologischen Praxis nach der Krebsvorsorgeuntersuchung noch mal in das Sprechzimmer gebeten wurde.
Wie konnte der Plan nur so außer Kontrolle geraten? So kurz vor dem Ende?
Die Mailbox signalisierte den Eingang einer neuen Sprachnachricht, und Faust verspürte große Lust, das Handy an die gekachelte Bahnhofswand zu schmeißen. Er besaß jetzt nicht die Kraft, es abzuhören. Wenn die Nachricht auch nur halb so schlimm war, wie er es erwartete, müsste er heute zum ersten Mal den Inhalt seines Schließfaches benutzen.
Wahrscheinlich ist sie sogar noch schlimmer als damals die

Diagnose meines Hausarztes, dachte Faust. *Und der hat mir nur noch fünfzehn Monate gegeben.*
Er wartete ab, bis eine Gruppe Jugendlicher lärmend an ihm vorbeigezogen war. Erst als niemand mehr in Sichtweite war, öffnete er das leicht klemmende Schließfach. Normalerweise wurden die Fächer alle zweiundsiebzig Stunden vom Bahnhofspersonal geleert. Nur nicht die Nr. 729. Oberste Reihe. Das dritte von links war ein Geheimfach der Polizei, für Geldübergaben an V-Männer oder Ähnliches vorgesehen. Seit einem Jahr etwa setzte Faust es jedoch ausschließlich für seine eigenen Zwecke ein. Dank seiner Körpergröße befand es sich gut in Augenhöhe. Der Oberstaatsanwalt seufzte erleichtert, nachdem er das »Defekt«-Schild zur Seite geschoben, den Schlüssel umgedreht und das Fach geöffnet hatte. Wie erwartet lag alles noch an seinem Platz. Warum auch nicht? Er hatte das Schloss ausgewechselt. Niemand sonst wusste, was hier gelagert wurde. Wer also sollte sich das Geld und die Ausweise rausholen? Sicher, an einem Tag wie heute, konnte offenbar alles passieren. Aus diesem Grund packte er vorsichtshalber den gesamten Inhalt des Faches in die Segeltuchtasche, die er mitgebracht hatte. Auch die Handfeuerwaffe.
Faust ließ die Klappe des Schließfachs offen stehen und eilte mit schnellen Schritten zu den Toiletten. Nachdem er sich vergewissert hatte, dass er alleine war, überprüfte er den Reinigungsplan neben der Tür. *Gut!* Die Putzkolonne war gerade durch und würde frühestens in zwei Stunden wieder stören. Faust riss den Plan aus dem Metallrahmen und schrieb »Außer Betrieb!« in Großbuchstaben auf die Rückseite. Er nahm aus der Tasche eine Rolle Klebeband und riss einen Streifen mit den Zähnen ab. Damit

befestigte er das provisorische Schild auf der Tür. Danach öffnete er diese, schlüpfte in den Raum hinein und verriegelte ihn zur Sicherheit noch von innen mit einem Vierkantschlüssel, den er am Schlüsselbund trug.
Damit waren die ersten Vorbereitungen abgeschlossen. Er war ungestört und stand vor einem Spiegel. Jetzt musste er sich nur noch ausziehen. Das gestärkte weiße Oberhemd legte er wie sein ärmelfreies Unterhemd auf den Waschtisch neben das Becken. Dann nahm er das erste Geldbündel aus der Tasche, riss einen neuen Klebestreifen ab und klebte es seitlich oberhalb der Leistengegend an seinen ausgemergelten Körper. Als er mit dem zweiten Bündel genauso verfahren wollte, meldete sich sein Handy erneut. Der Blick aufs Display beruhigte ihn. Von diesem Anrufer ging keine Gefahr aus.
»Verdammt, Steuer. Was ist da los bei Ihnen?«, schnauzte er ihn zur Begrüßung an.
»Jan May. Er weiß, wo Leoni herkommt.«
»Das habe ich auch gehört. Laut und deutlich. Im Radio!«
Faust griff sich das dritte Geldbündel. Er musste sich beeilen, wenn er wirklich den gesamten Inhalt der Tasche auf diese Art verstecken wollte. Doch das war der einzige Weg. Er wollte unter keinen Umständen von seinem Chauffeur dabei beobachtet werden, wie er mit dieser auffälligen Tasche den Bahnhof verließ. Und wer weiß? Vielleicht würde er gar nicht mehr zu seiner Limousine zurückgehen. Vielleicht musste er sich jetzt sofort in einen Zug setzen. Das hing ganz davon ab, was der Anrufer vorhin auf seiner Mailbox hinterlassen hatte.
»Ich glaube trotzdem, wir müssen uns noch keine Sorgen machen«, beschwichtigte der SEK-Chef. »Ich habe alle

Ermittlungen auf Eis gelegt. Meine Leute suchen gar nicht oder in der falschen Richtung. Bislang gibt es keine Fakten, nur Misstrauen und Vermutungen.«
»Halten Sie mich doch nicht für senil«, blaffte Faust. »Der Irre im Studio sät Zweifel. Und das ist der Anfang vom Ende. Ich spreche hier nicht nur von dem Prozess, Steuer.«
»Ja. Das ist mir klar. Trotzdem ...«
»Trotzdem begreife ich einfach nicht, wie das passieren konnte? Ich habe es doch dieser Schnapsdrossel von Verhandlerin vorhin klipp und klar gesagt: keine Gespräche über Leoni.«
Faust musterte seinen hageren Oberkörper und spürte plötzlich den unglaublichen Druck. In welche Situation war er da hineingeraten? Jetzt stand er hier. Halbnackt, von der Krankheit ausgezehrt, und versteckte sich wie ein Drogensüchtiger auf einem stinkenden Bahnhofsklo. Mitten in den Vorbereitungshandlungen zur Flucht. Nur weil Steuer die Sache vor Ort in den Sand setzte. Der Anblick seiner lächerlichen Gestalt machte ihn nur noch wütender. Faust geriet in Rage und achtete jetzt überhaupt nicht mehr auf seine sonst so geschliffene Ausdrucksweise:
»Meinetwegen soll diese Ira Samin die ganze Stadt mit den Hurengeschichten ihrer Tochter aufgeilen. Und wenn es das Flittchen in einer Hundehütte bei Mondschein getrieben hat. Bitte! Mir egal! Soll sie alles hübsch ausbreiten. Aber jedes weitere Wort über Leoni Gregor ist zu viel, Steuer. Sie wissen, warum!«
»Ja.«
»Also. Was gedenken Sie dann jetzt zu tun?«
»Ich hoffe, wir sind in einer Stunde so weit.«

»So viel Zeit bleibt nicht mehr. Sie müssen früher stürmen.«
»Ich ... ich ...«, Steuer stockte. Schließlich atmete er schwer aus. »Ich werde sehen, was ich tun kann. Ich will einfach nicht reingehen, bevor wir den Eingriff nicht sicher geprobt haben. Noch so ein Fehlschlag wie vorhin, und ich bin ohnehin am Ende.«
Faust zuckte zusammen, weil jemand von außen an der Türklinke rüttelte. Er beeilte sich mit den letzten Bündeln. Zum Glück benötigte man nicht viel Körperfläche für eine Dreiviertelmillion Euro.
»Na schön«, sagte er, als der Eindringling endlich abzog, um sich eine andere Toilette zu suchen.
»Sie haben die Wahl, Steuer. Entweder Ira oder Jan. Suchen Sie sich einen aus.« Er zog sich das Unterhemd wieder an.
»Einen von beiden. Egal wen. Egal wie. Aber bringen Sie ihn zum Schweigen.«

26.

Der Probeversuch war gut verlaufen, doch Götz hatte dennoch ein schlechtes Gefühl. Eine Trockenübung, bei der man nicht unter realem Beschuss stand, war eine Sache. Die Fußbodenverkleidung von unten zu durchbrechen, eine Blendschockgranate in ein mit Geiseln besetztes Studio zu werfen und einem bewaffneten Mörder mit einem einzigen Schuss die Halswirbelsäule zu zertrümmern, eine ganz andere. Das Hartgummigeschoss durfte

Jan weder töten noch verfehlen. Nur lähmen. Ansonsten würde entweder der fehlende Puls oder der Täter selbst die Katastrophe vollenden. Außerdem war da noch das Lärmproblem. Bislang war noch nicht geklärt, wie man die Bohrgeräusche übertönen wollte. Schließlich musste man sich vom achtzehnten Stock unterhalb der Studios erst durch einen halben Meter Stahlbeton und dann durch den Holzsockel fräsen, auf dem das gesamte Studio gebaut war. Und das ging nicht ohne Krach vonstatten.
Götz stand vor Steuers Büro in der Einsatzzentrale, um genau dieses Problem anzusprechen, da summte der Vibrationsalarm seines Handys.
»Ich hab jetzt keine Zeit, Diesel.«
»Nicht auflegen ... aaaah, ich muss gleich kotzen ...«
»Wie bitte?« Götz war doppelt irritiert. Einmal, weil Diesel sich sehr merkwürdig anhörte. Irgendwie krank. Außerdem vernahm er einen Propeller im Hintergrund.
»Wo sind Sie denn?«
»In einer Cessna, siebenhundert Meter über Berlin. Aber das tut jetzt nichts zur Sache. Viel wichtiger ist ... O mein Gooooott!«
Im Hintergrund hörte Götz eine irre Lache und jemanden, der »Looping« schrie. Dann hätte er schwören können, dass Diesel sich tatsächlich übergab.
»Bin wieder da«, röchelte es einige Sekunden später wieder aus dem Handy.
»Okay, was gibt es denn?«, fragte Götz genervt. Er sah Steuer mit bitterernster Miene an seinem Schreibtisch telefonieren und wollte eigentlich viel lieber wissen, was den Einsatzleiter gerade beschäftigte. Doch vielleicht hatte Diesel ja wider Erwarten etwas herausgefunden.
»Ich kann Ihnen die Garantie geben: Leoni Gregor hatte

keinen Autounfall am neunzehnten September. Und auch nicht in dem BMW von dem Foto aus der Akte.«
»Woher wissen Sie das? Haben Sie den Sanitäter gesprochen?«
»Nein. Den hab ich nicht getroffen.«
»Hört sich auch nicht so an«, ärgerte sich Götz. Offensichtlich tat hier keiner das, was er sollte.
»Erinnern Sie sich noch an das Bild vom Auto?«, wollte Diesel wissen.
»Moment.«
Götz ging zu einem freien Schreibtisch und öffnete mit seinem Password den Ordner mit dem bisherigen Stand der Ermittlungen. Erstaunt nahm er zur Kenntnis, wie wenig in den letzten Stunden an neuen Daten hier abgelegt worden war. Was machte die Soko eigentlich die ganze Zeit?
»Ich hab's gleich vor mir.«
»Gut. Achten Sie auf den Straßenrand. Ganz vorne im Bild. Was sehen Sie da?«
»Parkende Autos?«
»Richtig. Und genau das ist der Beweis.«
»Wofür?«
»Dass das Bild eine Fotomontage ist. Der neunzehnte September war ein Mittwoch. Wie heute. Ich fliege gerade über die Straße, und Habicht hat mich überzeugt: Jeden Mittwoch wird da aufgebaut. Ich kann es gerade sehen.«
»Wer ist Habicht? Und was wird aufgebaut?«
»Habicht ist der Pilot des 101Punkt5-Verkehrsfliegers. Und ich rede von den Marktständen. Mittwoch ist Markttag. Wer immer das Bild gemacht hat, hat das übersehen. Ein Fehler, verstehen Sie? Die Autos können zu dieser Uhrzeit an diesem Ort nicht geparkt haben. Es müssen Archivbilder sein, die man zusammengeschraubt hat.«

27.

Vier Minuten zu spät. Unter Steuers wütenden Blicken hastete Ira gemeinsam mit Götz in den Konferenzraum zu der eilig anberaumten Sonderbesprechung der Einsatzleitung.
Das war ja unglaublich! Unfassbar, was Götz ihr von Diesels Erkenntnissen berichtet hatte.
»So wie der Teamchef sind wir alle heute in Eile, also fangen wir gleich an, meine Herren.«
Sie registrierte müde, dass Steuer sie soeben ganz bewusst in seiner Ansprache ignoriert hatte. Ira war die einzige Frau in dem abgedunkelten Konferenzraum. Mit ihr und Götz saßen noch Steuers unrasierter Assistent, der ausrangierte Verhandlungsführer von Herzberg und zwei weitere Beamte an dem lang gestreckten Milchglastisch, an dessen Kopfende der Einsatzleiter stand, als wäre er der Vorstandsvorsitzende eines internationalen Großkonzerns.
»Ich will Sie kurz mit den neuesten Ermittlungsergebnissen vertraut machen. Danach werden Sie alle von mir in die nächsten logischen Schritte eingeweiht.«
Steuer benutzte eine kleine Fernbedienung, die in seiner behaarten Pranke wie ein Miniaturfeuerzeug aussah. Ein Beamer, der unter der Zimmerdecke montiert war, warf, leise summend, ein plakatgroßes Profilfoto an die Wand. Jan May. Aller Wahrscheinlichkeit nach ein offizielles Pressebild aus den besseren Tagen des Psychologen.
»Unsere Ermittlungen fokussierten sich von Anfang an auf zwei Aspekte: den Täter und die Geiseln. Die Soko hat hier ganz hervorragende Arbeit geleistet.« Er nickte

den beiden Beamten zu, auf die Ira jetzt zum ersten Mal traf. Sie saßen Steuer am nächsten, ganz am Ende des Tisches. Das von der Wand reflektierende Licht des Projektors überzog ihre ausdruckslosen Gesichter mit einem rotblauen Farbenspiel. Dadurch erinnerten sie Ira etwas an Zeichentrickfiguren. Sie gab den Männern vorerst die Spitznamen »Tom« und »Jerry«.
»Und was ist mit Leoni?«, fragte sie. »Haben Sie in diese Richtung nicht ermittelt?«
»Nun«, Steuer verdrehte die Augen, verärgert über diese Unterbrechung seiner Ausführungen, »ich dachte, das wurde Ihnen bereits von allerhöchster Stelle erklärt. *Sie* mögen sich in Ihrer Situation ja vielleicht an den Gedanken an ein Leben nach dem Tod klammern ...«
Tom und Jerry lächelten zaghaft.
»... doch *wir* haben keine kostbare Zeit mit der Überprüfung einer Toten verschwendet.«
Die Ermittler nickten heftig und grinsten breiter. Ira taufte sie in »Arsch« und »Drecksack« um.
»Und warum ist dann ...« Götz' Hand auf ihrem Knie, ließ sie verstummen. Er hatte Recht. Steuer würde sich einen feuchten Dreck darum scheren, was Diesel über den inszenierten Unfall herausgefunden hatte. Sie winkte ab, als der Einsatzleiter fragend die Augenbrauen hochzog.
»Schön, wenn es nicht noch mehr qualifizierte Einwände von Frau Samin gibt, kann ich ja endlich fortfahren.«
Götz ließ seine Hand etwas länger liegen als nötig, drückte Iras Knie einmal sanft und zog sie sachte wieder zurück.
Steuer drückte einen Knopf der Fernbedienung. Das Foto von Jan verkleinerte sich und rutschte nach links oben, womit es Platz für sieben weitere Aufnahmen machte.

»Das sind die Geiseln. Der hier ...«, Steuer zeigte mit einem Infrarotstift auf den Kurierfahrer Manfred Stuck, »... war das erste Opfer. Mal abgesehen von den Sendermitarbeitern war das wahrscheinlich die einzige *wirkliche* Geisel aus der Besuchergruppe.« Die beiden letzten Worte unterstrich er mit einem bedeutungsschwangeren Blick.
»Was ist mit den anderen?«, wollte Götz wissen.
»Die stecken vermutlich alle unter einer Decke.«
Steuer begann mit einer Aufzählung, wobei er für jeden Punkt einen Finger zu Hilfe nahm.
»Alle sind arbeitslos. Aber alle haben die gleiche Ausbildung: Schauspieler. Alle kennen sich aus der ›Scheinbar‹, einem Auftrittsort für Kleinkünstler in Kreuzberg. Und das Auffälligste: Alle haben sich erst vor wenigen Wochen in den Hörerclub von 101Punkt5 eingetragen. Der hier ...«, Steuer zeigte auf das Bild eines vollschlanken Mannes mit Halbglatze, »... ist Theodor Wildenau. Er hält sich mit Computerreparaturen über Wasser. Wir nehmen an, dass er die Datenbank manipuliert hat, damit heute alle gleichzeitig an der Senderführung teilnehmen konnten.«
»Was bedeutet das für unsere Arbeit?«, fragte von Herzberg sichtlich überrascht.
»Dass wir es hier mit einem Bluff zu tun haben. Einem Fake. Einer Inszenierung. Jan May und die Geiseln arbeiten zusammen.«
»Das *vermuten* Sie?«, fragte Ira laut. Es war mehr eine Feststellung.
»Ja. Und wir haben für diese Vermutung gute Gründe: Alle Geiseln hatten zumindest indirekt schon früher Kontakt zum Täter. Jan May behandelte lange Zeit den Besitzer der ›Scheinbar‹. Eine weitere Verbindung beweist auch ein Blick auf die Konten. May hat vor drei Wochen meh-

rere Sparfonds aufgelöst. Insgesamt wurden zweihunderttausend Euro in bar abgehoben. Vier Geiseln. Das wären fünfzigtausend Euro für jeden.«
»Moment mal. Sind die vier vorbestraft?«, meldete sich Götz erstmals zu Wort.
»Nicht der Rede wert.« Das Beamerlicht flackerte gespenstisch über Steuers Vollmondgesicht, während er vor dem Konferenztisch auf und ab ging.
»Das Pärchen wurde mal auf einer Demo zum ersten Mai mit Steinen in der Hand erwischt. Die Schwangere kifft gern mal beim Autofahren. Aber mehr als Verwarnungen sind nicht registriert.«
Ira stöhnte auf. *Das kann doch nicht sein Ernst sein?*
»Moment mal«, unterbrach sie ihn. »Wollen Sie uns ernsthaft erzählen, dass vier bislang unauffällige Berliner auf einmal zu Schwerstkriminellen werden, nur weil Jan May ihnen fünfzigtausend Euro anbietet?«
Steuer nickte.
»Meine Überlegung ist wie folgt: May ist durchgeknallt, aber nicht gemeingefährlich. Er überredet eine naive und überschuldete Laienschauspieltruppe, ihm zu helfen. Sie glauben ihm, dass Leoni noch lebt. Da unsere arbeitsscheuen Freunde auf den Staat eh nicht gut zu sprechen sind, akzeptieren sie Jans Verschwörungstheorie. Vielleicht wollen sie aber nur das Geld. Egal. Als er ihnen einen gewaltlosen Ablauf verspricht und die fünfzigtausend Euro pro Nase auf den Tisch legt, ist alles geregelt. Sie spielen die Rolle ihres Lebens und mimen zum Schein die Geiseln.«
»Und wie passt der tote UPS-Fahrer ins Bild?« Von Herzberg schaltete sich wieder ein.
»Gar nicht. Aber genau *das* ist ein weiterer Beweis für die

Richtigkeit unserer Annahmen. Denn eine Computeranalyse ergab, dass Manfred Stuck ursprünglich gar nicht für diese Senderführung vorgesehen war. Er wurde erst in letzter Sekunde eingeladen, und das auch nur aus Versehen. Eigentlich sollte Stuck Kinotickets bekommen. Eine Aushilfe vertauschte die Formblätter und schickte den falschen Gewinn raus.«

Ira wusste genau, was in Steuers Bürokratenhirn gerade vor sich ging. Er sprach nicht nur zur Mannschaft, sondern auch zu sich selbst. Mit jedem Wort glaubte er immer mehr an die Überlegungen, die er sich vorhin erst am Schreibtisch zurechtgelegt hatte.

»Wahrscheinlich geriet Jan in Panik, als er den Fremden sah. Wie auch immer. Er hielt sich nicht an die Absprachen. Er musste den einzigen Mann ausschalten, der alles auffliegen lassen konnte. Kollegen bei UPS berichten übrigens, Stuck sei ein Hitzkopf und ein Waffennarr gewesen. Der Mann bedrohte von der ersten Minute an die Pläne des Täters.«

»Das würde bedeuten, Jan wäre tatsächlich gemeingefährlich«, warf Ira ein. »Wir dürfen ihn und die Bedrohungslage also nicht unterschätzen.«

Steuer winkte verächtlich ab und sah Ira an wie eine Fliege, die in seinen Kaffee gefallen war.

»Es gibt aber noch eine andere denkbare Variante. Eine noch viel wahrscheinlichere: Stuck ist gar nicht tot. Wir haben im Radio möglicherweise nur ein Hörspiel erlebt. Es gibt keine Zeugen für den Mord.

Doch, dachte Ira. *Meine Tochter.*

»Was spricht für diese These?«, wollte Herzberg wissen.

»Wir haben Jans E-Mail-Bewegungen der letzten Monate überprüft. Er hat sich online in spanischen Militaria-

Shops Waffen- und Sprengstoffattrappen gekauft. Darunter auch eine Betäubungspistole. Gut möglich, dass er der beste Schauspieler von allen ist. Nicht ohne Grund hat er Stuck in den Nebenraum geführt.«

»Einspruch!«, ergriff Götz das Wort und stand auf. Ira war fast erschrocken, als sie sein ärgerliches Gesicht sah. Götz' gesamter Körper war angespannt. Sie hatte ihn noch nie so wütend erlebt.

»Bei allem Respekt – aber das sind doch alles nur Spekulationen und keine Fakten. Was, wenn es keine Beziehungen der Geiseln untereinander gibt? Wenn sie der bloße Zufall zur falschen Zeit ins falsche Studio geführt hat? So wie bei Stuck. Es heißt, jeder Mensch auf der Welt sei mit jeder anderen Person um maximal sechs Ecken bekannt. In dieser Stadt ist es also ganz normal, wenn in einem Raum mit sieben Personen vier davon gemeinsame Kumpel haben. Ein Freund von mir zum Beispiel pokert mit dem Rauschgiftkönig von Berlin. Bin ich deshalb ein Mitglied des organisierten Verbrechens?«

Steuer wollte etwas sagen, doch Götz ließ ihn gar nicht erst zu Wort kommen.

»Wir müssen Jan May trotz dieser Beweislage weiterhin als brandgefährlich einstufen. Ich werde meine Männer nicht reinschicken, ohne sie dahingehend zu instruieren, dass der Wahnsinnige verkabelt ist wie ein Abrisshaus kurz vor der Sprengung.«

»Dagegen ist auch nichts einzuwenden«, entgegnete Steuer. »Vorsicht ist sicher angebracht. Doch ich halte Jan May für einen ungefährlichen Spinner. Vermutlich hält er den Moderator und seinen Produzenten mit einer Wasserpistole in Schach.«

»Sie vergessen die scharfe Waffe von Stuck. Und die Pis-

tole, die Onassis runterwerfen musste, als die Aktion im Lüftungsschacht misslungen ist. Tut mir leid, aber ich kann Ihre Sichtweise nicht teilen.«
»Hab ich zur Kenntnis genommen. Aber das ändert nichts an meinem Entschluss.«
»Und der wäre?«
»Wir gehen rein. In fünfzehn Minuten.«

28.

Götz eilte Ira hinterher, nachdem sie fluchtartig aus dem Konferenzraum gestürmt war.
»Ira, warte!«
Er konnte sich denken, was in ihr vorging, während sie zu den Fahrstühlen hastete. Stuck war tot, und sie wusste es aus erster Hand. Nur konnte sie keinem von dem Augenzeugen erzählen. Wenn herauskam, dass Ira die Existenz einer achten Geisel verschwieg, die zudem noch ihre Tochter war, würde Steuer sie womöglich sogar in Gewahrsam nehmen. Der Konflikt musste sie innerlich zerreißen. Sollte sie ihren Job erledigen und Jan ablenken, während das SEK stürmte? Oder müsste sie es verhindern, indem sie die Karten auf den Tisch legte? Danach könnte sie jedoch nichts mehr unternehmen, um Kitty zu helfen. In beiden Fällen riskierte sie also das Leben ihrer Tochter.
»Wo rennst du hin?« Götz hatte sie fast eingeholt.
»Komm mit!«, antwortete sie, ohne sich nach ihm umzudrehen.

Er schloss zu ihr auf und berührte sie sanft mit dem Zeigefinger im Nacken. Sie blieb abrupt stehen, als hätte er einen unsichtbaren Stopp-Schalter gedrückt. Er kannte diese Stelle. Wie oft hatte er sie früher dort angefasst, gestreichelt, geküsst. Jedoch noch nie unter so extremen Umständen.
»Es tut mir so leid, Ira«, sagte er. »Steuer macht einen Fehler. Vermutlich hat er Druck von oben bekommen. Aber ich habe keine Ahnung, wie ich ihn jetzt noch umstimmen kann. Zumal in der kurzen Zeit. Ich müsste längst mein Team einweisen.«

Sie drehte sich zu ihm herum. Unter ihren dunklen Augen lagen noch dunklere Ringe, die auf eine bizarre Art mit den Hitzeflecken auf ihren Wangen harmonierten.
»Dann geh. Aber lass mir das Funkgerät da.« Sie zeigte auf die ausgebeulte Seitentasche seiner Tarnhose, in der er das UPS-Funkgerät trug.
»Was hast du vor?«
Ira zog sich ihr T-Shirt aus der Cargo-Hose und wischte sich damit den Schweiß von der Stirn. Obwohl es eine völlig unpassende Situation war, wünschte Götz, er dürfe ihren Bauchnabel berühren.
»Ich muss mit ihr sprechen«, sagte sie schließlich. »Mit Kitty.«
»Was soll das bringen?«
»Sie ist die Einzige, die uns jetzt helfen kann, die richtige Entscheidung zu treffen.«

29.

»Was ist jetzt schon wieder los?«
Kittys Stimme war brüchig, weil sie schon so lange kein Wort mehr gesagt hatte und jetzt flüstern musste. Das passte zu ihrer allgemeinen Verfassung. Durch die unbequeme Sitzhaltung unter der Spüle waren all ihre Muskeln zu einem einzigen Krampfbündel verschmolzen. Außerdem hatte sie Durst. Ihr Kopf dröhnte, und überhaupt fühlte sie sich wie kurz vor Ausbruch einer schweren Erkältung. Selbst die Batterieleuchte ihres Funkgerätes flackerte fiebrig. Lange konnte es nicht mehr dauern, dann war der Empfang verschwunden.
»Du musst mir helfen, Liebes.« Ihre Mutter sprach ebenso leise wie sie.
Die Wärme ihrer Worte berührte Kitty auf eine völlig ungewohnte Art und Weise. Wie eine angenehme Massage. Sie wollte es sich selbst nicht eingestehen. Aber zu wissen, dass es da draußen jemanden gab, der sie liebte, der sich um sie sorgte und sie hier rausholen wollte, nahm etwas von dem Druck, der auf ihr lastete. Selbst wenn es ausgerechnet der Mensch war, mit dem sie auf ewig hatte brechen wollen.
»Wie denn?«
»Wenn ich dich vorhin richtig verstanden habe, hat der Geiselnehmer die Leiche in den Technikraum gebracht.«
»Ja. In den ZGR.«
»Kommst du da rein?«
»Ich weiß nicht. Ich hab keinen Schlüssel.«
»Kannst du es versuchen, ohne dich in Gefahr zu bringen?«

Kitty öffnete die Lamellentür einen Spalt und sah vorsichtig nach draußen.
»Möglich. Wenn er im Studio telefoniert, bin ich sicher.«
»Gut. Dann werde ich ihn ablenken. Ich bitte dich nur ungern darum, Kleines. Aber wenn du eine sichere Chance siehst, unbemerkt in den ZGR zu kommen, dann schleich dich bitte da rein.«
»Warum?«
Sie wusste, es war möglich. Jan hatte nach der ersten Exekution den Technikraum nicht wieder abgeschlossen.
»Du musst für uns nachsehen, ob der UPS-Fahrer wirklich tot ist.«
»Ich hab doch deutlich gesehen, wie er ihn erschossen hat.«
»Ja, ich glaube dir. Doch manchmal sind die Dinge anders, als sie einem auf den ersten Blick erscheinen.«
»Der Mann hat sich nicht mehr bewegt, Mama. Er hat ihn in einen *Leichensack* gestopft. Hier liegen noch drei weitere davon!«
»Umso wichtiger ist es, dass du vorsichtig bist.«

30.

Diesel rauschte die Kantstraße Richtung Amtsgericht entlang. Würde er jetzt geblitzt, bekäme er drei Punkte in Flensburg. So viel konnte er sich gerade noch erlauben. Allerdings würde er ein Extra-Bußgeld hinblättern müssen für das Telefonieren ohne Freisprecheinrichtung.
Was soll's?

Bevor er das hellblaue Haus in der Friedbergstraße erreichte, wollte er unbedingt noch etwas bei Götz loswerden.
»Warum sind Sie nicht längst wieder zurück im Sender?«, blaffte der Teamchef anstelle einer Begrüßung. Im Hintergrund hörte Diesel das geschäftige Treiben in der Einsatzzentrale.
»Sind wir schon verheiratet, Schatz, oder warum dieser Ton?«, flötete er zurück.
»Sehr witzig. Hören Sie. Der Tipp mit dem Wochenmarkt war Gold wert. Aber jetzt hoffe ich, es ist wieder was Wichtiges. Hier ist nämlich grad die Hölle los.«
»Es geht um die Musik im Radio. Mir ist da was aufgefallen.«
»Dass ihr immer das Gleiche abnudelt?«
»Ja, genau darauf wollte ich hinaus.«
»Soll das ein Witz sein?«
»Nein. Sie haben Recht. Normalerweise wiederholen wir immer dieselben Titel. Aber heute ist es anders. Haben Sie mal auf die Songs in der letzten Stunde geachtet?«
»Nein. Da hatte ich wirklich Besseres zu tun.«
»Glaub ich aufs Wort. Aber lassen Sie sich mal einen Aircheck der letzten Stunde geben.«
»Airwas?«
»Eine Aufnahme.«
Diesel hatte die Friedbergstraße erreicht. Wie immer gab es in der Sackgasse keine Parkplätze. Er stellte seinen Targa einfach neben einen Bau-Container in die zweite Reihe und sprang aus dem Wagen.
»Sie werden feststellen, dass in den letzten Stunden nur Songs gelaufen sind, die wir normalerweise nie spielen würden.«

»Warum nicht?«
»Weil die bei uns negativ getestet wurden. Zu schlecht. Zu unbekannt. Die will unsere Zielgruppe nicht hören. Wir jagen jeden Song einzeln durch die Marktforschung.« Diesel trat durch die geöffnete Eingangstür in den Flur des Hauses.
Eine ältere Dame stand in frisch geputzten Lackschühchen vor den Briefkästen. Sie hatte Mühe, mit ihren zittrigen Fingern ihre Post aus dem verrosteten Kasten herauszuholen, der für sie reserviert war. Ein Brief war schon auf den Boden gefallen. Diesel hob ihn für sie auf, und sie lächelte ihn dankbar an. Dann ging er weiter Richtung Hinterhof.
»All das Zeug, was in der letzten halben Stunde gespielt wurde, steht bei uns auf keiner regulären Playlist.« Diesel betrat das kühle Gartenhaus und lief die Treppe hoch. Leonis Wohnung ausfindig zu machen war keine journalistische Herausforderung gewesen. Habicht hatte den gesamten Flug über das Radio laufen lassen, und nachdem Jan erst die Straße durchgesagt und dann das blaue Haus beschrieben hatte, wusste Diesel, wovon die Rede war. Schließlich kannte er die Gegend. Hier um die Ecke war er aufgewachsen. Auch die Wohnung stellte kein Problem dar. Leoni Gregor. Ihr Name stand sogar immer noch am Klingelschild.
»Und was soll das alles heißen, Sherlock?« Götz klang immer wütender, doch Diesel zögerte mit seiner Antwort. Er wunderte sich gerade darüber, dass die Haustür nur angelehnt war.
»Hallo? Ich rede mit Ihnen. Was wollen Sie mir damit sagen?«
Diesel drückte die Tür vorsichtig nach innen und trat

zögernd ein. Der Geruch fiel ihm sofort auf. Trotzdem konzentrierte er sich erst einmal wieder auf sein Gespräch.
»Ich glaube, dass die Songs Hinweise sind. Nehmen wir zum Beispiel ›We are family‹ von Sister Sledge oder ›We belong together‹ von Maria Carey. Alles Titel, die Markus Timber unter normalen Umständen niemals in seiner Show spielen würde. Es sei denn, es gäbe einen Grund dafür. Gesetzt den Fall, Timber hat die Möglichkeit, den Musiklaufplan zu bestimmen, was fällt uns dann auf?«
»Die Texte ähneln sich.«
»Clever & Smart, Herr Kollege.«
Diesel sah sich um und ging langsam durch jeden einzelnen Raum der kleinen Wohnung.
»Frei übersetzt geht's bei allen darum, dass wir eine große Familie sind, bei der sich alle kennen und zusammengehören. Verstehen Sie? Aber es geht noch weiter. Später lief ›Litte Lies‹ von Fleetwood Mac und danach Simply Red mit ›Fake‹. Was will uns der Meister damit sagen? Ganz klar«, beantwortete Diesel seine eigene Frage, »alles im Studio ist Beschiss. Die kennen sich untereinander.«
»Möglich«, sagte Götz leise, dann knackte es in der Leitung. »Moment …«
Die Hintergrundgeräusche wurden lauter, und Götz gab ganz offensichtlich Anweisungen weiter. Vermutlich verlangte er die Abfolge der zuletzt gespielten Titel, doch sein Untergebener schien es nicht sofort zu kapieren. Die Pause dauerte etwas länger, und Diesel nutzte die Zeit, um sich weiter umzusehen. Er konnte sich nicht erinnern, jemals in einer so leeren Wohnung gestanden zu haben. Hier gab es nichts. Keine Möbel. Keine Armaturen in Küche und Bad. Weder Spüle, Wanne noch Dusche oder Klo.

Noch nicht einmal Türen oder eine Tapete an den Wänden. *Gar nichts!*
Zudem roch es so, als ob hier erst vor wenigen Sekunden eine Desinfektionsweltmeisterschaft stattgefunden hätte. Selbst Werbephrasen wie »klinisch sauber« oder »Einhundert Prozent keimfrei« wirkten hier wie Untertreibungen.
»Da bin ich wieder«, meldete sich Götz zurück. »Sonst noch was?«
»Ja. Sie können mich gerne für bekloppt erklären, aber ich glaube, Timber erteilt uns musikalische Anweisungen. Nehmen Sie ›Come on over‹. Shania Twain singt, wir sollen rüberkommen. Kate Bush will, dass wir einen Hügel raufrennen. Wir sollen …«
Götz unterbrach ihn und ergänzte das letzte Wort:
»… stürmen. Okay, das deckt sich womöglich mit einigen Erkenntnissen, die unser Einsatzleiter gewonnen hat.«
»Steuer? Der BigMäc?«
»Ja.«
»Hätt ich dem gar nicht zugetraut.«
Wumms.
Die Tür war, offenbar durch einen Windzug, ins Schloss gefallen, und Diesel fuhr vor Schreck zusammen.
Verdammt! Er blickte wütend zum Ausgang.
»Dreckskmist«, fluchte er noch mal laut, um das aufgestaute Adrenalin abzubauen.
»Was ist los? Warum hallt das eigentlich so bei Ihnen? Wo sind Sie denn gerade?«
»In der Friedbergstraße, in Leonis alter Wohnung.«
»Warum *das* denn?« Götz klang so entgeistert, als hätte Diesel gerade um seine Hand angehalten.
»Mich umsehen.« Der Chefredakteur legte sich auf den

frisch abgezogenen und versiegelten Dielenboden im Wohnzimmer, um die Perspektive zu wechseln, und starrte an die leere Decke. Nichts. Nicht einmal eine einzige Spinnwebe hing in einer Ecke.
Das ist so unfair, dachte er.
Bei ihm zu Hause krochen Teppichflusen selbst dann noch durch seine Bude, wenn die Putzfrau da war. Und diese Wohnung sollte seit acht Monaten leer gestanden haben?
»Hören Sie mir jetzt gut zu, Diesel.« Götz' Tonfall war plötzlich wie ausgetauscht. Nicht mehr ärgerlich, sondern eher warnend. Sorgenvoll.
»Stand die Tür offen?«
»Ja. Sie war nur angelehnt, als ich kam. Hier sieht's aus, als ob erst jemand vor kurzem alle Spuren beseitigt hat. Absolut clean. Dagegen riecht eine Intensivstation wie eine Müllhalde.«
»Noch mal«, Götz ging gar nicht auf Diesels letzte Bemerkung ein, »die Tür war offen, als Sie ankamen?«
»Ja, aber ...«
»Ist sonst noch jemand da? Haben Sie jemanden getroffen?«
»Nur ein altes Mütterchen an den Briefkästen.«
»Okay, hören Sie mir gut zu. Sie sind in Gefahr. Verlassen Sie sofort die Wohnung!«
»Wieso das denn?«
»Tun Sie es einfach.«
»Okay, aber ...« Diesel nahm sein Handy vom Ohr. *Der Mistkerl hat einfach aufgelegt.*
Er wollte gerade aufstehen, als er Musik hörte. Dumpfe Bässe, die wie durch eine verschlossene Diskothekentür ins Freie wummerten. Diesel drehte sich zur Seite und

legte sein Ohr auf den Fußboden. Die Musik wurde lauter. Er kannte den Hit. Ein Stockwerk tiefer dröhnte sich gerade jemand mit Hip-Hop-Musik die Ohren zu. Und das beunruhigte ihn zutiefst. Der Brief, den er vorhin aufgehoben hatte, war auf Marta Domkowitz adressiert. Die Marta, die dem Türschild nach im ersten Stock wohnte. In der Wohnung, aus der gerade die Musik kam. Diesel raffte sich auf und verließ Leonis Appartement, ohne sich umzudrehen. Eins stand für ihn fest. Entweder er stand kurz davor, die erste Dreiundsiebzigjährige seines Lebens mit einer Vorliebe für Gangsta-Rap kennen zu lernen. Oder die Musik sollte etwas übertönen.

31.

Sie drückte die Klinke runter. Die schwere Feuerschutztür zum klimatisierten Schaltraum öffnete sich ohne Probleme. Kitty zog ihre Sneaker aus und legte sie so in den Rahmen, dass die Tür nicht hinter ihr ins Schloss fallen konnte.
Barfuß tapste sie mit ihren gestern erst pediküren Füßen in den Raum und fühlte sich plötzlich noch viel verletzlicher.
»Warte auf mein Zeichen«, hörte sie ihre Mutter sagen. Sie klang leiser als noch in der Küche. Ihre Worte wurden von der Belüftungsanlage des Technikraums verschluckt, dank deren es im gesamten ZGR wie in einem Flugzeug summte.
»Ich bin schon drin«, antwortete Kitty. Tatsächlich stand

sie sogar schon vor dem Leichensack. Er lag ganz in der Nähe des Eingangs direkt vor dem ersten Regal.
»Nein! Wart... no... woll... ablenken.«
»Zu spät. Entweder jetzt oder nie. Das Funkgerät gibt gerade den Geist auf.«
Kitty beugte sich nach unten und war sich schon nicht mehr sicher, ob ihre Mutter die letzten Worte überhaupt noch verstehen konnte.
Sie öffnete den Reißverschluss, und das dabei entstehende Geräusch klang in ihren Ohren so laut wie ein Laubhäcksler im vollen Einsatz. Kitty kannte dieses akustische Phänomen noch aus ihrer Kindheit. Je mehr man sich bemühte, leise zu sein, desto lauter nahm man die Geräusche wahr, die einen umgaben. Als sie sich einmal mitten in der Nacht aus der Wohnung zu einer Party schleichen wollte, knarrten die Bodendielen bei jedem ihrer Schritte lauter, als sie es jemals zu einer normalen Uhrzeit getan hätten.
Sie öffnete den Leichensack, bis sie den Kopf freigelegt hatte, und musterte das Gesicht.
Ist er tot? Oder schläft er nur? Unschlüssig, was sie als Nächstes tun sollte, ließ sie ihren Blick über den eingehüllten Körper gleiten. Der Leichensack kam ihr vor wie ein Sarg aus zerknittertem Kunststoff. Steif und unbeweglich. Sie verharrte kurz mit ihrem Blick in der Höhe des Brustkorbs. *Da!*
Sie stieß einen spitzen Schrei aus. Nur kurz. Nicht sehr laut. Trotzdem hallte es in ihren Ohren, als würde sie in einer Kirche stehen.
Verdammt. Hoffentlich hat Jan May das nicht gehört!
»Was i... ...ei dir ...os ...ty?«
Sie ignorierte die Wortfetzen ihrer Mutter. Zuerst musste sie ihren Verdacht überprüfen. Kitty war sich nicht sicher.

Hatte sich der Körper im Sack gerade bewegt? Ihre Hand zitterte, während sie seine blassen Lippen berührte. Keine Reaktion. *Wo misst man am besten den Puls?*
Sie versuchte es am Hals. Die Haut war ledrig. Schlecht rasiert. Fühlte sich unangenehm an. Wie ein ausgefranster Spüllappen. Kitty spürte nichts. Ihre eigenen Finger waren so unglaublich kalt und fast starr vor Aufregung. Als hätte sie gerade ohne Handschuhe eine Ladung Schnee von einer Windschutzscheibe kratzen müssen.
Kommt die Kälte von mir, oder strahlt der tote Körper sie aus?
Plötzlich schrie Kitty wieder auf. Nicht sehr laut. Sogar etwas leiser als beim ersten Mal. Doch jetzt war ihre panische Reaktion eindeutig begründet. Das musste sie ihrer Mutter erzählen.
Sie aktivierte das Funkgerät. »Mama, ich glaube er ist …«
»Was?«
Kitty nahm den Daumen von der Sprechtaste und nahm alle Kraft zusammen. Erst nach zwei Sekunden schaffte sie es, sich langsam umzudrehen. Also doch. Sie hatte es geahnt.
Nicht nur sie hatte eine Entdeckung gemacht. Auch Jan May.
Er stand nicht mehr im Studio.
Sondern direkt hinter ihr.

32.

Mit jedem Klingeln wurde der Telefonhörer in ihrer Hand ein Kilo schwerer.
Bitte nicht!
Ihr Kind hatte geschrien. Dann war die Verbindung abrupt abgerissen. Und jetzt ging auch Jan nicht mehr an die Studioleitung.
Was war los? Was hatte Kitty ihr sagen wollen? Und warum hatte sie geschrien?
Iras linkes Bein zitterte. Doch sie bemerkte es ebenso wenig wie den Schweiß, der ihr von den Schläfen in die Augen lief und sich dort mit ihren Tränen vermischte. Eine Hälfte von ihr bettelte, dass Jan endlich abnehmen möge. Die andere wollte auflegen, weil sie sich zu sehr vor einer schrecklichen Wahrheit fürchtete.
Was ist mit Kitty?
Das achte Freizeichen wurde endlich unterbrochen. Zuerst hörte sie es nur rascheln. Dann fiel das erste Wort.
»Hallo?«
Ira hatte noch nie zuvor zwei derart gegensätzliche Emotionen zugleich empfunden: Glück und Trauer, Freude und Entsetzen, Erleichterung und Panik. Sie spürte alles gleichzeitig. Ausgelöst von einem einzelnen, zaghaften Wort ihrer Tochter. Er hatte Kitty drangehen lassen. Sie lebte also noch. Doch damit war sie dem Tod nie näher als jetzt.
»Bist du okay, Liebes?«
»Das ist nur deine Schuld, Mama«, schluchzte Kitty. Sie war völlig außer sich. »Ich war so sicher in meinem Versteck, aber du musstest ja …«

»... mein Vertrauen missbrauchen«, ergänzte Jan, der Kitty den Hörer entrissen hatte. »Darf ich fragen, was das soll? Haben Sie etwa Ihre eigene Tochter als Spionin eingeschleust?«
»Müssen wir darüber wirklich jetzt im Radio reden?«, fragte Ira, die plötzlich realisierte, dass auch dieses Gespräch wieder live über den Äther ging.
»Wieso nicht? An den Regeln hat sich nichts geändert. Alles, was wir besprechen, soll jeder hören. Also, was bedeutet das hier, Ira? Und sagen Sie mir nicht, es wäre Zufall.«
»Ist es aber. Ich wusste bis heute gar nicht, dass meine Tochter als Aushilfe im Radio arbeitet. Sie wurde von Ihnen übersehen und in der Senderküche eingeschlossen.«
Ohne dass Jan auch nur ein einziges Wort sagte, spürte Ira, wie sehr sie ihn verloren hatte. Also entschloss sie sich zum Gegenangriff, solange sie dazu noch Zeit hatte. Gleich würde Steuer kommen und sie abziehen.
»Und warum sollte ich Kitty denn überhaupt bei Ihnen einschleusen? Und wie hätte ich das schaffen können? Nein. Sie war nur aus Versehen zur falschen Zeit am falschen Ort. So wie der UPS-Fahrer. Hab ich Recht?«
Wenn sie ihn nervös gemacht haben sollte, so ließ er sich das nicht anmerken. »Sie reden zu viel«, knurrte er.
»Geben Sie mir meine Tochter noch mal.«
»Ich glaube, Sie sind nicht in der Situation, Forderungen zu stellen, Ira.«
»Bitte.«
Jans folgende Worte konnte sie kaum verstehen. Seine Stimme kam von viel weiter weg. Er musste den Mikrophongalgen von sich weggeschoben haben.
»Sie will nicht mit Ihnen reden«, erklärte er.

»Kitty, wenn du mich hörst, dann ...«
»Und sie kann Sie auch nicht mehr hören.« Jans Stimme war jetzt wieder klar und deutlich. »Ich habe die Lautsprecher im Studio ausgeschaltet und trage als Einziger einen Kopfhörer. Ihnen ist doch eines klar, Ira. Das hier wird unser letztes Telefonat sein. Das wissen wir beide.«
Iras Hand verkrampfte sich im rechten Hosenbein ihrer Cargo-Hose.
Aus purer Nervosität riss sie den Druckverschluss einer großen Außentasche am Oberschenkel auf und steckte ihre geballte Faust hinein. Am liebsten hätte sie jedes bewegliche Glied ihres Körpers mit einer Zwangsjacke fixiert, um wenigstens äußerlich etwas Ruhe zu gewinnen. Gegen den Kampf, der in ihr tobte, würde auch das nichts helfen.
»Es sind nur wenige Stunden vergangen, aber Sie haben ganze Arbeit geleistet: Niemand will Sie mehr hier. Die Einsatzleitung muss Sie jetzt abziehen, da Sie persönlich involviert sind. Ich fühle mich von Ihnen hintergangen. Keiner will mehr mit Ihnen reden. Selbst Ihre eigene Tochter schüttelt heftig mit dem Kopf, wenn ich sie ans Telefon holen will. Können Sie mir sagen, wie Sie das geschafft haben, Ira?«
Ira zuckte zusammen. Die Tür zur Verhandlungszentrale war aufgeflogen. Steuer polterte mit schweren Schritten herein. Seine Haare klebten schweißnass auf seiner Stirn. Er kam mit zwei uniformierten Beamten im Gefolge. Noch sagte er nichts. So dumm war er nicht, sie vor laufenden Mikrophonen zu verhaften. Aber er brachte sich schon mal in Position. Was immer Ira jetzt noch tun konnte, um ihrer Tochter zu helfen, ihr blieb dafür nur noch dieses letzte Telefonat.

»Hören Sie, Jan, Sie sind Psychologe. Sie müssen meine Tochter freilassen.«
»Was hat denn das eine mit dem anderen zu tun?«
»Meine Tochter hat das Trauma von Saras Selbstmord nicht überwunden. Sie redet seitdem nicht mehr mit mir.«
»Das merke ich. Gibt sie Ihnen die Schuld?«
»Ich fürchte, ja.«
»Warum?«
Ira schloss die Augen. Gesprächsfetzen ihrer letzten Unterhaltung mit Sara stiegen wieder in ihr hoch.
Du wirst doch keine Tabletten nehmen?
Nein, Mami!
»Ich habe Ihnen doch erzählt, wie Sara mich anrief. Kurz vor ihrem Tod.«
»Ja, Sie saßen im Zug. Die Verbindung war schlecht. Aber ich glaube eigentlich nicht, dass ich mir das noch mal anhören will.«
»Doch, doch. Warten Sie. Sie können ja gleich auflegen, aber Sie sollten wissen, was in Ihren Geiseln vorgeht. Kitty ist labil. Sie könnte Ihnen Schwierigkeiten bereiten.«
»Also schön. Was hat es mit diesem letzten Telefonat auf sich?«
»Ich habe den schlimmsten Fehler begangen, den eine Verhandlerin machen kann.« Ira suchte nach den richtigen Worten und fand sie nicht. Es gab nichts, was das Kommende weniger hässlich klingen ließ: »Ich habe damals die falschen Fragen gestellt. Und ich habe nicht richtig zugehört.«

33.

Du gehst da nicht rein, dachte sich Diesel, während er zum zweiten Mal innerhalb weniger Minuten vor einer unverschlossenen Haustür stand. Sein mehrmaliges Klingeln hatte Marta Domkowitz überhört, was ihn angesichts der lauten Rap-Musik auch nicht sonderlich verwunderte. Im Moment wünschte ein DJ aus Brooklyn seiner Ex-Frau alle übertragbaren Krankheiten dieser Welt an den Hals.

»Du musst bekloppt sein«, sagte Diesel zu sich selbst, als er schließlich doch die Wohnung betrat. Später würde er leugnen, etwas anderes als Neugierde gespürt zu haben, die ihn Schritt für Schritt den Flur entlangtrieb. Tatsächlich übertönte die Angst in seinem Inneren sogar den Sprechgesang, der mit jedem Meter lauter wurde, den er dem Wohnzimmer der alten Dame näher kam. Im Gegensatz zu Leonis komplett leer geräumter Wohnung verbreitete die Einrichtung hier unten eine behagliche Gemütlichkeit. Hochflorige cremefarbene Auslegeware zog sich von Wand zu Wand und verschluckte jeden Tritt. Zwei kleine Biedermeier-Kommoden aus dunkelbraun gemasertem Nussbaumholz fielen ihm ins Auge. Wie bei ihrem Schuhwerk schien Marta Domkowitz auch bei Möbeln sehr auf Qualität zu achten. Diesel kannte sich nicht aus, schätzte aber, dass die auf Hochglanz polierten Antiquitäten echt waren. Und teuer.

Er stutzte.

Und seine Furcht wurde noch stärker.

Am Ende des langen Altbauflurs lag etwas auf dem Boden, was genauso wenig in das Bild passte wie die ohren-

betäubende Hip-Hop-Musik. Beim Näherkommen vergewisserte er sich, dass er nicht halluzinierte. Vor ihm lag ein Gebiss. Und daneben ein Bündel frisch gedruckter Fünfhundert-Euro-Scheine.
Diesel ging in die Hocke und begutachtete den Fund. *Nicht anfassen!,* riet er sich selbst. Was immer hier vor sich ging – er hatte keine Lust, dass man in einer fremden Wohnung seine Fingerabdrücke ausgerechnet auf einem Geldbündel fand.
Und was ist das?
Ohne seine veränderte Perspektive hätte er niemals den Rest entdeckt. Diesel blieb in der Hocke, wickelte sich ein Taschentuch um die Hand und zog den zerfetzten Schuhkarton unter dem Schrank hervor. Die Pappschachtel sah aus, als hätte jemand einen Feuerwerkskörper darin gezündet. Der Deckel war nicht mehr existent, die Seiten aufgerissen, der Inhalt lag durcheinander und verstreute sich auf dem Boden, als er die Box zu sich heranzog. Die Ausweise stachen zwischen den anderen Papieren hervor. Diesel löste das Gummi, das die beiden Dokumente zusammenhielt. In der gleichen Sekunde stoppte die Musik. Leider nur für wenige Sekunden. Dann ging ein neuer Song los. Diesmal noch heftiger. Der Backgroundchor wimmerte mehr, als dass er sang.
Diesel öffnete den ersten Pass. Er hatte es wegen der unverständlichen Schrift auf dem brüchigen Einband schon vermutet. Der Inhaber war ukrainischer Staatsbürger. Und hieß dem Foto nach Leoni Gregor.
Was hat das zu bedeuten?, schoss es ihm durch den Kopf. *Leonis Unfall ist getürkt, die Geiselnahme im Studio inszeniert, und sie kommt aus dem Ostblock?*
Oder aus Deutschland! Er hatte den zweiten Reisepass

aufgeschlagen. Er sah genauso echt aus wie der andere, nur dass dieser hier in Berlin ausgestellt war.
Diesel griff sich zwei Briefe, die genau vor seinem rechten Lederstiefel lagen. Auf dem einen stand »Papa«. Auf dem anderen »Jan«. Er öffnete den letzteren und überflog die erste Zeile:

Mein Liebster, wenn Du das hier liest, wird sich die Welt für Dich verändert haben. Du wirst denken, ich hätte Dich die ganze Zeit angelogen. Vielleicht hast Du schon über die schlimmen Dinge, die Verbrechen, gehört, die ...

Moment! Er unterbrach die Lektüre.
War da etwas im Wohnzimmer?
Diesel stand auf und lugte vorsichtig um die Ecke. Leer. Nur eine weitere Ansammlung von Antiquitäten, eine Ledercouchgarnitur und ein Ohrensessel, der ihm den Rücken zukehrte. Aber keine Spur von Marta Domkowitz.
Rechts neben der Tür zum Wohnzimmer entdeckte Diesel eine moderne Mehrfachsteckdosenleiste. Er trat mit dem Fuß auf die rote Betriebslampe, und augenblicklich hörte der Krach auf. Diesel drehte sich wieder um und sah zum Wohnungseingang. Sein Chefredakteursgehirn versuchte, aus allen Ereignissen der letzten Minuten eine logische Geschichte zusammenzusetzen. Dazu hielt er einen inneren Dialog mit sich selbst, während er langsam zur Tür zurückging.
Also gut, nehmen wir an, Leoni lebte ein Doppelleben mit mindestens zwei Existenzen. Selbst ihrem angehenden Verlobten sagte sie nichts. Wieso?
Keine Ahnung.

238

Sie ging davon aus, dass man ihre Wohnung durchsuchen würde.
Also hat sie Dreck am Stecken?
Vielleicht! Sie schreibt von »schlimmen Dingen«. Vielleicht hat sie sogar selbst ihr Appartement gesäubert, bevor sie verschwand.
Wohin?
Keine Ahnung. Das will Jan ja auch herausfinden.
Oder man hat sie getötet, am Tatort die Beweise vernichtet und etwas übersehen? Aber was?
Die alte Dame hier unten natürlich, du Idiot. Sie war nett zu Fremden. Sogar dich Penner hat sie angelächelt.
Also hat Leoni ihre Wertsachen nicht bei sich aufbewahrt, sondern Marta Domkowitz anvertraut? Das Geld, die Ausweise …?
Ja, aber wieso ist der Karton zerfetzt? Warum lag das Geld auf dem Teppich?
Vielleicht steht die Antwort im Brief?
Ja, genau. Der Brief, Blödmann. Lies weiter!

Doch er sollte nicht mehr dazu kommen. Diesels Gedanken wurden abrupt durch ein neues Geräusch unterbrochen. Genau genommen war es schon die ganze Zeit da gewesen. Der Background-Chor hatte gar nicht gewimmert. Das war jemand anderes.
Diesel stürmte zurück ins Wohnzimmer. Rannte zu dem Ohrensessel. Um ihn herum. Und verzog angewidert sein Gesicht.
Marta Domkowitz saß in sich zusammengesunken in dem Sessel und öffnete den Mund wie ein Fisch.
Der Anblick ihres blutüberströmten Gesichts war selbst für einen Horrorfilm-gewohnten Kinogänger wie Diesel

nur schwer zu ertragen, was vor allen Dingen an dem Kugelschreiber lag, der in ihrem rechten Auge steckte.
Scheiße, Scheiße, Scheiße ... Diesel wusste noch nicht einmal, ob er den Stift rausziehen sollte oder ob er damit alles schlimmer machte. Er griff zu seinem Handy, um Hilfe zu holen. Doch er hatte es noch nicht einmal aufgeklappt, da rutschte Marta Domkowitz von dem Sessel herunter und blieb reglos auf dem Perserteppich liegen. Er drehte sie auf den Rücken und fühlte ihren Puls. Nichts. Tot.
Verdammt! Und jetzt?
Dunkel erinnerte er sich an seinen Erste-Hilfe-Kurs in der Fahrschule. Herzmassage! Er legte die Hände übereinander und presste auf ihren Brustkorb. *Eins, zwei, drei, vier ...*
Jetzt beatmen. Er hielt ihr die Nase zu, öffnete ihren Mund und legte seine Lippen auf die ihren. Irgendetwas in ihm registrierte noch, dass die alte Frau sich hübsch gemacht haben musste für ihren Besuch. Sie trug blassroten Lippenstift.
Fünf, sechs, sieben, acht ... Dann wieder Beatmung.
Bei siebzehn begann Marta zu zucken. Bei achtzehn hustete sie. Bei neunzehn verzichtete Diesel auf die weitere Beatmung. Er hatte es geschafft. Marta lebte!
Wenn auch nur noch für drei Sekunden.
»Nicht schlecht.«
Diesel fuhr herum und sah ein Gesicht, das er nur zu gut kannte.
»Aber leider völlig umsonst.«
Die fast lautlose Kugel traf die alte Frau mitten in die Stirn.
Danach spürte auch Diesel einen brennenden Schmerz. Gefolgt von einer erlösenden Dunkelheit.

34.

Der Mensch ist ein Gewohnheitstier. Sogar in Bezug auf seinen Selbstmord. Bei der Auswahl der Methode, so hatte Ira die Erfahrung gemacht, griffen die meisten zu den Mitteln, die ihnen am besten vertraut waren. Polizisten kennen sich mit Waffen aus, Ärzte und Apotheker mit Medikamenten. Selbstmörder, die in der Nähe von Bahnhöfen leben, springen häufiger vor Züge als solche mit Wohnsitz am Meer. Deren Angst vor dem Ertrinken wiederum ist weniger groß als die seelisch Kranker, die die letzten Jahre ihres Lebens in einem anonymen Hochhaus gefristet haben. Solche Personen wählen meistens den Sprung vom Dach für ihre letzte Reise.
Auf der Polizeischule hatte Ira auch die geschlechtsspezifischen Unterschiede lernen müssen. Während Männer die so genannten »härteren« Methoden wie Erhängen oder Erschießen bevorzugen, greifen Frauen zu den vermeintlich »weicheren« Mitteln.
Sara liebte Blumen. Auch aus diesem Grunde passte sie in das statistische Muster, als sie sich mit gelbem Oleander das Leben nahm.
Ira schilderte Jan die letzten Minuten: »Ich hörte das Wasser in die Wanne laufen. Ihre Stimme war ganz ruhig. Aber völlig klar. Also fragte ich Sara: ›Du wirst dir doch nichts antun, Kleines?‹ Sie sagte: ›Nein, Mami.‹
›Willst du dir etwa die Pulsadern aufschneiden?‹ Auch diese Frage verneinte sie. Stattdessen sagte sie mir, ich solle mir keine Sorgen machen. Sie würde mich lieben, ich hätte nichts falsch gemacht. Ich versprach ihr, so schnell wie möglich zu ihr nach Hause zu kommen. Sie lebte mit

einem alten Schulfreund, Marc, in einer Art Wohngemeinschaft, in einer kleinen, aber sehr schönen Zweieinhalb-Zimmer-Wohnung in Spandau. Das Badezimmer befand sich oben, im zweiten Stock des Appartements. Mir war klar – wenn sie sich etwas antun würde, hätte ich keine Chance mehr. Allein die Taxifahrt vom Lehrter Bahnhof nach Spandau würde eine halbe Stunde dauern, und mein Zug war erst vor fünfzig Minuten von Hannover abgefahren.«

»Wo war ihr Freund, dieser Marc?«, fragte Jan.

»Arbeiten. Ich habe auf dem Begräbnis kurz mit ihm gesprochen. Er schien sich große Vorwürfe zu machen und war vor Trauer ebenso gelähmt wie ich. Ich bin mir bis heute nicht über ihr Verhältnis im Klaren. Sie wissen ja, wie Sara war. Ich hielt Marc immer für asexuell. Anders kann ich es mir nicht vorstellen, wie er seit einem Jahr die Wohnung mit ihr und vermutlich auch mit all den anderen Männern teilte.«

»Und Sara hat Sie angelogen, als sie sagte, sie würde sich nichts antun?«

»Nein. Sie hat die Wahrheit gesagt. Der Fehler lag bei mir. Kennen Sie nicht den Lehrbuchfall von dem Lebensmüden auf dem Fenstersims?«

Es war wirklich passiert. Ein Polizist hatte mit einem »Springer« eine Stunde verhandelt und ein gutes Vertrauensverhältnis zu ihm aufgebaut. Dann machte er einen großen Fehler. Er sagte: »Also schön, dann bringen wir das mal zu Ende. Ich will, dass Sie jetzt zu mir herunterkommen.« Der Selbstmörder kam. Er prallte direkt vor den Füßen des Polizisten auf den Bürgersteig.

»Ich habe nicht auf meine Worte geachtet. Aus Angst vor einer grausamen Antwort stellte ich schwammige Fragen.

›Du wirst dir doch nicht die Pulsadern aufschneiden?‹, ›Du wirst doch keine Tabletten nehmen?‹ Nein, das würde sie nicht. Nicht mehr. Sie *hatte* es nämlich bereits getan. Als ich merkte, wie ihre Stimme schwerer wurde und sie plötzlich unruhiger atmete, wusste ich, es war zu spät. Sie brachte sich um. Und zwar mit ganz gewöhnlichen Samenkapseln, erhältlich in jedem Pflanzengeschäft.«
»Digoxin«, ergänzte Jan.
»Richtig.« Der Samen des gelben Oleanders war unter Selbstmördern zu trauriger Berühmtheit gelangt, seitdem zwei Mädchen in Sri Lanka aus Versehen die hochgiftigen Kapseln gegessen hatten. Ein Samenkorn enthält die hundertfache Dosis eines hochwirksamen Medikamentes gegen Herzkrankheiten. Nur eine einzige Kapsel führt mit fast hundertprozentiger Sicherheit zum Tode, indem es das Herz immer langsamer schlagen lässt, bis hin zum vollständigen Stillstand. Dass Sara sich zudem die Pulsadern aufgeschnitten hatte, war lediglich ein zusätzlicher Beweis ihres festen Willens, aus dem Leben zu scheiden.
Ira wunderte sich über ihre Beherrschung. Ihr rechtes Bein zitterte zwar, als hätte jemand eine Elektrode an ihren Wadenmuskel angelegt. Doch sie musste nicht weinen oder schreien. Wenn sie allein in ihrer Wohnung über das letzte Gespräch mit Sara nachdachte, führte der psychische Schmerz meistens zu einer vollständigen Bewegungsunfähigkeit. Sie lag paralysiert auf dem Bett, blieb wie festgeschraubt vor dem geöffneten Kühlschrank stehen oder lag stundenlang in der Badewanne, während das Wasser schon kalt war. Sie empfand es dann immer noch als wohltuend, da ihre innere Kälte weitaus größer war. Jetzt, wo sie zum ersten Mal darüber sprach, konnte sie sogar gleichzeitig den Hörer halten, mit ihrer Hand in der

Hosentasche wühlen und ihren Kopf zu Steuer drehen, der sie unerwartet mitleidig ansah.

»Moment«, hörte sie aus Jans Mund. Dann war er weg. Im Studio ging irgendetwas vor sich. Ira registrierte ein plötzlich anschwellendes Stimmengewirr. Sie war sich nicht sicher, aber es klang wie Timber, der aus einiger Entfernung etwas Unverständliches in das Mikrophon rief, begleitet von zustimmenden Rufen der anderen Geiseln. Mitten im Wort war der Star-Moderator plötzlich abgeschnitten und mit ihm jegliche Hintergrundgeräusche. Jan musste auf »Stumm« geschaltet haben. Ira war sich sicher, dass noch nie zuvor ein Sendeloch auf 101Punkt5 von so vielen Zuhörern mit so großer Aufmerksamkeit verfolgt wurde.

Sie versuchte aufzustehen und war erneut verblüfft, wie einfach es ging. Sie strich sich ihre Haare aus der Stirn und streckte danach Steuer beide Hände entgegen.

»Ich glaube nicht, dass es Sinn hat, Sie zu fragen, ob Sie mir noch eine weitere Minute mit ihm geben?«

Er schüttelte energisch den Kopf. Sein gesamter schwammiger Oberkörper schwabbelte im Takt der Bewegung.

»Fünf«, knurrte er zu ihrer Überraschung. »Halten Sie ihn mindestens noch fünf Minuten in der Leitung. Er darf sich nicht vom Fleck bewegen. Auf gar keinen Fall in Richtung Erlebnisbereich.«

Ira ließ die Arme sinken. Das konnte nur eins bedeuten. Es erklärte auch, warum Götz nicht hier oben war. Er sprach den Einsatz mit seinen Männern ab. Sie stürmten.

»Was, wenn ich es nicht tue?«

»Dann sinken die Chancen für Ihre Tochter, und Sie gehen sofort mit den beiden Herren da mit.« Er deutete mit seinem Kopf zu den Beamten.

»Und was geschieht mit mir, wenn ich hier weitermache?«
»Das hängt ganz davon ab.«
»Wovon?«
»Wie der Einsatz abläuft. Was wir im Studio vorfinden. Vielleicht kommen Sie mit einem Disziplinarverfahren davon.«
»Wir müssen jetzt aufhören.«
Ira sah auf den Telefonhörer auf Diesels Schreibtischplatte, aus dem Jans Stimme gerade wieder zu hören gewesen war. Sie nahm ihn auf und hielt die Muschel zu.
»Okay, unter einer Bedingung«, flüsterte sie Steuer zu.
»Was?«
»Ich brauche etwas zu trinken.«
Er musterte sie schnell von oben bis unten. Sein Blick blieb an den feinen Schweißperlen auf ihrer Stirn hängen.
»Das sehe ich.«
»Nein. Ich rede von einer Coke. Am besten Cola light Lemon.«
Steuer sah sie an, als ob sie einen Stripteasetänzer bestellt hätte.
»Und ich will zwei Flaschen«, setzte sie noch eins obendrauf.
Eine jetzt. Eine für zu Hause. Für die restlichen Oleanderkapseln, die ich in der Tüte neben Saras Badewanne gefunden habe. Und die jetzt in meinem Gefrierfach liegen.
Sie nahm die Hand von der Sprechmuschel und überlegte fieberhaft, wie sie Jan weitere fünf Minuten am Telefon halten könnte. Zumal der gerade auflegen wollte.

35.

Götz klappte das Visier seines titanlegierten Helmes nach unten. Je nach Einsatz wählte er einen anderen Tarnüberzug aus. »Der Knitterfreie« war nicht nur seine Lebensversicherung, sondern auch sein Glücksbringer. Je gefährlicher, desto dunkler. Heute war er tiefschwarz.
Götz stieg auf den Betonsims, der einmal rund um das Dach des MCB-Gebäudes lief, hielt sich an der Kranwinde für die Fensterputzanlage fest und sah in die Tiefe. Irgendwo weit unter ihm baumelte eine Gondel, in der heute eigentlich zwei Reinigungskräfte sitzen sollten, um die nördliche Glasfront zu schrubben. Und die sonst so stark befahrene Potsdamer Straße war menschenleer. Bis auf mehrere Einsatzfahrzeuge und drei Presseübertragungswagen kam niemand durch die weiträumigen Absperrungen in den »heißen Bereich« hinein. Steuer hatte sogar die parkenden Autos der Anwohner abschleppen lassen.
Also dann, sagte Götz zu sich selbst und klinkte den Karabinerhaken an seinen Gürtel, dicht unterhalb der Schutzweste. Dann stellte er sich mit dem Rücken zum Abgrund. Und sprang.
Nach nur wenigen Metern presste Götz die beiden Hebel eines kleinen schwarzen Metallgerätes zusammen, durch das ein grüngelbes Kunststoffseil führte, an dem der SEK-Teamchef gerade hing. Das Seil zog sofort an, und Götz stützte sich zwischen dem zweiundzwanzigsten und einundzwanzigsten Stock mit seinen Füßen an der Außenmauer ab. Er ließ noch einige Zentimeter nach, um nun fast parallel mit dem Rücken zur Straße zu hängen. Dann

lockerte er den Griff um den Rollgliss wieder und lief langsam die Außenwand hinunter. Das Schweizer Gerät war kleiner als eine Brieftasche und kostete in der Herstellung nur wenige Franken. Trotzdem hatte Götz keine Angst, dem Rollgliss sein Leben anzuvertrauen. Bei Tausenden von Einsätzen hatte es sich bewährt. Selbst wenn er in dieser Position angeschossen oder das Bewusstsein verlieren würde, käme es dank dessen Mechanik nicht zu einer Katastrophe. Götz vertraute auf die Herstellergarantie, nach der jeder Abseilvorgang sofort gestoppt wird, sobald man das Gerät loslässt.
»Wir sind in Ausgangsposition«, hörte er Onassis laut und deutlich über die eingebauten Helmkopfhörer.
»Gut. Was macht der Helikopter?«
»Startklar.«
Götz mitgezählt waren insgesamt acht Elitepolizisten an der Operation beteiligt.
Team A wurde von Onassis angeführt, der sich gerade zum zweiten Mal an diesem Tag durch einen Lüftungsschacht zwängte. Team B stand, mit Rammbock und Blendgranaten ausgerüstet, direkt vor dem Sendestudio, und Team C wartete auf dem Außenparkdeck am Boden auf die Startgenehmigung. Götz' Plan und damit sein Leben hingen davon ab, dass diese drei Teams jetzt Hand in Hand arbeiteten und keine Fehler machten.
Ich hol Kitty raus, hatte er Ira via E-Mail auf ihren Bildschirm geschickt. Für eine Verabschiedung war keine Zeit mehr gewesen. Ira konnte ihre Verhandlung nicht für eine einzige Sekunde unterbrechen. Und er musste sich beeilen. Sollte Jan das Gespräch vorzeitig beenden, wäre das Überraschungsmoment nicht mehr auf ihrer Seite.
Götz ließ weiter Seil nach. Sein Puls beschleunigte sich

etwas, lag jedoch noch weit unter dem eines untrainierten Durchschnittsbürgers. Dabei hing sein Leben wortwörtlich an mehreren dünnen, geflochtenen Fäden.
Sein Teil des Einsatzes war eigentlich nicht vorgesehen. Daher musste er hier jetzt ohne jede Trockenübung runter. Alleine, denn die anderen waren ja mit dem offiziellen Plan beschäftigt. Zum Glück konnte er sich auf Onassis und die anderen Jungs verlassen. Sie würden ihn decken. In mehrfacher Hinsicht.
»Legt mir das Radio-Programm aufs linke Ohr«, forderte er über sein Headset und stieg dabei ein weiteres Stockwerk herab. Er war jetzt in Höhe der zwanzigsten Etage. Nur noch wenige Meter trennten ihn von der Studioterrasse. Sie hing wie ein sinnloser Wurmfortsatz aus rein optischen Gründen zwischen dem achtzehnten und neunzehnten Stock. Diesel hatte ihm erklärt, dass dort noch nie jemand draußen gesessen hätte, einfach weil es aus baupolizeilichen Gründen verboten war. Doch im Augenblick blieb Götz keine Zeit, über die hirnlose Fehlplanung des Architekten nachzudenken. Er musste sich auf die nächsten Schritte konzentrieren. Der Techniker in der Einsatzzentrale reagierte endlich und schaltete ihm das Programm auf den Helmkopfhörer. Götz nahm beruhigt zur Kenntnis, dass Jan und Ira immer noch miteinander redeten. Allerdings schien der Geiselnehmer so aufgebracht wie noch nie. Es gab Streit im Studio. Im Hintergrund herrschte ein Durcheinander wie in einem aufgescheuchten Klassenzimmer. Mindestens drei Personen diskutierten miteinander.
Gar nicht gut, dachte Götz. Die Geiselnahme eskalierte. Jan wurde damit immer unberechenbarer.
»Habt ihr seine Position?«

»Jepp«, hörte er die Antwort von Onassis auf dem rechten Ohr. Die Einsatzleitung hatte sich nach den ersten Übungen im sechsten Stockwerk gegen einen Sturm von unten entschieden. Wenn der Geiselnehmer nicht auf anhaltende Vibrationen des Fußbodens aufmerksam werden sollte, hätten sie die Stahlbetondecke mit Handgeräten aufmeißeln müssen, und das würde viel zu lange gedauert haben. Also versuchten sie es erneut durch den Lüftungsschacht. Onassis war wieder in Position und hatte eine zweite Endoskopiekamera in Stellung gebracht. Die vom ersten Einsatz war von Jan entdeckt und zerstört worden.

»Alles klar«, sagte Götz und setzte beide Füße auf den ungepflegten Rasen der Sendeterrasse. Er löste den Karabinerhaken und lief geduckt zur Wendeltreppe, die eine halbe Etage nach oben zum Eingang führte. In Gedanken ging er noch einmal den Ablauf durch. Wenn er das Kommando gab, würde der Helikopter starten. Ihm blieb dann maximal eine halbe Minute, um die Tür aufzubrechen und sich für den Zugriff in Position zu bringen. Sobald er die Lage geklärt hatte, würde Team B die vordere Tür aufbrechen und eine Blendgranate ins Studio werfen.

Oben angelangt, befestigte Götz einen Streifen Plastiksprengstoff am Schloss der Metalltür zum »Erlebnisbereich« und kontrollierte danach seine Waffe. Diese trug eine aufgesetzte SureFire-Leuchte, falls aus irgendeinem Grund im Studio das Licht ausfiel.

»Gut«, wiederholte er noch mal, obwohl er sich gar nicht so fühlte. Er sah auf seine Digital-Armbanduhr und nahm die Zeit.

Dann hoffen wir mal, dass Steuer Recht hat und Jan nur simuliert.

Götz verscheuchte alle Zweifel in eine hintere Region seines Bewusstseins und gab seinen ersten Befehl.
»Team C soll loslegen!«
»Okay«, hörte er zuerst. Kurz darauf folgte das dumpfe Wummern von Rotorblättern. Jetzt gab es kein Zurück mehr. Es ging los. Der Helikopter war gestartet.

36.

Jan wollte nicht länger mit Ira reden. Er konnte es auch nicht mehr. Die Lage geriet langsam völlig außer Kontrolle. Er hatte in seinem Leben schon viele Gruppentherapiegespräche geleitet. Auch viele, bei denen sich am Ende mehrere Personen gleichzeitig anschrien. Aber noch nie zuvor war er selbst das Zentrum des Angriffs gewesen wie just in diesem Augenblick. Und es sah nicht danach aus, dass die aufgebrachte Meute es noch lange nur bei verbalen Attacken belassen würde.
»Jan, du Idiot, sieh's ein. Die Show ist vorbei. Gib auf!«
»Oder lass uns wenigstens hier raus!«
»Dein Plan hat nicht funktioniert. Du hast es nicht mehr im Griff!«
Er hörte sich das hysterische Durcheinander kommentarlos an. Den Hörer am linken Ohr. Die Glock in der rechten Hand immer noch auf Kitty gerichtet, die direkt vor ihm stand. Sie war die Einzige auf seiner Seite des Mischpultes. Alle anderen standen an der »Theke«, ihm gegenüber.
»Mensch, Jan. Hör doch. Du hast gesagt, wir wären in

zwei Stunden draußen. Ohne Gewalt. Keiner würde verletzt, außer vielleicht dem Mistkerl Timber. Und jetzt sieh dich an ...«
Theodor Wildenau versuchte es mit einem ruhigeren Ton. Der Showproduzent Flummi starrte ihn fassungslos an. Im Gegensatz zu Timber ging ihm erst jetzt ein Licht auf.
»Hallo? Jan? Sind Sie noch dran?«
Jetzt meldete sich auch noch Ira wieder zu Wort.
»Ja. Aber es gibt nichts mehr zu besprechen.«
»Was ist das für ein Lärm bei Ihnen?«
»Nichts.«
Er drückte sie weg. Sammelte sich. Und brüllte:
»Haltet endlich eure gottverdammten Fressen!« Seine Lautstärke steigerte sich mit jedem Wort, und das hatte den gewünschten Effekt. Die »Geiseln« schwiegen.
»ICH sage, wann hier Schluss ist. ICH entscheide, wie es weitergeht. Geht das in eure Schädel?«
Seine Stimme überschlug sich.
»Wenn wir jetzt aufgeben, haben wir *alles* verloren. ALLES!!! Ist euch das klar? Das ist doch deren Taktik. Sie wollen uns mürbe machen. Sie *wollen*, dass das hier gerade passiert. Denkt ihr, ihr könnt da einfach rausspazieren und sagen: ›April, April – nicht böse sein. Alles nur ein Scherz.‹? Ihr habt doch keine Ahnung! Wenn wir jetzt das Studio ohne Beweise verlassen, dann knasten sie euch alle ein. Dann war's das mit euren Karrieren. Eurer Zukunft! Dann seid ihr für die nichts anderes als durchgeknallte Irre, die mit einem Wahnsinnigen einen Radiosender gekapert haben.« Er schüttelte den Kopf. »Nein, wir dürfen jetzt nicht aufgeben. Wir müssen durchhalten. Nur wenn wir der Öffentlichkeit beweisen, dass Leoni noch lebt –

wenn wir die Verschwörung und ihre Hintergründe aufdecken –, nur dann haben wir alle eine Chance.«

»Aber was, wenn es überhaupt keine Beweise gibt?«, wollte Sandra Marwinski wissen. Sie lehnte sich an die Studiowand und entfernte die Kautschukeinlage unter ihrer Bluse. Der Vorhang war gefallen. Ihr Auftritt als Schwangere war nicht länger erforderlich. Heute würde sie auch nichts mehr über Anton erzählen müssen. Das Bild des behinderten Kleinkindes in ihrer Brieftasche hatte sie aus dem Internet heruntergeladen.

»Du meinst, wenn ich wirklich irre bin? Wenn Leoni tatsächlich tot ist?«

Jan spürte seine Kräfte schwinden. Die psychische Anspannung laugte ihn aus. Außerdem hatte er seit Stunden nichts mehr gegessen. Sein Magen fühlte sich an, als hätte er sich auf die Größe einer Zwei-Euro-Münze zusammengezogen, und die Muskeln seines rechten Arms brannten wie Feuer. Schließlich war er es nicht gewohnt, so lange eine Waffe auf jemanden zu richten.

»Okay. Ich mach euch einen Vorschlag. Ich geb's zu: Es lief heute nicht alles so, wie wir es geprobt haben. Ich habe mich verschätzt. Doch mal ehrlich. Keiner von uns hat doch ernsthaft geglaubt, dass die nach der ersten Hinrichtung nicht sofort die Karten auf den Tisch legen.«

»Weil sie es gar nicht können!«, erhob Timber das Wort.

Jan ging nicht darauf ein.

»Ich hab erwartet, dass alles viel schneller funktioniert. Aber warum wird da draußen rumgetrickst? Warum setzten die euer Leben aufs Spiel? Die wissen doch gar nicht, dass wir uns kennen. Trotzdem fackeln sie nicht lange und schicken einen Scharfschützen durch den Schacht. Sie wollen nicht verhandeln. Sie weihen selbst die Verhandlungsführerin nicht in ihre Strategie ein. Stattdessen leiten sie die Anrufe um.« Er tippte Kitty mit der Waffe auf ihre Schulter. »Sie wollen etwas verbergen. So wie Kitty sich versteckt hielt, soll auch die Wahrheit nicht ans Licht. Versteht ihr? Sie wollen mich mundtot machen. Aber warum? Das ist doch die Frage: Was ist mit Leoni passiert?«

»Die ist tot!«, rief Timber.

Jan winkte nur ab und sah nacheinander jedem seiner Komplizen in die Augen.

»Sandra, Maik, Cindy, Theodor! Hört mir zu: Ihr kennt die Fakten. Ihr habt mir bis hierhin geholfen. Ich bitte euch jetzt um einen letzten Gefallen. Gebt mir noch eine Stunde. Nur noch einen Cash Call. Wenn die mich dann immer noch weitermachen lassen – wenn ich euch bis dahin keinen schlüssigen Beweis für Leonis Leben präsentieren kann –, dann dürft ihr alle gehen.«

»Das ist doch hirnverbrannter Irrsinn!« Maik schlug mit der flachen Hand auf die Theke. Seine »Freundin« Cindy, die im wahren Leben nur auf Frauen stand, stimmte ihm wortlos zu. »Warum sollten die Bullen was an ihrer Taktik ändern? Was macht diese Stunde denn jetzt noch für einen Unterschied?«

»Das Mädchen hier macht den Unterschied!« Jan stieß Kitty erneut an. »Ira Samin ist persönlich betroffen. Wenn wir mit Kitty den nächsten Cash Call spielen, wird sie alle Hebel in Bewegung setzen, um Leoni zu finden. Nichts ist stärker als die Kraft einer Mutter und nichts ...«

Was ist das?

Jan drehte sich mitten im Satz um und sah zu den Brandschutzjalousien vor den Fenstern. Was war da los?

Er spürte das Vibrieren erst in den Füßen. Dann klirrten

die CDs in dem Regal neben der Studiotür. Schließlich füllten die anschwellenden Schallwellen den gesamten Raum aus. Selbst wenn er es gewollt hätte – nun konnte er nicht mehr weiterreden. Das Dröhnen des Hubschraubers da draußen war so laut, dass es unangenehm war. Nein, schlimmer. Es tat weh! Und die Intensität nahm sogar noch zu. Jan glaubte, eine Winde in seinem Ohr zu spüren, die mit Brachialgewalt seine Trommelfelle spannte. Er schrie auf, ließ die Waffe fallen und hielt sich die Ohren zu. Im Umdrehen bekam er mit, dass alle anderen es ihm gleichtaten. Keiner würde nach der Pistole greifen. Niemand würde fliehen. Alle litten Höllenqualen. Jan war sich sicher: Würde er seine Finger aus den Gehörgängen ziehen, in die er sie gerade mit aller Gewalt presste, sie wären sicher blutverschmiert. Der Schmerz war einfach zu groß.

37.

Die ersten zwanzig Sekunden lief alles wie am Schnürchen. Dann nahm das seinen Lauf, was später im Polizeibericht als »Tragödie« festgehalten wurde.
Just in dem Moment, in dem der Helikopter seine Schallkanone auf das Studio gerichtet hatte, öffnete Götz mit der Sprengladung die Tür zum Erlebnisbereich. Er stürmte in die kleine Studioküche. Trotz des aktivierten Hörschutzes in seinem Helm fühlte er einen Druck auf seinen Ohren, so als stünde er bei einem Rockkonzert genau neben den Boxen. Diese Kanone war einfach unglaublich!

Mit einem ähnlichen Gerät war das Kreuzfahrtschiff Queen Mary 2 ausgerüstet, um moderne Seepiraten zu vertreiben, die es vor allem vor den Küsten Afrikas gab. Die in dem Hubschrauber installierte Version war zwar eine Nummer kleiner, aber auch diese Lautstärke konnte man eigentlich nur *hinter* der Lärmquelle ertragen. Götz klappte einen Mini-Computer auf, der an seiner kugelsicheren Weste hing. Auf dem Monitor konnte er das Voranschreiten der Arbeiten von Team A im ersten Stock verfolgen.
»Sichere den ZGR«, brüllte er in das Mikro. Bei dem Lärm war eine akustische Verständigung ausgeschlossen, aber seine Stimme wurde von einem Sprachcomputer als Textfile zu den anderen Teams und in die Einsatzleitung geschickt.
Mit zwei Schritten war er in dem Technikraum. Eigentlich nur, um sich zu vergewissern, dass von hier aus keine Gefahr zu erwarten war. In zwei Sekunden würde Onassis die Deckenplatte entfernen und mit einer größeren Kamera das gesamte Studio einfangen. Anderthalb Sekunden später, sobald Götz sich auf dem Monitorbild einen Überblick über die Lage im Studio und Jans Position verschafft hatte, würde er sich seine Gasmaske aufsetzen und Team B aktivieren.
Sobald die Blendgranate gezündet war, war sein nächster Schritt, Jan zu überwältigen, während Onassis ihm von oben Feuerschutz gab für den Fall, dass einige der Geiseln gefährlich waren. Sollte es erforderlich sein, würde Götz Jan mit einem Schlagring die Halswirbel zwischen C2 und C3 zerschmettern, ohne dabei das Rückenmark zu durchtrennen. Damit wäre dieser gelähmt und könnte nicht mehr den Sprengstoff aktivieren, von dem aber niemand

mehr annahm, dass er ihn wirklich um den Bauch trug. Niemand außer Götz.
Er sah in der Digitalanzeige seines Helmes, dass erst vier Sekunden vergangen waren. Spätestens nach zehn Sekunden wäre die erste Schreckphase vorbei. Sobald Jan merkte, was hier im Gange war, würde er seine Schmerzen überwinden und eine Gegenmaßnahme in die Wege leiten.
Doch die Situation geriet von einem Moment zum nächsten außer Kontrolle. Der erste Schock war die Nachricht über Manfred Stuck, den UPS-Fahrer. Götz informierte die Einsatzleitung mit knappen Worten und wusste, welch lähmendes Entsetzen er damit verbreitete: »Tot. Stuck ist tot.«
Und das konnte nur bedeuten ...
... dass Jan doch gefährlich ist. Und dass er sich auf diese Situation vorbereitet hat.
»Abbrechen«, brüllte Götz in sein Mikrophon. »Zielobjekt ist gefährlich. Ich wiederhole ...«
Der Lärm im ZGR wurde plötzlich lauter, ohne dass der Helikopter die Ausrichtung seiner Schallkanone verändert hätte. Und das konnte nur eine Ursache haben, die ein einziger Blick auf seinen Monitor Götz auch bestätigte: Jan stand in der Tür zum Erlebnisbereich.
Das darf doch nicht wahr sein!, schrie Götz innerlich. *Wie hält der Kerl das aus?*
Tatsache. Auf dem Monitor war es glasklar zu erkennen. Jan May kam auf ihn zu. Ohne Kopfhörer, der Beschallung schutzlos ausgeliefert. Er musste Höllenqualen leiden. Aber ihn trieb der Mut der Aussichtslosigkeit.
Götz sah nur eine verschwindend kleine Chance, den ZGR lebend wieder zu verlassen. Egal, welche Richtung

er einschlug. Wenn er hier wieder raus wollte, musste er an Jan vorbei, der in dieser Sekunde seine linke Faust hochreckte, in der er ein kleines blinkendes Gerät hielt. Er sagte etwas, doch Götz verstand natürlich kein Wort.
»Ausmachen. Stellt sofort die Kanone aus«, brüllte er in sein Headset. Einen Moment später war es schlagartig ruhig. Götz deaktivierte den elektronischen Hörschutz in seinem Helm und hörte, wie das Blut in seinen Ohren rauschte. Es bot eine unfreiwillige Untermalung für Jans aufgeregte Drohungen.
»Ihr habt es so gewollt. Ich schicke uns jetzt alle ins Jenseits«, rief der Geiselnehmer laut. Ganz offensichtlich versuchte er nach dieser Schallattacke, das anschwellende Sinus-Fiepsen in seinen Ohren zu übertönen. May war in Höhe der Spüle stehen geblieben und stand jetzt nur noch drei Schritte vom Eingang zum ZGR entfernt.
Der ist vollkommen wahnsinnig.
Götz' letzte Chance war gekommen. Er hob den Körper des UPS-Fahrers an, zog ihn wie einen Schutzschild vor sich und verließ mit ihm den Raum.
»Nicht schießen!«, schrie er dabei in Jans Richtung, der gar nicht erstaunt schien, ihn zu sehen. Er blieb gelassen stehen und wiederholte noch mal seine Drohung:
»Ich hab euch gewarnt. Wenn ich auf diesen Knopf drücke, zerfetzt es uns alle. Ich hoffe, ihr seid bereit!«
Ein schneller Blick auf den Monitor, und Götz sah, dass Onassis ins Studio klettern wollte. Eine Deckenplatte hatte er bereits gelöst. Anscheinend glaubte er, Götz helfen zu können, solange Jan in der Studioküche war und ihm den Rücken zudrehte.
»Ich bin nur gekommen, um den Mann hier rauszuholen«, sagte Götz ebenso ruhig wie Jan und ging dabei

rückwärts zur Tür, hinter der die Wendeltreppe lag, die hinunter zur Terrasse führte. Die Arme und den Kopf des UPS-Fahrers hatte er sich dazu über die Schulter gelegt. Stucks Rücken bot ihm einen zusätzlichen Schutz zu seiner kugelsicheren Weste. Doch die würde ihm auch nichts nützen, wenn der Geiselnehmer ernst machte und die Sprengladung zündete.

»Der bleibt hier«, forderte Jan. »Genauso wie Sie. Denn wir alle erleben jetzt ein ganz besonderes Feuerwerk …«

Der Geiselnehmer hob die Faust. Erst jetzt entdeckte Götz die Pistole in seiner anderen Hand.

Und dann ging alles ganz schnell.

Götz sah den roten Laserstrahl auf dem Monitor. Onassis erfasste Jan von hinten. Er trug keinen Helm, damit er seinen Kopf und eine Hand samt Waffe durch den schmalen Deckenschlitz schieben konnte. Gleichzeitig krümmte sich Jans Daumen über der Funksteuerung in seiner Hand, mit der er die Explosion auslösen würde. Onassis durfte jetzt maximal noch eine halbe Sekunde abwarten, dann musste der Lähmungsschuss kommen.

Der aber nicht funktionieren wird, dachte Götz. *Onassis' Waffe hat einfach eine zu hohe Durchschlagskraft.*

Aus dieser Entfernung würde Jan sicher sterben. Und dann blieben ihnen nur noch acht Sekunden …

»Onassis, nein!«, brüllte Götz und wandte damit das Todesurteil für alle Menschen ab, die sich in dieser Sekunde im achtzehnten und neunzehnten Stock aufhielten.

Mit einer Ausnahme.

Jan May drehte sich um. Er hob seine Waffe. Zielte auf den Polizisten. Der Schuss löste sich nur einen Wimpernschlag später. Er traf die ungeschützte Schläfe des SEK-Mannes. Onassis' letzter Blick war erstaunt. Fassungslos.

Dann wurde sein erschlaffter Körper nach hinten in den Entlüftungsschacht gezogen.

Jan May blieb für eine Schrecksekunde mitten in der Küche stehen und glotzte ungläubig auf die Stelle in der Decke, aus der eben noch der SEK-Mann geschaut hatte. Dann sah er an sich herab und starrte die Waffe in seiner Hand an, als könne er selbst gar nicht glauben, was er angerichtet hatte.

Diese Sekunde nutzte Götz und rannte mit dem UPS-Fahrer auf seinen Schultern, so schnell es ging, zum Ausgang. Durch die aufgesprengte Tür, die Wendeltreppe herunter, jagte er zur Außenkante der begrünten Terrasse.

In der Erwartung einer Explosion im Studio setzte er alles auf eine Karte und sprang in die Tiefe.

38.

Der bekannte Radiosender 101Punkt5 dürfte heute die wohl größte Einschaltquote seines fünfzehnjährigen Bestehens erzielen. Und dennoch hat niemand hier einen Grund zu feiern. Seit heute Morgen kurz nach sieben hält ein offenbar geistesgestörter Mann sechs Menschen in seiner Gewalt, von denen er einen bereits bei laufendem Mikrophon hinrichtete. Jetzt erreichten uns weitere schockierende Nachrichten aus dem Studio. Der Stürmungsversuch eines Sondereinsatzkommandos endete in einem Blutbad. Nach mittlerweile bestätigten Berichten kam es zum Schusswechsel in dem Sendestudio A, bei dem ein

SEK-Beamter tödlich getroffen wurde. Ein anderer Polizist, der Leiter des Einsatzes, brachte sich durch einen todesmutigen Sprung von der Terrasse des neunzehnten Stockwerkes aus der Gefahrenzone. Wie durch ein Wunder wurde sein Sturz zwei Etagen tiefer durch einen Fensterputzwagen aufgehalten. Die Geisel, die er bei der Befreiungsaktion huckepack trug, hatte leider weniger Glück. Sie war bereits tot. Erschossen durch die Hand des Radiokillers, auf dessen Konto nunmehr zwei Menschenleben gehen. Und ganz Deutschland fragt sich, wie lange der Wahnsinn noch andauern wird …

»Ja, sehen Sie sich das ruhig an!«, brüllte Steuer beim Näherkommen. Er fuchtelte wütend mit seiner dicken Hand in Richtung der Fernseher. Ira stand in der Lobby des MCB-Gebäudes und starrte auf die große Monitorwand direkt über dem Empfangscounter. Sonst liefen hier kurze Werbefilme der einzelnen Mieter in Endlosschleife. Aus aktuellem Anlass hatte der Pförtner einen Vierundzwanzig-Stunden-Nachrichtensender eingeschaltet. Nun hallte die bedeutungsschwangere Stimme einer androgynen Nachrichtensprecherin durch das Erdgeschoss, und ihr strenger Reporterblick funkelte auf sechzehn Flachbildschirmen gleichzeitig.
»Das ist alles Ihre Schuld«, rief Steuer. Sein massiger Körper drängte sich vor Ira und nahm ihr die Sicht auf die Fernseher.
»Wissen Sie eigentlich, wie tief Sie jetzt in der Scheiße sitzen, Ira? Gegen das, was Sie heute ausgelöst haben, war Tschernobyl ein Schönheitsfehler!«
»Ich wollte nie stürmen lassen!« Ira sah an ihm vorbei, während sie mit ihm sprach.

Nicht weil sie Angst vor *ihm* hatte.
Sie hatte Angst vor sich selbst. Die Sorge um Kitty betäubte all ihre Sinne. Womöglich auch ihre Selbstbeherrschung. Sie fürchtete, sie würde Steuer mit der Faust in sein feistes Gesicht dreschen, wenn sie ihm auch nur den Bruchteil einer Sekunde in die Augen sehen müsste.
»Sie haben doch behauptet, alles wäre nur ein Bluff. Jan wäre ungefährlich.«
»Und *Sie* hatten eine Augenzeugin, die das Gegenteil bezeugen konnte«, schrie Steuer zurück. »Sie haben mir nichts gesagt und damit meine Männer bewusst in eine Katastrophe rennen lassen.«
Ich war mir doch auch nicht sicher, dachte Ira. Das zweitschlimmste Gefühl in diesem Moment war, dass er Recht hatte. Sie hatte ihn hinters Licht geführt und das Leben der anderen Geiseln vor das ihrer Tochter gestellt. Noch schlimmer war nur der Gedanke, dass alles umsonst gewesen war.
»Halt«, brüllte Steuer, diesmal gerichtet an eine Gruppe von Sanitätern, die gerade zwei Krankenliegen zum Ausgang rollen wollten. Mit zwei Schritten war er bei ihnen und riss das Laken zurück.
»Hier. Schauen Sie. Das ist besser als Fernsehen, Ira. Dieser Mann hier ...«, er deutete auf das Gesicht des toten Onassis, »... hat Familie und Kinder. Und der hier ...«, er hastete zur anderen Trage, »... der wollte heute Abend mit seiner Freundin zum Bowling gehen. Ich darf jetzt die Angehörigen anrufen und ihnen sagen, dass beide heute nicht mehr nach Hause kommen werden. Und auch morgen nicht. Nie wieder. Weil eine heruntergekommene Alkoholikerin nach ihren eigenen Regeln spielen musste.«

Er spuckte auf den Boden und winkte zwei Polizisten zu sich heran, die den Eingang kontrollierten.

»Schaffen Sie mir diese Person aus dem Blickfeld, und bringen Sie sie auf die Wache.«

Die Männer nickten eifrig, und Ira hätte sich nicht gewundert, wenn sie noch »Zu Befehl, Sir« gesagt und die Hacken zusammengeschlagen hätten. Stattdessen hörte sie nur ein Knacken wie bei einem Reißverschluss. Dann waren die Plastikhandschellen um ihre Handgelenke festgezogen, und sie konnte abgeführt werden.

39.

Die schwarzen Breitreifen quietschten wie neue Turnschuhe auf frisch gebohnertem Linoleum, als der schwere Mercedeskombi die engen Kurven des Parkhauses nach oben rauschte. Ira saß im Fond, den müden Kopf an die getönten Scheiben gelehnt. Sie verließ den Tatort in einer ähnlichen Verfassung, wie sie gekommen war. Ausgelaugt, vom Alkoholentzug gezeichnet und mit gefesselten Händen. Steuer war wenigstens so umsichtig und lieferte sie nicht der Presse aus. Vermutlich fürchtete er die zu erwartenden Schlagzeilen. Sicher würde es auch ein schlechtes Licht auf den SEK-Leiter werfen, wenn die Verhandlungsführerin wie eine Schwerverbrecherin aus dem MCB-Gebäude geführt wurde. Um sich lästige Erklärungen zu ersparen, ließ er sie quasi durch den Hinterausgang aufs nächste Revier schleusen.

»Gibt's hier was zu trinken?«, fragte sie den jungen Kri-

minalbeamten, der die Limousine fuhr. Ihr Anschnallgurt spannte, als sie sich nach vorne lehnen wollte.
»Das ist keine Stretchlimo«, antwortete er nicht unfreundlich. »Hier gibt's leider keine Hausbar.«
Sie hatte beim Einsteigen nicht auf sein Äußeres geachtet und konnte jetzt nur seine braunen Augen und das dazu passende Paar Brauen im Rückspiegel erkennen. Zu wenig Anhaltspunkte, um seinen Charakter einzuschätzen.
»Vielleicht können wir ja kurz irgendwo halten?«, fragte sie scherzhaft. »Auf dem Revier gibt's keine Cola light im Automaten.«
Ira lehnte sich wieder zurück, als der Beamte eine scharfe Rechtskurve fuhr. Wenn ihr Orientierungssinn sie nicht im Stich ließ, fuhren sie gerade die Leipziger Straße Richtung Osten.
Bieg doch einfach an der nächsten Ampel rechts ab, dann bin ich in zehn Minuten zu Hause, dachte sie. *Dann erledigt sich das Problem mit mir von selbst. Nehm ich die Kapseln halt ganz normal. Mit Wasser.*
Ira machte sich keine Illusionen. Selbst wenn sie mit einer halben Flasche Wodka ihren Kopfschmerzpegel etwas absenken würde, wäre sie weiterhin machtlos. Sie war nicht mehr im Spiel. Von Steuer persönlich auf die Strafbank geschickt. Sie konnte Kitty nicht mehr helfen.
Ira sah rechts das imposante Bundesratsgebäude vorbeifliegen. Die Tachonadel des Mercedes zeigte konstant Tempo neunzig an. Eine ungewohnte Geschwindigkeit für die Leipziger Straße um diese Uhrzeit. Ohne die Vollsperrung würde der Wagen hier mit allen anderen Pendlern im Stau der Rushhour stehen.
Als der Kombi in einer scharfen Linkskurve in die Friedrichstraße einbog, schwappte eine Welle der Übelkeit in

Ira hoch. Sie musste würgen und war immer noch am Schlucken, als der Kripobeamte abrupt auf die Bremse trat und scharf rechts in eine Tiefgarageneinfahrt schoss.
»Was wird das denn jetzt?«, fragte sie matt. Sie hörte das Klacken der automatischen Türverriegelung. Der Wagen drehte sich mit ausgeschalteten Scheinwerfern die gewundene Abfahrt des dürftig ausgeleuchteten Parkhauses hinunter. Erst im dritten Untergeschoss blieben sie endlich stehen.
»Wo sind wir hier?« Ira erhielt wieder keine Antwort. Sie hob die gefesselten Hände und wischte sich die feuchte Stirn an ihrem Unterarm ab. Dabei war sie sich nicht sicher, ob der Schweiß von ihrer Angst oder vom Entzug herrührte. Das Gleiche galt für das Zittern ihrer Finger, mit denen sie die Tür öffnen wollte. *Wo immer wir hier sind. Das nächste Revier ist das bestimmt nicht,* dachte sie. Gleichzeitig war sie merkwürdig beruhigt, denn die Wagentür war anstandslos nach außen aufgeschwungen. Der Beamte, der bereits ausgestiegen war, hatte das Auto nicht ver-, sondern entriegelt. Einen Augenblick später sah Ira auch den Grund dafür. Er stand zwei Parkplätze weiter hinten, direkt unter einem hellgrünen Notausgangsschild.
»Danke«, sagte der kräftige Mann zu dem Kripobeamten und klopfte ihm seitlich auf den Oberarm. »Das hast du gut gemacht.«
Dann legte er seinen Arm um dessen Schulter und drehte sich mit ihm zu der dunkelgrauen Betonwand des Parkhauses. Ira konnte nicht hören, was die beiden flüsterten. Sie sah nur, wie er ihrem Fahrer etwas in der Größe eines Briefumschlags zusteckte und ihm nochmals auf den Oberarm schlug. Dieser blieb abwartend stehen, während er auf sie zukam.

»Ich hab das geregelt, Ira. Steig aus. Wir haben wenig Zeit.«
Sie zog die Augenbrauen hoch, schüttelte den Kopf und sah ihn völlig verwirrt an.
»Was hast du mit mir vor, Götz?«

40.

Panikartiger Tumult brach aus, kurz nachdem die Nachrichtensprecherin ihren Text beendet hatte. Jan war der Einzige, der noch auf den Studiofernseher unter der Decke starrte. Die anderen brüllten wüst durcheinander. Timber hatte sogar seinen Platz verlassen, und sein Ziel war unverkennbar: Er wollte möglichst unbemerkt so nah wie möglich an den Erlebnisbereich herankommen.
»Rühr dich nicht vom Fleck!«, brüllte Jan und richtete die Glock auf seinen Körper. Timber riss instinktiv die Arme hoch.
»Und ihr anderen …«, er sah jedem Einzelnen in die Augen, »… HÖRT MIR ZU!«
Sein Gebrüll erzeugte kurzfristig den gewünschten Effekt. Selbst Theodor Wildenau, der mittlerweile zum Wortführer der Gruppe avanciert war, stoppte für einen Moment seinen Redeschwall.
»Ich habe nur in die Luft geschossen«, rief Jan. Er klang wie ein Redner auf einer Kundgebung vor feindlich gesinntem Publikum. »Ich habe niemanden getötet. Weder den UPS-Fahrer noch den Polizisten.«
»Hältst du uns für völlig bescheuert, Jan?«, schrie Theo-

dor zurück. Sein Gesicht war wutverzerrt. Nichts an ihm erinnerte mehr an den gutmütigen Witzbold von heute Morgen.
»Wir alle haben gesehen, wie du die Waffe angehoben hast. Dann gab es einen Schuss. Und der Polizist sackte nach unten. Jetzt werden im Fernsehen gerade zwei Leichen präsentiert. Glaubst du im Ernst, wir könnten nicht mehr eins und eins zusammenzählen?«
»Wie oft soll ich es euch noch sagen? Das Ganze ist ein abgekartetes Schauspiel. Niemand ist gestorben. Sie wollen uns gegeneinander aufwiegeln, und das scheint ihnen ja ganz gut zu gelingen!«
»Ich glaube, du tickst nicht mehr ganz sauber«, meldete sich Sandra Marwinski zu Wort. »Eigentlich war es mir ja egal, ob deine Freundin noch lebt oder nicht. Ich wollte mir nur etwas Geld dazuverdienen und hab dafür gerne die Schwangere gespielt. Aber ich lass mich von dir nicht in einen Doppelmord hineinziehen.« Sie kletterte von dem Barhocker an der Studiotheke runter und zog ihr Handy aus der Innenseite ihrer Jeansjacke.
»Ich werde jetzt gehen. Wenn du mir dir Tür nicht öffnen willst, kein Problem. Ich nehme den gleichen Weg wie der Kerl vorhin, der den UPS-Mann weggeschleppt hat. Durch die Küche hindurch, auf die Terrasse.« Sie schwenkte das Telefon. »Und dort rufe ich mir dann Hilfe.«
»Das wirst du nicht tun, Sandra.«
»O doch, das wird sie«, zischte Timber wütend. Theodor, Maik und Cindy nickten. Nur Kitty stand wie ein Häufchen Elend direkt neben der mannshohen Lautsprecherbox und verfolgte das Geschehen mit ängstlich aufgerissenen Augen.
»Wir werden alle gemeinsam abhauen«, fuhr Timber fort.

»Du kannst uns ja in den Rücken schießen, wenn es dir nicht passt.«
Die Meute setzte sich in Bewegung. Selbst der schüchterne Flummi schien keine Angst mehr zu haben. Er drückte sich an Jan vorbei und eilte zu der bereits geöffneten Tür zur Studioküche.
Jan hob hilflos seine Arme, drückte die Handrücken an seine pochenden Schläfen und dachte fieberhaft nach.
Was soll ich tun? Wie kann ich sie aufhalten?, hämmerten die Gedanken wie Zylinderkolben in seinem Gehirn.
Timber war schon im Türrahmen. Keiner der Gruppe nahm mehr von Jan Notiz. Alles war völlig außer Kontrolle geraten.
Doch wenn ich sie nicht wiederherstelle, ist alles verloren.
Jan traf eine Entscheidung. Er musste handeln. Er musste zum äußersten Mittel greifen.
Der Schuss sorgte dafür, dass alle in ihrer gegenwärtigen Position verharrten. Theodor war der Erste, der es wagte, Jan wieder direkt ins Gesicht zu sehen.
»Das nächste Mal jage ich ihr die Kugel direkt durch den Kopf«, sagte dieser. Dabei hielt er Kitty fest im Schwitzkasten. Deren ganzer Körper bebte, aber sie gab keinen Laut von sich.
»Vielleicht ist euch euer Leben nichts mehr wert. Aber könnt ihr auch damit leben, wenn euretwegen die Kleine hier draufgeht?«
»Das wirst du nicht tun, du Schwein!« Sandra fand als Erste ihre Stimme wieder.
»Wieso denn nicht? Ihr habt doch selbst gesehen, wozu ich fähig bin.«
»Also doch ...« Alle Farbe wich aus Theodors breitem Gesicht.

»Ja, ihr habt Recht«, bestätigte Jan. »Ich gebe es zu: Ich habe sie umgebracht. Alle beide. Den Polizisten und den Fahrer. Ich bin böse. War es von Anfang an, und ihr seid mir alle auf den Leim gegangen. Und wollt ihr noch eine weitere Pointe erfahren?« Er sah in ihre geschockten Augen.

»Ich werde heute mindestens noch einmal töten. Oder habt ihr wirklich geglaubt, ich mache das alles hier, weil ich Leoni so lieb habe?« Er spuckte aus. »Die Schlampe hat den Tod verdient. Sobald ich sie in die Finger bekomme, wird sie sterben.«

41.

Götz kam mit dem Messer mit der gezackten Klinge langsam auf sie zu. Ira hob ihre Hände in einer sinnlosen Abwehrbewegung vor ihren Kopf.
»Halt still«, brummte er. Dann schnitt er ihre Fesseln durch.
Sie rieb sich die Handgelenke. Die unzerreißbaren Plastikbänder waren sicherlich besser als die herkömmlichen schweren Metallhandschellen. Nur waren ihre Hände es nicht gewohnt, gleich zweimal am Tag fest zusammengebunden zu werden.
»Warum tust du das?«, fragte sie und sah sich um.
In der kleinen Wohnung hatte sich kaum etwas verändert. Sie wirkte immer noch wie das Schaufenster eines Möbelhändlers. Zweckmäßig, sauber, aber völlig unpersönlich. Allerdings war Götz' Wohnzimmereinrichtung Ira schon

früher völlig egal gewesen. Im oberen Stockwerk der Maisonettewohnung hatte sie damals wesentlich mehr Zeit verbracht. Dort, wo sich das Bad und das Schlafzimmer befanden. Für sie war Götz nicht mehr als ein Anker in einem Meer von austauschbaren Einwegmännern gewesen, durch das sie nach ihrer gescheiterten Ehe ziellos getrieben war. Er hatte in ihrer Beziehung sicherlich mehr gesehen, wie ihr heute immer klarer wurde, nach alledem, was er für sie tat.

»Der Polizist, der dich gefahren hat …«, setzte Götz an, »… er hat Mist gebaut. Großen Mist. Sein Restalkoholpegel lag bei eins Komma acht Promille, als die Kollegen ihn stoppten. Sein großer Traum ist es, später einmal bei einem SEK aufgenommen zu werden. Mit einem Strafbefehl in der Akte könnte er sich kaum noch als Taxifahrer bewerben.«

»Und du hast den Eintrag aus dem Computer gelöscht?«
»Ja. Im Gegenzug brachte er dich hierher. Zu mir.«
»Aber warum?«
»Vielleicht, weil ich Steuer nicht leiden kann? Weil ich nicht will, dass du dich in einer Ausnüchterungszelle vor Krämpfen windest? Oder weil ich nach einem Weg suche, wie du wieder in die Verhandlung einsteigen kannst, um Kitty zu retten.« Er zuckte mit den breiten Schultern. »Such dir was aus.«

Ira zog ihre abgewetzte Lederjacke aus und ließ sie achtlos auf den cremefarbenen Teppichboden gleiten. Am liebsten wäre sie auf die Knie gesunken, um, die Arme um Götz' Knöchel geschlungen, sofort einzuschlafen.

»Ich brauch was zu trinken«, erklärte sie. »Etwas Starkes.«

»Steht oben, neben dem Bett. Geh hoch, nimm ein Bad,

oder geh unter die Dusche. Du kennst dich ja hier aus«, antwortete er. Er führte sie zu der sanft geschwungenen Holztreppe.
Ira zitterte und hielt sich mit einer Hand am Geländer fest.
Götz stützte sie, indem er sich von hinten ganz dicht an sie heranstellte. Sein Kinn ruhte auf ihrem Nacken. Sie konnte seinen warmen Atem an ihren Ohren spüren.
Als sie auf die erste Stufe sah, brachen die Erinnerungen über sie herein wie ein Platzregen.
Die Zettel. Bei Sara. Auf jeder Stufe einer.
»Was ist?«, flüsterte Götz, und sie erschauerte. »Denkst du auch gerade daran, wie es früher einmal war? Was es hätte werden können?«
»Ja.« Sie löste sich aus seiner Umarmung, und ihre Augen füllten sich mit Tränen. »Aber ich denke dabei nicht an uns.«
»An wen denn dann?« Er strich ihr die Haare aus dem Gesicht und küsste sie sanft auf den Mund. Sie ließ es geschehen.
»An Sara«, sagte sie nach einer Weile. Sie setzte sich auf die erste Stufe.
»Hab ich dir jemals erzählt, wie ich sie gefunden habe?«
»Ja. In der Badewanne.«
»Nein, ich meine, was zuvor passiert ist.«
Götz schüttelte den Kopf und ging vor ihr in die Knie.
»Sie wohnte in Spandau. In einer Maisonettewohnung wie dieser hier. Nur kleiner.« Ira zog die Nase hoch.
»Als ich endlich bei ihr ankam, stand die Eingangstür offen, und da wusste ich, es war zu spät. Ich rannte hinein, und als Erstes sah ich den Zettel.«
»Ihren Abschiedsbrief?«

»Nein.« Ira schüttelte heftig den Kopf. »Oder ja, so etwas in der Art, vielleicht.«
»Was stand drauf?«
»*Geh nicht weiter, Mama!*« Ira sah zu Götz hoch, der sie trotz seiner knienden Position immer noch einen halben Kopf überragte.
»Auf jeder Stufe der Treppe lag ein anderer Zettel: ›*Nicht weitergehen!*‹, ›*Hol den Krankenwagen!*‹, ›*Erspar dir den Anblick!*‹. Ich sammelte alle Blätter ein, während ich Stufe für Stufe nach oben schritt. Langsam, wie in Trance. Aber ich hielt mich nicht an Saras letzten Willen.« Dicke Tränen rannen jetzt Iras Gesicht hinunter.
»Auf dem vorletzten Absatz wollten meine Beine tatsächlich nicht mehr gehorchen. ›Ich liebe dich, Mama‹, stand auf dem Blatt. Doch dann sah ich die letzte Stufe …«
»Was war da?« Götz küsste ihr eine Träne weg, beugte sich nach vorne und drückte ihren bebenden Körper an sich.
»Nichts«, weinte Ira. »Gar nichts. Ich rannte in das Badezimmer, aber es war natürlich zu spät. Ich konnte nichts mehr für Sara tun. Doch wann immer ich jetzt daran denken muss, verfolgt mich diese letzte Stufe. Egal, ob ich schlafe oder die Erinnerungen mich am helllichten Tag einkreisen. Ich werde das Gefühl nicht los, dass da ein Zettel gefehlt hat. Meine Tochter wollte mir noch etwas sagen, aber ich habe das letzte Blatt nie lesen dürfen!«

42.

Jan winkte die verstörte Gruppe mit seiner Waffe wieder zurück ins Studio. Sie gehorchten widerwillig, aber sie gehorchten.
Er riss Kittys Kopf nach oben und stieß sie von sich weg. Dann befahl er Timber und Flummi, das Metallregal mit den Archiv-CDs vor den Eingang zum Erlebnisbereich zu wuchten, damit auch dieser Fluchtweg vorerst wieder versperrt war.
Mein Gott, was tue ich hier eigentlich?, fragte sich Jan, während er wieder an das Mischpult trat. Mittlerweile wusste er, wo sich der Schieberegler für das Mikrophon befand. Er unterbrach einen frühen Achtziger-Jahre-Hit von Billy Idol und ging auf Sendung:
»Hier ist 101Punkt5, und ich muss eine weitere Regeländerung durchgeben.«
Er konnte sich selbst kaum verstehen, so laut war immer noch das durch die Schallkanone ausgelöste Klingeln in seinen Ohren. Auch sonst fühlte er sich elendig und verbraucht. Der Schweiß lief ihm in einem steten Rinnsal den Nacken herunter.
Lange halte ich das nicht mehr durch.
Er hustete kurz, bevor er weitersprach.
»Nach den jüngsten Entwicklungen sieht es ja ganz so aus, als ob ihr da draußen Lust auf eine finale Runde habt. Ihr wolltet mich töten? Ihr wolltet das Studio stürmen? Na schön. Wenn ihr das Spiel unter verschärften Bedingungen spielen wollt, dann könnt ihr das gerne haben.«
Er hustete wieder, diesmal bei geöffnetem Mikro.
»Das nächste Mal geht es um alles oder nichts. Ich werde

wieder eine Nummer anrufen. Egal, ob Handy oder Festnetz. Ob Firmen- oder Privatanschluss. Wir spielen mit höherem Risiko, aber auch mit höherem Einsatz. Sollte jemand mit der richtigen Parole drangehen, lasse ich alle Geiseln frei.«
Jan sah in die Runde.
»Aber falls nicht, werde ich *alle* töten.«
Er sah auf die blutrote LED-Anzeige der Studiouhr.
»Nächste Stunde – nächste Runde!«

43.

Ira fühlte sich schuldig. Schuldig, weil sie die klare Flüssigkeit in dem schweren Wodkaglas von Götz' Nachttisch gierig heruntergekippt hatte. Schuldig, weil sie gerade ihre weiße Bluse aufknöpfte, um ein Bad zu nehmen, während ihre Tochter nur wenige hundert Meter von ihr entfernt in Lebensgefahr schwebte. Aber am meisten fühlte sie sich schuldig, weil sie mit Götz intim geworden war. Nicht körperlich, aber durch das Gespräch über Saras letzten Weg auf eine noch wesentlich intensivere Art.
Sie hielt ihre Hand in den dampfend heißen Strahl, der sich aus einem breit geschwungenen Edelstahlhals in die whirlpoolgroße Badewanne ergoss. Hinter ihr klopfte es an der Tür.
»Moment.« Sie hielt ihre Bluse vorne zusammen, während sie barfuß über die kalten Fliesen tapste. »Was vergessen? Du hast Glück, dass ich mich noch nicht ausgezogen …«

Ihr Gesicht erstarrte zu einer Maske.

Sie reagierte eine halbe Sekunde zu langsam. Die Badezimmertür prallte an dem Fallschirmspringerstiefel ab, als sie sie wieder zuschlagen wollte. Kurz darauf schlug der maskierte Mann ihr das Holzblatt mit voller Wucht ins Gesicht, als er gewaltsam in den Raum eindrang. Benommen hielt sie sich beim Fallen an einem Handtuchregal fest und riss es mit seinem Inhalt zu Boden.

Das Letzte, was sie spürte, war die Injektionsnadel in ihrem Hals und das kurz darauf einsetzende Taubheitsgefühl. Es fühlte sich an wie die örtliche Betäubung beim Zahnarzt, nur dass diese sich jetzt auf den gesamten Körper erstreckte. Dann wurde alles schwarz.

Sie war bereits bewusstlos, als der Killer sie, leise summend, auf dem Badezimmerboden ausstreckte. Mit der Melodie von »I did it my way« auf den Lippen knöpfte er ihr die Bluse zu, zog ihren langsam kälter werdenden Füßen die Turnschuhe wieder an, die sie vorhin achtlos neben die Toilette geworfen hatte, und wickelte sie in einen dicken weißen Frottee-Bademantel. Jetzt musste er sie nur noch entsorgen.

III. Teil

I don't want to start any blasphemous rumors
But I think that God's got a sick sense of humor
And when I die I expect to find Him laughing.

Depeche Mode

Aber die beste und sicherste Tarnung, finde ich,
ist immer noch die blanke und nackte Wahrheit.
Komischerweise. Die glaubt niemand.

Max Frisch
Biedermann und die Brandstifter

1.

Die geöffnete Flasche warf ihr bernsteinfarbenes Lächeln in den abgedunkelten Raum, während sie, wie von Geisterhand gehalten, der Schwerkraft trotzte. Eigentlich müsste sie umkippen und ihren hochprozentigen Inhalt auf dem keimverseuchten Teppich verteilen, doch ebenso wie das schwere Bleikristallglas blieb die Flasche einfach an der Wand kleben.
Ira blinzelte mehrmals, dann hatte sich ihr Gleichgewichtssinn wieder etwas gebessert. Für einen kurzen Moment hatte sie geglaubt, an einer Wand zu lehnen, doch dann fühlte sie den Druck, der ihren Körper auf das harte Holzbrett presste. Sie stand nicht, sie *lag*. Aber wo?
Ira versuchte, ihre Position zu verändern, auch weil sie hoffte, dadurch den migräneartigen Brechreiz etwas besser in den Griff zu bekommen, aber es gelang ihr nicht mal ansatzweise. Weder ihr Oberkörper noch ihre Beine wollten sich bewegen.
»Was soll das denn werden?«, hörte sie eine amüsierte Stimme. »Machen Sie Liegestütze?«
Ira drehte sich mit enormer Kraftanstrengung auf den Rücken und sah ein verschwommenes Gesicht über sich schweben. Sie hob ihren Kopf, und langsam erfasste sie ihre Umgebung. Flaschen, Gläser, eine Spüle. Kein Zweifel. Sie befand sich in einer Kneipe. Das Holzbrett unter ihrem Rücken war ein Tresen.
»Wer sind Sie?«, nuschelte sie. Ihre betäubte Zunge lag

wie ein toter Fisch in ihrem ausgetrockneten Mund und erzeugte die kaum verständlichen Sprechlaute eines Schlaganfallpatienten.

»Entschuldigen Sie bitte die Nebenwirkungen des Betäubungsmittels«, heuchelte die Stimme Mitleid. »Ich wollte nur sichergehen, dass Sie es rechtzeitig zu unserer Verabredung schaffen.«

Ira fühlte, wie sie von zwei Händen gepackt, hochgerissen und wie eine Schaufensterpuppe auf einen Barhocker gesetzt wurde. In ihrem betäubten Gehirn rollierten die Bilder ihrer Umgebung. Als sie sich wieder eingependelt hatten, war der Mann hinter ihr verschwunden, und vor ihren Augen baute sich ein bekanntes Gesicht auf. Es prangte derzeit auf fast jeder Titelseite: Marius Schuwalow, genannt »Der Streichler«. In zwei Tagen sollte dem Ukrainer der Prozess gemacht werden. Doch niemand ging ernsthaft davon aus, dass man ihn dieses Mal verurteilen würde. Wegen der dünnen Beweislage war er sogar auf Kaution draußen. Der Kopf des organisierten Verbrechens hatte alle Zeugen manipuliert, bestochen oder aus dem Weg »gestreichelt«.

Sein Beiname war wörtlich gemeint. Für die Streicheleinheiten benutzte er in Flusssäure getränkte Spezialhandschuhe. Das war seine Spezialität. Er massierte die Haut seiner Opfer, die man dazu nackt auf einen Obduktionstisch schnallte, so lange mit dem tödlichen Fluorwasserstoff, bis Gewebe und Muskelfleisch so weit verätzt waren, dass die Delinquenten verbluteten. Meistens kollabierten schon vorher ihre Lungen durch die giftigen Gase, die sie während ihrer Todesschreie einsogen.

»Darf ich Ihnen etwas anbieten?«, fragte Schuwalow jetzt und deutete wie ein Barkeeper auf die Flaschensammlung

hinter ihm. »Sie sehen aus, als ob Sie einen Schluck vertragen könnten, Frau Samin.«
Er sprach akzentfreies Hochdeutsch. Schuwalow hatte jahrelang in London und Tübingen sowohl Jura als auch Wirtschaftswissenschaften studiert und dank seines überdurchschnittlichen IQs mit Auszeichnung abgeschlossen. Bei den kommenden Gerichtsverhandlungen würde er sich wie immer selbst verteidigen. Eine weitere Demütigung seines Gegners, Johannes Faust, der die aussichtslose Anklage vertrat.
»Was soll der Quatsch?«, presste Ira hervor. »Wo bin ich?«
»In der ›Hölle‹.«
»Das sehe ich.«
»Danke für das Kompliment…«, grinste Marius Schuwalow.
»… aber ich meine das nicht im übertragenen Sinn. Das Etablissement hier heißt tatsächlich ›Zur Hölle‹. Ich nehme an, Sie besuchen nur sehr selten die ›Trinkergasse‹?«
So tief bin ich tatsächlich noch nicht gesunken, dachte Ira. Von allen Möglichkeiten, sich in Berlin zu betrinken, war die »Gasse« eine der schäbigsten. Ein gutes Dutzend Kneipen reihte sich im hintersten Winkel eines Einkaufskomplexes zwischen Lietzenburgerstraße und Ku'damm wie Schuhkartons aneinander und unterschied sich nur in einem einzigen Punkt: Entweder sie gingen gerade pleite oder sie waren es bereits.
»Was wollen Sie von mir?«, versuchte sie es nochmals. Diesmal schien Schuwalow sie zu verstehen. Er griff zu einer Fernbedienung und schaltete einen verstaubten Fernseher ein, der rechts hinter Ira direkt über einer Sitzgruppe hing.

»Das hat mich Ihr junger Freund auch gefragt.«
Ira drehte sich um und entdeckte, wer noch alles mit ihnen im Raum war. Direkt unter dem Bildschirm saß der Mann, der sie auf den Hocker gehoben haben musste, ein anabolikagestärkter Glatzkopf mit einem V-förmigen Gesicht. Neben ihm, den Kopf erschöpft auf dem Tisch abgelegt, erkannte sie den Chefredakteur des Senders. Das V-Gesicht riss Diesel an seinen Haaren gewaltsam nach oben. Blut tropfte aus einer Wunde an dessen Stirn über die zugeschwollenen Augen auf die Tischplatte.
»Tolle Party, was?«, lächelte er verquollen, als er Ira erkannte. Dann wurde er ohnmächtig.
»Ich will wissen, wo Leoni ist und ob sie noch lebt«, forderte Schuwalow, als Ira sich wieder zu ihm wandte.
»Da sind Sie heute nicht der Einzige.«
»Auch das sagte Ihr Freund bereits und musste dafür unnötige Schmerzen in Kauf nehmen.« Schuwalow blies Ira den Rauch seiner Zigarette ins Gesicht. »Ich dachte, Sie wären etwas vernünftiger, und wir beide könnten etwas schneller ins Geschäft kommen.«
»Ich weiß nichts. Und selbst wenn …« Ira deutete zu der bräunlich getönten Fensterfront, durch die zufällige Passanten bequem ins Innere der Kneipe blicken konnten. »*Hier* werde ich es Ihnen auf keinen Fall sagen. Es sei denn, Sie wollen mich vor Publikum foltern.«
»Ja, wieso denn nicht?«, fragte Schuwalow, ehrlich erstaunt. »Was soll denn schon großartig passieren? Sehen Sie die da?« Er zeigte auf eine angestrengte Hausfrau, die gerade mit einem klapprigen Einkaufstrolley an der Glasscheibe vorbeieilte. Ganz sicher nutzte sie die »Gasse« nur als Abkürzung zum Kurfürstendamm.
»Die will doch den menschlichen Müll gar nicht sehen,

der sich hier drinnen schon am frühen Nachmittag betrinkt. Und selbst wenn ...« Er hielt Ira einen Spiegel vor ihr Gesicht, ein Werbegeschenk einer lokalen Bierbrauerei. »Was sieht sie wohl, wenn sie einen Blick riskiert?«
»Eine abgewrackte Alkoholikerin«, gestand Ira.
»Ganz genau. Sie fallen in dieser Umgebung gar nicht auf. Sie können schreien, bluten, auf dem Tresen strampeln. Je auffälliger Sie sich hier drinnen benehmen, desto schneller gehen die peinlich berührten Gutmenschen da draußen weiter. Deswegen erledige ich meine Geschäfte so gerne unter Menschen, liebe Frau Samin. Denn, das sollten Sie sich merken: Nichts ist anonymer als die Öffentlichkeit.«
Ira hatte schon viele Psychopathen während ihrer Verhandlungen kennen gelernt. Sie brauchte keinen Lügendetektor, um zu wissen, dass Schuwalow völlig wahnsinnig war und die Wahrheit sprach.
»Na, dann mal los. Stehen die Säurefässer hinter der Theke bereit?«
»Aber nein, wo denken Sie hin? Für Sie habe ich mir etwas Passenderes überlegt. Ich bin ein Geschäftsmann, und Sie sind eine Verhandlerin. Deshalb werde ich Ihnen ein Angebot machen.«
Schuwalow sah auf eine filigrane Uhr an seinem Handgelenk. »Sie haben Glück, in der ›Hölle‹ ist gerade Happy Hour. Das bedeutet, ich gebe Ihnen zwei Informationen im Austausch gegen eine von Ihnen. Wie hört sich das an?«
Sie machte sich gar nicht erst die Mühe zu antworten.
»Information Nummer eins: Leoni Gregor ist definitiv nicht tot. Sehen Sie das Bild da drüben?«
Ira drehte sich erneut um und starrte auf den TV-Monitor.

Ein verschwommenes Digitalfoto belegte fast die gesamte Mattscheibe mit Beschlag. Es sah aus wie eine Paparazzi-Aufnahme. Die schwangere Frau darauf schien nicht zu ahnen, dass sie beim Einkaufen in einem spanischen Supermarkt fotografiert wurde.
»Das ist Leoni, vermutlich im achten Monat«, klärte Marius sie auf. »Wir haben es von der Festplatte eines ranghohen Staatsanwaltes gesichert. Johannes Faust.«
»Wie sind Sie da rangekommen?«, fragte Ira verblüfft.
»Das ist *nicht* die zweite Information, die Sie erhalten werden, Frau Samin. Aber die ist auch lange nicht so interessant wie das, was ich Ihnen jetzt gleich sagen werde.«
Schuwalow griff nach ihrem Kinn und hielt es schmerzhaft fest, umschlossen zwischen Daumen und Zeigefinger. Seine nächsten Worte betonte er, als wäre er der amerikanische Präsident bei einer Ansprache an die Nation:
»Leoni Gregor ist meine Tochter!«

2.

Ira war so perplex, dass sie für einen Augenblick ihre Übelkeit vergaß. Diese letzte Aussage war für sie fast noch unvorstellbarer als die gesamte Situation, in der sie gefangen war.
»Ich habe Leoni schon seit fast zwei Jahren nicht mehr gesehen«, erklärte Schuwalow weiter. »Sie verschwand kurz nach meinem sechsundfünfzigsten Geburtstag. Bei unserer letzten Familienzusammenkunft hieß sie übrigens noch Feodora.«

Feodora Schuwalow. Ira erinnerte sich an die blutjunge Ukrainerin, deren Gesicht einst die Seiten der Modemagazine füllte. Sie war Fotomodell, und ihre verwandtschaftliche Nähe zur Mafia machte sie für die Klatschpresse erst richtig interessant. Vor zwei Jahren verschwand sie plötzlich von der Bildfläche. Die Rede war von einer seltenen Krankheit, die sie ans Bett fesselte. Die Spekulationen reichten von multipler Sklerose bis Aids. Von einem Tag auf den anderen wurde sie nie wieder in der Öffentlichkeit gesehen. Und bis heute hatte sich das nicht geändert. Denn, soweit sich Ira erinnern konnte, besaß Feodoras Gesicht nur eine entfernte Ähnlichkeit mit dem von Leoni Gregor.
»Sie hat sich einer oder mehreren Gesichtsoperationen unterzogen«, erläuterte Marius.
»Warum das?«
»Nun, sicher nicht aus kosmetischen Gründen. Schön war sie ja schon vorher.«
»Worauf wollen Sie hinaus?« Ira wollte ihrem zukünftigen Mörder eigentlich eine längere Verwünschung an den Kopf donnern, aber jedes Wort bereitete ihr Schmerzen.
»Liebe Frau Samin, auch Sie haben ja Ihre leidvolle Erfahrung mit Familienproblemen machen müssen, wie ich heute im Radio erfahren durfte. Es wird Sie nicht überraschen, dass so etwas in den besten Häusern vorkommt. So auch in meinem.«
»Feodora ist von zu Hause abgehauen?«
»So könnte man es auch nennen. Wir haben uns gestritten. Sie wissen ja, wie das ist. Aus einem kleinen Riss entwickelt sich ein tiefer Graben, der von beiden Seiten unüberwindbar erscheint. Unser Vater-Tochter-Verhält-

nis war von jeher angespannt. Sagen wir, wir hatten Differenzen, was die Methoden der Geschäftsführung meines Familienunternehmens anbelangt.«

»Ach, wollte sie die Säurefässer nicht mehr umrühren?«, fragte Ira und rieb sich ihre Augen.

»Sie wollte gegen mich aussagen.« Marius ließ die bedeutungsschweren Worte eine Weile in der Luft hängen, bevor er nachlegte: »Faust hatte sie als Hauptbelastungszeugin für die Anklage rekrutiert.«

»Und da ließen Sie sie verschwinden.« Iras Hände verkrampften sich an der Thekenkante.

»Sie haben Ihre eigene Tochter ermordet!«

»Falsch.« Marius machte eine verächtliche Handbewegung, als wolle er einen lästigen Kellner abwimmeln. »Ich wünschte, es wäre so. Aber Leoni hat mich verraten: Sie lief über. Meine Tochter befindet sich in dieser Sekunde in einem Zeugenschutzprogramm.«

3.

Langsam ergab alles einen Sinn. Warum Leoni so verschlossen gewesen war, selbst Jan gegenüber. Weshalb sie spurlos verschwand. Und wieso Jan sie niemals finden konnte. Marius machte eine lange Pause. Als wäre sein letzter Satz ein Schluck Wein, den man gebührend auskosten musste, bevor man nachschenkt. Vielleicht ergötzte er sich auch einfach nur an Iras geschocktem Gesicht.

»Genau genommen war Leoni schon im Zeugenschutz,

als sie Jan kennen lernte«, fuhr er fort. »Ihr Gesicht war bereits verändert. Faust hatte ihr einen neuen Namen verpasst. Eine komplett neue Identität. Unser karrieresüchtiger Oberstaatsanwalt unternahm die letzten Jahre einfach alles, um seinen Prozess zu retten«, löste Schuwalow das Rätsel weiter auf.

Ira empfand das Grauen diesem Mann gegenüber fast noch schlimmer als ihre körperlichen Schmerzen. Aber wenn es stimmte, was Marius gerade enthüllte, dann würde Jans wahnsinnige Liebe seiner Verlobten ganz sicher den Tod bringen. Die Mafia wartete ja nur darauf, dass Leoni endlich aus ihrem sicheren Versteck kroch!

»Es war kein schlechter Schachzug von Faust, Leoni direkt unter meiner Nase zu verstecken. In Berlin suchten wir sie nach ihrem Verschwinden vor zwei Jahren in der Tat am wenigsten. Doch dann unterlief Leoni ein großer Fehler. Sie verliebte sich in einen Psychologen.«

»Jan May.«

Ira spürte, wie sich die losen Fäden langsam immer dichter zu einem Knäuel zusammenwoben.

»Genau. Der arme Kerl weiß bis heute nicht, worauf er sich eingelassen hat. Er begann ein Verhältnis mit einer Frau, deren Vergangenheit eine einzige Lüge ist. Mit *meiner* Tochter! Kein Wunder, dass er bei seinen Nachforschungen später nur auf Fragen stieß und keinerlei Antworten erhielt. Er wollte eine Kronzeugin im Zeugenschutz heiraten. Hätte er seine leidenschaftliche Liebe nicht so an die große Glocke gehängt, wäre ich gar nicht aufmerksam geworden. Es war nur ein dummer Zufall, dass wir Jan May vor einem Jahr unter Beobachtung nahmen. Wir suchten einen anerkannten Gutachter, der für uns bei etwaigen Prozessen in unserem Sinne aussagen

würde. Jan war nur einer von vielen Psychologen, die wir dafür im Visier hatten.«
»Und bei der Überprüfung seiner Daten fanden Sie auf einmal Ihre Tochter wieder.«
»Nein. So war das nicht. Faust hat sie vorher selbst an mich verraten.«
»Das kann nicht sein«, protestierte Ira. »Ich trau dem Mistkerl ja eine Menge zu, aber doch keinen Mord.«
»Menschen erstaunen einen immer wieder, nicht wahr? Ob es die eigene Tochter ist oder ein ranghoher Staatsanwalt. Er verlangte übrigens siebenhundertfünfzigtausend Euro.«
»Für Ihre Tochter?«
»Nein. Für ihren Tod!«
»Halt, halt, halt …« Ira glotzte ungläubig auf den Bildschirm. »Sie haben Ihre eigene Tochter *von der Staatsanwaltschaft* ermorden lassen?«
Schuwalow nickte kurz.
»Davon war ich jedenfalls eine lange Zeit überzeugt. Bis gestern habe ich mich jeden Abend in der beruhigenden Gewissheit schlafen gelegt, meine Tochter sei bei einem tragischen Autounfall ums Leben gekommen. Einem inszenierten Unfall, der mich eine Dreiviertelmillion Euro gekostet hat. Und an dessen tödlichen Ausgang ich bislang keine Zweifel hegte. Faust hatte mir schließlich einen eindeutigen Beweis geliefert.«
»Welchen?«
»Feodoras Leiche.«
»Sie haben ihren Körper untersucht?«
»Faust arrangierte einen Termin in der Gerichtspathologie. Mein eigener Hausarzt nahm einen Gebissabdruck und die notwendigen Gewebeproben. Ich habe sogar ei-

nen Abdruck des rechten Mittelfingers. Der einzige, der nicht verbrannt war. Zwei weitere Spezialisten haben die Ergebnisse später unabhängig voneinander bestätigt.«
»Also hat Faust Ihre Tochter tatsächlich umbringen lassen.«
»So dachte ich. Bis ich heute Morgen nichts ahnend das Radio einschalte und Jan May einige zum Teil sehr berechtigte Fragen stellte. Warum zum Beispiel fehlte der Hinweis auf die Schwangerschaft im Obduktionsbericht? Wieso ist das Unfallfoto gefälscht, wie mir Herr Wagner nach intensiver Nachfrage bestätigte?« Marius' Stirn warf besorgte Falten, als hätte er gerade eine Unregelmäßigkeit in einer Jahresbilanz entdeckt. »Jan Mays Amoklauf hat bei mir berechtigte Zweifel gesät. Und ich hasse Zweifel. In meinem Geschäft bedeuten sie den Tod. Was wäre, wenn Leoni wirklich noch am Leben ist? Was, wenn Faust mich übers Ohr gehauen hat und meine Tochter übermorgen gegen mich aussagen wird?«
»Wie sollte Faust das geschafft haben? Ist Leoni nun tot oder nicht?«, fragte Ira atemlos.
»Sagen *Sie* es mir. Ich habe zunächst geklärt, ob meine Tochter wirklich schwanger war. Dazu führten wir eine kleine Unterhaltung mit Leonis Kontaktperson im Zeugenschutz. Einer alten Dame, die einen Stock unter Leonis letzter Wohnung in der Friedbergstraße lebte. Wie hieß sie noch, Herr Wagner?«
Das V-Gesicht riss Diesels Kopf wieder vom Tisch und den Chefredakteur damit zurück ins Bewusstsein. Marius wiederholte seine Frage.
»Ihr Name, fällt mir grad nicht ein. Oder doch. Ich glaube so …« Diesel spuckte einen blutigen Pfropfen in Schuwalows Richtung.

»Sie haben eine feuchte Aussprache, mein Bester. Aber ich glaube, Sie wollten ›Marta‹ sagen. Sie war schon etwas älter, stand aber immer noch auf der Lohnliste des Staates. Keine schlechte Idee. Wer vermutet schon in einer Dreiundsiebzigjährigen eine Kontaktperson des Zeugenschutzes? Sie war Leonis einzige Vertraute. Ihr hatte sie auch von dem Baby erzählt. Es ist schon erstaunlich, was Menschen einem alles verraten, wenn man ihnen einen Kugelschreiber aus der Nähe zeigt.«

»Warum erzählen Sie uns das alles?«, wollte Ira wissen.

»Zunächst, weil Sie nie in die Versuchung kommen werden, es gegen mich zu verwenden. Dazu habe ich Vorkehrungen getroffen. Aber hauptsächlich, weil ich jetzt im Gegenzug von Ihnen erfahren will, wo meine Tochter steckt.«

»Ich habe keine Ahnung«, sagte Ira. »Warum fragen Sie nicht Faust?«

»Der gute Mann hat fluchtartig seine Villa verlassen. So konnten wir wenigstens ungestört die Daten auf seinem Computer sichern. Er scheint nicht sehr technikversiert zu sein. Wir fanden die Aufnahmen von Leoni in seinem elektronischen Papierkorb. Sein spärlicher E-Mail-Verkehr gibt übrigens Anlass zu der Vermutung, dass sich unser Staatsanwalt mit einer gecharterten Privatmaschine ins Ausland absetzen will. Es ist nur eine Frage der Zeit, bis wir ihn abfangen. Bis dahin würde ich gerne wissen, was er Ihnen bei der Unterredung auf dem Studiodach verraten hat, Frau Samin.«

»Gar nichts. Ich spiele nicht in seinem Team. Falls Sie es nicht mitbekommen haben: Ich wurde von der Verhandlung abgezogen und bin offiziell suspendiert! Ich wäre die Letzte, der man solche Informationen anvertraut.«

»Möglich. Ich glaube Ihnen sogar. Allerdings gehe ich gerne auf Nummer sicher.« Er schob ihr ein leeres Glas zu.
»Am besten, Sie bestellen schnell noch was bei mir.«
»Wozu?«
»Dort, wo wir jetzt alle gemeinsam hingehen, wird es für lange Zeit nichts mehr zu trinken geben.«
Schuwalow griff eine etikettlose Flasche und goss das Whiskeyglas so voll, dass sich die klare Flüssigkeit an den Rändern wölbte. »Ich würde Ihnen ja gerne Wodka aus meiner Heimat anbieten, doch ich bin mir sicher, Sie bevorzugen etwas Härteres.«
Er schob das Glas vorsichtig in ihre Richtung.
»Strohrum, achtzigprozentiger. Sie müssen abtrinken, sonst verschütten Sie es auf dem Weg.«
Als wäre dies sein Weckruf gewesen, stand der Scherge hinter Ira von seinem Platz auf, hievte sich Diesel auf die Schulter und setzte sich in Bewegung.

4.

Nur eine Minute, dachte Götz und zog seine Waffe. *Sie können erst eine Minute weg sein.* Er stieß vorsichtig mit dem Fuß gegen die offen stehende Wohnungstür seines Appartements und schlich sich lautlos hinein, obwohl er ganz genau wusste, dass er zu spät kam. Hier war niemand mehr. Ira war entführt worden.
Er rekapitulierte die Minuten, seit er sie verlassen hatte, dachte an den Moment, als er ins MCB-Gebäude zurück-

gekommen war und Ira noch einmal anrufen wollte. Um sich zu entschuldigen. Er hatte ihre angespannte Situation ausgenutzt und es zu weit kommen lassen. Beim dritten Klingeln stand er gerade in der Lobby und wartete vor den Fahrstühlen. Als sie nicht drangen und sich nur die Mailbox meldete, drehte er sofort um und fuhr in die Friedrichstraße zurück. Zu spät. Eine Minute. Seine Tür war aufgebrochen, die Zimmer leer.
Götz setzte sich auf sein Sofa, mit dessen Ratenzahlungen er genauso in Verzug war wie mit denen für den Rest der Einrichtung, und überlegte, wie er jetzt vorgehen sollte. Er musste die Einsatzzentrale verständigen. Doch wenn er das tat, würde Steuer ihn abziehen. Er würde nicht nur seinen Fall, sondern seine gesamte berufliche Existenz verlieren, weil er sich eigenmächtig über die höchsten Befehle hinweggesetzt und eine Verdächtige der polizeilichen Kontrolle entzogen hatte.
Das Handy, das vor ihm auf dem Glastisch vibrierte, zeigte einen eingehenden Anruf an. *Die Einsatzzentrale. Steuer.*
Sie suchten schon nach ihm.
Götz traf eine Entscheidung. Er hatte keine andere Wahl.

5.

Die wahre Hölle befand sich nur wenige Schritte entfernt. Der kurze Weg, den Ira auf klapprigen Beinen zurücklegte, endete nach vier Metern durch die unappetitliche Küche in einem Hinterzimmer der Kneipe.

»Haben Sie sich nicht schon oft gewundert, wie diese vielen kleinen Läden in der Stadt überhaupt überleben können?«, wollte Schuwalow wissen, während er einen achtstelligen Nummerncode in die Tastatur neben einer Aluminiumtür tippte. Ira hörte ein hydraulisches Zischen, gefolgt von dem Klacken des sich öffnenden Schlosses.
»Billigste Ramschgeschäfte in den teuersten Gegenden? Boutiquen, die mehr Personal als Kunden haben, und verlassene Kneipen wie diese hier?«
Marius' Mann fürs Grobe zog die Tür auf und kippte Diesel, der wie eine Teppichrolle über seiner Schulter hing, kopfüber in den Raum hinein. Der Chefredakteur begann zu husten, als er auf dem Fußboden aufschlug.
»Ich erklär's Ihnen«, sagte Schuwalow fröhlich, als wäre er ein Makler, der einem neuen Klienten zu vermietende Räume vorführt. »Einige von diesen Lokalitäten gehören mir. Und wie so oft im Leben offenbart sich die eigentliche Geschäftsidee erst auf den zweiten Blick. In diesem Fall ist es das Zimmer hier.«
Ira schwankte und musste sich dringend irgendwo festhalten, nachdem sie den ersten Blick hinein geworfen hatte, aber sie wollte lieber hinschlagen, als Marius' helfende Hand in Anspruch zu nehmen.
»Was ist das?«, keuchte sie, obwohl es ihr eigentlich egal war, denn sie würde unter keinen Umständen diesen Raum betreten. Er war leer, wie der Rohbau einer Baustelle. Kein Tisch, keine Stühle, keine Heizung – es gab nichts, was die Augen von dieser grauenhaften Tapete ablenken konnte, die sich über den Fußboden, die Decke und alle Wände gleichmäßig erstreckte.
»Ich nenne es das ›Erinnerungszimmer‹.«
Marius nahm Ira das Glas ab und schob sie in den Raum.

Sie war zu ausgelaugt, um sich dagegen zu wehren. Schon nach dem zweiten Schritt stolperte sie über ihre eigenen Füße und musste sich an die Wand lehnen, um nicht das Gleichgewicht zu verlieren. Jetzt, da sie die Tapete berührte, war deren Wirkung sogar noch ekelhafter. Die gesamte Kammer war eine einzige optische Täuschung, die den Betrachter glauben machte, er befände sich inmitten eines abwärtsführenden Strudels.
Weiße Folter, schoss es Ira durch den Kopf. In Fachkreisen wurde diese Foltermethode auch sensorische Deprivation genannt. Normalerweise wurden den Delinquenten dazu Augen, Ohren, Mund und Nase verbunden, während sie mit gefesselten Händen stundenlang auf dem Boden knien mussten. Die weiße Folter war bei den ausländischen Geheimdiensten gerade deshalb so beliebt, weil sie keine körperlichen Spuren hinterließ, und Schuwalow schien die Methode noch verfeinert zu haben. Einerseits wollte er sie in Isolationshaft stecken, andererseits setzte er sie mit dieser unerträglichen Wandbemalung einer optischen Reizüberflutung aus.

»Müßig zu erwähnen, dass Sie hier drinnen keiner hören wird, sobald ich die Tür wieder schließe. Außer für den vielleicht etwas zu grellen Halogenscheinwerfer an der Decke gibt es weder Strom noch Gas oder Wasser. Ihre Handys sind selbstverständlich ebenfalls ihrer Funktion beraubt. Nur die Luft zum Atmen lasse ich Ihnen.« Marius sah an die Decke.
»Aber brechen Sie sich nicht die Fingernägel ab. Das kleine Gitter zum Lüftungsschacht ist verplombt, und außerdem würden Sie da noch nicht mal mit dem kleinen Finger durchpassen.«

»Wie lange?«, fragte Ira.
»Ich sehe, Sie haben begriffen, worauf es hinausläuft, Frau Samin. Wann immer meine Geschäftspartner nicht auf die üblichen Diskussionsmethoden anspringen wollen, bringe ich sie hierher, in mein ›Erinnerungszimmer‹. Die Umgebungsveränderung bewirkt oft Wunder. Nach kurzer Zeit schon fällt den meisten der Sachverhalt wieder ein, der mir am Herzen liegt.« Marius grinste. »Bislang habe ich nicht herausgefunden, ob es an der extravaganten Inneneinrichtung oder an der fehlenden Wasserversorgung liegt. Verstehen Sie jetzt, warum ich Ihnen noch einen Drink mit auf den Weg geben wollte?«
Marius stellte das Glas, aus dem Ira nur einen Schluck getrunken hatte, vorsichtig auf den Boden.
»Ach ja, ein Letztes: Normalerweise komme ich einmal pro Woche wieder und bringe ein kleines Picknick mit. In Ihrem Fall drängt allerdings etwas die Zeit, so dass ich mir etwas überlegt habe, was Ihr Erinnerungsvermögen beschleunigen könnte.«
In dem Geräusch, das Ira als Nächstes hörte, schien es einem Tonmeister des Grauens gelungen zu sein, die Essenz körperlichen Schmerzes akustisch zu konzentrieren. Die oszillierenden Sinustöne in einem Frequenzbereich nur knapp über der menschlichen Wahrnehmbarkeitsgrenze gruben sich in Iras Schmerzzentrum, als wären ihre Ohren ein unbetäubter, entzündeter Wurzelkanal, auf dem die Schallwellen wie ein verrosteter Zahnarztbohrer aufprallten.
»Ich komme morgen früh wieder«, sagte Schuwalow, und diese fünf Worte waren schon eine wohltuende Ablenkung. Ira hatte bereits nach wenigen Sekunden des akustischen Terrors das schreckliche Gefühl, als würde sie

permanent auf einer Aluminiumfolie herumkauen. Auch Diesel war wieder aufgewacht und verzog sein blutverkrustetes Gesicht.
»Sollten Sie mir bis dahin nicht sagen, wo ich Leoni finde, werde ich Sie im ›Erinnerungszimmer‹ vergessen.« Die Tür schnitt Marius' Lachen über sein dümmliches Wortspiel ab, sobald der Riegel hinter ihm ins Schloss fiel.

6.

Ira stand unter dem Lüftungsgitter und suchte vergeblich nach einer Möglichkeit, den Gürtel ihrer Hose daran zu befestigen. Die stählernen Lamellen standen so dicht wie bei einem feinen Kamm. Außerdem war die Decke zu hoch, und Diesel würde ihr wohl kaum eine Räuberleiter bauen, damit sie sich hier drinnen erhängen könnte. Sie schloss kurz die Augen, um dem Anblick der Wandbemalung zu entgehen, der einen Zustand ähnlich einem LSD-Rausch erzeugte, was jedoch die akustische Reizüberflutung nur noch intensivierte. Ihr nächster Blick fiel auf das Whiskeyglas am Boden neben der Tür.
Warum habe ich nur die Kapseln zu Hause gelassen? Warum bin ich überhaupt heute Morgen aus meiner Wohnung gegangen?, dachte sie verzweifelt. Sie riss ihr T-Shirt hoch und steckte sich zum wiederholten Male die verdrehten Hemdzipfel in beide Ohren. Aussichtslos. Die Töne hier drinnen hörten sie über ihre Knochen. Die entsetzlichen Schwingungen benutzten Brustkorb und Schädel als Resonanzkörper.

Ira ließ sich an der Wand herabgleiten und griff das Glas. Leider vertrug sie mittlerweile so viel, dass der hochprozentige Inhalt sie kaum schläfrig machen würde, geschweige denn bewusstlos. Trotzdem würde sie es jetzt in einem Atemzug leeren. Sie wollte gerade ansetzen, als Diesel etwas Unverständliches von der anderen Ecke des Zimmers aus zu ihr rübergrunzte.
»Was?«
»Nicht trinken!«, keuchte er noch mal.
»Du meinst, es ist vergiftet?«, fragte sie ihn in der Hoffnung, sie könnte eventuell so dem Ganzen ein schnelleres Ende setzen.
»Nein, es ist unsere einzige Rettung.«
Diesel kroch auf allen vieren zu ihr herüber und nahm ihr vorsichtig das Glas aus der Hand. Er sah es an, als wäre es eine verehrungswürdige Reliquie, während er es mit zitternden Fingern sachte auf den Fußboden zurückstellte.
»Und was jetzt?«, fragte Ira.
»Jetzt musst du dich ausziehen.«

7.

Bei allen psychischen Schmerzen hatte die weiße Folter zumindest eine positive Nebenwirkung: Diesels Überlebensgeister waren wieder voll erwacht.
»Auch die Unterwäsche?«, fragte sie ihn. Bis auf Slip und BH stand Ira nackt mitten im Raum. Auch Diesel trug nur noch eine zerknitterte Boxershorts, und allein für den Anblick seines tätowierten Oberkörpers hatte es sich ge-

lohnt, dass er sein T-Shirt ausgezogen hatte. Jetzt konnte Ira auf ein changierendes Flammenmeer um den Bauchnabel des Chefredakteurs starren und war für wenige Sekunden von ihrer Umgebung abgelenkt.
»Deine Reizwäsche kannst du anbehalten, so gut kennen wir uns noch nicht«, erklärte Diesel grinsend und entblößte eine lückenhafte Zahnreihe. Schuwalow war nicht gerade zimperlich gewesen.
»Ich verstehe immer noch nicht, was das bringen soll«, sagte Ira, während Diesel den hochprozentigen Strohrum über das Wäschebündel zu ihren Füßen goss.
»Tut mir leid wegen des Drinks, aber ich schwöre dir, ich lad dich zu einer ganzen Flasche ein, wenn uns die Abreise gelingt.« Diesel griff in seine Hosentasche und zog ein Päckchen Streichhölzer hervor.
»Ich verlass das Haus nie ohne meine Arbeitsgeräte«, kommentierte er, erneut lächelnd.
»Sag mir, dass du das wirklich tun willst.«
»Ein Lagerfeuer machen? Was denn sonst?«
Diesel zog das erste Streichholz über die Reibefläche. Erfolglos. Er fingerte ein zweites hervor.
»Was, wenn dein Plan nicht funktioniert?«
»Vertrau mir. Über uns befinden sich Büros, Geschäfte und sogar Wohnungen. Ich habe vier Jahre in diesem Komplex gearbeitet, bevor der Sender an den Potsdamer Platz zog. Die haben eine extrem sensible Rauchmeldeanlage. Meinetwegen musste zweimal die Feuerwehr anrücken, nur weil ich im Büro geraucht hatte.«
Ira verschränkte ihre dünnen Arme vor dem Oberkörper.
»Aber wer sagt dir denn, dass dieser Raum hier mit der Hausanlage verbunden ist?«

»Niemand.«
Die Flammen züngelten an Iras Cargo-Hose und fraßen bereits ein Loch durch Diesels T-Shirt. Wie bei den meisten Feuern in geschlossenen Räumen schritt auch bei diesem die Qualmentwicklung am schnellsten voran.
»Und wie lange dauert es, bis die Leitstelle auf den Alarm reagiert?«, hustete Ira und dachte sich, dass es vermutlich intelligenter gewesen wäre, wenigstens einen Stofffetzen als Atemmaske zurückzubehalten.
»Nun ja, das ist ein Knackpunkt«, keuchte Diesel. Der Rauch brachte Iras Augen zum Tränen, so dass sie ihn kaum noch sehen konnte. Außerdem wurde es im Zimmer von Sekunde zu Sekunde dunkler, da sich immer mehr Rußpartikel auf die Plastikabschirmung des Halogenstrahlers legten.
»Wie meinst du das?«
»Wie ich schon sagte. Die Rauchmeldeanlage ist sehr empfindlich. Es gibt häufig Fehlalarm.«
Und der wird genau so häufig ignoriert, dachte Ira. Eine Stichflamme schoss aus dem Wäschebündel nach oben, vermutlich hatte Diesel noch andere brennbare Materialien in seiner Jeans verwahrt. Die Hitze war nun fast genauso unerträglich wie der reizhustenauslösende Rauch, und Ira war sich nicht sicher, ob sie eher ersticken oder verbrennen wollte.

8.

Zur gleichen Zeit, drei Autostunden von Berlin entfernt, hängte Theresa Schuhmann im Keller die frisch gewaschene Buntwäsche auf, so dass sie die Gefahr weder hören noch sehen konnte, auf die sich ihr kleiner Sohn gerade zubewegte.

Eigentlich wähnte sie ihn im Garten, hinten bei dem baufälligen Holzhäuschen, das ursprünglich einmal für die Gartengerätschaften reserviert gewesen war, in dem jetzt aber die Kaninchen hausten, bis die Temperaturen wieder unter null fielen und Theresa sie wohl oder übel wieder in ihrer Landhausküche dulden musste. Tatsächlich kniete der kleine Max gerade am Beckenrand des Swimmingpools und betrachtete die Plane, die diesen abdeckte, als hätte er eine neue Tierart entdeckt.

Max war im »Koffein-Alter«. So bezeichnete Theresa ihren Freundinnen gegenüber die derzeitige Phase ihres Fünfjährigen, wenn sie beschreiben wollte, dass er es keine drei Minuten ruhig an einem Platz aushielt, es sei denn, der Platz schoss mit atemberaubender Geschwindigkeit im Kreis herum und befand sich demnach auf einer Achterbahn. Ihr Mann Konstantin war ein übervorsichtiger Vater und hatte schon vor der Geburt seines einzigen Sohnes alle Gefahrenquellen des überschaubaren und gepflegten Familienanwesens beseitigt. Auch heute gab es keine ungesicherten Steckdosen mehr, keine scharfen Ecken und Kanten in Kopfhöhe, und mit dem Inhalt der Hausapotheke hätte ein Arzt im Kongo ein ganzes Dorf versorgen können. Dennoch konnte auch der Vater das allgemeine Lebensrisiko nicht auf null senken. Solange

Max noch keinen Freischwimmer hatte, sollte er daher niemals alleine in die Nähe des Pools kommen. Das hatte Konstantin Theresa eingetrichtert. Allerdings vergaß er zu erwähnen, wie sie gleichzeitig die Wäsche machen und ihren aufgeputschten Sohn kontrollieren sollte, wenn sie ihn nicht anleinen durfte.

Theresa befestigte das letzte Kleidungsstück der Ladung mit einer Plastikwäscheklammer an der Leine, bückte sich noch einmal, um abschließend zu kontrollieren, dass sich nichts weiter in der Trommel der Maschine versteckt hielt, und wunderte sich.

Warum war es auf einmal so ruhig?

Nicht, dass es davor laut gewesen wäre. Doch irgendein Geräusch, das sie zuvor vermutlich nur mit dem Unterbewusstsein wahrgenommen hatte, schien jetzt zu fehlen.

Sie sah zur grauen Kellerdecke, als könne sie durch sie hindurch nach oben ins Wohnzimmer sehen. Und tatsächlich schien es zu funktionieren.

O mein Gott!

Obwohl sie weder etwas sah noch hörte oder roch, *spürte* sie die Gefahr.

Max!

Sie rannte die Steintreppe nach oben und stieß die angelehnte Kellertür zum Flur auf.

Wo bist du?

Sie wollte nicht rufen, denn dann hätte sie sich selbst eingestanden, dass etwas anders war als noch vor wenigen Minuten. Sie warf einen hastigen Blick in die Küche. *Nichts*. Drehte sich um, sah durch die Fenster zur Veranda in den Garten. Keine Spur von Max. Alles, was sie erkennen konnte, war die eingedrückte Plane des Swimmingpools.

Und dann begriff sie es. Sie hörte die Alarmglocken schrillen und erkannte gleichzeitig ihren Irrtum. Denn die Glocke erklang nicht in ihrem Inneren. Und es war nicht Max, der in Gefahr war. Sondern irgendjemand, den sie nicht kannte.

Das Schrillen erstarb. Sie eilte ins Wohnzimmer. Und sah ihn. Max. Keine Ahnung, wie er es geschafft hatte. Wie er sich so weit hatte strecken können, um an ihn heranzukommen. An den Hörer.

Er hielt ihn mit beiden Patschehändchen, und Theresa kam es vor, als würden sich seine Schmolllippen in Zeitlupe bewegen.

»Hallo?«, hörte sie ihn rufen, bevor sie ihm das Telefon entreißen konnte.

»Ich höre 101Punkt5, und jetzt lass eine Geisel frei!«, schrie sie hinterher. Denn jetzt durfte sie laut sein. Jetzt musste sie brüllen, wenn alles noch gut werden sollte.

Das klopfende Tuten, nachdem am anderen Ende aufgelegt worden war, glich einem Hohngelächter, und das Blut in Theresas Ohren klopfte im Takt dazu. Ihr wurde schwindelig.

War er das gewesen?

Sie starrte auf das Display. Notierte im Geiste die kurze, einprägsame Nummer mit der Berliner Vorwahl. War das gerade der Irre gewesen, wegen dem Konstantin vorhin von der Arbeit aus angerufen hatte? Wegen des Dramas, das sich gerade in Berlin ereignete und das selbst hier in Jena die Menschen noch in Panik versetzte? Ihr Blick wanderte zu dem Fernseher, dessen stumme Bilder seitdem das Wohnzimmer ausleuchteten.

Sie drückte auf die grüne Taste ihres Telefons, hörte das Freizeichen und begann zu wählen.

War das der Psychopath im Radio? Und hat er das wirklich gesagt, bevor er auflegte? ›Zu spät!‹?
Sie hielt die Luft an und bettelte um eine Erlösung. Sie wurde ihr nicht gewährt. Stattdessen kam eine automatisch generierte Computerstimme und verschaffte ihr eine gnadenlose Gewissheit.
»Hier ist Ihr Lieblingssender 101Punkt5. Leider sind zurzeit alle Leitungen im Studio belegt. Bitte versuchen Sie es später noch einmal.«
Theresa ließ den Hörer fallen und fragte sich, wen sie gerade getötet hatte.

9.

Ihre Rippe brach wie ein trockener Ast. Ira wünschte sich fast, sie würde sich von innen in ihre ausgeräucherten Lungenflügel bohren. Dann hätte der Tag endlich ein Ende, und sie würde den Transport auf dem Rücken des SEK-Mannes nicht mehr überleben.
Als sie wieder zu sich kam, bedeckte eine Sauerstoffmaske ihr gerötetes Gesicht, und der Notarzt legte ihr eine Infusion. Sie sah sich um und erkannte das Gesicht von Götz, der ihre Hand hielt. Die Türen des Krankenwagens, durch die sie mitsamt der Unfallliege hineingerollt worden waren, standen noch offen. Eine Collage aus Verkehrsgeräuschen, Sprechfunkbefehlen und hitzigen Gesprächsfetzen drang zu ihr hinein.
»Wo ist Diesel?«, fragte Ira einmal. Dann ein zweites Mal, nachdem sie sich die Maske vom Kopf gerissen hatte.

Plötzlich keimte ein Angstgefühl in ihr auf, der exzentrische Chefredakteur könnte es nicht überlebt haben. Sie hatte Männer schon für weitaus weniger gemocht als das, was Diesel heute für sie getan hatte.
»Er ist schon unterwegs«, antwortete Götz leise. Er stank nach Rauch, folglich war er es gewesen, der die Tür aufgebrochen und sie aus dem Inferno gezogen hatte.
Und mir dabei mindestens eine Rippe gebrochen hat.
»Er hat schwere Verbrennungen und vermutlich ebenso wie du eine Rauchvergiftung, aber er wird durchkommen.«
Die letzten Worte des Teamchefs gingen in einem Hustenschwall von Ira unter. Der Sanitäter setzte ihr die Maske wieder auf, die dort jedoch nur für zwei Atemzüge haften blieb.
»Wie habt ihr uns gefunden?«, fragte sie röchelnd. Sie wollte sich aufsetzen, aber der Schmerz verhinderte es.
Alles, an was sie sich erinnern konnte, war der Krach der Kreissäge, die ein Loch durch die Alutür fräste. Dann der Schmerz, als Götz sie huckepack nahm und aus dem »Erinnerungszimmer« trug.
Götz erklärte ihr, wie er ihre Entführung bemerkt hatte. Von der Rückfahrt zu seiner Wohnung, über die offen stehende Zimmertür bis zum Anruf bei der Einsatzleitung.
»Da musste ich Steuer irgendetwas sagen«, flüsterte er. Er beugte sich so nah zu ihr herunter, dass es für einen Beobachter aussehen musste, als wolle er ihr einen Kuss geben. Für Ira war der warme Hauch seines Atems die bislang angenehmste Berührung des Tages.
»Ich log, du wärst geflohen. Damit hatte ich die Begründung, dich über Handy-Peilung orten zu lassen. Das Signal von deinem Mobiltelefon ließ ich mir direkt ins Einsatzfahrzeug schicken.«

»Aber es funktionierte doch gar nicht mehr in diesem Verlies«, stellte sie fest.

»Richtig. Dein Signal war plötzlich abgerissen. Doch bis dahin grenzten wir das Gebiet auf die Größe von einem halben Quadratkilometer ein. Als dann genau in diesem Sektor ein Feuerwehreinsatz gemeldet wurde, konnten wir euch lokalisieren.«

Dann hat der Irre uns mit seiner wahnsinnigen Aktion tatsächlich das Leben gerettet, dachte Ira und wusste nicht, ob sie darüber weinen oder lachen sollte.

»Was ist mit Kitty?«, stellte sie ihre nächste Frage. Die wichtigste.

»Darüber reden wir, wenn du dich erholt hast«, versuchte Götz zu beschwichtigen, doch diesmal konnte selbst die gebrochene Rippe Ira nicht mehr auf der Liege halten.

»Halt, wir müssen Sie ins Krankenhaus bringen!«, forderte der Notarzt.

»Wozu?«, wollte Ira wissen und schüttelte Götz' helfende Hand ab.

»Um Sie zu behandeln, um zu untersuchen, wie schwer die Schädigungen der Organe sind, um ... «

»Das können Sie sich alles sparen«, unterbrach Ira die Aufzählung des fassungslosen Mediziners und riss sich die Kanüle aus dem Arm. »Ich hab da meinen eigenen Test.«

»Wie bitte?«, fragte der Arzt völlig konsterniert. Ira drehte sich um.

»Schauen Sie her. Blute ich aus den Augen?«

Er schüttelte den Kopf.

»Dann kann's weitergehen«, sagte Ira, hangelte sich an einem Tragegurt zum Heckausstieg des Krankenwagens und stolperte die Metallstufe hinunter.

10.

»Du siehst echt beschissen aus«, brach Götz als Erster das Schweigen. Der Großeinsatz der Feuerwehr hatte nun auch den Kurfürstendamm lahmgelegt, und sie schlängelten sich in seinem Dienstfahrzeug durch die Nebenstraßen Richtung Mitte.
»Ich kann nichts dafür. Ihr habt mir diese billigen Klamotten gegeben«, antwortete sie ihm lakonisch. Sie steckte in einem dieser froschgrünen Polizeitrainigsanzüge, die das SEK sonst nur Kriminellen anzog, die man bei ihrer Verhaftung nackt aus dem Schlaf gerissen oder in einem Bordell verhaftet hatte.
Ira starrte von ihrem Beifahrersitz auf die Fahrbahn. Dann schraubte sie langsam das Novalgin-Fläschchen auf, das ihr der verstörte Notarzt zähneknirschend mitgegeben hatte. Auf keinen Fall würde sie kostbare Zeit im Krankenhaus für sinnlose Untersuchungen verschwenden, bei denen sich eh nichts zeigte, als was sie ohnehin schon fühlte. Dass sie am Ende war.
»Und jetzt?«, wollte Götz wissen.
Sie schaute müde zu ihm rüber. *Na wunderbar.* Wenigstens die Nebenwirkungen des Novalgins setzten schon ein.
»Jetzt müssen wir Kitty retten. Und das schaffen wir über Faust«, antwortete sie ihm. »Er ist der Schlüssel!«
Götz hob die rechte Augenbraue, sah sonst aber nicht sonderlich überrascht aus. Er überholte einen langsamen LKW und blieb auf der linken Spur.
»Erzähl mir erst, was da gerade passiert ist. Wer wollte dich umbringen?«

»Marius Schuwalow.« Ira gab ihm, so schnell es ging, einen Abriss der Informationen, die ihr der Chef des organisierten ukrainischen Verbrechens in Berlin gegeben hatte.
»Leoni lebt, und Schuwalow will ihn dafür umbringen lassen. Faust hat deshalb eine Maschine gechartert und wird das Land verlassen. Wir dürfen also keine Zeit verlieren«, schloss sie.
»Ich muss dich auf die Wache bringen, Ira.« Götz sah sie aus den Augenwinkeln an. Eine Sorgenfalte zog sich quer über seine Stirn. »Oder ins Krankenhaus. Aber auf keinen Fall woanders hin.«
»Ich weiß.« Sie atmete aus. Er setzte schon genug für sie aufs Spiel.
»Warum rufen wir nicht einfach im Studio an und sagen Jan, was wir wissen?«, schlug Götz vor.
Ira antwortete, ohne ihn anzusehen. »Weil wir keinen Beweis haben. Kein Foto, keine Telefonnummer. Er hat keinen Grund, uns zu glauben. Nein.« Sie schüttelte vorsichtig den Kopf. »Er will Leoni im Studio haben. So wie ich sein Persönlichkeitsprofil einschätze, würde er sich noch nicht einmal zufriedengeben, wenn wir Leoni ans Telefon bekommen.«
Sie verzog ihr Gesicht. Ihr Brustkorb schmerzte mit jedem Atemzug etwas mehr, und sie fühlte sich, als drückte ein unsichtbares Gewicht ihren Körper in den Autosessel. Dann erkannte sie, dass das Gewicht einen Namen hatte. Es hieß *Angst*.
»Du hast mir immer noch nicht gesagt, wie es Kitty geht«, sagte sie und bemühte sich erst gar nicht darum, ihrer Stimme einen neutralen Ton zu geben. Sie wollte das Autoradio einschalten, doch Götz hielt sie davon ab.
»Gut«, sagte er und hielt ihre Hand fest.

»Aber?«
»*Aber* es hat eine Entwicklung gegeben, während du verschleppt wurdest.«
»Was ist passiert?« Iras Kehle war so trocken, dass sie die Worte nur mit Mühe verständlich artikulieren konnte.
»Jan hat sechs Geiseln freigelassen!«
Sechs? Weshalb so viele? Wieso nicht alle?
»Wer ist noch drin?«
Sie las die schreckliche Antwort in seinen Augen.
O mein Gott...
»Wir vermuten, er konnte sie alle gemeinsam im Studio nicht mehr unter Kontrolle halten«, erklärte er. »Die Geiseln wollten nicht mehr mitspielen, nachdem es Tote gegeben hatte. Wahrscheinlich wollte er einer Revolte zuvorkommen und spielte bei der letzten Spielrunde um alles oder nichts. Er hatte angekündigt, entweder alle Geiseln freizulassen – oder sie alle zu töten.«
»Und warum ist Kitty dann noch in seiner Gewalt?«
Ira kratzte nervös das Etikett von dem Schmerzmittelfläschchen in ihren Händen.
»Nun, der letzte Cash Call hat nur halb funktioniert.«
»Was soll das heißen?«
»Zuerst nahm ein kleiner Junge ab, bevor die Mutter ihm den Hörer entreißen und die richtige Parole sagen konnte.«
»Das darf nicht wahr sein.«
»Herzberg wollte mit dem Wahnsinnigen reden, aber er kam zunächst gar nicht ins Studio durch. Als Jan das Gespräch endlich annahm, gab es ein langes Hin und Her, dann ließ Jan auf einmal doch die Geiseln frei. Aber weil der kleine Junge gepatzt hatte, behielt er Kitty schließlich als Pfand für eine weitere Runde zurück.«

Götz kratzte sich verlegen am Nacken, als wäre er der Böse in dem Spiel und nicht nur der traurige Bote.
»Es tut mir sehr leid.«
Ira schluckte. Die Müdigkeit war auf einmal wie weggewischt. »Und was hat er mit ihr vor?«
»Was soll ich dir sagen?« Götz wandte den Blick kurz von der Straße, und die Traurigkeit in seinem Blick schmerzte Ira mehr als ihre gebrochene Rippe.
»Er hat wieder ein Ultimatum gestellt?«, fragte sie ihn tonlos.
»Ja«, antwortete er heiser. »Wir haben noch fünfzig Minuten. Dann will er endgültig die finale Runde spielen. Wenn wir bis dahin kein Lebenszeichen von Leoni haben, wird er wieder telefonieren.« Er stockte kurz und fügte dann hinzu: »Aber nicht in Berlin. Sondern irgendwo in Deutschland.«
O nein, er hat den Schwierigkeitsgrad erhöht.
»Es könnte klappen, Ira«, beschwichtigte Götz. »Wenn sich jemand korrekt meldet, will er Kitty freilassen und dann sich selbst erschießen«, murmelte er leise. Er musste selbst erkennen, wie gering die Wahrscheinlichkeit des von ihm geschilderten Szenarios war, und verschwieg ihr die Tatsache, dass der Psychopath schon beim letzten, um Haaresbreite gescheiterten Cash Call irgendwo in Thüringen angerufen hatte. Bei fast vierzig Millionen Festnetzanschlüssen in Deutschland waren Kittys Überlebenschancen gleich null. Ira griff wieder zum Radio. Diesmal gelang es ihr, den Knopf zu drücken. Auf 101Punkt5 lief gerade Musik. Silbermond. Sie ignorierte Götz' missbilligenden Blick.
»Also hatte Steuer doch Recht? Es war eine Inszenierung?«, fragte sie ihn.

»Vermutlich. Noch werden die Geiseln vernommen. Aber es scheint sich zu bestätigen. Alle Studiogäste, mit Ausnahme des UPS-Mannes, kennen sich. Die Scheingeiseln bestreiten zwar noch eine Absprache, aber die Aussagen des Moderators Timber und seines Produzenten sprechen die gleiche Sprache.«
Der Mercedes näherte sich dem Kreuzungsgewirr hinter dem Kaufhaus des Westens an der Urania.
»Aber leider spielt er kein harmloses Kasperle-Theater, wie wir jetzt wissen. Er hat Stuck und Onassis getötet.«
Je wütender sich Götz an den Einsatz erinnerte, desto stärker wurde Iras Sorge um Kitty.
»Es gibt nur noch eine Möglichkeit, um meine Tochter zu retten«, brach sie ihr kurzes Schweigen. »Wir müssen zum Flughafen. Faust aufhalten.«
»Wie soll das gehen? Und zu welchem Flughafen? Privatmaschinen dürfen sowohl von Tempelhof, Tegel wie Schönefeld starten.« Er zeigte mit seinem Finger auf einen großen Wegweiser am Straßenrand, der die Wege zu allen drei Flughäfen ausschilderte. »Mal abgesehen davon, dass mein Kopf eh schon auf der Guillotine liegt, wie stellst du dir das Ganze denn vor? In der knappen Zeit? Selbst mit Blaulicht schaffen wir es kaum durch die Stadt.«
»Kannst du denn keine Suchmeldung rausschicken?«
»Na klar. Am besten ich lasse gleich alle drei Flughäfen komplett sperren. Und mit welcher Begründung? Ira Samin, die eigentlich in Gewahrsam sitzen sollte, hat brisante Informationen von Marius Schuwalow persönlich erhalten. Und deshalb bringe ich sie nicht aufs Revier, sondern pinkle stattdessen dem leitenden Oberstaatsanwalt ans Bein?«

Er haute seine dicke Pranke auf das Lederlenkrad und beschleunigte ruckartig.

»Außerdem – wie soll das funktionieren? Bei Privatmaschinen gibt es keine öffentlichen Passagierlisten, die wir durchleuchten könnten. Und wir wissen jetzt, Faust ist ein Falschspieler. Ein Meister der Täuschung. Er hat Leoni ein neues Gesicht verpasst und vor den Augen der Mafia in Berlin versteckt. Der wird nicht unter seinem eigenen Namen einchecken. Jemand, der das Zeugenschutzprogramm aushebelt …«

»Was hast du gerade gesagt?«, unterbrach Ira ihn hektisch.

»Was? Dass er einen anderen Namen benutzen wird.«

»Nein, das mit dem Falschspieler.«

»Ja. Er führt alle an der Nase herum.«

»Das ist es. Fahr zurück.«

»Was ist *es*?«

»Unsere letzte Chance. Wie lange brauchen wir nach Reinickendorf?«

»Bei dem Verkehr? Über die Stadtautobahn? Mindestens eine halbe Stunde.«

»Dann fahr, so schnell du kannst.«

Ira wurde ruckartig in ihren Gurt nach vorne geschleudert, als Götz eine Vollbremsung hinlegte. Eine Schmerzwelle durchflutete ihren Oberkörper. Hinter ihnen begannen zwei Autos gleichzeitig zu hupen.

Götz sah sie an und hielt seinen dicken Zeigefinger drohend vor ihr Gesicht. »Ist dir klar, was du von mir verlangst? Ich soll alles aufgeben, wofür ich jahrelang gearbeitet habe? Meine Position als SEK-Teamchef, meine Pension und nicht zuletzt meine Würde? Ich steh jetzt schon kurz vor dem Rausschmiss.«

Ira schwieg. Sie wusste nicht, was sie darauf sagen sollte. Götz hatte Recht. Er hatte schon viel zu viel für sie geopfert.

»Meine Wohnung ist nicht abbezahlt, ich hatte letztes Jahr Pech beim Spielen. Ich stecke bis zum Hals in Schulden und kann es mir nicht leisten, meinen Job zu vermasseln.«

»Ich weiß.«

»Schön, aber du weißt auch, was ich für dich empfinde. Nur, wenn ich das jetzt wirklich für dich tun soll ...«, er brüllte jetzt fast, »... dann möchte ich zum Teufel noch mal in deinen gottverdammten Plan eingeweiht werden. Was hast du vor?«

Ira schloss die Augen. Dann erzählte sie es ihm mit bebender Unterlippe.

Zwölf Sekunden später schoss der Mercedes mit Blaulicht die Busspur entlang. Richtung Stadtautobahn.

11.

Die um 1890 erbaute Gründerzeitvilla am Heiligensee stand unter der besonderen Fürsorge des Amtes für Denkmalpflege. Das klassische Fünfzehn-Zimmer-Anwesen mit seiner blütenweißen Fassade, den hohen Bleiglasfenstern und der voluminösen Dachgalerie, die mit ihren Türmchen und Erkern wie eine Haube über den unteren Geschossen thronte, war erst vor kurzem von Grund auf restauriert worden.

Von der liebevollen Hingabe, mit der sein Besitzer das

Grundstück bislang gepflegt hatte, bemerkten Ira und Götz heute jedoch nicht viel. Kaum betraten sie den Kiesweg zum Haus, schlug die erste Kugel ein und zerschmetterte eine rötliche Terrakottavase direkt neben ihnen.

»Er ist also zu Hause«, murmelte Ira und folgte Götz in geduckter Körperhaltung. Der SEK-Profi hatte seine Dienstwaffe bereits gezogen und entsichert. Sie verließen den Kiesweg und liefen in Schlangenlinien durch die Parkanlage. Zwei Kiefern und ein mächtiger Ahornbaum boten nur geringen Schutz auf dem Weg zu der geschwungenen Steintreppe, deren Stufen die Vorderterrasse hinaufführten.

Doch wer immer von dem Erkerzimmer unter dem Dach aus auf sie schoss – er war kein sicherer Schütze. Ira hörte noch zweimal das charakteristische Knallen einer Beretta. Beide Kugeln blieben jedoch meterweit von ihnen entfernt im Rasen stecken.

Götz zögerte nicht lange und feuerte schon im Laufen auf die Glasfenster der Verandatüren.

»Bleib unten«, rief er, ohne sich zu Ira umzudrehen.

Kommt ja gar nicht in Frage, dachte sie und sprang hinter ihm her durch die zersplitterten Scheiben ins Wohnzimmer. Götz stürmte bereits in die Eingangshalle und von dort aus weiter, die ausladende Holztreppe hoch. Der Laserpointer seiner Waffe streifte die teuren Kunstwerke und Plastiken, die an den Wänden hingen oder in matt beleuchteten, ins Mauerwerk eingelassenen Nischen standen.

Ira wunderte sich, dass Götz gar keine Vorsicht walten ließ. Ohne die Räume einzeln zu sichern, spurtete er drei Stockwerke hoch bis unters Dach. Erst vor der Tür zu dem Zimmer, aus dem die Schüsse kamen, ging er in Posi-

tion: Mit der Schulter direkt neben dem Türrahmen stand er parallel zur Wand, die Waffe mit einer Hand in Kopfhöhe umfasst, die Mündung zur Decke gerichtet. Mit der anderen Hand machte er eine abwehrende Bewegung zu Ira, die sich von hinten annäherte.
»Warte«, rief sie ihm zu, doch die Bitte kam zu spät. Götz trat mit seinen GSG9-Stiefeln einmal heftig zu, und die dunkelbraune Tür aus lackiertem Nussbaumholz flog krachend auf.
»Waffe runter!«, brüllte Götz. Sein Laserpointer ruhte auf der Stirn des Oberstaatsanwalts. Faust starrte mit leerem Blick auf seine ungebetenen Gäste.
»Ach, Sie sind's«, sagte er, und es klang fast wie eine Entschuldigung. Als hätte er auf jemand anderen gewartet, für den der Kugelempfang eigentlich bestimmt gewesen war. Von seiner großen Gestalt konnte Ira nur seinen Oberkörper und den rechten Arm ausmachen, in dessen Hand er seine Pistole hielt. Vom Bauchnabel abwärts wurde alles von einem alten Biedermeierschreibtisch verdeckt, hinter dem er saß. Der Raum war wohl eine Art Studierzimmer oder Bibliothek. Durch das geöffnete Fenster, aus dem Faust seine Schüsse abgegeben hatte, fiel das warme Licht der Nachmittagssonne und erhellte das Zimmer so weit, dass Ira die geschmackvolle Einrichtung erkennen konnte. Dunkle Regale zogen sich von dem Parkettfußboden bis fast unter die Decke und beherbergten unzählige Bücher, deren nummerierte und mit Paragraphen versehene Ledereinbände auf ihren juristischen Inhalt deuteten. Ira kam sich an diesem Ort fast etwas fehl am Platze vor mit ihren ausgelatschten Turnschuhen und dem übergroßen Trainingsanzug.
»Ich sagte: Waffe fallen lassen!«

»Nein«, erwiderte Faust bestimmt und schüttelte seinen weißhaarigen Kopf. Er stützte seinen Ellbogen auf der Schreibtischplatte ab und zielte auf Ira.
»Wenn Sie wollen, dass ich das tue, müssen Sie mich schon erschießen.«
»Das wird er nicht tun«, sagte Ira und versuchte, die Waffe zu ignorieren, die auf ihren Bauch zielte. »Nicht, solange Sie uns nicht verraten haben, wo Leoni ist.«
»Sie ist tot.«
»Ist sie nicht. Ich habe Bilder von ihr gesehen. Im achten Monat. Sie stammen aus diesem Haus. Von Ihrer Festplatte.«
»Ach, Ira«, seufzte Faust traurig. Sein rechtes Augenlid zitterte. »Wissen Sie eigentlich, wie viel Sie heute kaputt gemacht haben?«
»Was denn? Ihre geplante Flucht nach Südamerika vielleicht? Wo Sie die siebenhundertfünfzigtausend Euro auf den Kopf hauen wollten, die Sie für Leoni kassiert haben?«
Faust sah Ira an, als spräche sie in einer fremden Sprache zu ihm.
»Ich habe Leberkrebs«, klärte er sie auf.
»Und das gibt Ihnen das Recht, Ihre Kronzeugen an die Mafia zu verkaufen?«
»Sie verstehen nicht. Sie verstehen rein gar nichts«, erhob Faust seine Stimme. Ein kleiner Speichelfaden löste sich aus seinem Mund und blieb ihm am Kinn hängen. »Wie können Sie nur so klug sein, mich hier zu suchen, und doch so dumm, dass Sie die Zusammenhänge nicht begreifen, Ira?«
»Sie selbst sind einfach zu durchschauen, *Johannes*«, entgegnete sie verächtlich. »Ein Taschenspieler ändert nie-

mals seine Tricks. Sie haben Leoni direkt unter den Augen ihres Vaters versteckt gehalten und dachten, das würde auch bei Ihnen selbst funktionieren. Nachdem die Mafia Ihre Wohnung heute schon einmal durchsucht hat, meinten Sie, hier wären Sie vorerst sicher. Die gecharterte Privatmaschine sollte die Bluthunde nur auf die falsche Fährte locken.«

»Gut kombiniert, Chapeau«, gratulierte Faust anerkennend. »Ich habe sogar meinen Chauffeur ausgetrickst und ihn am Ostbahnhof abgehängt. Sollte er später befragt werden, würde doch jeder annehmen, ich hätte von dort aus einen Zug ins Ausland oder zu den Flughäfen genommen.«

»Aber was sollte das bringen? Sie können sich doch niemals hier auf Dauer verschanzen. Spätestens morgen wäre alles aufgeflogen.«

»Das hätte mir gereicht.«

»Gereicht? Wofür? Für Ihre Pläne mit Leoni?«

Ira zuckte bei Götz' ersten Worten zusammen. Sie war so auf Faust konzentriert gewesen, dass sie ihn gar nicht mehr beachtet hatte.

»Wir haben weniger als zwanzig Minuten bis zur nächsten Spielrunde. Also sagen Sie uns jetzt endlich, wo sie ist.«

»Sie ist in Sicherheit«, antwortete Faust. Dann wiederholte er es noch mal: »*In Sicherheit*. Wissen Sie eigentlich, dass Sie die heute zerstört haben, Ira? Wenn Leoni stirbt, dann ist das allein Ihre Schuld.«

12.

»Sie geldgierige Mistmade.« Ira konnte nicht mehr an sich halten. Sie strich ihre Haare aus der Stirn und ballte die Hände zusammen. Am liebsten wäre sie zu Faust über den Schreibtisch gesprungen und hätte wild auf ihn eingeschlagen. Jetzt blieb ihr keine andere Wahl, als ihn mit Worten zu treffen.
»Sie haben Leoni verraten und verkauft. Erzählen Sie mir nichts von Schuld. Ich weiß, dass sie eine Kronzeugin war. Dass sie sich im Zeugenschutz befand. Doch dann sahen Sie Ihre Chance auf das ganz große Geld. Wie haben Sie es gemacht? Haben Sie Schuwalow persönlich angerufen und ihm den Deal vorgeschlagen?«
»Ira, denk an Kitty«, ermahnte Götz. »Noch siebzehn Minuten.«
»Er hat Recht.« Ein schwaches Lächeln umspielte Fausts alte Lippen. »Sie verplempern kostbare Zeit mit falschen Spekulationen. Ich bin vielleicht karrieregeil, aber ich bin nicht böse.«
»Ach ja? Gut. Dann beweisen Sie es jetzt, und sagen Sie uns sofort, wo Leoni ist.«
»Das könnte ich nur tun, wenn wir alleine wären, Ira.«
»Was soll das heißen?«
Ira sah abwechselnd zu Faust und zu Götz. Dieser machte einen Schritt nach vorne und stellte sich in das Schussfeld vor Ira.
»Für wie blöd hältst du uns? Soll ich rausgehen, damit du Sie erschießen kannst? Komm, alter Mann. Lass die Spiele. Wo ist sie?«
»Ira, achten Sie gut auf meine Worte.« Faust sprach so, als

wäre Götz gar nicht anwesend. Es schien ihr, als ob er auf einmal Schwierigkeiten mit den S-Lauten beim Sprechen hätte. So, wie sie selbst nach dem Genuss eines schweren Rotweins.

»Ich habe Leoni nicht verkauft. Jedenfalls nicht so, wie Sie denken. Sie war meine wichtigste Zeugin. Sie wissen doch, in zwei Tagen soll der Prozess steigen. Als wir vor einem Jahr herausfanden, dass Marius Schuwalow einen Psychologen suchte und dabei ausgerechnet Jan May überprüfte, wussten wir, es wäre nur noch eine Frage der Zeit, bis er hinter Leonis Identität kommen würde. Also fassten wir einen gewagten Plan. Ich bot Marius einen Handel an: der Tod seiner Tochter gegen eine Dreiviertelmillion Euro. So weit, so gut. Doch von Anfang an hatten wir natürlich nie vorgehabt, sie wirklich umzubringen. Es musste nur schnell gehen, bevor Schuwalow die Sache selbst erledigte. So wurde es eine Nacht-und-Nebel-Aktion, von der Leoni erst erfuhr, als sie bereits angelaufen war. Ich arrangierte einen Autounfall und schaffte sie in ein geheimes Zeugenschutzprogramm ins Ausland. Dort konnte sie sicher ihr Kind zur Welt bringen. Der Unfall war perfekt inszeniert, mit einer Fotomontage aus Archivbildern für die Akte und der Leiche einer unbekannten Obdachlosen aus der Pathologie. Selbst die Obduktion war Theater. Einer der Pathologen in der Gerichtsmedizin ist Hobbymagier. Marius' Handlanger entnahmen persönlich die Proben von der Obdachlosen. Der Pathologe vertauschte danach einfach unbemerkt die Beutel, in denen sich ein Zahn, Gewebeproben und ein Mittelfingerabdruck der echten Leoni befanden. Ein Taschenspielertrick, wie Sie sagen würden, Ira. Simpel, aber es hat funktioniert. Um Leoni, oder Feodora, wie sie ja eigentlich heißt, vor ihrem Vater zu schützen, musste alles wasserdicht sein. Nur dann würde Marius glauben, seine Tochter wäre tot und er hätte in dem Prozess nichts zu befürchten.«

»Warum hat sich Leoni nie bei Jan gemeldet?«, wollte Ira wissen. Die ganze Geschichte war in sich logisch, kam ihr aber dennoch nicht koscher vor.

»Hat sie ja. Leoni rief ihn an. Und zwar gleich am Tag des angeblichen Unfalls. Etwa dreißig Minuten danach. Sie wollte ihm sagen, dass sie nach der Geburt ihrer gemeinsamen Tochter wieder zurückkommen würde und er sich bis dahin keine Sorgen machen müsse. Aber genau das *sollte* er ja gerade tun. Seine Trauer musste echt sein, damit Marius beruhigt wäre. Jan May war das einzige Sicherheitsrisiko. Daher ließ ich bei Leonis Telefonat mit ihm die Leitung stören und sorgte dafür, dass sie keinen weiteren Kontakt zu ihm suchen würde. Dazu musste ich sie glauben machen, Jan wäre der wahre Grund, warum wir sie ins Ausland bringen müssten.« Mit jedem Wort machte Faust einen müderen Eindruck auf Ira. Fast so, als wäre er eine Spielzeugpuppe, bei der die Batterie zur Neige ging. Doch sie sah an seiner angespannten Haltung, wie wichtig es ihm war, jemandem die Geschichte zu erzählen.

»Ich behauptete einfach, Jan hätte sie an Marius verraten. So gingen wir sicher, dass sie ihn nie wieder anrufen würde. Selbstverständlich hätte ich das nach dem Prozess wieder aufgeklärt.«

»Doch bis dahin haben Sie alles unternommen, um Jan Mays Leben zu zerstören! Sie haben ihm sogar seine Zulassung weggenommen.«

»Weil er zu viele Fragen stellte. Wie gesagt: Er war das einzige Sicherheitsrisiko.«

In seinen Augen blitzte etwas von der altbekannten Arroganz wieder auf.

»Es geht hier doch nicht nur um Jan May und Leoni Gregor. Ein gewonnener Prozess gegen Marius Schuwalow zerschlägt einen Verbrecherring und rettet Tausenden das Leben.«

»Ich glaube Ihnen kein Wort. Sie tun das nicht aus Nächstenliebe, sondern für sich. Schließlich haben Sie das Geld gestohlen und befinden sich auf der Flucht.«

»Ich bin nicht geflohen. Und von dem Geld habe ich keinen Cent ausgegeben.« Sie folgte seinem Blick und sah erst jetzt die gelbe Segeltuchtasche links neben dem Schreibtisch.

»Natürlich habe ich Marius' Zahlung angenommen. Glauben Sie nicht, es wäre ihm aufgefallen, wenn ich seine Tochter gratis ermordet hätte? Das gehörte zum Plan. Noch mal: Ich habe Leberkrebs. Was will ich denn mit siebenhundertfünfzigtausend Euro? Mir bleiben noch maximal fünf Monate. Die will ich in der Nähe deutscher Ärzte und nicht in einem Dorfkrankenhaus an der bolivianischen Küste leben, zumal ich kein Wort Spanisch kann.«

»Moment mal.« Ira legte den Kopf zur Seite, als könne sie ihn dadurch besser hören. »Dann sollte Leoni also zurück nach Berlin kommen?«

»Ja natürlich. In zwei Tagen. Alles war arrangiert. Ich wollte ihren Vater und die Mafia, die gesamte heilige Familie, in Sicherheit wiegen und dann …« Er öffnete die Faust seiner linken Hand wie eine aufblühende Blume. »In drei Tagen hätte Leoni ausgesagt, Schuwalows Organisation wäre zerschlagen und Jan glücklich mit seiner Verlobten vereint. Verstehen Sie jetzt, was Sie angerichtet

haben? Sie und dieser liebeskranke Irre in dem Radiosender? In Ihren verzweifelten Bemühungen auf der Suche nach Leoni haben Sie die Mafia auf deren Spur gebracht. Der Prozess ist jetzt gelaufen. Mein Leben zu Ende.«
»Warum sagen Sie uns dann nicht, wo Sie Leoni versteckt halten?«
»Wenn ich es tue, wird sie umgebracht werden. Qualvoll!«
»Es sind bereits Menschen gestorben«, erwiderte Ira. »Wie viele wollen Sie noch opfern? In dem verdammten Todesstudio steckt meine Tochter, und er wird sie in wenigen Sekunden umbringen, wenn Sie mir nicht sagen, wohin Sie Leoni gebracht haben. Wissen Sie, was ich denke? Ihnen geht es doch gar nicht um Leoni. Sie haben nur Angst um sich selbst. Sonst hätten Sie nicht alles unternommen, um den Geiselnehmer mundtot zu machen. Sie wollten das Studio stürmen, bevor Jan May zu viel erzählt oder ich zu viel über Leoni herausfinde. Bevor Marius' Zweifel bestätigt werden. Dabei hätten Sie die ganze Zeit über nur zum Telefon greifen müssen, um das Geiseldrama zu beenden. Leoni könnte jetzt schon im Flieger nach Berlin sitzen, und niemand wäre gestorben. Aber Sie haben es nicht getan. Aus Angst. Angst, dass sich ›der Streichler‹ mit seinen Säurehandschuhen an Ihnen austobt, nur weil Sie sich sein Geld genommen haben.«
Die Augenlider des Oberstaatsanwalts zitterten, und er sah plötzlich unglaublich müde aus.
»Ja, das stimmt. Ich habe Angst. Natürlich. Aber genau aus diesem Grund war Flucht nie eine Option.« Er schluckte. »Wie Sie sehen, habe ich noch alle Haare. Ich lehne eine Chemotherapie ab. Und wissen Sie, warum? Ich fürchte mich vor Schmerzen. Doch wie die Dinge nun

mal liegen, führen mich alle verbleibenden Wege zu einem qualvollen Ende. Entweder ich warte darauf, dass meine Morphiumpumpe ihre Wirkung verliert. Oder auf Marius.«
Er wandte sich wieder zu Götz.
»Nachdem Sie jetzt alles von mir wissen, haben Sie da Ihre Meinung vielleicht geändert?«
»Was meinen Sie?«
»Werden Sie mich jetzt erschießen?«
»Nein.«
»Dann werde ich es tun«, sagte der Oberstaatsanwalt. Und jagte sich eine Kugel in den Kopf.

13.

Nur noch zehn Minuten.
Ira rannte zum Schreibtisch und prüfte den Puls von Faust. Tot.
Das darf nicht wahr sein. Bitte, lieber Gott, lass es nicht wahr sein.
Wie ein Mantra wiederholte sie diese stumme Bitte immer und immer wieder, so lange, bis sie sich selbst an den Kopf schlug, um die Endlosschleife zu unterbrechen. Sie riss die Schubladen des Schreibtisches auf. Nichts. Nur der übliche Bürokram, einige Papiere und Utensilien, die man zum Pfeiferauchen benötigte.
Wie durch einen Dunstschleier registrierte sie schwach, dass Götz eine Funkverbindung zur Einsatzzentrale herstellte. Wahrscheinlich holte er einen Krankenwagen.

Denk nach. Warum hat er dir nicht gesagt, wo Leoni ist? Das ergibt doch keinen Sinn.
Warum sollte er sie über seinen Tod hinaus schützen? Ihre Gedanken hingen fest und drehten sich nur noch um diesen Aspekt.
Warum hat er Leonis Aufenthaltsort nicht verraten? Weiß er es nicht? Doch, denn sonst hätte er das gesagt. Also noch mal: Warum schwieg er? Vielleicht weil ...
Sie fasste sich mit beiden Händen an die Schläfen.
Moment mal. Vielleicht HAT er es ja gesagt!
Ira sah sich um. Im unteren Fach der Glasvitrine stand eine Stereoanlage. Sie lief hinüber, riss die Scheiben auf und drehte das Radio auf volle Lautstärke.
101Punkt5 war auf Stationsspeicher eins. Gerade lief der Mittelteil eines Motown-Klassikers.
»Was hast du vor?« Götz nahm sein Funkgerät vom Mund und sah sie fragend an.
Sie ging zu ihm rüber, legte einen Finger auf seine Lippen. Dann griff sie ihn am Ärmel und zog ihn zu sich herunter.
»Bolivien ist ein Binnenland«, flüsterte sie.
»Was?« Er sah sie an, als ob sie den Verstand verloren hätte.
»Es hat keine Küste. Verstehst du? Faust sagte eben, er würde nicht gerne in einem Krankenhaus an der bolivianischen Küste enden, wo er doch kein Wort Spanisch könne.«
»Dann hat er sich eben geirrt.«
»Nein. Denk nach. Er sagte, er könne es uns nicht sagen, weil wir nicht alleine wären. Ich glaube, er hat Angst, dass sein Raum von Marius verwanzt wurde. Er wollte nicht frei sprechen. Aber er hat uns einen Hinweis gegeben.«

»Bolivien?«
»Nein. Erinnerst du dich nicht, wie merkwürdig er über die Mafia sprach? Er nannte sie die ›heilige Familie‹. Auf Spanisch heißt das ›Sagrada Familia‹. Das ist eine ...«
»... eine Kirche. In Barcelona. Ich weiß.«
»Und Barcelona liegt an der Küste!«
Götz steckte das Funkgerät weg und legte ihr beide Hände auf die Schultern.
»Verdammt, wie sollen wir Leoni da finden? Das ist eine der größten Städte Spaniens! Und wir haben nur noch ...«, er sah auf die Uhr, » ... nur noch sieben Minuten.«
Wie zur drohenden Bestätigung wurde der Song im Radio langsam leiser.
»Erinnere dich, Götz!«, flehte Ira. »Was ist dir noch aufgefallen? Was hat Faust uns noch für ein Zeichen gegeben?«
Sie flüsterte jetzt nicht mehr.
»Hat er etwas gesagt, eine Geste gemacht, auf etwas gezeigt? Hat er ...«
Götz und Ira sahen sich an. Dann blickten beide in die Ecke des Zimmers.
Zu der gelben Segeltuchtasche.

14.

Der Grenzschutzbeamte zog ihren neuen amerikanischen Pass nun schon zum zweiten Mal durch sein Lesegerät. Bei allen anderen, die vor ihr die Kontrolle hatten passieren dürfen, hatte es nicht so lange gedauert. Susan wechselte den Arm, mit der sie die kleine Maja trug, und

lächelte den jungen Kerl an. Er sah eigentlich ganz niedlich aus, wenn man einmal von dem dicken Pickel zwischen seinen Augenbrauen und den roten Punkten am Hals absah, die von einem ungeübten Umgang mit billigen Einwegrasierern zeugten. Keine Reaktion.
Statt ihr Lächeln zu erwidern, starrte der Beamte grimmig auf den gefälschten Ausweis, als wäre es seine mickrige Gehaltsabrechnung. Dann griff er zum Telefonhörer.
Was ist los? Bisher hatte es noch nie Probleme mit den Dokumenten gegeben. Sie waren perfekt. Außerdem wollte sie doch nur in die Schweiz und nicht nach Bagdad.
Während der Mann es in irgendeinem Büro auf dem Aéroport El Prat klingeln ließ, verglich er abwechselnd Susans Foto mit ihrem Gesicht. Sie konnte sehen, wie es in seinem Kopf rumorte. Irgendetwas an ihr war ihm aufgefallen, und er schien es nicht richtig einordnen zu können. Er zuckte mit den Achseln. Offenbar ging keiner ran.
Mit einem kurzen Seufzer schob er ihr die Unterlagen unter der Glasscheibe zu und winkte mürrisch die nächste Person in der Schlange zu sich heran.
Was war denn das?, fragte sich Susan verwundert und ging weiter. Ein Hinweisschild machte die Passagiere auf die verschärften Sicherheitsbestimmungen aufmerksam. Wenn sie einen Laptop bei sich trug, sollte sie ihn aus seiner Tasche nehmen. Frauen und Männern mit Stiefeln wurde empfohlen, diese ebenfalls auf das Band zum Durchleuchten zu stellen. Susan musste nichts dergleichen tun. Sie trug leichte Riemchensandaletten, die ihre schlanken Fesseln betonten. Und ihr Handgepäck bestand aus Maja auf dem Arm, einer Tasche mit Babysachen, ihrem Handy und einem kleinen Schlüssel in ihrer rechten

Hosentasche. Er sollte zu einem Schließfach auf dem Zürcher Hauptbahnhof passen. Dort würde sie die Wegbeschreibung zu dem Versteck und den Namen ihres neuen Kontaktmannes erfahren. Die Wohnung am Plaça de Catalunya und ihr bisheriger Vertrauter in Barcelona hatten ausgedient.
Die Frau vor ihr in der Reihe flog ebenfalls mit einem Kind. Der kleine Junge trug ein Dinosaurier-T-Shirt und war etwa fünf Jahre alt. Seine Mutter hielt ihn fest am Handgelenk, als stünden sie an einer Supermarktkasse und sie müsste verhindern, dass er ungefragt eine Süßigkeit auf das Förderband legte. Der Kleine drehte sich um und lächelte Maja an. Susan küsste ihr Baby und streichelte ihm über den zarten Flaum am Kopf. Dabei sah der vor ihr stehende Junge ihr Gesicht, und sein Blick veränderte sich schlagartig. Sein Lächeln erstarb und wandelte sich zu blankem Erstaunen. Susan drehte sich ruckartig um. Sah zurück zur Passkontrolle. Dann wieder zu dem Jungen mit dem Dino-Shirt, der von seiner Mutter schon weitergezogen wurde.
Was geht hier vor?, fragte sie sich nun schon zum zweiten Mal in kurzer Folge. Der kleine Bengel hatte sie mit der gleichen Miene angesehen wie zuvor der Beamte am Schalter. War etwas mit ihrem Gesicht? Irgendetwas mit den Narben?
Sie brauchte dringend einen Spiegel.
Susan war an der Reihe und legte die Tasche aufs Band und den Schlüssel in eine grüne Plastikschale.
»No«, erwiderte sie kurz auf die Frage der dicken Spanierin hinter dem Röntgengerät. »Mehr Gepäck habe ich nicht.«
Dann durfte sie durchgehen. Als es fiepste, wusste sie

plötzlich den Grund. Warum der Mann ihren Pass so lange gemustert hatte. Und warum der Junge in dem Dino-Shirt mit dem Finger immer noch auf sie zeigte, während er von seiner Mutter achtlos zu den Abfluggates gezogen wurde.
Susan sah ihr eigenes Gesicht und schaute dennoch nicht in einen Spiegel. Sondern in einen Fernseher. Er hing über der Kasse des Duty-Free-Shops, direkt gegenüber von den Kontrollen. »¿Dónde está Leoni Gregor?«, lautete die Bildunterschrift.
Susan ließ die Prozedur der Personenkontrolle wie in Trance über sich ergehen. Sie folgte den Anweisungen der gelangweilten Blondine mit den roten Strähnchen im Haar, stellte ihre Füße abwechselnd auf einen kleinen grauen Hocker und behielt dabei die ganze Zeit den tonlosen Bildschirm im Auge.
Wo ist Leoni Gregor? Wer kennt diese Frau?
Es wurde eine Nummer eingeblendet. Und dann erschien in der rechten Bildecke etwas, das Susan nie mehr sehen wollte. Ein Bild eines Menschen, von dem sie geträumt hatte, als sie noch Feodora Schuwalow war. Den sie mehr als sich selbst liebte, während sie sich Leoni Gregor nennen musste. Und um dessentwillen sie sich jetzt unter dem amerikanischen Decknamen ›Susan Henderson‹ verstecken musste, wenn sie durch seinen Verrat nicht sterben wollte. Sie sah das Foto ihrer größten Liebe und zugleich schlimmsten Feindes. Den Vater des Kindes auf ihrem Arm. Jan May.
»Ich glaub, da will dich jemand sprechen, Baby«, sagte ein halbstarker Jugendlicher, dem seine gürtellose Jeans um die Hüfte schlabberte. Er grinste sie an, während er mit seinen lachenden Freunden an ihr vorbeizog.

Erst jetzt registrierte sie, dass sie die Kontrolle offenbar bereits passiert und zu dem Duty-Free-Shop gegangen war. Tatsächlich klingelte das Handy in ihrer Hand.
Nicht rangehen, war ihr erster Impuls.
Es gab nur zwei Menschen, die diese Nummer kannten. Drei, wenn man den neuen Kontaktmann in Zürich dazuzählte. Doch keiner dieser Namen stand gerade im Display.
Sie sah wieder hoch zum Fernseher, auf dem immer noch ihr Porträt in Großformat prangte. Nur die Bildunterschrift hatte sich geändert. Jetzt stand da etwas von einer Geiselnahme in einem Berliner Radiosender. Sie steckte das Telefon weg, das schon lange nicht mehr klingelte, und las weiter die Eilmeldung auf dem Laufband. Es gab mehrere Tote, hieß es da. Jan May wäre ein perverser Killer. Er würde wahllos Menschen anrufen und Geiseln töten. Und er würde sie suchen.
Mich? Woher weiß er, dass ich noch lebe?
Faust hatte ihr heute Morgen nur ausrichten lassen, sie müsste zu ihrer eigenen Sicherheit wieder verlegt werden. Eine Routinemaßnahme. Ansonsten befände sich alles im Lot.
Und jetzt sucht mich Jan May über das internationale Fernsehen? Und bringt Unschuldige um, bis er mich findet? Davon hatte man ihr nichts gesagt.
Vielleicht ist es ganz gut, dass du die Nummer nicht kennst, die dich angerufen hat, dachte sie sich. *Von Faust und seinen Leuten erfährst du offenbar sowieso nicht die ganze Wahrheit.*
Sie eilte zu den Toiletten, schloss sich in einer Kabine ein und wählte die einzige Nummer in ihrem Handy mit dem Vermerk »Anruf in Abwesenheit«.

15.

Kitty umschloss das Wasserglas mit klammen Fingern. Sie suchte in den Augen von Jan nach einem Zeichen. Einem Hinweis, dass die gute Seite in ihm die Oberhand behalten würde. Er war kein schlechter Mensch. Wenigstens nicht ausschließlich. Der Mann, der sie mit der Waffe bedrohte und dabei im Internet nach einer Telefonnummer für sein Spiel suchte, war selbst nur ein Opfer der Umstände. Er war verzweifelt und ausgelaugt. Heute Morgen war er als Psychopath verkleidet in das Studio eingedrungen. Nach und nach hatte er die Maskerade abgelegt, und zum Vorschein war ein bedauernswerter, hilfloser Mensch gekommen. Nicht sie, sondern er war das eigentliche Opfer.
Seh ich das richtig? Oder leide ich schon unter den Symptomen des Stockholmsyndroms?, fragte sich Kitty. Nach diesem psychologischen Paradoxon entwickelten viele Geiseln im Laufe ihrer Gefangenschaft freundschaftliche Gedanken gegenüber ihren Peinigern.
»Sie müssen das nicht tun«, versuchte sie es zögerlich. Sie stellte das Glas vorsichtig auf den Studiotresen. So als wäre es aus wertvollstem Porzellan.
»Doch, leider.« Er sah sie an.
»Warum? Zu welchem Zweck? Leoni kommt durch meinen Tod nicht zurück.«
»Ich weiß. Und eigentlich will ich dich auch gar nicht …« Er sprach das letzte Wort nicht aus.
»Und wieso hören wir dann nicht auf?«
»Weil es im Leben nur um zwei Dinge geht, Kitty. Hoffnung und Entscheidungen.«

»Das verstehe ich nicht.«
»Manche nennen es Träume. Oder Ziele. Für mich sind es Hoffnungen, die einen antreiben. Die Hoffnung, einen besseren Job als der Vater zu bekommen, sich mal ein Cabrio leisten zu können, vielleicht etwas Ruhm zu ergattern. Aber auf jeden Fall die Hoffnung auf die Liebe seines Lebens. Doch hoffen allein genügt nicht, Kitty. Um sich zu verwirklichen, muss man Entscheidungen treffen. Das steht auf der anderen Seite der Gleichung. Aber das tun die wenigsten im Leben. Die meisten auf diesem Planeten lehnen sich entspannt in ihrem Kinosessel zurück und sehen zu, wie die Helden auf der Leinwand die Entscheidungen treffen, die sie sich selbst nicht zu fällen trauen. Kaum einer bricht zu einer Reise ins Ungewisse auf. Wir brüllen dem Hauptdarsteller des Films zu, er solle endlich seinen gut bezahlten Job kündigen, um den verborgenen Schatz in der Wüste zu suchen. Im wahren Leben würden wir selbst das nie tun, es sei denn, unser Arbeitgeber gäbe uns ein Jahr bezahlten Urlaub. Es gibt nur einen hauchdünnen Unterschied zwischen der Masse und einigen wenigen an der Spitze. Die einen hoffen nur, die anderen treffen zusätzlich noch eine Entscheidung. Sie setzen alles auf eine Karte. Und sie sind bereit, alles zu verlieren, wenn das in letzter Konsequenz die Folge wäre.«
»Sie hoffen also *immer* noch, dass Leoni zu Ihnen zurückkommt?«
»Ja. Und ich traf die Entscheidung, bis hierher zu gehen.«
»Auch Menschen zu töten?«
»Ehrlich? Ich weiß es nicht. Nein. Mein Plan sah das eigentlich nicht vor. Auch wenn es da draußen keiner

glauben wird: Ich habe weder den Polizisten noch den UPS-Fahrer erschossen. Du hast doch selbst bemerkt, dass sich der Körper im Leichensack noch bewegt hat?«
»Ja«, log Kitty. In Wahrheit war sie sich nicht mehr sicher. Alles war so schnell gegangen.
»Ich habe mich bei meinen Vorbereitungen auch nie mit der Frage auseinandergesetzt, wie weit ich gehen würde, wenn mein Plan versagt.«
»Und das haben Sie jetzt getan?«
»Ich denke schon.«
Er setzte sich den Kopfhörer auf, schob einen markierten Regler am Mischpult nach oben und zog das Mikrophon dichter zu seinen Lippen. Die Musik, die bis dahin gelaufen war, war verklungen.
»Ich mag dich, Kitty«, sagte er, und diese Worte wurden bereits wieder im Radio übertragen.
»Ich werde für diese Runde eine Nummer in Berlin aussuchen. Eine, bei der du gute Chancen hast.«
»Wen rufen Sie an?«
»Das wirst du gleich hören.«

16.

»Hallo, sind Sie noch dran?«
Götz jagte den Mercedes mit einhundertzwanzig Sachen von der Stadtautobahn in die Beusselstraße, während Ira mit Leoni telefonierte. Das Navigationssystem errechnete alle sechzig Sekunden eine neue Ankunftszeit am MCB-Gebäude. Jetzt waren es nur noch vier Minuten.

»Ja, ja. Das bin ich. Aber ich kann das alles nicht glauben. Wer sind Sie noch mal?«

»Ira Samin. Ich habe heute als psychologische Verhandlungsführerin lange mit Ihrem Verlobten gesprochen. Es ist so, wie ich es sage: Jan May hat Sie damals nicht an Ihren Vater verraten. Und Sie befinden sich gerade in akuter Lebensgefahr.«

Ira erklärte Leoni, wie sie an ihre Geheimnummer gelangt war. In der Villa von Faust war sie vor wenigen Minuten nahe dran gewesen, den Verstand zu verlieren. Tatsächlich hatten sie in der Segeltuchtasche ein Notizbuch mit einer spanischen Handynummer gefunden. Doch beim ersten Versuch war niemand drangegangen.

»Faust ist tot?«, fragte Leoni entsetzt. »Mein Vater weiß, dass ich noch lebe? Und Jan erschießt Geiseln, bis ich zu ihm nach Berlin zurückkomme?«

»So ist es«, bestätigte Ira und verwünschte Faust im gleichen Atemzug. Wie konnte er in dieser Situation Leoni ohne Schutz und Tarnung in eine öffentliche Passagiermaschine setzen? Anscheinend hatte er in der Todesangst seiner letzten Stunden keinen klaren Gedanken mehr fassen können. Oder er rechnete fest damit, dass Steuer stürmen würde, bevor Leonis Foto in den spanischen Medien verbreitet werden würde. Jetzt aber saß Leoni auf dem Flughafen in Barcelona wie auf einem Präsentierteller fest. Genauer gesagt, hockte sie in der Kabine einer öffentlichen Toilette, von der aus sie Gott sei Dank gerade zurückrief.

»Gibt es irgendjemanden, der mir das alles bestätigen kann?«, fragte sie heiser.

»Ja. Oliver Götz, der verantwortliche SEK-Teamchef. Er sitzt neben mir.«

»Ich, ich bin mir nicht sicher. Ich glaube, ich lege auf.«
Im Hintergrund knarrte eine Tür, und Ira hörte Absätze klackern. Außerdem hallte Leonis Stimme nicht mehr. Sie musste das Klo verlassen haben.
»Nein, tun Sie das nicht. Das ist keine Fangschaltung. Wo gehen Sie gerade hin?«
»Zu meinem Gate. Mein Flugzeug startet in wenigen Minuten. Ich bin schon überfällig.«
»Okay, okay. Ich weiß, wie viel ich von Ihnen verlange. Aber ich gehöre nicht zu den Komplizen Ihres Vaters. Ich kann es Ihnen beweisen. Erinnern Sie sich an den Schaum?«
»Was für Schaum?«
»Den Sie einmal in das Schlafzimmer von Jan geleitet haben. Damit Sie sich wie auf Wolken lieben.«
»Woher wissen Sie das?«
»Jan hat es mir erzählt. Sehen Sie, ich lüge Sie nicht an. Hier ...« Ira drehte das Radio lauter. »Hier. Hören Sie selbst, das ist seine Stimme. Er redet gerade mit einer Geisel im Radio.«
Ira verschwieg lieber, dass es sich dabei um ihre eigene Tochter handelte. Leoni war so schon ängstlich und verwirrt genug. Im Moment diskutierte Jan gerade mit Kitty über Helden und Filme auf der Leinwand oder so etwas. Er schien verwirrt. Die nächste Runde war überfällig.
»Gut, das ist Jans Stimme. Aber es könnte eine Aufnahme sein.«
»Ist es nicht.«
Sie waren auf der Altonaer Straße und schossen auf den Kreisverkehr zu, der rund um die Siegessäule führte. Alle Ampeln standen auf Grün, was dennoch wenig nützte, denn der Verkehr staute sich wegen der Sperrungen heute

die gesamte Straße des siebzehnten Juni hoch. Götz trat das Gas weiter durch und vertraute darauf, dass die anderen Wagen für das Blaulichtgeschoss eine Gasse bilden würden.
»Also gut, was verlangen Sie von mir?«, fragte Leoni.
»Sie müssten bitte jetzt Ihr Handy abschalten, bevor Sie an Bord gehen«, meldete sich eine freundliche Frauenstimme im Hintergrund.
Ira trampelte wütend mit voller Wucht gegen das Handschuhfach vor ihr, so dass es aufklappte.
»Nein, tun Sie das nicht, Leoni. Steigen Sie auf keinen Fall in die Maschine. Ich bitte Sie! Reden Sie erst mit Jan!«
»Das kann ich nicht. «
»Bitte schalten Sie es ab, Frau Henderson«, forderte die Dame vom Bodenpersonal. Jetzt etwas weniger charmant.
»Es ist nur ein einziges Gespräch. Sie müssen Jan nur beweisen, dass Sie noch leben.«
»Damit er mich und meine Tochter findet?«, flüsterte Leoni wütend. »Und umbringt? Nein danke. Ich steige jetzt in mein Flugzeug. Ich überdenke die Sache. Dann spreche ich mit meinem Kontaktmann. Wenn er mir grünes Licht gibt, melde ich mich vielleicht wieder bei Ihnen.«
»Leoni, bitte …«
Sie hatte aufgelegt.
»Nein, Nein, Nein!«, schrie Ira und schlug mit der flachen Hand auf die Verkleidung für den Airbag. Um dem Stau zu entkommen, war Götz in einen unbefestigten Forstweg ausgeschert, der mitten durch den Park führte. Doch jetzt blockierten zwei verlassene Fahrzeuge vom Naturschutzamt die Strecke. Sie hingen fest. Nur noch wenige hundert Meter Luftlinie vom MCB-Gebäude entfernt. Aber ohne Kontakt zu Leoni.

»Wohin willst du?«, rief Götz, doch Ira antwortete ihm schon nicht mehr. Sie ließ die Wagentür offen und rannte durch den Park Richtung Potsdamer Platz. Sie biss sich auf die Lippen, um nicht bei jedem Schritt laut loszuschreien. Die Kombination aus einer gebrochenen Rippe, Rauchvergiftung und kaltem Entzug war nicht die beste Voraussetzung für einen Spurt durch den Tiergarten. Nach zweihundert Metern schon musste sie keuchend eine kleine Pause einlegen. Da ließ plötzlich etwas eine Hoffnung in ihr aufkeimen, die all ihre Schmerzen auf einen Schlag betäubte. Ihr Handy klingelte. *Leoni hat es sich anders überlegt.*
Sie sah auf die Uhr, bevor sie abnahm. Noch könnte es nicht zu spät sein. Noch hatte Jan die nächste Runde vielleicht nicht gespielt.
»Danke, dass Sie sich noch einmal melden«, stöhnte Ira atemlos in ihr Funktelefon.
Kurz darauf war der unerträgliche Schmerz wieder zurück. Viel schlimmer als je zuvor.

17.

»Das war die falsche Parole, Ira.«
Jan May ging zum Regal und fegte mit einer ausladenden Handbewegung eine ganze Reihe von CDs auf den Studioboden. Dann drehte er sich um und trat in die Verkleidung des Tresens. Das gebogene Metall schepperte, doch seine verzweifelte Wut konnte er dadurch nicht abreagieren. Er war außer sich.

»Was haben Sie getan? Zum Teufel, ich wollte Ihrer Tochter eine faire Chance geben. Also wählte ich Ihre Nummer. Wissen Sie, was das bedeutet? Wissen Sie das?«
Seine Augen füllten sich mit Tränen, als er Kitty ansah, doch er konnte nichts dagegen tun. Sollte sie doch seine Schwäche sehen.
Er war so verdammt müde. Als hätte jemand in seinem Innersten ein Streichholz angezündet und damit seine letzten Kraftreserven verbrannt.
»Sie haben soeben auch noch Ihre zweite Tochter getötet«, sagte er leise und wischte sich mit dem Ellbogen eine Träne von der Wange.
Bitte, flehten Kittys stumme Lippen. Er ertrug den Anblick ihres gleichmäßigen Gesichtes nicht mehr. Der Schock hatte ihre Augen verklärt, aber ihrer Schönheit keinen Abbruch getan. Wenn er sie in dem halb verwüsteten Studio stehen sah, vor den Einschusslöchern in der Wand, dann erinnerte ihn das an Aufnahmen von Kindern aus der Dritten Welt, die in Kriegsgebieten oder auf Müllhalden spielen. Sie alle waren jung, unschuldig und verloren. So wie Katharina Samin.
»Ich muss jetzt auflegen, Ira«, sagte er.
»Nein, Jan. Bitte. Tun Sie es nicht. Lassen Sie sie leben«, flehte Kittys Mutter am anderen Ende. Sie keuchte schwer, als würde sie gerade einen Marathon laufen.
»Sagen Sie mir einen Grund, warum ich auf Sie hören sollte.«
»Ich hab den besten, den es gibt: Leoni.«
»Was ist mit ihr?«
»Ich hab sie gefunden.«
Ihre letzten Worte durchzuckten ihn wie ein Hexenschuss. Er bekam Angst, vor Kittys Augen das Gleichge-

wicht zu verlieren, und lehnte sich wieder an seinen Hocker vor dem Sendemischpult.
»Wo ist sie?«
»Das darf ich nicht sagen.«
»Sie bluffen wieder, Ira. Sie wollen doch nur das Leben Ihrer Tochter retten.«
»Ja. Das will ich. Aber ich schwöre Ihnen, ich lüge Sie nicht an. Ich habe Leoni Gregor gefunden.«
»Dann beweisen Sie es.«
»Das kann ich nicht. Nicht über das Radio.«
»Wieso nicht?«
»Weil wir Leoni dadurch in Gefahr bringen. Wenn ich Ihnen jetzt sage, was mit Ihrer Verlobten geschehen ist und wo sie sich momentan aufhält, dann wäre das ihr Todesurteil. Bitte. Uns hören mehrere Millionen Menschen zu. Darunter welche, die ...«
Jan wartete ab, bis Iras Hustenanfall vorüber war. Er sah auf die digitale Studiouhr über Kittys Kopf. Nach sechs Sekunden hatte sie sich wieder gefangen. Aber sie klang noch immer wie ein Asthmatiker kurz vor dem Kollaps.
»Uns hört jemand zu, der unter gar keinen Umständen erfahren darf, wo Leoni steckt und was ich herausgefunden habe. Sie müssen mir vertrauen. Was ich Ihnen zu sagen habe, ist streng vertraulich. Nehmen Sie unser Gespräch von der Antenne. Dann können wir reden.«
»Das ist doch eine Falle, Ira. Erst leiten Sie die Anrufe um. Sie verschweigen mir Ihre Tochter im Nebenraum. Dann lenken Sie mich ab, während Ihr Freund das Studio stürmen will. Und jetzt soll ich Ihnen glauben, Sie hätten Leoni gefunden? Ausgerechnet jetzt? Einfach so? Ohne Beweise? Für wie bekloppt halten Sie mich denn eigentlich?«

335

»Ich halte Sie für einen sehr intelligenten Menschen. Deshalb werden Sie einsehen, wie wichtig es ist, dass wir allein reden. Ohne Zuhörer.«
»Sie wollen mir doch nur den Saft abdrehen, damit niemand da draußen mitbekommt, was Sie als Nächstes für ein krummes Ding drehen.«
»Das ist doch Quatsch, Jan. Was hätte ich davon? Einen Aufschub von vielleicht zehn Minuten. Wenn ich mit gezinkten Karten spiele, rettet das Kitty dann auch nicht mehr. Ich schwöre Ihnen: Ich weiß, wo Leoni ist. Ich kann sie zu Ihnen bringen. Doch mehr darf ich dazu jetzt nicht sagen.«
»Sie sind eine gute Verhandlerin, Ira, aber ich fürchte, dieses Mal überspannen Sie den Bogen. Sie müssen mir schon etwas mehr geben.«
»Was denn?«
»Okay. Ich hab zwar immer gesagt, ich höre erst auf, wenn Leoni lebend vor mir steht. Aber gut, wenn Sie mir schon nicht sagen wollen, wo sie ist, dann holen Sie sie mir wenigstens ans Telefon.«
Ira hustete wieder und spuckte hörbar mehrfach hintereinander aus.
»Auch das kann ich leider nicht.«
»Na, da bin ich aber gespannt, welche Ausrede Sie dafür parat haben.«
»Ist Ihnen schon mal der Gedanke gekommen, dass Leoni vielleicht gar nicht mit Ihnen reden will? Immerhin kann man Ihr Gesicht gerade im Fernsehen bewundern. Man nennt Sie den Radiokiller.«
»Sie liebt mich. Sie weiß, wie ich wirklich bin.«
»Da wäre ich mir nicht so sicher.«
»Wieso? Was hat sie Ihnen erzählt?«

»Genau darüber kann ich jetzt nicht sprechen. Bitte! Unser Telefonat dauert schon viel zu lange. Schalten Sie die Übertragung ab.«
Selbst wenn ich es wollte, ich habe keine Ahnung, wie das geht, dachte Jan. Bevor er den Produzenten freiließ, hatte Flummi die eingehenden Anrufe so programmieren müssen, dass sie alle direkt auf Sendung gingen. Jetzt wusste Jan nicht, wie er das wieder rückgängig machen konnte.
Natürlich, ich könnte Kitty bitten, aber ...
»Nein, das werde ich nicht tun«, entschied er sich dagegen. »Und wenn ich merke, dass mir irgendeiner von euch da draußen den Strom abklemmt, wird Kitty sterben. Habt ihr gehört? Ich lasse mich von euch nicht länger hinhalten. Ich frage Sie jetzt zum letzten Mal: Wo ist Leoni? Entweder ich bekomme sofort eine Antwort, oder ich werde auflegen und die letzte Spielrunde zu Ende bringen.«
Als er nur lautes Rascheln hörte, fragte er noch einmal nach.
»Ira?«
Die Mischung aus Atmen und Windgeräuschen wurde lauter. Jan bekam eine Gänsehaut. So ähnlich hatte es vor acht Monaten geklungen. Bei seinem letzten Gespräch mit Leoni.
Glaub nicht, was sie dir sagen ...
»Also gut ...«, riss ihre heisere Stimme ihn wieder in die Gegenwart zurück.
»Nur so viel: Sie befindet sich gerade in einem Flugzeug. Mitten in der Startphase. Ich bekomme Leoni frühestens in zehn Minuten an den Apparat. Und selbst dann weiß ich nicht, ob sie mit Ihnen reden will.«
»Zehn Minuten sind zu viel. Ich will Leoni *jetzt*.«

»Was ist nur los mit Ihnen? Hören Sie mir nicht zu?« Nun klang Ira so wütend, wie er es vorhin gewesen war, als sie sich mit der falschen Parole meldete.
»Sie wollen Ihre Verlobte wiedersehen?«
»Ja.«
»Lebend oder in einem Metallsarg?«
»Was wohl?«
»Gut, dann schlage ich Ihnen einen Deal vor. Ich bin in wenigen Augenblicken bei Ihnen. Nehmen Sie mich im Austausch gegen Kitty.«
Jan zog die Augenbrauen zusammen. *Was hat sie vor?*
»Wozu soll das gut sein?«
»Das ist der Beweis, dass ich es ernst meine. Es geht Ihnen doch gar nicht um meine Tochter, Jan. Es geht Ihnen nur um Leoni. Ich komme jetzt rein, schalte das Mikrophon ab und erzähle Ihnen alles, was ich weiß. Danach können Sie mit mir eine Runde Cash Call spielen, wenn Ihnen nicht gefällt, was Sie gehört haben.«
»Die Runde ist schon gelaufen. Kitty hat verloren.«
»Jan, Sie stehen so kurz vor dem Ziel. Sie haben monatelang die Hölle durchlitten. Sie haben Ihr gesamtes Leben in die Waagschale geworfen. Unschuldige mussten sterben. Wollen Sie jetzt wirklich Ihre letzte Geisel opfern und danach den Rest Ihres Lebens mit einer einzigen Frage leben?«
»Welcher?«
»Ob ich Sie nicht vielleicht doch zu Leoni geführt hätte, wenn Sie nur auf meinen Vorschlag eingegangen wären.«
»Sie im Austausch gegen Ihre Tochter?« Jan musste gegen seinen Willen lachen. »Das verbietet doch jedes Schulungshandbuch.«
»Das verbietet auch, dass eine persönlich Betroffene die

Verhandlungen leitet. Jan, hören Sie zu. Erinnern Sie sich noch an die Frage, die Sie mir vor wenigen Stunden stellten? Die, was ich tun würde, wenn ich im Ozean auf einem kleinen Floß säße und mich entscheiden müsste, wen ich aus den Fluten retten könnte: Sara oder Katharina?«

»Ja.«

»Ich hab Ihnen noch gar keine Antwort gegeben«, hörte er sie keuchen. »Noch heute Morgen wollte ich mir in meiner Küche das Gehirn aus dem Schädel schießen. Wahrscheinlich will ich das noch immer. Aber jetzt besäße mein Tod einen Sinn. Lassen Sie Kitty gehen, und nehmen Sie mich als Pfand.«

»Sie wollen Ihre Schuld tilgen, Ira. Sie wollen Sara und Kitty auf einmal retten, habe ich Recht?«

»Ja.«

»Aber das geht nicht. Das Floß ist zu klein für drei Personen.«

»Genau deshalb springe ich ja auch ins Wasser. Deshalb komme ich zu Ihnen ins Studio.«

Jan stieg langsam von dem Lederhocker, auf dem er während des Gespräches wieder Platz genommen hatte. Ging drei Schritte zurück, bis er mit dem Rücken an der Außenwand stand.

So weit wie nur möglich von Kitty entfernt. Er sah auf die Waffe in seiner Hand. Sie zielte schon lange nicht mehr auf seine letzte Geisel. Sein rechter Arm spiegelte seine gesamte Verfassung wider. Er hing schlaff nach unten. Und Ira schien es nicht viel besser zu gehen. Allein in der letzten Minute hatte sie ihre Sätze dreimal wegen eines Hustenanfalls unterbrechen müssen.

»Also gut«, sagte er schließlich und sah zum ersten Mal

seit Beginn des Telefonates Kitty wieder direkt in die Augen. Hoffnung blitzte auf. Er hatte eine Entscheidung getroffen.
»Wie sehen uns in fünf Minuten, Ira. Keine Tricks.«

18.

Leonis weiße Bluse verfärbte sich blutrot. Ungläubig sah sie an sich herab. Auch Maja auf ihrem Schoß war vollständig besudelt.
Warum beginnen die Turbulenzen immer dann, wenn die Stewardess die Getränke ausschenkt?
Sie tupfte zuerst das Gesicht ihrer Tochter und dann ihr eigenes Oberteil mit der kleinen Papierserviette ab, die um das Plastikbesteck gewickelt war. Vergeblich. Der Appetit auf das mikrowellenerhitzte Hühnchen war ihr sowieso vergangen. Erst bekam sie eine neue Identität verpasst und musste Barcelona ohne Vorwarnung verlassen. Dann sah sie ihr eigenes Konterfei auf allen Fernsehkanälen und musste damit rechnen, spätestens von den Schweizer Behörden in Gewahrsam genommen zu werden. Und jetzt schlugen die Wellen der Vergangenheit wie eine Sturmflut über ihrem Kopf zusammen.
Jan May.
Entweder er wollte sie wirklich umbringen. Oder es gab etwas, von dem sie nichts wusste. So oder so war sie in Gefahr, und sie hatte nicht vor, dieser Ira Samin zu trauen, von der sie bisher nur die Stimme am Telefon kannte. Nichts in aller Welt würde sie zurück in die Höhle des

Terrors bringen. Zurück nach Berlin. Dort, wo ihr Vater nur darauf wartete, sie zu ermorden.

Ihr Magen rumorte, als hätte sie etwas Verdorbenes gegessen, und der bittere Geschmack in ihrem Mund verstärkte das Gefühl. Die Anschnallzeichen erloschen, und sie wollte aufstehen, um sich rasch auf der Toilette den Tomatensaft wieder auszuwaschen. Leoni platzierte ihre Tochter sanft auf den Nachbarsitz. Zum Glück saß niemand neben ihnen. Überhaupt war der Flug nach Zürich nur mager ausgelastet. Sie schob die linke Armlehne ihres Fensterplatzes nach oben, kroch an Maja vorbei und wollte sich gerade vollständig aufrichten, als eine schwere Hand sie wieder auf den Gangplatz drückte.

»Miss Henderson?«

»Was erlauben Sie sich?«, antwortete sie auf Englisch. Die Rollenspiele waren ihr seit den Ereignissen der letzten Jahre in Fleisch und Blut übergegangen.

»Sie dürfen Ihren Platz leider nicht verlassen.«

»Mit welcher Begründung?« Sie schüttelte die sonnengebräunte Hand des Copiloten von ihrer Schulter.

»Ich fürchte, Sie stellen ein Flugsicherheitsrisiko dar, und ich fordere Sie eindringlich auf, sich nicht vom Fleck zu bewegen, sonst muss ich Sie leider ruhig stellen.«

Erschrocken nahm sie den Elektroschocker zur Kenntnis. Der kräftige Pilot hielt ihn so, dass niemand aus den dahinterliegenden Reihen ihn sehen konnte.

»Bitte machen Sie uns keinen Ärger.«

»Aber was soll das? Ich habe nichts getan.«

»Das kann ich nicht beurteilen. Ich habe entsprechende Anweisungen von der Bodenkontrolle erhalten.«

»Welche Anweisungen.«

Die Maschine sackte zwei Meter ab, doch Leoni war zu

abgelenkt, um deshalb in ihre übliche Flugangst zu verfallen. *Was ging hier vor sich? In welchem Team spielte dieser Mann? Sollte ihr Vater etwa auch hier seine Schergen eingeschleust haben?*
Die Antwort erhielt sie durch die Borddurchsage, die ihre Gedanken unterbrach, während der Copilot einer Stewardess den Weg freimachte, die sich neben ihren Sitz in den Gang stellte. Auch sie hielt einen Elektroschocker in der Hand.
»Meine Damen und Herren, wir bitten um Ihre Aufmerksamkeit. Aus Gründen der nationalen Sicherheit, die wir leider nicht näher erläutern können, haben wir soeben die Anweisung erhalten, unseren Flugplan zu ändern. Wir fliegen nicht, wie vorgesehen, nach Zürich. Unser Flug wird nach Berlin-Tegel umgeleitet.«
Die aufrichtigen Entschuldigungen des Piloten für die damit verbundenen Unannehmlichkeiten, gingen in dem Tumult der etwa fünfzig aufgebrachten Passagiere unter.
Leoni sah nach draußen auf die scheinbar unendliche Wolkendecke und fragte sich, ob sie diesen Tag wohl überleben würde.

19.

Ira zog langsam die Trainingshose über ihre aufgeschrammten Beine. Jede Bewegung des Stoffes auf ihrer ausgetrockneten Haut fühlte sich an, als schabe Sandpapier über eine offene Wunde.
»Ich darf das nicht zulassen.« Steuer machte keine Anstal-

ten, die Verhandlungszentrale im neunzehnten Stock zu verlassen, während Ira sich vor seinen Augen auszog.
»Hindern Sie mich doch daran«, erwiderte sie und drehte ihm den Rücken zu. Sie ahnte, dass die ohnmächtige Wut ihn gerade innerlich in Stücke riss. Auf der einen Seite könnte er sie verhaften lassen. Auf der anderen Seite müsste er sich dann vor der gesamten Medienöffentlichkeit dafür rechtfertigen, warum er den angekündigten Austausch der letzten Geisel verhindert hatte.
Götz hatte dem Einsatzleiter bereits per Funk die neuesten Ereignisse durchgegeben. Von der Folterung durch Marius Schuwalow über Fausts Geständnis bis hin zu seinem Freitod. Steuer war auch darüber im Bilde, dass Leoni noch lebte und in diesem Augenblick den spanischen Luftraum verließ.
Plötzlich spürte sie seinen feuchten Atem im Nacken. Sie erstarrte.
»Sie denken, ich bin ein Arschloch, und Sie sind die Heldin in diesem Drama, nicht wahr? Aber Sie irren sich.«
Ira befreite auch das andere Bein aus der Hose und warf sie auf einen Schreibtischstuhl, der nur einen halben Meter entfernt stand. Allein diese Bewegung schmerzte sie wie ein Tritt gegen die Rippen. Sie tastete mit den Fingern nach der faustgroßen Schwellung links unten an ihrem Brustkorb und zuckte sofort zusammen, als hätte Steuer ihr soeben einen Stromschlag verabreicht.
»Glauben Sie es, oder lassen Sie es bleiben. Aber ich bin auf Ihrer Seite.«
Ira lachte kurz auf.
»Davon hab ich heute nicht viel bemerkt.«
»So? Die Tatsache, dass Sie überhaupt noch etwas bemerken können, ist schon Beweis genug. Warum habe ich Sie

wohl abgezogen? Damit genau das hier jetzt nicht passiert. Damit Sie keine Dummheiten machen. Ihre Emotionen haben die Kontrolle übernommen.«
Ira spürte seinen aggressiven Blick auf ihrem Rücken.
»Eigentlich könnten Sie mir ja egal sein, Ira. Aber es geht hier nicht nur um Sie oder Ihre Tochter. Haben Sie schon mal darüber nachgedacht, dass Jan vielleicht mit Schuwalow unter einer Decke steckt?«
Nein. Auf diese Idee war sie tatsächlich noch nicht gekommen.
»Es gibt nicht einen Grund, ihm zu trauen. Woher wissen wir, was ihn antreibt? Ist es wirklich Liebe? Oder wird er von Schuwalow dafür bezahlt, dass er Leoni findet und rechtzeitig vor dem Prozess erledigt?«
Nach einer kurzen Pause setzte Steuer weiter nach.
»Das sagen zumindest einige der Geiseln, die wir befragt haben. Jan hat ganz offen angekündigt, dass er Leoni ermorden wird, sobald wir sie zu ihm bringen. So wie Stuck und Onassis.«
Ira überlegte, mit welchen Argumenten sie Steuers Hypothese vom Tisch fegen könnte. Ihr fielen keine zwingenden ein. Vielleicht hatte Jan wieder nur geblufft? Weil er die revoltierenden Geiseln schocken wollte, um Ruhe ins Studio zu bekommen? Auf der anderen Seite war Jan ein psychologisch geschulter Schauspieler. Er hatte sie alle heute schon mehrfach hinters Licht geführt. Auch diese Täuschung war ihm zuzutrauen.
Gerade als sie zu einem Kommentar ansetzen wollte, war auf einmal sein Atem wieder weg. Sie spürte Steuers körperliche Nähe nicht mehr so aufdringlich. Ira wollte sich nicht zu dem Ekel umdrehen, aber sie war sich ziemlich sicher – er musste einen Schritt zurück gemacht haben.

Oder sogar mehrere. Wie zum Beweis klang seine Stimme etwas weiter entfernt.
»Leoni steht als Susan Henderson auf der Passagierliste von Flug Swiss 714 von Barcelona nach Zürich. Ich habe die erforderlichen Maßnahmen in die Wege geleitet. Die Maschine wird umgeleitet.«
Jetzt konnte sie doch nicht an sich halten. Sie drehte sich zu ihm um, konnte aber nur seinen breiten Rücken sehen. In der Tür blieb er noch einmal kurz stehen.
»Halten Sie mindestens zwei Stunden durch, Ira. Wir werden Leoni aufs Dach des Gebäudes bringen.«
Dann war er verschwunden.

20.

Enjoy the Silence. Genieße die Stille. Jan May musste ein Depeche-Mode-Fan sein. Seitdem er alleine im Studio war, kümmerte er sich selbst um die Musikauswahl. Das war jetzt schon der zweite Titel der britischen Synthy-Pop-Legende, der in diesem Moment aus den Deckenlautsprechern der Großraumredaktion hallte.
Ira näherte sich dem Studiobereich wie eine gequälte Ehefrau ihrem wütenden Mann, der sie gleich verprügeln würde. Ihr ganzer Körper brannte, während sie langsam an den leeren Schreibtischen vorbeischlurfte. Als sie ihr Spiegelbild in der Glaswand des Studiokomplexes sah, musste sie plötzlich an ihre Mutter denken. Salina Samin hatte zeit ihres Lebens penibel auf korrekte Kleidung geachtet. Nicht, um den Männern zu gefallen, sondern aus

Angst vor einem Unfall. »Notfälle kommen immer überraschend«, pflegte sie zu sagen. »Und wenn man dich ins Krankenhaus einliefert, willst du dich dort den Ärzten doch nicht in hässlicher Unterwäsche zeigen.« Die Ironie des Schicksals wollte, dass sie in der Dusche ausrutschte und sich das Genick brach. Sie starb splitternackt.
Heute hätte ich besser auf Mama gehört, dachte Ira resigniert. Zum zweiten Mal innerhalb weniger Stunden trug sie jetzt nur noch ihre Unterwäsche, so wie Jan es gefordert hatte. Ihre nackten Füße tappten auf dem kühlen Parkett, während sie mit erhobenen Händen auf den Studiokomplex zuging. Das A-Studio wurde immer noch durch die Brandschutzjalousie abgeschottet. Es gab keinen Sichtkontakt. Dafür wurde ihre jämmerliche Gestalt gerade von mehreren Überwachungskameras eingefangen. Sie konnte sich gut die Kommentare der Beamten vorstellen, die ihren fleischfarbenen Slip begutachteten, den sie zu einem schwarzen Spitzen-BH trug.
»Das hat man davon, wenn man sich im Dunkeln anzieht«, sprach Ira zu sich selbst. »Eigentlich wollte ich heute Morgen nur mal kurz raus zu Hakan, um eine Cola light zu holen.«
Und mich dann vergiften, fügte sie in Gedanken hinzu.
Ira war nur noch zwei Meter von den dicken Glasscheiben entfernt, die die Nachrichtenstudios von der Redaktionszone abgrenzten.
»Machen Sie die Tür auf, und kommen Sie in den Vorbereich«, dröhnte es auf einmal aus einem Lautsprecher direkt über ihr. Depeche Mode war verstummt. Jan war wieder auf Sendung. Er sprach über das Radio zu ihr.
Ira tat, wie ihr befohlen. Sie wuchtete die schwere, schalldichte Glastür nach innen auf, nahm eine Stufe und trat

ein. Sie sah sich um. Links neben ihr gab es eine leicht erhöhte Plattform mit mehreren aneinandergereihten Sendenischen, samt Mikrophon, Computer und Stehhockern, für die Nachrichten- und Wettermoderatoren. Der schmale Gang, der an ihnen vorbeiführte und in dem Ira gerade stand, führte direkt auf die verschlossene Tür vom A-Studio zu.
»Und jetzt Hände hoch.« Dieses Mal kam die Stimme aus einem kleinen Computerlautsprecher vom Nachrichtenplatz.
Ira hob beide Arme in die Luft. Ein Wirbel knackte ungesund, als sie die Oberarme in Schulterhöhe nahm. Jetzt fühlte sie sich wie eine der drogensüchtigen Prostituierten vom Babystrich der nahe gelegenen Kurfürstenstraße. Halbnackt, der Körper mit blauen Flecken übersät, völlig schutzlos dem perversen Freier ausgeliefert, der im Sendestudio auf sie wartete. Mit dem einzigen Unterschied, dass ihre Gegenleistung nicht in mageren zwanzig Euro bestand, sondern im Leben ihrer Tochter. Hoffentlich.
Wenigstens hab ich mir gestern noch die Achseln rasiert, dachte sie bei sich, als die Tür zum A-Studio plötzlich nach innen aufgezogen wurde.
»Kitty!«, rief Ira laut. Die blonden Haare, die sie vom Vater geerbt hatte, waren das Erste, was sie von ihrer Tochter im Türrahmen sah. Sie trug sie jetzt länger. Erst sah es so aus, als wären sie ins Gesicht gekämmt. Dann erkannte sie, dass Kitty ihr den Rücken zuwandte.
»Umdrehen«, befahl Jan. Sie gehorchte.
»Und jetzt rückwärtsgehen. Zu mir. Aber schön langsam.«
Schon als kleines Kind wollte sich Ira nie rücklings in die Arme ihrer Freundinnen fallen lassen. Ihr Vertrauen dazu

war nie groß genug gewesen. Einmal hatte sie sich überwunden und ganz fest damit gerechnet, mit dem Hinterkopf auf dem sandigen Boden des Spielplatzes aufzuschlagen. Obwohl sie damals eines Besseren belehrt wurde, blieb es bis heute dabei. Ira sah einer Gefahr lieber direkt ins Auge, als sich abzuwenden. Doch Jan ließ ihr gerade keine Wahl.
»Beeilung.«
Ihr Herz drückte von innen schmerzhaft gegen ihre gebrochene Rippe, während sie ein Bein nach dem anderen nach hinten setzte. Sie sah nach unten. Zu der Bodenkante. Wenn sie hierzu parallel lief, musste sie früher oder später die Tür erreichen. Und Jan.
Sie hatte erst zwei quälend lange Meter auf diese Art und Weise zurückgelegt, als sie aufschrie. Etwas hatte sie berührt. Etwas Weiches. Flüchtig, am rechten Handgelenk. Einen Schritt weiter sah sie in das erstaunte Gesicht ihrer Tochter.
Er hat ihr dasselbe befohlen, dachte Ira anerkennend. Auch Kitty musste rückwärtsgehen. Durch den simplen Trick waren sie abgelenkt, wehrlos und konnten sich nicht absprechen. Außerdem sah Jan auf diese Weise, ob sie eine Waffe am Körper trug.
»Jetzt wieder umdrehen. Beide, sofort.«
Auch das war wieder ein genialer Schachzug. Ira konnte Kitty nur ein flüchtiges Lächeln zuwerfen, was vermutlich noch beängstigender aussah, als wenn sie geweint hätte. Auch Kittys Gesicht war zu einer Maske erstarrt, als wäre es das Produkt eines unfähigen Schönheitschirurgen.
Ira wandte sich, so langsam es ging, von ihrer Tochter ab und drehte sich im Halbkreis zu Jan. Zu kurz. Die Zeit

reichte nicht aus, um zu überprüfen, ob es Kitty gut ging. Geschweige denn, um ihr ein Zeichen zu geben.
»Sehr schön«, sagte Jan, als Ira ihm in die Augen sah.
»Jetzt einfach weitergehen. Kitty zum Ausgang«, er richtete seine Waffe auf Iras Stirn, »und Sie kommen zu mir.«

21.

Das Satellitentelefon klingelte, als Marius Schuwalow das Klopapier an der Kasse aufs Band legte. Es war ihm nicht peinlich, bei Aldi einkaufen zu gehen. Im Gegenteil: Er genoss die ungläubigen Blicke der anderen Kunden, wenn er seine Limousine auf dem Parkplatz abstellte. Einige erkannten ihn. Schließlich geisterte sein Bild gerade jetzt vor dem Prozessauftakt durch sämtliche Zeitungen. Deshalb musste er selten lange an der Kasse warten. Irgendjemand ließ ihn immer vor.
Marius genoss den kurzen Ausflug in das reale Leben. Mindestens einmal pro Woche fuhr er in die Schmargendorfer Filiale und beobachtete das Fußvolk. Er unterhielt sich mit den pickligen Angestellten, machte verschüchterte Hausfrauen auf ein Sonderangebot aufmerksam und sonnte sich dabei in der Gewissheit, täglich mehr Geld für sein Abendessen auszugeben, als viele Aldi-Kunden in einer Woche verdienten. Allein die Kautionszahlung, die er hatte hinterlegen müssen, würde den meisten hier ein Leben ohne Arbeit ermöglichen.
»Lagebericht!«, meldete er sich kurz angebunden. Er

wartete jetzt schon seit einer halben Stunde auf diesen Anruf.
»Kitty ist frei. Ira befindet sich an ihrer Stelle im Studio.«
»Gut. Dann läuft ja alles wieder nach Plan.«
Marius nahm eine kleine Dose koffeinfreien Instant-Kaffees aus dem Einkaufswagen. Vor ihm musste ein kleines Mädchen noch ihren Einkauf bezahlen. Anscheinend reichte das Geld nicht aus, das ihr die Mutter mitgegeben hatte.
»Ja. Die Tochter wird zurzeit verhört.«
»Hat sie was gesehen?«
»Wissen wir noch nicht. Es ist eher unwahrscheinlich. Die anderen Geiseln haben auch nichts mitbekommen.«
»Gut. Trotzdem müssen wir uns um sie kümmern.«
Marius achtete nicht besonders auf seine Wortwahl. Die Satellitenleitung war abhörsicher.
»Moment mal.« Er klappte die Antenne ein und legte das graue Telefon zu seinen anderen Sachen auf das Förderband. Dann beugte er sich zu dem kleinen brünetten Mädchen runter. Es war etwa sieben Jahre alt, trug ihre halblangen Haare zu einem Pferdeschwanz gebunden und zitterte am ganzen Körper.
»Was hast du denn, Kleine?«, fragte Schuwalow freundlich. Seine manikürte Hand tätschelte ihr Köpfchen.
»Ihr fehlt ein Euro«, antwortete die Kassiererin.
»Das ist doch kein Problem, Prinzesschen«, lächelte Marius und drehte das zierliche Kinn des kleinen Mädchens zu sich. »Nimm deine Sachen und sag Mami, sie muss das nächste Mal besser rechnen, ja?«
Die Kleine nickte.
»Ich übernehme das«, erklärte er der Angestellten und

nahm ein Überraschungsei aus der Auslage neben der Kasse.
»Das hier ist auch für dich, meine Süße.« Er legte es dem Mädchen in seine geöffnete Hand. Sie hatte aufgehört zu weinen.
Marius klappte die Antenne des Satellitentelefons hoch und setzte sein Gespräch fort. »Wo wird Kitty jetzt hingebracht?«
»Dort, wo der Chefredakteur Diesel auch gerade auf seine Operation wartet. In die Charité.«
»Haben wir da einen unserer Männer?«
»Noch nicht.«
»Dann veranlass das. Sofort!« Marius winkte dem Mädchen hinterher, das mit einer schweren Tüte zum Ausgang zog. Sie hatte sich noch einmal zu ihm umgedreht und lächelte jetzt wieder.
»Das macht zwölf Euro neunundvierzig bitte«, sagte die Kassiererin. Schuwalow reichte ihr wortlos einen Fünfhundert-Euro-Schein.
»Was ist mit Leoni?«, fragte er, während die Kassiererin verärgert das enorme Wechselgeld zusammenzählte.
»Sie landet in etwa zwei Stunden in Tegel und wird dann mit dem Hubschrauber aufs Dach des MCB-Gebäudes geflogen.«
»Gut, ich möchte sie so schnell wie möglich wiedersehen. Ich habe für uns beide einen Tisch bei Gudrun reserviert, wir werden draußen sitzen.«
»Verstehe«, bestätigte die namenlose Stimme am anderen Ende. In der Gudrunstraße lag der Berliner Zentralfriedhof Friedrichsfelde.
»Das Gleiche gilt auch für Kitty.«
»Ja.«

»Ich möchte nicht, dass es schon wieder eine Panne gibt. Sobald sie ins Krankenhaus kommt, wird sie eingeladen.«
»Alles klar.«
Der Mann am anderen Ende klang nüchtern und routiniert, als hätte er derartige Befehle schon oft entgegengenommen.
Marius verabschiedete sich von dem Maulwurf, beendete das Gespräch und betrachtete lächelnd seinen Einkauf. Er würde sich nicht die Mühe machen, die Waren in seinen Kofferraum zu laden. Alles landete in dem großen Müllcontainer am Ausgang. So wie immer. Noch nie hatte er sich dazu herabgelassen, diese Billigprodukte auch zu verwenden. Eher würde er auf sein Wechselgeld verzichten. Oder Leoni und Kitty heute am Leben lassen.

22.

Die ersten Sekunden der Begegnung wollte es Ira nicht wahrhaben. Dieser Mann sollte für den Terror heute verantwortlich sein? Jan machte auf sie eher den Eindruck eines Opfers als den des psychopathischen Massenmörders.
Zu nett, war ihr erster Gedanke, als sie vor ihm stand.
Ira hatte sich fest vorgenommen, den potenziellen Mörder ihrer Tochter zu hassen, was ihr in diesem Augenblick ausgesprochen schwerfiel. Sie standen beide in der kleinen Senderküche, in der Kitty sich unter der Spüle versteckt gehalten hatte. Jan hatte das CD-Regal, das den

Fluchtweg durch die Küche versperrt hatte, wieder zurückgewuchtet, als Ira um ein Glas Wasser bat, bevor sie ihm die Sachlage in allen Einzelheiten schilderte. Und ganz offensichtlich glaubte er ihr.
Dass Leoni bald zu ihm kommen würde.
Dass sie sich schon auf dem Weg nach Berlin befand.
Eigentlich hätte Ira erleichtert sein müssen. Jan hatte sie weder gefesselt noch sonst bedroht. Überhaupt wirkte er nicht gefährlich, sondern im Gegenteil erschöpft. Aber Ira wusste, dass sie sich von dem intelligenten Gesicht mit den tiefgründigen Augen nicht einlullen lassen durfte. Schon das Grundlehrbuch der Polizeipsychologie verbot jeglichen Rückschluss vom Äußeren auf die Persönlichkeit. Jan war einem Straßenköter vergleichbar. Er konnte noch so harmlos daherkommen und dennoch von einer auf die andere Sekunde heimtückisch zubeißen. Sie wusste gar nichts über sein Innenleben. War er wirklich wahnsinnig vor Liebe? Oder wollte er Leoni in Wahrheit umbringen, so wie Steuer es vermutet und einige Geiseln ganz ausdrücklich zu Protokoll gegeben hatten?
Unvorstellbar, dachte Ira die ganze Zeit, während sie Jan darüber in Kenntnis setzte, was mit seiner Freundin passiert war. Aber genauso unvorstellbar war sein gesamtes Schauspiel heute.
»So, jetzt wissen Sie's«, beendete Ira ihre kurzatmigen Ausführungen.
Jan stand wie festgeschraubt vor ihr und bewegte sich keinen Millimeter.
»Aber ...«, stammelte er. »... das bedeutet ja, alles, was ich heute für Leoni getan habe ...«
»... hat sie in größte Lebensgefahr gebracht, ja.«
Ira fröstelte. Sie zog das abgelegte Sweatshirt des Geisel-

nehmers über, um ihre Blöße notdürftig zu bedecken. Der dreckige Stoff roch unpassend angenehm nach einem frischen Aftershave und hing Ira wie ein Rock um die Hüften.

»Gibt's hier auch noch was anderes als Wasser?« Sie öffnete den Kühlschrank. Die schwache Halogenleuchte brauchte eine Sekunde, bevor sie zitternd den Innenraum mit Licht versorgte. Nichts. Nur ein angebrochenes Glas Nutella und ein offenes Stück ranzige Butter. Aber keine Cola. Schon gar keine Cola light Lemon. Ira schloss den Kühlschrank, dessen Tür mit einem schmatzenden Geräusch zufiel. Sie griff sich ein Glas von der Spüle und drehte den Wasserhahn auf. Eigentlich bräuchte sie jetzt wieder etwas Härteres. Der winzige Schluck in der »Hölle«, das Novalgin und der erhöhte Adrenalinausstoß der letzten Stunden hatten den Tremor etwas hinausgezögert. Aber jetzt musste langsam Nachschub her, wenn es nach ihrem Kreislauf ging.

»Wir sollten uns jetzt darüber unterhalten, was auf dem Dach passieren wird«, sagte sie als Nächstes.

»Auf dem Dach?« Jan saß jetzt auf einem Hocker neben einem kleinen Küchenklapptisch und hob den Kopf in ihre Richtung. Seine Waffe hielt er fest in der Linken, richtete sie aber gegen den Boden.

»Leoni wird mit dem Hubschrauber eingeflogen. Wir gehen hoch. Sie sehen Ihre Freundin. Sie werden verhaftet, und ich darf gehen. Das ist der Deal.«

»Ich will sie umarmen!«, forderte er eigentümlicherweise.

»Sie können froh sein, wenn Sie nicht von einer Panzerfaust umarmt werden«, antwortete Ira. »Da oben werden ein Dutzend bewaffneter Elitepolizisten auf Sie warten:

zwei mobile Einsatzkommandos auf unserem Gebäude und ein Präzisionsschützenteam gegenüber. Sobald wir das Dach betreten, dürfen Sie sich auf gar keinen Fall hektisch bewegen. Werfen Sie alle Waffen weg, und nehmen Sie dann ganz langsam die Hände hoch. Jeder von den Jungs wartet nur darauf, dass Sie einen Fehler machen. Immerhin sind Sie ein Polizistenmörder.«
»Ich habe niemanden getötet«, widersprach er.
»Mal von Manfred Stuck und Onassis abgesehen.«
»Sie meinen den UPS-Fahrer und den Scharfschützen?«
»Ja. Der Beamte war einer unserer besten Männer. Sein kleiner Junge wird morgen neun.«
»Hören Sie auf mit dem Theater, Ira. Wir beide kennen doch die Wahrheit. Stuck und Onassis leben.«
»Nein.« Ira schüttelte traurig den Kopf und goss den letzten Schluck Wasser in den Ausguss. »Ich habe die Leichen selbst gesehen.«
»Sie lügen!« Jan sah aus, als ob in seinem Körper eine Sprungfeder gerissen sei, die ihn bislang unter Spannung gehalten hatte. »Das kann nicht sein.«
»Nur zur Erinnerung: Sie selbst haben Stuck exekutiert. Millionen haben es gehört. Und meine Tochter hat es gesehen.«
Jan blinzelte angespannt. Aus seinen Lippen war jede Farbe gewichen. Ira konnte spüren, wie er nachdachte. Wie er nach Erklärungen suchte.
»Sie *glaubte,* es zu sehen«, erwiderte er nach längerer Pause. Dann deutete er auf den Boden, zwei Meter von der Spüle entfernt. »Es geschah genau hier. Ich habe Stuck beruhigt, gab ihm ein schnell wirkendes Betäubungsmittel. Hochkonzentriertes Flunitrazepam. Es knockt den Körper bis zu zweiundsiebzig Stunden aus, und das Opfer

kann sich hinterher an nichts mehr erinnern. Dann setzte ich eine Schreckschusspistole an, damit jeder es im Radio gut hört. »Und deshalb ...«, Jan ging zur Spüle und riss die Lamellentür auf. »... konnte es Ihre Tochter von hier aus gut sehen. Aber es war nur ein Bluff.«
Das wäre möglich, aber ... Ira starrte beim Nachdenken das Glas an, das sie immer noch in ihrer Hand hielt.
»Aber was ist mit Onassis?«
»Der ... also ... ich, ich ...«
Jans Augen wanderten nervös in der Küche umher und fanden keinen Fixpunkt. Die Frage schien ihn noch mehr zu beunruhigen als die nach dem UPS-Fahrer.
»Dafür habe ich keine Erklärung«, setzte er an. Dann sagte er leise, wie zu sich selbst: »Vielleicht stand er auf der falschen Seite.«
»Auf der von Schuwalow?«
Sollte er etwa der Maulwurf gewesen sein?
»Na klar.« Ein Ruck ging durch Jans Körper. »Kommen Sie!« Er wies Ira mit der Waffe den Weg zurück ins Studio. Dort angelangt, zeigte er nach oben, zum Lüftungsschacht.
»Er arbeitete für die Mafia. Ich sollte Onassis entdecken. Er hat mit Absicht so viel Lärm da oben gemacht.« Jan lief aufgeregt im Studio umher und klatschte dabei in die Hände. »Ja, so war es! Hinter den Kulissen hat ein Krieg stattgefunden. Ein viel größerer, als im Radio zu hören war.«
»Wie meinen Sie das?«
»Die Geiselnahme war für die Mafia ein Gottesgeschenk. Zunächst hielten die mich für einen Spinner. Wie der Rest der Welt. Doch je länger ich mit Ihnen verhandelte, Ira, desto mehr kamen Schuwalow Zweifel. Er fragte sich:

›Was, wenn der Staatsanwalt mich doppelt gelinkt hat?‹, ›Was, wenn ich siebenhundertfünfzigtausend Euro dafür gezahlt habe, dass meine Tochter noch lebt und in zwei Tagen aussagen wird?‹«

»So weit, so gut.« Ira nickte. »Sie und Marius haben in einem Punkt ein ähnliches Interesse. Sie beide wollen Leoni. Es gibt nur einen kleinen Unterschied. *Er* will sie töten.«

»Und deshalb musste Schuwalow eine Studio-Stürmung verhindern.« Jans Körper gewann wieder an Spannung. »Um jeden Preis. Ich durfte auf gar keinen Fall erledigt werden, bevor nicht klar war, was mit Leoni wirklich geschehen ist. Verstehen Sie den Wahnsinn? Die Mafia hat die Stürmung sabotiert. Marius Schuwalow war Ihr geheimer Verbündeter, Ira. Je länger Sie mit mir verhandelten, desto größer wurde die Gefahr für Leoni.«

»Und für Faust.«

»Richtig. Wäre es ihm nur um den Prozess gegangen, hätte er Leoni per Telefon mit mir verbinden können. Aber er hatte ja das dreckige Geld kassiert. Schuwalow durfte unter keinen Umständen erfahren, dass seine Tochter noch lebt. Faust musste mich mundtot machen. So schnell es nur ging. Deshalb setzte er Steuer unter Druck, sabotierte die Ermittlungsmaßnahmen und zog Sie von den Verhandlungen ab. Er wollte um jeden Preis stürmen.«

Ira schüttelte den Kopf.

»Irgendwie ist die Geschichte noch nicht rund. Warum sind Stuck und Onassis dann nicht mehr am Leben? Onassis hat sich wohl kaum selbst zur Täuschung erschossen.«

»Gegenfrage: Wie lange haben Sie die Leichen untersucht?«

Ira zögerte.
»Steuer hat den Leichensack aufgemacht, und ich warf einen Blick drauf.«
»Das hab ich mir gedacht. Ich wette, die leben noch.«
Dann müsste Steuer auch mit drinhängen. Ira legte den Kopf in den Nacken. *Aber das ergibt doch keinen Sinn.*

23.

»Sie machen einen großen Fehler!«
»Und Sie können froh sein, dass ich Ihnen noch nicht das Kommando über Ihr Team entzogen habe.«
Die beiden Streithähne trennte nur Steuers wuchtiger Schreibtisch in der Einsatzzentrale im neunten Stock. Götz hatte die Tür hinter sich zugeschlagen, als er vor zwei Minuten in das Büro des SEK-Chefs gestürmt war. Ira befand sich jetzt schon über eine Stunde in der Gewalt des Geiselnehmers. Sie hatten seitdem nichts mehr von ihr gehört.
Im Radio lief ein Notband mit Achtziger-Jahre-Hits. Obwohl noch keine Uhrzeit für eine weitere Cash-Call-Runde angekündigt war, wurde die Sendeschleife immer noch von fast allen zweihundertfünfzig Radiosendern der gesamten Bundesrepublik Deutschland übertragen. So viele Menschen hatten sich zuletzt vor ihren Radiogeräten versammelt, als 1954 das Wunder von Bern geschah und Deutschland Weltmeister wurde.
»Sind Sie eigentlich vollkommen übergeschnappt, Götz?«
Sie waren allein im Raum, aber beide dämpften ihre auf-

gebrachten Stimmen, damit niemand von draußen etwas von ihrem vertraulichen Gespräch aufschnappen konnte.
»Was haben Sie sich eigentlich dabei gedacht? Dass ich es kommentarlos hinnehmen würde, dass Sie eine Tatverdächtige ausbüxen lassen? Was glauben Sie, wer Sie sind? Sie entfernen sich ohne Rückmeldung von Ihrem Team, evakuieren irgendwelche brennenden Hinterhofkneipen und brechen mit einer suspendierten Verdächtigen beim Oberstaatsanwalt ein, anstatt sich hier vor Ort um die Befreiung der Geiseln zu kümmern. Und jetzt wollen Sie schon wieder abhauen?«
»Ich habe eine Ausbildung zum Hubschrauberpiloten, wie Sie wissen. Leoni landet in knapp fünfzig Minuten in Tegel. Ich kann sie sicher und schnell zum MCB-Gebäude fliegen.«
»Nein.« Steuer stützte sich mit den Fingern seiner Hände auf die Schreibtischplatte. Er sah aus wie ein Sprinter kurz vor dem Startschuss.
»Aber wieso? Wir können hier niemandem trauen. Faust muss mit jemandem zusammengearbeitet haben. Marius Schuwalow hat garantiert auch einen Maulwurf bei uns eingeschleust. Wenn Sie mir den Auftrag geben, kann ich persönlich für Leonis Leben und ihr Wohlbefinden garantieren.«
»Ich wiederhole mich ungern. Eigentlich müsste ich Sie aus dem Verkehr ziehen, so wie Ira Samin. Doch leider werden Sie hier noch gebraucht.« Steuer setzte sich wieder hin und lehnte sich in seinem Ledersessel zurück. »Und ich meine hier, und nicht irgendwo in der Luft.«
Da stimmt doch was nicht, dachte Götz. *Warum ist er so stur?*
»Das ist doch Blödsinn, und das wissen Sie. Sobald Leoni

landet, ist es der Job der Präzisionsschützen, ihre Deckung zu sichern. Sie sind bereits auf den Dächern postiert. Mein Team ist überflüssig. Wenn ich Leoni wirklich schützen soll, dann muss ich von Anfang an in ihrer Nähe sein. Lassen Sie mich wenigstens mitfliegen.«
Steuers Augen verengten sich plötzlich, und er zog die Stirn kraus. Dann zog er den klobigen Apparat der Gegensprechanlage zu sich herüber.
»Was haben Sie vor?«, fragte Götz.
»Ich instruiere alle Beamten an den Ausgängen, mich zu informieren, falls Sie wieder unerlaubt das Gebäude verlassen sollten.«
Götz winkte ab und atmete schwer aus. »Das wird nicht nötig sein. Ich hab verstanden.«
Der Alte muss durchgedreht sein.
Er wandte sich zum Gehen, hielt aber in der Bewegung inne.
»Wissen wir wenigstens, wer Leoni abholt?«
»Ja.« Steuer nahm gar keine Notiz mehr von ihm und antwortete mit Blick auf den Computer, in den er irgendeinen Befehl tippte. Vermutlich informierte er gerade alle Einsatzkräfte von der über Götz verhängten Ausgangssperre.
»Leoni ist sicher. Die GSG 9 schickt ihren besten Mann.« Als würde es ihn starke Überwindung kosten, hob er schließlich doch noch mal kurz den Kopf und warf Götz einen höhnischen Blick zu.
»Vertrauen Sie mir.«

24.

»Haben Sie sich schon mal überlegt, was mit Ihnen passiert, wenn das alles hier vorbei ist?«
Ira beobachtete jeden seiner Gesichtsmuskeln. Wenn Jan dieser Gedanke beunruhigte, konnte er es gut verbergen. Als er keine Reaktion zeigte, gab sie ihm selbst die Antwort: »Auf Sie wartet das Gefängnis. Leoni ist keine Fee, die mit drei Wünschen im Handgepäck einfliegt. Es wird nicht alles wieder gut, nur weil Sie ihre Hand halten. Nichts wird wieder gut. Sie kommen ins Gefängnis, Jan. Auf Jahre von ihr getrennt. Im Endeffekt haben Sie gar nichts erreicht.«
»Blödsinn. Bis vor wenigen Stunden noch wurde sie offiziell für tot gehalten. Ich habe das Gegenteil bewiesen und eine Verschwörung aufgedeckt. Leoni lebt. Und sie kommt zurück.«
»Das wäre sie auch so. Übermorgen, zum Prozess.«
»Und noch mal Blödsinn. Faust hat bis zur letzten Sekunde gelogen. Er manipulierte das System des Zeugenschutzes und machte daraus seine private Gelddruckmaschine. Er wollte die Dreiviertelmillion nehmen und verprassen.«
»Er hatte Leberkrebs«, warf Ira ein.
»Eben deshalb war ihm der Prozess doch völlig egal. Denken Sie mal nach: Wie lange gaben ihm die Ärzte noch? Ein halbes Jahr? Ich wette, er wollte den Rest seiner Tage im Luxus schwelgen und dabei Leoni im Ausland versauern lassen.«
»Das ist doch absurd. So etwas kann man nicht auf Dauer geheim halten. Irgendwann wäre alles aufgeflogen.«

»Warum? Leoni hätte sich nie freiwillig bei mir gemeldet. Aus Furcht vor ihrem Vater hätte sie sich auch ein Leben lang vor ihm versteckt gehalten. Und selbst wenn nicht? Was kümmerte es Faust, ob seine Lügen irgendwann herausgekommen wären. Er war ein todkranker Mann. Wenn alles aufflog, wäre er mit Sicherheit längst unter der Erde gewesen.«
»Mag sein. Trotzdem hatten Sie kein Recht zu dem, was heute geschehen ist.«
Sie hob die Hand und erstickte damit Jans Einwände, bevor er den ersten Ton von sich geben konnte.
»Ja, ja, ich weiß, was jetzt kommt. Sie sind nur ein Opfer der Umstände, richtig? Man hat Ihnen übel mitgespielt. Ein machtsüchtiger Ankläger hat den Staatsapparat manipuliert, um den Prozess seines Lebens zu gewinnen oder um zu Geld zu kommen. Egal. Dazu hat er alle belogen. Seine Kollegen, Leoni und sogar die Mafia. Und Sie haben dadurch alles verloren, was Ihnen wichtig war: Ihren Beruf, Ihr Vermögen und Ihre Ehre.«
»Sie vergessen meine Frau und das Baby«, warf Jan ein. Er legte den Kopf zur Seite. Eine Sekunde später hörte auch Ira das dumpfe Geräusch. Unbeirrt fuhr sie fort:
»Sicher. Das ist alles sehr schlimm, Jan. Dennoch, nichts davon gab Ihnen heute das Recht zu einem Terroranschlag auf unschuldige Menschen. Stuck, Timber, Flummi und meine Tochter haben nichts verbrochen. Dem Chefredakteur des Senders hat man die Zähne ausgeschlagen, bevor er gemeinsam mit mir gefoltert wurde und dabei fast verbrannte …«
Ira hielt kurz inne, weil sie sich an Diesels Versprechen erinnern musste. An die Einladung zum Drink, wenn das alles hier überstanden sein sollte.

»Davon abgesehen, haben Sie heute einen Multimillionen-Euro-Einsatz ausgelöst und ganz Deutschland in den Ausnahmezustand versetzt«, schloss sie schließlich.
»Ich weiß. Es tut mir leid. Aber ich hatte keine andere Wahl.«
»Das ist der wohl erbärmlichste Satz, den ein Mann wie Sie äußern kann. Sie hatten immer eine Wahl. Sie waren nur nicht mutig genug, den Preis für Ihre Entscheidungen zu zahlen.«
»Ach ja? Was gab es denn für eine Alternative? Ich hab doch alles versucht. Ich bin zur Polizei, zur Politik und zu den Medien gegangen. Ich wurde ausgelacht, ignoriert und sabotiert. Ich habe jeden legalen Weg ausgeschöpft, doch gegen eine Verschwörung in dieser Größenordnung konnte ich nichts ausrichten. Selbst mein Amoklauf hier hat doch nur dank Ihrer Hilfe funktioniert. Also, Frau Samin, ich höre: Was für eine Wahl hatte ich noch?«
»Ganz einfach: Sie hätten Leoni vergessen können.«
»Niemals.«
Die Antwort kam schneller als ein Reflex.
»Sehen Sie«, triumphierte Ira, »so geht es uns allen im Leben. Wir haben immer die Wahl, aber wir fürchten die Konsequenzen. Wir könnten den Job aufgeben, den wir hassen. Aber dann wären wir ja arbeitslos. Wir könnten den Mann verlassen, der uns betrügt. Aber dann wären wir ja alleine. Und Sie hätten wählen können, Leoni nie mehr wiederzusehen. Doch dieser Preis war Ihnen zu hoch. Deshalb mussten Unschuldige heute die Rechnung für Sie begleichen.«
»Spucken Sie hier nur große Töne, oder legen Sie den gleichen Maßstab auch bei sich selbst an?«
Für einen kurzen Moment dachte Ira, sie würde noch

stärkere Kopfschmerzen bekommen. Dann realisierte sie, dass das Wummern von draußen kam. Ein Hubschrauber. Er wurde lauter.

»Sie wollen über mich reden? Gut, bitte sehr. Heute Morgen wollte ich mich umbringen. Ich hätte auch weiter zu Hause die Wand anstarren und meine Selbstzweifel mit billigem Schnaps ertränken können. Ich hatte also die Wahl. Und ich traf eine eigenständige Entscheidung. Ich wollte sterben.«

»Und daran ist nicht Saras Selbstmord schuld? Oder Kitty, die seitdem nicht mehr mit Ihnen sprechen will?«

»Nein. Das wäre zu billig. Es gibt doch kein Naturgesetz der Psyche, das da lautet: ›Wenn sich die Tochter vergiftet, dann muss die Mutter ihr folgen.‹ Wir geben immer den anderen die Schuld. Oder wir machen die Umstände für unser Lebenstrauma verantwortlich. Tatsächlich aber gibt es nur einen einzigen Menschen, der uns fertigmachen kann. Nur eine Person hat die Macht, uns völlig zu zerstören, wenn wir es zulassen. Und das sind wir selbst.«

Erst dachte sie, er würde sich über sie lustig machen. Dann sah sie ehrliche Anerkennung aus seinem Gesicht sprechen.

»Bravo.« Jan klatschte leise in seine Hände. »Eigentlich müsste ich Ihnen die Sitzung heute in Rechnung stellen.«

»Wieso?«

»Weil Sie soeben die Antwort gefunden haben!«

»Auf welche Frage?«

»Die Sie antreibt, Ira. Die Frage, wer Ihrer Tochter Sara so viel Leid zugefügt hat, dass sie keinen Ausweg mehr sah.«

Wovon redet er?, fragte sich Ira und musste unwillkürlich an die letzte Stufe denken. An den fehlenden Zettel.

»Wiederholen Sie doch noch einmal Saras letzte Worte«, bat Jan mit weicher Stimme. Sie antwortete ihm mit belegter Stimme, fast wie in Trance: »Bald wirst du wissen, wer mir das hier angetan hat. Und dann wird alles gut.«
»Sehen Sie? Sara behielt Recht. Sie haben es erlebt, Ira. Am eigenen Leib. Als Sie heute Morgen die Vorbereitungen für Ihren Selbstmord trafen, standen Sie an der gleichen Schwelle wie damals Ihre Tochter. Niemand hat sie dahin geführt. Niemand hat Sara missbraucht. Ihre Tochter ging allein durch die Hölle. Sie tragen daran keine Schuld.«
Die dumpfen Geräusche waren jetzt ganz deutlich hörbar. Der Hubschrauber befand sich im Landeanflug oder hatte ihn bereits abgeschlossen.
»Es gibt niemanden, dem wir die Schuld dafür geben können. Außer Sara selbst.«
Ira schüttelte ihren Kopf. Ihre Haare bewegten sich dabei kaum, sie waren starr vor Dreck und Schweiß und etwas Blut.
»Woher wollen Sie das so genau wissen?«
»Weil Sie und Sara sich so verdammt ähnlich sind. Nicht nur rein äußerlich, sondern auch in der Wahl der Mittel. Bereit, bis zum Äußersten zu gehen. Bereit, sich selbst zu opfern.«
»Sie kannten sie doch gar nicht.«
Jan öffnete den Mund, doch seine Worte brauchten etwas länger, bevor sie herauskamen.
»Vielleicht besser, als Sie denken, Ira«, sagte er schließlich.
Der Computermonitor der Telefonanlage piepste zweimal kurz auf, bevor Ira ihn fragen konnte, was genau er damit meinte.

Ein Textfeld öffnete sich und machte blinkend auf einen eingehenden Anruf aufmerksam.
Sie erkannte die Nummer. *Götz.* Es war so weit.

25.

»Leoni ist da«, sagte der Teamchef knapp, als Jan ans Telefon kam.
Der Geiselnehmer nickte kurz, verzog keine Miene und drückte Götz wortlos aus der Leitung.
Als er sich zu Ira umdrehte, zeigte sein Gesichtsausdruck wieder jenes Selbstbewusstsein, mit dem er heute Morgen das Amokspiel gestartet hatte. Offensichtlich mobilisierte das Adrenalin die letzten Reserven in ihm.
»Drehen Sie sich um, und verschränken Sie die Hände wie zum Gebet, Ira«, befahl er. Auch seine Stimme gewann langsam an Festigkeit zurück. Ira gehorchte und hörte, wie er hinter ihrem Rücken etwas aufriss. Dann trat er ganz dicht an sie heran. Er fesselte ihre Hände mit grauem, unelastischem Klebeband in Höhe der Handgelenke.
Warum steht er hinter mir?, fragte sich Ira. *Was hat er vor?*
»Nicht umdrehen«, sagte Jan, als ob er jetzt ihre Gedanken lesen könnte, wo er ihr so nahe war. Als Nächstes fühlte sie, wie er sie von hinten mit seinem linken Arm an der Hüfte umfasste. Sie erschauerte innerlich bei der Berührung. Bis vor wenigen Sekunden hatte sie geglaubt, die Situation im Griff zu haben. Jetzt konnte sie noch nicht einmal mehr ihre Gedanken kontrollieren.

Was, wenn Steuer Recht hat? Was, wenn Jan ein Doppelspiel treibt und es doch auf Leoni abgesehen hat?
»Entschuldigen Sie die körperliche Nähe, es geht leider im Augenblick nicht anders«, erklärte Jan. Dann presste er seinen Bauch noch näher an ihren Rücken.
Einige Geiseln haben es behauptet. Er hat gedroht, Leoni zu töten. Aber wer ist dann der Maulwurf, der ihm von draußen geholfen hat? Und welches Motiv sollte Jan überhaupt haben?
Während Iras Gedanken um all diese offenen Fragen kreisten, wechselte die graue Rolle Industrieklebeband aus der rechten Hand des Geiselnehmers nun in seine linke.
Er bindet uns zusammen!, stellte Ira fest. Tatsächlich. *Wie ein Frachtpaket.* Ein heftiger Schmerz durchzuckte sie, als Jan mit dem Klebeband nahe der gebrochenen Rippe vorbeirollte.
Jan wickelte fast die gesamte Rolle ab. Vorne in Bauchnabelhöhe, über ihre Hüften und hinten wieder um seinen Rücken herum.
»Es ist einfach, aber sehr effektiv.«
Ira musste ihm Recht geben. Das vierlagige Klebeband konnte sie mit bloßen Händen nicht zerreißen, erst recht nicht, wenn diese aneinandergebunden waren. Sie fühlte sich wie ein kleines Mädchen, das in einem viel zu engen Hula-Hoop-Reifen eingeklemmt ist. An Flucht war nicht zu denken. Außerdem befand Ira sich durch diesen Schachzug unweigerlich die gesamte Zeit in der Schusslinie. Die Scharfschützen würden keine einzige Kugel abfeuern. Selbst ein gezielter Treffer in Jans Rücken wäre wegen der Durchschlagskraft viel zu gefährlich. Außerdem war er womöglich noch verkabelt.
»Hören Sie …«, sagte Ira, als Jan sie sanft, aber bestimmt

mit seinem gesamten Körper vorwärtsdrängte. Sie musste loslaufen, sonst wäre sie gestolpert und gemeinsam mit ihm hingeschlagen.
»Wir beide wissen nicht, wie das Ganze hier ausgehen wird, richtig?«
»Richtig.«
»Könnten Sie mir dann einen letzten Gefallen tun?«
Er manövrierte sie mithilfe von Gewichtsverlagerungen zum Studioausgang. Sie kamen nur sehr unbeholfen und schleppend vorwärts.
»Welchen?«
»Ich würde gerne noch einmal mit meiner Tochter reden. Dazu war vorhin nicht die Gelegenheit. Bitte.«
Er zögerte nur kurz.
»In Ordnung«, sagte er leise. Eine Sekunde später piepte es direkt neben Iras Kopf, dann spürte sie sein Handy an ihrem Ohr.
»Aber ich will keine Zeit verlieren. Sie müssen Ihr Gespräch auf dem Weg nach oben erledigen.«
»Okay.« Ira musste husten, was sie noch mehr schmerzte als jeder einzelne Schritt, bei dem das Klebeband an ihrem verletzten Oberkörper riss.
»Das Telefon funktioniert mit automatischer Spracherkennung. Sagen Sie einfach die Nummer, und es wählt.«
Sie erreichten mühsam die Tür, die Ira öffnete. Der Schlüssel steckte noch, und sie konnte die Klinke trotz ihrer fixierten Hände gut erreichen. Ein viel größeres Problem würde die kleine Stufe darstellen, die aus dem gläsernen Studiobereich in die Großraumredaktion führte. Wie erwartet, standen hier bereits zwei Scharfschützen am hinteren Ausgang in der Nähe der Empfangstreppe. Ira hatte Jan in der letzten halben Stunde darüber informiert. Auch

dass sie nur da waren, um den Weg zu sichern. Niemand würde schießen, bevor sie das Gebäudedach erreicht hatten. Und bis dahin war es noch ein weiter Weg.
Sie musste Kittys Nummer dreimal wiederholen, bis endlich die Verbindung stand. Zu diesem Zeitpunkt lag die Hälfte des Weges durch den Redaktionssaal schon hinter ihnen. Sie zählte nervös die Freizeichen bis zum Abheben. Noch fünfzehn Meter bis zu den Fahrstühlen. In ihnen gab es keine Verbindung mehr. Ira wusste, was immer sie ihrer Tochter noch sagen wollte, bevor sie mit dem Geiselnehmer als lebende Zielscheibe auf das Senderdach stieg, es musste innerhalb der nächsten drei Minuten erledigt sein.

26.

»Hat er dich freigelassen, bist du in Sicherheit?«
Kitty hatte die Nummer im Display nicht erkannt und war völlig überrascht, ihre Mutter zu hören. Sie trat an das Fenster ihres Krankenzimmers in der obersten Etage der Charité und sah rüber zum Potsdamer Platz. Das Sony Center verdeckte das MCB-Gebäude in Höhe der Sendestudios, aber sie konnte sich an dem alles überragenden Dach des benachbarten Klinkerbaus orientieren.
»Ja, alles ist gut, Kleines.«
Kitty fühlte eine fast krampfartige Anspannung von sich abfallen. Erst jetzt registrierte sie die bohrenden Kopfschmerzen, die als Spannungsschmerz von ihren Schläfen ausstrahlten.

»Was ist denn los? Von welchem Apparat rufst du an?«
»Das ist jetzt egal. Ich wollte mich nur vergewissern, dass es dir gut geht.«
»Ja, kein Problem.«
Kitty merkte, wie sie wieder in ihren kurz angebundenen, harschen Ton verfiel. Eigentlich wollte sie nicht mehr so mit ihrer Mutter reden, zumal nach allem, was heute passiert war. Doch andererseits war sie auf ein versöhnendes Gespräch noch überhaupt nicht vorbereitet. Für das, was es zu sagen gab, brauchte sie definitiv viel mehr Zeit. Und Ruhe.
»Ich freu mich, dass es dir gut geht, Mutter, aber ...«
Sie kniff die Augen zusammen. *Mutter.* So hatte sie Ira noch nie genannt. Es klang so kühl und abweisend.
»Ich weiß, du bist böse auf mich, Schatz«, setzte Ira an.
»Nein, das ist es nicht«, unterbrach Kitty sie und ging zu ihrem frisch bezogenen Bett. Das gestärkte Laken knackte regelrecht, als sie sich mit ihrem Jeansrock darauf setzte.
»Ich muss mich nur noch zurechtmachen. In wenigen Augenblicken kommt ein Psychologe, der mit mir über die Geiselnahme sprechen will, und ich habe noch nicht einmal geduscht.«
»Kenn ich ihn?«
»Keine Ahnung.« Kitty stand wieder auf und ging zu der halb geöffneten Badezimmertür. Das luxuriöse Bad war wie das eines Hotel ausgestattet, sogar mit Bidet und einer Eckwanne.
»Er heißt Pasternatz oder so ähnlich. Er hat mich auf dem Hausapparat angerufen und wird gleich bei mir sein.«
»Pasternack?«, schrie Ira ihr so laut aus dem Hörer entgegen, dass Kitty das Ohr wechseln musste.

»Ja, kann sein. Pasternack. So hieß er. Was hast du denn?«
»Du ... Hilf... ho... ty!« Iras Worte waren nur noch bruchstückhaft zu verstehen.
»Ich versteh dich nicht mehr, Mami, du bist in einem Funkloch.«
»...lass so... immer!«
»Was sagst du?«
Kitty presste das Handy noch fester an ihr Ohr, aber sie konnte ihre Mutter nicht mehr hören, als diese ihre Tochter anflehte, sofort das Zimmer zu verlassen, um Hilfe zu holen.
Die Verbindung war abgerissen, und mit ihr die Nachricht, dass Dr. Pasternack ganz bestimmt nicht zu ihr kommen würde. Iras befreundeter Kollege praktizierte schon seit einem halben Jahr in Südamerika und wurde nicht vor Weihnachten zurückerwartet.
Kitty rief die Nummer zurück, unter der ihre Mutter sie angerufen hatte, doch sie erreichte nur eine Computerstimme, die ihr sagte, was sie eh schon wusste. Ihre Mutter befand sich außerhalb des Empfangsbereichs eines Mobilfunknetzes.
Sie wird sich schon wieder melden, sobald sie wieder ein Netz hat, waren ihre letzten Gedanken, bevor sie sich auszog, um wenig später unter den warmen Wasserstrahl der Dusche zu treten.

27.

Unter gar keinen Umständen. Sie wollte da nicht raus. Der Krach hier in dem wackelnden Blechkasten war schon schlimm genug. Und da draußen? Die vermummten Männer machten ihr Angst. Da hinten, links neben der riesigen Schüssel. Oder etwas weiter abseits bei dem grauen Block, aus dem Rauch quoll. Nein, sie wollte das nicht. Sie wimmerte leise. Dann folgte lautes Weinen, und kurz darauf brüllte sie wie am Spieß.
»Schhhhhh.«
Leoni flüsterte beruhigend in das Babyöhrchen.
»Ich bin doch bei dir, Maja, schhh.«
Sie sah aus dem Plexiglasfenster des Hubschraubers, der vor einer halben Minute sanft auf dem Dach des Hochhauses aufgesetzt hatte. Zwei mit Maschinengewehren bewaffnete SEK-Teams brachten sich gerade in Stellung. Sie bezogen hinter verschiedenen Leichtmetallquadern Stellung, die vermutlich irgendeine wichtige Funktion für den Klimahaushalt des MCB-Gebäudes besaßen. Sie sahen aus wie überdimensionierte Dunstabzugshauben einer Einbauküche. Hin und wieder entwich ihnen Wasserdampf.
»Bleiben Sie bitte so lange sitzen, wie ich es Ihnen sage«, bat Leonis Begleitung. Der uniformierte Polizist hatte sie in Tegel in Empfang genommen und zu dem bereitstehenden Hubschrauber des Bundesgrenzschutzes geführt. Er sah so aus, als würde er sich seine Zwei-Millimeter-Stoppelfrisur selbst vorm Spiegel schneiden. Zwischen den blonden Härchen schimmerte in verschiedenen Bereichen die rötliche Kopfhaut durch.

»Verstehe«, sagte Leoni viel zu leise, so dass ihre Worte von dem Lärm der immer noch austrudelnden Rotoren verschluckt wurden. Als sie den nächsten Blick aus dem Fenster warf, hatte sich die Szene auf dem Flachdach drastisch verändert. Von den Polizisten war nichts mehr zu sehen. Stattdessen blockierte eine undefinierbare Masse die Stahltür am anderen Ende, den einzigen Zugang zum Dach.

Leoni presste eine Handfläche an die Scheibe, als wolle sie überprüfen, ob das Fenster eine ausreichende Barriere zwischen ihr und der Außenwelt darstellte.

Die Masse quoll aus der Tür auf das Dach hinaus. Im gleichen Moment fühlte Leoni einen seltsamen Druck auf den Ohren. Die Geräusche um sie herum nahmen einen dumpfen Charakter an, vergleichbar mit dem Klang der Musik, wenn man in der Disco auf die Toilette geht. Omnipräsent, aber von ferne.

Die Körpermasse nahm Konturen an. Zwei Köpfe, vier Arme, vier Beine und zwei Oberkörper. Eine Frau und direkt dahinter ein Mann. Jan! Unverkennbar.

Mit jedem Schritt, den das unheimliche Paar auf den Hubschrauber zuging, erhöhte sich der Druck auf Leonis Ohren. Zudem kribbelte es in ihren Oberschenkeln, auf denen Maja saß, doch das bemerkte sie schon gar nicht mehr. Ihre ganze Aufmerksamkeit galt jetzt dem Mann, mit dem sie noch vor wenigen Monaten den Rest ihres Lebens verbringen wollte. Und der jetzt auf groteske Art und Weise wie ein siamesischer Zwilling an einer Fremden hing. Das musste Ira Samin sein. Steuer hatte ihr ein Foto von der Verhandlungsführerin auf ihr Handy geschickt. Damit sie die attraktive Frau mit den schwarzen, glatten Haaren und den hohen Wangenknochen erkannte, wenn sie vor

ihr stand. Auf dem Foto trug Ira allerdings Kleidung, die ihrem schlanken Körperbau weitaus mehr schmeichelte. Jetzt hatte sie die Jeans und das eng anliegende T-Shirt durch einen Pullover in Übergröße ersetzt, und wenn Leoni sich nicht täuschte, schob Jan sie barfuß vor sich her.
Leoni blinzelte. Einmal. Noch mal. *Hält er ihr wirklich eine Pistole an den Kopf?*
Mit einem Mal huschte im Hintergrund ein Schatten vorbei. Ein Mitglied des Sondereinsatzkommandos, ausgestattet wie ein Soldat, lief mit gezogener Waffe und einem Megaphon in der Hand vom Eingang weg und versteckte sich kurz darauf hinter einer Satellitenschüssel.
Was geht da vor sich?
Leoni schaute wieder zu Jan. Zwischen dem Hubschrauber und dem schwankenden Duo lagen nur noch wenige Meter. Jetzt konnte sie schon die Konturen seines Gesichtes ausmachen. Seine geschwungenen Augenbrauen, die vollen Lippen, die sie oft geküsst hatte, während er schon schlief. Im Augenblick bewegten sie sich. Er telefonierte und hielt sich ein Handy ans linke Ohr.
Sie hatten ihr erzählt, sie bräuchte keine Angst zu haben. Dass er nicht abgrundtief böse, sondern nur verzweifelt wäre. Dass er alles aus Liebe getan hätte mit einem einzigen Ziel: sie wiederzusehen.
Leoni genügte nur ein einziger Blick in seine grünblauen Augen. Wie sie aufblitzten, als er sie erkannte. Sie brauchte die Tränen nicht zum Beweis, die ihm die Wangen heruntenliefen, ohne dass er einmal blinzelte. Sie hatten Recht. Er war keine Bedrohung. War es nie gewesen. Auch jetzt nicht, obwohl er sie und die andere Frau gerade einer unabsehbaren Gefahr aussetzte.
Obwohl sie nicht fror, überzog sich ihr Körper mit Gän-

sehaut. Doch ihre Seele wurde leichter. Erst jetzt merkte sie, welche Last sie in den letzten Monaten mit sich herumgeschleppt hatte. Sie hatte es auf den Verrat und die Demütigung zurückgeführt. Als Faust ihr schilderte, wie Jan sie bei ihrem Vater denunziert haben sollte, schmerzten die Worte mehr als alles andere. Sie glaubte, es wäre der Hass auf Jan gewesen, der sie erdrückte. Tatsächlich war es aber die Trauer über die scheinbar verratene Liebe.
»Weißt du, wer da draußen steht?«, flüsterte Leoni und streichelte liebevoll ihr Baby. Die Kleine zitterte auf ihrem Schoß.
Leoni weinte, weil Faust sie benutzt hatte. Sie weinte um die verlorene Zeit. Und wegen der Tatsache, dass Maja ihren Vater zum ersten Mal unter Todesgefahr treffen würde.

28.

Götz handelte zeit seines Lebens nach einem simplen Motto: Wenn du glaubst, dass etwas falsch ist, dann ist das meistens richtig. Er konnte nicht sagen, was ihn nervös machte, während er auf das taschenbuchgroße Display in seiner Hand starrte. Aber *irgendetwas* war definitiv nicht in Ordnung. Er kniff die Augen zusammen und sah nach vorne. Die Nachmittagssonne stand ungünstig, aber er wollte die Sichtblende seines Helmes nicht schließen.
Ira und Jan strauchelten wie zwei Betrunkene beim Versuch einer Polonaise auf Leoni zu, die im Hubschrauber sitzen geblieben war. Er konnte ihr Profil verschwommen

hinter einem der eckigen Plastikfenster erkennen. Auf die Entfernung war es unmöglich einzuschätzen, in welcher Gefühlslage sie sich befand. Götz tippte auf eine Mischung aus Furcht und ängstlicher Erregung. Das Bild, das sich ihr zeigte, ließ mit Sicherheit keine große Wiedersehensfreude aufkommen. Götz hatte sein gesamtes Team hinter zwei großen, mit grauem Leichtmetall verkleideten Abzugsblöcken der Luftanlage postiert. Sie zielten mit ihren Laserpointern auf das schwankende Duo, konnten aber durch die zuckelnden Bewegungen kein einheitliches Ziel ausmachen. Mal war Iras, mal Jans Hinterkopf im Visier. Auch sein rechter Arm, mit dem er ihr eine Waffe an die Schläfe drückte, wackelte viel zu sehr.
Götz selbst stand hinter dem kleinen Dach-Ausstieg, aus dem der Geiselnehmer mit seinem Opfer nach oben ins Freie getreten war. Das Zweier-Team A zu seiner Linken war mit einem kugelsicheren Schutzschild ausgerüstet, mit dem sie auf Kommando zu dem Zielobjekt vorrücken würden, während das Dreier-Team B rechts von ihm Feuerschutz gab.
Doch etwas lief nicht nach Plan.
Götz drückte auf den Monitor und holte sich einzeln die Helmkameras seiner Leute auf das Display. Alle fokussierten Ira und Jan. Alle. Bis auf …
Was ist da los?
»Alles okay, Speedy?«
»Ja.«
»Und wieso bist du nicht auf zwölf Uhr?«
»Bin ich doch.«
Götz aktivierte noch mal das Bild von Kamera vier, um sicherzugehen. *Nichts.* Speedy sollte wie die anderen den Täter und seine Geisel fixieren. Stattdessen zeigte der

Bildschirm nur die schwarzgraue Dachpappe, auf der Ira und Jan langsam nach vorne schlurften. Direkt auf den Hubschrauber zu. Noch waren sie mehrere Meter von den nachschwingenden Rotorblättern entfernt.
»Check deinen Helm, Speedy«, funkte Götz und suchte seine Umgebung mit den Augen ab. Von seiner Position aus konnte er seine Leute nicht erkennen. Wohl aber die Scharfschützen auf dem Dach des DB-Gebäudes gegenüber. Das Glas-Hochhaus überragte den Schauplatz um zwei Stockwerke. Die drei Präzisionsschützen warteten ebenso auf einen Befehl wie die anderen fünf SEK-Männer. Eigentlich hätten es sechs sein sollen. Doch Onassis konnte ja nicht mehr bei ihnen sein. Und auf ihn hatte Götz sich immer am meisten verlassen. *Mehr jedenfalls als auf...*
»Speedy, ich seh immer noch nichts.«
Ira und Jan waren nur noch knapp sechs Meter vom Hubschrauber entfernt.
»Moment.«
Es knackte in seinen Kopfhörern, doch auf dem Monitor konnte Götz keine Veränderung feststellen. Aber dieses Problem musste jetzt einen Augenblick warten. Denn einen Schritt vor dem Rotor war Jan, wie verabredet, auf einer Kreidemarkierung stehen geblieben. Götz griff zum Megaphon und brüllte gegen die Windgeräusche auf dem Dach an:
»Hallo, hier spricht Oliver Götz, ich führe ein SEK- und ein Präzisionsschützenteam. In diesem Augenblick sind acht vollautomatische Waffen auf Sie gerichtet. Wenn Sie sich daran halten, was man Ihnen erklärt hat, dann wird heute alles gut ausgehen. Lassen Sie jetzt die letzte Geisel frei.«

Während seiner Ansage hatte sich immer noch kein scharfes Bild von Speedys Helmkamera aufgebaut. Also verließ Götz seinen Schutz hinter dem Ausstieg. Er rannte geduckt zu Team B, das Megaphon in der einen, die halbautomatische Waffe in der anderen Hand.
Hinter einer überdimensionalen Satellitenanlage legte er eine Zwischenstation ein. Von hier aus konnte er wenigstens die Rücken seiner Männer erkennen.
Verdammt! Wo ist der Kerl? Warum stehen da nur zwei?
»Speedy?«
Keine Antwort. Auch vor ihm tat sich nichts. Jan machte keine Anstalten, Ira loszubinden.
»Sie haben keine andere Wahl, Jan«, brüllte Götz durchs Megaphon. »Leoni sitzt in dem Hubschrauber. Sie kommt nur raus, wenn Ira freigelassen wird.«
Jan formte mit dem Daumen und kleinen Zeigefinger seiner Hand einen imaginären Telefonhörer und hielt ihn sich ans Ohr.
Götz sah abwechselnd nach vorne und seitlich zu Team B. Er musste im Bruchteil einer Sekunde eine Entscheidung treffen. Sollte er eine Funkverbindung zum Täter aufbauen oder den Einsatz abbrechen, solange er nicht wusste, ob Gefahr drohte?
»Ich brauche Mays Handy. Left and only!«, gab er die Anweisung an die Einsatzzentrale. Left and only, das war der interne Code dafür, dass das Gespräch auf seinem linken Ohr liegen und nicht von anderen mitgehört werden sollte. Schon gar nicht von Speedy.
»Sie soll rauskommen!«, hörte Götz die Forderung des Geiselnehmers nur dreißig Sekunden später.
»Das wird sie, sobald Sie Ira gehen lassen.«

»Nein. So läuft das nicht. Ich muss erst sichergehen, dass im Hubschrauber kein Double sitzt.«
Verdammt. Götz legte sich auf den Boden des Daches und robbte sich langsam zum Standpunkt von Team B vor.
Trotz der lauten Windgeräusche hier oben konnte er hören, wie Ira etwas zu Jan sagte. Kurz danach hörte er dessen Stimme wieder auf dem linken Ohr.
»Ira macht den Vorschlag, dass ich meine Waffe niederlege. Dann kommt Leoni raus. Und dann werde ich Ira mit diesem Messer hier losschneiden.«
Aus den Augenwinkeln sah Götz, wie Jan etwas in die Luft hielt, das in der warmen Spätnachmittagssonne metallisch aufblitzte.
Oder du wirst sie damit abstechen, dachte er und robbte weiter.
Der Abstand zu den SEK-Männern hinter dem Klimakasten verkürzte sich auf knapp sechs Meter.
Götz wechselte den Kanal. »Speedy. Zeig dich!«
»Sofort«, kam die Antwort. Diesmal auf dem rechten Ohr.
»Jetzt!«
»Sorry. Die Kamera hat sich verbogen. Ich musste den Helm abnehmen und bin in Deckung.«
Das klang plausibel. *Allerdings müsste ich ihn jetzt doch wieder sehen können?!*
»Also gut, Jan«, wechselte Götz wieder zum Geiselnehmer. »Lassen Sie die Waffe fallen.«
»Dann kommt Leoni raus?«
»Dann kommt sie raus«, bestätigte er. Seinen Leuten gab er die Anweisung, unter keinen Umständen zu schießen, egal, was gleich passieren würde.

»Leoni soll sich in Position bringen und auf mein Zeichen aussteigen«, wies er danach die Einsatzzentrale an, die über den Piloten die Verbindung zum Hubschrauber hielt.

Kurz darauf löste Jan mit einer quälend langsamen Bewegung seine Waffe von Iras Schläfe. Er streckte seinen Arm im rechten Winkel von sich und warf die Pistole zu Boden.

»Los!«, funkte Götz zur Einsatzzentrale. Einen Augenblick später verschwand Leonis Gesicht hinter dem Bullaugenfenster des Hubschraubers.

»Sie kommt, Jan.« Götz lag immer noch auf dem Boden, jetzt nur noch zwei Meter von seinen Leuten vom Team B entfernt. Verwundert sah er zwei Männer vor sich. Und ein ausgestrecktes Bein. *Kauert Speedy um die Ecke, hinter dem Klimaaggregat?* Das würde seinen letzten Funkspruch bestätigen. Auf dem Monitor verwischten gerade mehrere Bilder, als ob jemand heftig an der Kamera ruckeln würde.

Mittlerweile war Leoni in der offenen Schiebetür des Hubschraubers erschienen und ausgestiegen. Götz sah nach vorn.

In ihrem modischen Businessoutfit und mit den im Wind wehenden Haaren wirkte sie wie eine Schauspielerin in einem Werbefilm für edles Parfum oder eine neue Zigarettenmarke. Mit dem kleinen Unterschied, dass hier ein Wahnsinniger Regie führte und Götz nicht wusste, wie dieser Film heute ausgehen würde. Im Moment kannte nur Jan das Drehbuch. Dieser war ganz offensichtlich von Leonis Identität überzeugt. Mit drei schnellen Handbewegungen schnitt er Ira von sich los und löste ihr die Fesseln. Ira blieb aus unerfindlichen Gründen dicht bei ihm stehen und beobachtete, wie Leoni und Jan sich langsam einander näherten.

»Ich werde jetzt meine Verlobte begrüßen«, sprach May mit bewegter Stimme. »Danach können Sie mich haben.«

»Keine hastigen Bewegungen. Keine Fehler!«, warnte Götz. Ira stand weiterhin in der Schusslinie, zu nah bei Jan May für einen gewaltsamen Zugriff. Bei der Einsatzplanung waren alle übereingekommen, eine mögliche Umarmung von Leoni und Jan abzuwarten, weil hier die Ablenkung am größten war. Es sei denn, Jan hätte doch keine lauteren Absichten.

Plötzlich flimmerte es auf dem tragbaren Monitor. Und nun sah Götz, welchen Fehler er gemacht hatte. Speedys Kamera funktionierte wieder einwandfrei – und ihr Bild trieb seine Herzfrequenz in die Höhe. Sein Gehirn zerlegte die Szene in einzelne Bilder: Jan, der Leonis Hand nahm, die sie ihm zögerlich entgegenstreckte. Ira, die die Szenerie beobachtete, während sie sich von den letzten Resten der Klebebandfesseln befreite. Die beiden Gesichter, die sich langsam näherten. Und der Hubschrauber im Hintergrund, dessen Rotorblätter endlich zum Stillstand gekommen waren.

Der Kopf! Der Kopf des Polizisten, der Leoni hierher begleitet hatte! Er ruhte leblos wie der eines Schlafenden an der Plexiglasscheibe des Hubschraubers, während Blut aus einer Austrittswunde am Hals herablief.

Das Cockpit, schrie Götz in Gedanken. Die Gefahr ging nicht von Speedy aus. Nicht von seinem Team. Nicht von hinten. Sondern *von vorne!* Vom Piloten, der seinen Platz verlassen hatte, Leonies Begleiter tötete und in diesem Moment nicht mehr zu sehen war.

Von einer Sekunde zur anderen überließ sich Götz ganz

seiner Intuition und dachte nicht mehr über die einzelnen Schritte nach. Zuerst aktivierte er beide Sprechkanäle. Dann stand er auf und rannte los.
»Der Pilot!«, brüllte er. Im Laufen drehte er sich kurz um und gab beiden Teams ein kurzes Zeichen. Sie sollten schießen, sobald er die Hand hob.
Als er sich wieder umdrehte, tauchte der Mann in der Hubschraubertür auf. In seiner Hand eine Waffe.
Neeeein!
Götz schlug eine Flanke, um sich seitlich in Position zu bringen. Die Waffe hielt er im Laufen auf den Killer gerichtet.
O mein Gott. Aus dieser Distanz wird er alle treffen. Jan, Leoni. Und Ira.
»*Hinlegen*«, schrie er so laut, dass sie ihn auch ohne Funkverstärkung verstanden. Der Pilot hob den Kopf und sah zu ihm hinüber.
Egal. Götz rannte weiter. Direkt in die Schusslinie.

29.

Für Jan zählte in dieser Sekunde nur noch eins: Leoni zu berühren. Seine ängstlichen Finger zitterten wie die eines Teenagers, der zum ersten Mal im Kino die körperliche Nähe seiner heimlichen Liebe sucht. Voll aufgeregter Erwartung und zugleich voller Sorge vor einer schmachvollen Zurückweisung. Als Leoni ihre zarte Hand um seine schloss und diese sanft drückte, war das Gefühl der Vereinigung fast schmerzhaft schön. Er schloss die Augen

und schottete damit gleichzeitig all seine Sinne ab von der Wahrnehmung der Welt um ihn herum.
Auf diesen Moment hatte er gewartet.
Dafür hatte er die letzten Wochen gelebt und gleichzeitig sein gesamtes Leben geopfert. Jetzt gab es nur noch ihn und Leoni. Er zog sie näher zu sich. Sie leistete keinen Widerstand. Im Gegenteil. Fast schien es so wie bei ihrem ersten Mal. Als sie sich liebten, ohne ein einziges Wort zu sagen. Weder davor, noch dabei. Jeder Satz würde den Moment entwerten. Keine Sprache dieser Welt könnte die Bedeutung des Augenblicks adäquat schildern. Dennoch öffnete Jan seinen Mund, denn er spürte ihren lang vermissten Atem auf seiner Wange. Ihre Gesichter waren so nah, dass die Härchen ihrer Haut bereits in einen unsichtbaren Kontakt getreten waren. Und ihre Lippen folgten. Leoni stöhnte auf, als Jan sie umarmte, an sich zog und sie küsste. Mit einer Intensität, als wolle er acht Monate Trennung nachholen.
Natürlich würde er sie nie wieder loslassen. Natürlich würde er sie keinen Moment mehr aus den Augen lassen. Er würde es nicht noch einmal erlauben, dass man sie ihm entriss. Alles war so wie früher. Der Geruch frisch gebackenen Kuchens, den ihre reine Haut verströmte. Die seidigen Haare, die ihn streichelten wenn er hineingriff. Der spürbare Ruck, der durch ihren gesamten Körper ging, wenn sie sich auf die Zehenspitzen stellte, damit sich ihre Zungen besser berühren konnten. Selbst ihre Tränen schmeckten so wie früher. Vielleicht gab es nur einen Unterschied.
Jan versuchte den störenden Gedanken zu verdrängen, doch schon drangen die Geräusche um sie herum in sein Bewusstsein.

Das Einzige, was sich verändert hatte, war der Geschmack des Kusses. *Oder nicht?*
Er war etwas metallisch. Leicht eisenhaltig.
Durch Leoni ging ein weiterer Ruck, nur dieses Mal nicht, weil sie sich größer machen wollte. Jan küsste sie noch immer. Aber der bittere Geschmack wurde noch intensiver. Und die Geräusche lauter. Es ging nicht anders. Er öffnete die Augen.
Sah sie direkt an. Und wollte schreien.
Ihr Blick war leer. Von einer Sekunde auf die andere war die Wärme aus ihrem Blick gewichen und waren ihre Pupillen starr geworden.
Jan hörte ein metallisches Ritsch-Ratsch. Das tödliche Nachladegeräusch einer Pumpgun. Er lehnte seinen Kopf zurück und sah die kleine rote Perle, die sich aus Leonis Mundwinkel löste, um ihr am Kinn nach unten zu tropfen. Ein weiterer Schuss fiel. Dann hustete sie und spuckte noch mehr Blut.

30.

Die erste Kugel traf niemanden. Götz war noch nicht in Position und feuerte in die Luft. Durch die Ablenkung gewann er eine halbe Sekunde, bis der Pilot den Abzug seiner Slide-Gun durchdrückte.
Während Jan und Leoni eng umschlungen die perfekte Zielscheibe boten, warf Ira sich sofort auf den Boden. Eine Welle des Schmerzes durchspülte ihren Körper, und sie glaubte schon, getroffen zu sein. Aber der Schmerz

rührte von ihrer gebrochenen Rippe, auf die sie unsanft gefallen war.
Die zweite Kugel war ein Flintenlaufgeschoss aus dem Repetiergewehr des Piloten. Es streifte Götz an der linken Schulter. Doch anders als in billigen Actionfilmen flog er nicht meterweit nach hinten. Sein Oberkörper wurde seitlich weggerissen, als hätte ihn ein Footballspieler in vollem Lauf angerempelt. Er schwankte. Aber er blieb stehen. Und feuerte aus seiner halbautomatischen Pistole direkt auf den ungeschützten Kopf des Piloten.
Dieser lud bereits nach. Seine Pumpgun spuckte die erste, verbrauchte Hülse in weitem Bogen auf das Dach. Gleichzeitig sprang er aus dem Hubschrauber und entkam dadurch der Kugel von Götz. Aber der Killer gab seine Deckung auf. Und sah sich jetzt einer neuen Gefahr gegenüber: Ira.
Sie richtete die Waffe auf ihn, die Jan kurz zuvor auf das Dach fallen gelassen hatte, schloss die Augen und drückte ab.

Der Gerichtsmediziner würde später feststellen, dass insgesamt drei Kugeln ihr Ziel erreichten: Die erste traf Götz. Die zweite den Hals des Killers. Er starb. Nur eine Nanosekunde bevor sein Geschoss seitlich in Leonis Rücken einschlug. Ira hingegen konnte nichts ausrichten.
Nur zusehen.
Jan hatte Platzpatronen geladen.

31.

»Ich mach dich fertig«, brüllte Götz, während er wie im Drogenrausch auf Steuer zuwankte. Seine Lederjacke war oberhalb des linken Schulterblattes aufgerissen, dort wo ihn der Streifschuss getroffen hatte. Ira konnte nicht einschätzen, wie stark er verletzt war, aber anscheinend steckte noch ausreichend Kraft in ihm, um mit seinem gesunden Arm den Einsatzleiter beinahe zu Fall zu bringen.
»Sie stehen unter Schock«, keuchte Steuer und wich ängstlich zurück. Götz war außer sich. Seine Wut musste einen Liter schmerzverdrängenden Adrenalins in seine Blutbahn gespült haben.
»*Sie* waren es!«, brüllte er und schubste den Einsatzleiter erneut. »*Sie* haben den Piloten ausgesu...« Götz unterbrach sich mitten im Wort und machte verblüfft mehreren Sanitätern Platz, die zwei Tragen an ihnen vorbeirollen wollten. Auf der einen befand sich der ermordete Polizist aus dem Hubschrauber. Auf der anderen hockte ein Pfleger, der gerade mit blutverschmierten Fingern zur Herz-Rhythmus-Massage bei Leoni ansetzte.
»Wo lassen Sie sie hinbringen?«, fragte Götz irritiert und sah dem Tross hinterher. Als Erstes hatte man Jan und das Baby aus der Gefahrenzone gebracht. Auf der Liege begannen Leonis Beine unkontrolliert zu zittern.
»Da, wo Sie ebenfalls hinmüssten«, antwortete Steuer. »Unten wartet ein Rettungswagen. Sie kommt ins Benjamin Franklin.«
»Na klar, ins am weitesten entfernte Krankenhaus von hier. Warum nicht gleich nach Moskau?«

Götz spuckte angewidert auf den Boden.
»Leoni soll am besten schon auf dem Transport verrecken, oder? Dabei steht die Charité in Sichtweite.«
Ira sah zum Sony-Center hinüber, hinter dem sich das lehmrote Klinikhochhaus mit dem Namenszug an seiner Dachspitze in den Berliner Himmel stemmte.
Charité. Allein der Name verstärkte einen grauenhaften Gedanken, der sich wie rostiger Stacheldraht in den Wänden von Iras Nervenbahnen verfangen hatte. *Kitty!*
Sie musste zu ihr. So schnell wie möglich.
»Es gibt noch einen weiteren Grund, warum er Leoni nicht dorthin bringen will«, flüsterte sie Götz ins Ohr.
»Welchen?«
»Kitty! Sie ist in der Charité. Und Schuwalow hat einen Killer auf sie angesetzt.«
»Sind Sie jetzt auch völlig übergeschnappt, Ira?«, protestierte Steuer, der offenbar ihre letzten Worte doch verstanden hatte. Mit beiden Armen machte er eine ausholende Bewegung.
»Es gibt keine andere Möglichkeit. Rund um den Potsdamer-Platz tobt ein Verkehrschaos. Wir bekommen den Krankenwagen schneller nach Steglitz als hundert Meter Richtung Mitte!«
Götz hörte gar nicht mehr zu. Seine Augen wanderten rastlos zwischen Ira, Steuer und der Metalltür hin und her, hinter der Leonis Trage soeben verschwunden war. Als sich ihre Blicke trafen, sah Ira, dass Götz seinen ersten Schock langsam überwunden hatte. Dafür bahnte sich der Schmerz erbarmungslos den Weg in sein Bewusstsein.
Ira räusperte sich und öffnete ihre trockenen Lippen.
»Bitte hilf mir«, wollte sie sagen. »Hilf Kitty.« Aber es

war, als ob die Angst wie ein Gewicht an ihren Stimmbändern zog. Sie verfügte nicht mehr über die Kraft, sie in Schwingungen zu versetzen. Doch das war auch gar nicht mehr nötig. Götz verstand sie auch so.
»Ich lasse das nicht zu«, sagte er zu Steuer.
»Ich verstehe nicht?«
»Ich lasse es nicht zu, dass Leoni im Krankenwagen eine Überdosis Atropin gespritzt wird.«
»Sie sind traumatisiert, Götz. Sie reden wirres Zeug.«
»Gut ...« Götz spuckte nochmals aus, und Ira hoffte, dass sie sich irrte. Dass sie sich die rötliche Färbung des Speichels nur einbildete.
»... dann will ich mitfahren. Gemeinsam mit Leoni im Krankenwagen. Und ich entscheide, wohin es geht.«
Götz gab Ira ein Zeichen, ihm zum Treppenhaus zu folgen.
»Nein, das geht nicht ...« Steuer stellte sich ihnen ungeschickt in den Weg.
»Wieso?«
»Wir verlieren zu viel Zeit. Außerdem ist nicht genügend Platz für alle im Krankenwagen.«
»Na klar«, Götz lächelte zynisch. Eine weitere Schmerzwelle schwappte durch seinen Körper. Tränen schossen ihm in die Augen.
»So etwas habe ich mir schon gedacht, Sie Mistkerl!«
Er sah in den trüber werdenden Himmel, als ob die langsam herannahenden Regenwolken eine Lösung hinter sich herzögen.
»Dann hilft eben nur Plan B.«
»Plan B?«, wiederholte Steuer entgeistert.
Götz trat noch dichter an den Einsatzleiter heran.
»Nehmen Sie Ihr Funkgerät. Ich erklär's Ihnen.«

Seine Worte trafen in einem wütenden Sprühnebel auf das Gesicht des Einsatzleiters. Doch Steuer spürte nur den Pistolenlauf, den Götz ihm direkt auf die Stirn gesetzt hatte.

32.

»Das ist der reinste Wahnsinn ...«, brüllte Ira. Sie stand direkt hinter Götz, der gerade den Hebel neben seinem Sitz hochzog, um den Anstellwinkel der Rotorblätter zu verändern. Der Hubschrauber lief bereits wieder auf voller Drehzahl, und beide verständigten sich über ihre hastig aufgesetzten Kopfhörer.
»Ich weiß, wie man die Kiste fliegt«, schrie er.
»Aber du bist angeschossen. Du verlierst zu viel Blut.«
»Nicht mehr als Leoni!«
Womit du sicher Recht hast.
Ira warf ihren Kopfhörer auf den Copilotensitz und stieg nach hinten. Leonis Liege war notdürftig mit mehreren Gepäckbändern auf der hinteren Sitzreihe fixiert worden, ihr Körper durch Decken verhüllt. Die Sanitäter, die Steuer notgedrungen wieder aufs Dach zurückbeordert hatte, schienen ihren Zustand in der kurzen Zwischenzeit etwas stabilisiert zu haben.
Ira merkte, wie der Hubschrauber an Geschwindigkeit gewann und draußen ein immer stärkerer Wind aufzog. Die Maschine flog eine scharfe Rechtskurve die Leipziger Straße hoch. Das berühmte Krankenhaushochhaus war maximal zwei Flugminuten entfernt. Für den kurzen Flug

hatten sie die Schiebetüren offen gelassen. Sie hielt sich an der Lehne eines Passagiersitzes fest und beugte sich zu der Verletzen herab.
Leonis ganzer Körper machte einen friedlichen Eindruck. Still.
Zu still. Ira strich Leoni behutsam das blutdurchtränkte Haar aus dem Gesicht – und zuckte wie elektrisiert zurück.
»Götz!«, rief sie flehend. Er hatte sie nicht gehört. Der dröhnende Lärm des Helikopters verschluckte ihre brüchige Stimme.
Es verging mehr als eine Minute, in der sie hilflos auf den Boden starrte. Erst als eine kleine Turbulenz den Hubschrauber erfasste, löste sie sich aus ihrer Verkrampfung. Sie stand auf, griff sich ein Headset, das über ihr von der Decke hing, und setzte es auf, um Götz über Sprechfunk zu erreichen, als sie endgültig glaubte, den Verstand zu verlieren.
Ihr Blick fiel durch das eckige Fenster nach draußen. Es befand sich genau an der Stelle, wo Leoni gesessen hatte. Bei dem Versuch, den Piloten abzulenken, war es von Götz zerschossen worden. Jetzt bot die zersplitterte Plastikscheibe den schaurig passenden Rahmen für das, was Ira in einiger Entfernung dahinter ausmachte.
»Was geht hier vor?«, fand Ira ihre Stimme wieder. Am liebsten hätte sie sich den Kopfhörer wieder heruntergerissen. Sie wollte die grauenhafte Antwort gar nicht hören.
»Wir gehen runter«, kommentierte Götz das Offensichtliche. Das Brandenburger Tor, die gläserne Reichstagskuppel, das Holocaust-Mahnmal – keines dieser Wahrzeichen war mehr in Sichtweite. Sie waren abgedreht und

befanden sich nicht einmal mehr in der Nähe der Charité. Stattdessen näherten sie sich einem stillgelegten Kreuzberger Bahngelände.

33.

»Ich verstehe nicht«, sagte Ira, während die grauenvolle Erkenntnis wie eine Schere in ihrem Unterleib aufklappte und von innen an ihren Eingeweiden riss.
»O doch!«, brüllte Götz zurück und drehte sich um. Sein Gesicht war völlig ausdruckslos. »Du verstehst alles.«
Sie ballte ihre Faust zusammen und biss sich in die Knöchel, um nicht laut loszuschreien. Natürlich wusste sie es. Jetzt. Viel zu spät. *Er* war der Maulwurf. Götz war Schuwalows Handlanger.
Wie konnte ich nur so blind sein?
Die ganze Zeit hatte er nur ein Ziel gehabt: Herauszufinden, ob Leoni noch lebte. Dazu musste er alles unternehmen, um die Stürmung so lange wie möglich hinauszuzögern. Nur deshalb brachte er sie zum Tatort und überredete Steuer, ihr die Verhandlungsleitung zu überlassen. Er schickte Diesel aus dem Sender, als dieser der Identität der Scheingeiseln zu dicht auf der Spur war. Protestierte in der Konferenz lautstark gegen den Einsatz. Und ging schließlich selbst ins Studio, als er einen Zugriff nicht mehr verhindern konnte.
»Manfred Stuck war noch am Leben, als du ihn gefunden hast!« Es war eine verzweifelte Feststellung und keine Frage. Götz nickte trotzdem.

»Er war nur betäubt. Du hast ihn erschossen. Nicht Jan. Genauso wie Onassis. Nach dem Einsatz sollte sich niemand mehr ins Studio trauen. Du hast alles getan, damit die Geiselnahme so lange andauert, bis Leoni gefunden war.«

Als Antwort wackelte Götz mit dem Hubschrauber und lachte dabei zynisch. Sie befanden sich nur noch wenige Meter über dem Boden. »Und von meiner Entführung durch Schuwalow wusstest du auch, nicht wahr? Auch das war eine Inszenierung. Von der Verschleppung bis zur Befreiung.« Iras Gedanken wirbelten schneller als die Rotorblätter über ihrem Kopf.

Natürlich. Nachdem Steuer sie vom Tatort verbannt hatte, musste Götz dafür sorgen, dass Ira wieder zurück an den Verhandlungstisch kam. Deshalb war Marius auch so auskunftsfreudig gewesen. Sie sollte nur die notwendigen Informationen über die Zusammenhänge zwischen Faust, dem Zeugenschutzprogramm und Leoni verstehen und danach weitersuchen. Götz hatte sie missbraucht und manipuliert. Ohne es zu wissen, war sie durch ihn zu einer Marionette der Mafia geworden. Und fast wäre sie dabei sogar noch mal mit ihm ins Bett gestiegen. Selbst Faust musste geahnt haben, dass Götz ein falsches Spiel spielte.

»*Das könnte ich Ihnen nur sagen, wenn wir alleine wären*«, war einer seiner letzten Sätze gewesen. Jetzt erhielt er eine völlig neue Bedeutung.

»Ich muss dich wohl nicht fragen, warum du das alles tust, oder?«

»*Meine Wohnung ist nicht abbezahlt, ich hatte letztes Jahr Pech beim Spielen. Ich stecke bis zum Hals in Schulden*«, hatte Götz ihr selbst gestanden. »*Ich kann es mir nicht leisten, meinen Job zu vermasseln.*« Nun war ihr auch klar, bei wem er die Schulden hatte und welchen Job er damit meinte.

Ira streifte ihren Kopfhörer ab und hangelte sich taumelnd zum Cockpit vor. »Um wie viel Geld geht es hier? Hätte Marius dich nicht von der Leine gelassen, wenn ein anderer Leoni erledigt? Musstest du deshalb den Piloten erschießen?«

»Warum fragst du denn noch, wenn du eh schon alles weißt?«

Der Fußraum des Hubschraubers war mit durchsichtigem Plexiglas ausgekleidet, durch das Ira einen unkrautüberwucherten Erdboden näher kommen sah. Götz hatte eine gute Landefläche ausgemacht, direkt zwischen einem zerfallenen Backsteinhäuschen und einem Stapel ausrangierter Schienen.

Bei diesem trostlosen Anblick musste Ira an heute Morgen denken. An die Kapseln in ihrem Gefrierfach. An ihre Tochter, die vermutlich schon tot war. Sie erinnerte sich an Sara und die Gespräche mit Jan. An Leoni. Und auf einmal wurde sie ganz ruhig. Ihr Puls verlangsamte sich, und eine fast erlösende Ruhe breitete sich in ihrem Inneren aus, während die Kufen des Hubschraubers auf dem schottrigen Boden aufsetzten.

Ira drehte sich wieder um und sah in den Passagierraum, an Leoni vorbei, zu dem zerschossenen Fenster. Sie spürte, dass die Waffe, die vor wenigen Minuten noch Steuer in Schach gehalten hatte, nun auf ihren Rücken zielte.

34.

Alles war gelogen. Jede einzelne Zeile auf dem gräulichen DIN-A4-Bogen, den sie gerade unterschrieb. Das Trauma des Tages hatte sie nicht zerbrochen. Sie wollte ihrer Schwester nicht folgen. Es war nicht ihr freier Wille, sich selbst das Leben zu nehmen. Trotzdem setzte Kitty Datum und Uhrzeit neben ihre Unterschrift. Nur, weil der elegante Mann in dem schneeweißen Arztkittel es so wollte, der sich erst als Dr. Pasternack ausgegeben und ihr dann eine Waffe vors Gesicht gehalten hatte.
»Sehr schön«, sagte er und hielt die schallgedämpfte Pistole etwas schräg, damit er einen Blick auf seine teure Armbanduhr werfen konnte. »Und jetzt nimm die Tabletten.«
Kitty registrierte verstört, dass ihr Mörder verheiratet war. Er trug einen Platinring an der Hand, mit der er auf die Pillen vor ihr auf dem schwenkbaren Nachttisch deutete. Es waren vier Stück. Harmlos, als wären sie nur Bonbons, lagen sie neben einer Flasche mit stillem Wasser.
»Damit kommen Sie nicht durch«, protestierte Kitty.
»Ich pass schon auf mich auf«, entgegnete der Mann mit dem Anflug eines Lächelns. Er gab ihr einen halb gefüllten Plastikbecher.
Kitty dachte fieberhaft nach, wie sie noch mehr Zeit herausschinden könnte. *Ich hab mich gewehrt, wär ihm beinahe aus dem Badezimmer entkommen, habe den Brief so langsam wie möglich geschrieben. Was noch?*
»Aber ich habe doch gar nichts gesehen im Studio«, versuchte sie es ein letztes Mal. »Es gibt nichts, was ich verraten könnte.«

»Beeil dich!«, ignorierte er ihr Flehen. »Die Schonfrist ist abgelaufen.«
Kitty setzte sich mit zittrigen Beinen auf die Bettkante. Hinter dem Fenster sah sie eine dunkle Wolke aufziehen. *Nun sterbe ich also mit einer doppelten Lüge*, dachte sie mutlos. Während sie die ersten beiden Pillen nahm, musste sie an Saras letzten Brief denken. Den, den ihre Mutter nie gelesen hatte. Die beiden Zettel auf der letzten Stufe. Kitty war nur wenige Minuten vor ihrer Mutter in der Wohnung ihrer älteren Schwester eingetroffen und hatte ihn an sich genommen, bevor sie heimlich wieder gegangen war. Damit Ira niemals Saras wahre Beweggründe erfahren würde. Die Ironie des Schicksals wollte es, dass Kitty ausgerechnet heute ihre Meinung geändert hatte. Sie wollte es beichten. Sie wollte ihre Mutter besuchen und offen mit ihr über alles reden. Doch nun würde alles anders kommen. Jetzt würde sie ihr Wissen mit ins Grab nehmen und mit dem erpressten Abschiedsbrief eine weitere Lüge in die Welt setzen.
»Schneller.« Der Killer trieb sie an, und einen kurzen Moment fragte sich Kitty, warum sie ihm nicht einfach einen Grund zum Schießen gab. Dann wüsste ihre Mutter wenigstens über ihr wahres Schicksal Bescheid. Schließlich obsiegte der Selbsterhaltungstrieb und die in ihm begründete Hoffnung, vielleicht doch noch irgendwie mit dem Leben davonkommen zu können.
Die dritte Tablette verschwand in ihrem Mund. Sie lehnte den Kopf beim Schlucken in den Nacken. Ihr Blick fiel auf das zerschnittene Kabel mit der Notglocke. Auch das hatte sie in ihrem Brief erklärt. Sie selbst hätte es unbrauchbar gemacht, damit es kein Zurück mehr gab.
Das seriöse Gesicht ihres Mörders verschwamm, bevor

die vierte Pille auf ihrer angeschwollenen Zunge haften blieb. Es kostete sie eine unheimliche Kraftüberwindung, ihr Gesicht wegen des bitteren Geschmacks nicht zu verziehen.
Kitty verlor das Gleichgewicht und kippte seitlich auf das Bett. Ihre Augenlider besaßen nicht mehr die Kraft, sich gnädig zu schließen. Deshalb blieb ihr der Anblick nicht erspart, wie der Mann ihr mit einem Plastikband den Arm abband. Es dauerte nicht sehr lange, dann hatte er den geeigneten Ansatzpunkt für die Spritze gefunden.

35.

»Endstation.« Götz blieb auf seinem Pilotensessel sitzen. »Hier musst du aussteigen.«
Da er die Rotoren nicht abstellte, vermutete Ira, dass er ohne sie weiterfliegen wollte. Ganz sicher hatte er vor dem Start bereits den Transponder zerstört, mit dem man den Hubschrauber orten konnte.
»Nein, das werde ich nicht.«
Sie ekelte sich, ihm ins Gesicht zu sehen, während sie mit ihm sprach. Ira griff mit der bloßen Hand in die zersplitterte Plexiglasscheibe und brach einen großen Splitter heraus.
»Was hast du vor? Das Spiel ist aus.«
»Ist es nicht.« Ira überwand ihren Abscheu und sah Götz nun doch direkt in die Augen. Für die Verzweiflungstat, die sie plante, benötigte sie den direkten Blickkontakt.
»Ich bin Unterhändlerin, schon vergessen? Also werde

ich nicht aufgeben, sondern dir ein Geschäft vorschlagen.«
Götz lachte ungläubig auf.
»Du bist unglaublich, Ira. Worüber sollen wir denn jetzt noch verhandeln? Du bist völlig machtlos. Du hältst keinen Trumpf mehr in deinen Händen.«
»Doch, den hier!«
Ira zeigte ihm die scharfkantige Plexiglasscherbe, und Götz lachte nur noch lauter.
»Was soll das? Meine halbe Schulter ist aufgerissen. Glaubst du wirklich, da hab ich Angst vor einer Glasscherbe?«
»Kommt drauf an, wo ich sie ansetze«, sagte Ira und schnitt sich ihre Pulsadern auf.

36.

»Verdammt, was tust du da?«, schrie Götz entgeistert.
Das Blut strömte aus Iras linkem Arm. Sie hatte sich längs entlang der Ader geschnitten und nicht quer, wie die neunzig Prozent aller Selbstmörder, bei denen der Versuch fehlschlug, weil sie damit nur die Beugesehnen durchtrennten.
»Schon vergessen?«, antwortete sie ihm, während sie beobachtete, wie sich das rote Rinnsal auf dem Boden seinen Weg bahnte. »Ich habe nichts mehr zu verlieren.«
Götz rutschte nervös auf seinem Sessel herum. Das Wetter verschlechterte sich, und Wind war aufgekommen. Er konnte deshalb seinen Platz nicht verlassen, wenn er den Hubschrauber am Boden halten wollte.

»Du bist komplett wahnsinnig, Ira.« Sie verstand seine brüllende Stimme jetzt auch ohne Kopfhörer.
»Wenn du jetzt nicht sofort hier aussteigst, muss ich dich mitnehmen. Entweder du stirbst auf dem Flug oder Schuwalow wird dir den Rest geben, sobald wir bei ihm landen.«
Ira schüttelte kraftlos ihren Kopf.
»Wir wissen beide, dass du das verhindern wirst, Götz. Du willst mich nicht töten.«
»Ich habe heute den UPS-Boten und einen Kollegen erschossen. Glaubst du wirklich, mein Mittwochs-Pensum ist damit aufgebraucht?«
»Ja, wenn es um mich geht, schon. Ich bin deine Schwachstelle, Götz. Ich bin dein wunder Punkt.«
Ira fühlte sich etwas benommen. Ihre nackten Füße standen bereits in einer kleinen Pfütze, die sich langsam in Richtung von Leonis Trage ausbreitete.
Sie musste sich setzen, wenn sie nicht bald ohnmächtig werden wollte.
»Du könntest es doch gar nicht ertragen, wenn ich hier vor deinen Augen verblute.«
»Blödsinn, du irrst dich in mir.«
»Nicht in diesem Punkt. Also hör mir gut zu. Wir beide sind kurz vor dem Ende. Wir haben keine Zeit mehr zu verlieren. Drum lass uns das Geschäft machen: Ich gebe dir Leoni, wenn ...«
»Ich *habe* Leoni schon«, unterbrach er sie wütend. »Ich muss sie nur noch zu Schuwalow fliegen.«
»Nein, nein, nein.« Ira legte den Kopf nach hinten und schloss die Augen. Sie verdrängte den Gedanken an das, was gerade in ihrem Körper passierte. An den langsamen, qualvollen Tod.

»Du hörst mir nicht zu. Ich gebe dir Leoni für meine Tochter!«
Götz sah ehrlich geschockt aus. Er schien kein Wort mehr zu verstehen.
»Sorge dafür, dass Kitty nichts geschieht, und ich werde sofort aussteigen und dich mit Leoni weiterfliegen lassen.«
»Du bist komplett verrückt«, antwortete er und wandte sich wieder nach vorne.
»Ich flieg jetzt los.«
»Nein!«
»Doch.« Er legte zwei kleine Schalter über seinem Kopf um.
»Ich kann dir nicht helfen, Ira. Selbst wenn ich es wollte. Sobald ich Leoni abgeliefert habe, streicht Schuwalow meinen Namen von seiner Abschussliste. Ich bin nur ein kleines Licht in seinem Lampenladen. Ich habe nicht die Macht, irgendeinen Killer zurückzupfeifen, der gerade bei deiner Tochter ist.«
Der gesamte Hubschrauber erzitterte wie eine kaputte Waschmaschine.
»Dann wird deine letzte Erinnerung an mich sein, wie du hilflos versuchst, die Fontäne zu stoppen«, spielte Ira ihren letzten Trumpf aus.
Götz sah wieder zu ihr nach hinten.
»Welche Fontäne?«
Sie stand auf, damit er sie besser sehen konnte, und hob das labbrige Sweatshirt über ihre blasse Hüfte. Aus ihrem bleichen Gesicht war jegliche Farbe gewichen.
»Das mit den Pulsadern dauert viel zu lange. Du könntest meinen Arm abbinden, sobald ich das Bewusstsein verliere.« Sie fixierte wieder seine Augen.
»Doch ein kleiner Schnitt an dieser Stelle, und ich bin

ohne einen professionellen Druckverband nicht mehr zu retten.«
Sie setzte die Scherbe an ihre Leistenarterie. »Rette meine Tochter, oder ich sterbe hier vor deinen Augen!«

37.

Das Vogelgezwitscher auf dem Nachttisch wurde mit jeder Sekunde lauter. Es begann, kurz nachdem der letzte Tropfen die Einwegspritze verlassen und Kittys Vene erreicht hatte. Jetzt besaß der Klingelton eine unangenehm bohrende Lautstärke. Der falsche Arzt zog die Injektionsnadel aus Kittys Arm, griff nach ihrem Handy und wollte es gerade ausschalten, als er den penetranten Anrufer an seiner Nummer erkannte.
»Was ist?«, fragte er knapp. Dann hörte er stumm den Ausführungen am anderen Ende der Leitung zu.
»Und das ist wirklich eine Anweisung von Schuwalow?« Er ließ die verbrauchte Spritze in seine Kitteltasche gleiten. Die cremefarbenen OP-Handschuhe, mit denen er bislang alles im Zimmer berührt hatte, behielt er vorerst noch an.
»Nein«, antwortete er nach einer kurzen Weile. Dann wiederholte er sich, jetzt mit nachdrücklicher Stimme.
»Nein! Das geht nicht mehr. Dafür ist es jetzt schon zu spät. Ich hab ihr bereits die Spritze gegeben.«
Mit gewissenhaften Augen kontrollierte er, ob er irgendetwas vergessen hatte. Doch alles war perfekt. Keine Zeugen, keine Beweise. Der Abschiedsbrief lag, in der Mitte

gefaltet, auf der Bettdecke, die Kittys leblosen Körper zur Hälfte bedeckte.
»Aber das ergibt doch keinen Sinn mehr«, widersprach er.
»Na gut«, willigte er schließlich ein, nachdem der Redeschwall des Anrufers wieder abgeklungen war. »Wenn Marius es so will.«
Der Killer trat näher an das Bett heran und öffnete Kittys linkes Auge.
Er tat, was ihm gerade befohlen worden war. Ihm sollte es nur recht sein. Sein Geld bekam er so oder so. Und es war viel Geld. So viel, dass man gerne auch etwas Nutzloses dafür tun konnte.
Nachdem er die ihm aufgetragenen Handlungen durchgeführt hatte, nahm er den Akku aus dem Handy und steckte sich die beiden Teile in die Hosentasche. Ohne sich noch einmal umzudrehen, verließ er mit leichten Schritten das Einzelzimmer. Sein Job für heute war erledigt.

38.

Kann man einem Menschen vertrauen, der gerade beabsichtigt, jemanden dem Tod auszuliefern?
Ira schaute dem Hubschrauber nach, der sich immer schneller mit seiner reglosen Fracht von ihr entfernte, und versuchte, sich einzureden, dass sie keine andere Wahl gehabt hatte.
»Sie kann nicht mit dir sprechen«, hatte Götz ihr erklärt. »Aber deine Tochter lebt noch.« Zum Beweis hatte er ihr sein Handy in ihre verkrampften Hände gelegt. Die

Tastatur war mittlerweile blutüberzogen, so wie der Stofffetzen des Sweatshirts, den sie sich notdürftig um ihr Handgelenk gebunden hatte.
Hat er die Wahrheit gesagt?, fragte sie sich. Sehr wahrscheinlich nicht, war die naheliegende Antwort. Es war aus. Vorbei. Nur wollte sich jetzt, wo alles verloren war, leider keine resignierende Gleichgültigkeit mehr in ihr breitmachen. Nicht so wie heute Morgen. Aber auch das war jetzt egal. So oder so würde sie Kitty nicht mehr wiedersehen. Wenigstens hatte sie noch ein letztes Bild von ihr gesehen, auch wenn es von ihrem eigenen Mörder aufgenommen worden war. Sie wischte einen Regentropfen vom grünlich schimmernden Display und betrachtete die geöffneten Augen ihrer Tochter auf dem Digitalfoto. Ein zweiter Tropfen fiel, dann der nächste. Das schöne Wetter des schrecklichen Tages hatte ein Ende gefunden. So wie sie. Hier im Niemandsland. Und so wie Kitty. Denn dieses Bild bewies gar nichts.
»Siehst du, wie ihre Pupille auf den Blitz reagiert?«, hatte Götz sie angefleht, endlich aus dem Hubschrauber zu steigen. Der Killer hatte zwei Fotos geschossen und nacheinander per MMS auf Götz' Handy geschickt. »Zwei Aufnahmen, zwei unterschiedlich große Pupillen, siehst du?« Lächerlich. Ihr Kreislauf stand damals wie jetzt kurz vor dem finalen Zusammenbruch. Sie hatte in diesem Moment gar nichts mehr erkennen können.
Aber wenigstens in einem Punkt hatte sie Gewissheit erhalten, bevor sie von dieser Welt ging: Götz hatte sie nicht töten wollen. Nicht töten *können*. Sie war seine Achillesferse. Leider war sie ihm nicht zum Verhängnis geworden. Schließlich war Götz ebenso erstaunt wie sie selbst gewesen, dass sie am Ende doch noch ausgestiegen war. Aber

wenigstens diese letzte Entscheidung ihres armseligen Lebens wollte sie selbstbestimmt treffen. Weder Götz noch Schuwalow sollte ihren Todeszeitpunkt festlegen dürfen. Dazu wollte sie alleine sein, so wie heute früh ursprünglich geplant.

Der Nieselregen wurde etwas dichter, und der Hubschrauber war am dunkler werdenden Himmel auf die Größe eines Tennisballs zusammengeschrumpft. Ira sah ihm nach und fragte sich, wie lange es noch dauern würde, bis Götz den leblosen Körper bei Leonis Vater ablieferte. Als sie Leonis Gesicht vorhin im Hubschrauber gesehen hatte, hatte sie der Schock der Erkenntnis beinahe gelähmt. Erst wollte sie es ihm sagen. Dann hatten sich die Ereignisse überschlagen, und jetzt sollte es ihre letzte Freude bleiben, dass sie Götz am Ende des Spiels die einfache Wahrheit verschwiegen hatte. »Nun denn«, sprach sie zu sich selbst. Sie atmete tief durch die Nase ein und fing ein letztes Mal den Geruch von nassem Gras ein, der sich mit dem staubigen Großstadtduft mischte.

Das werde ich vermissen, dachte Ira. *Viel ist es nicht, aber die Gerüche werden mir fehlen.*

Ihre rechte Hand zitterte, und sie brauchte einige Sekunden, bis sie den Vibrationsalarm des Handys als Ursache ausmachte. Das unscharfe Foto ihrer Tochter war verschwunden und hatte dem Hinweis auf einen eingehenden Anruf Platz gemacht.

⇒ *Unbekannter Teilnehmer*

Sie zuckte mit den Achseln.

Eine Cola light zum Abschluss wär mir lieber gewesen, war ihr letzter Gedanke. *Cola light Lemon …*

Dann setzte sie die Scherbe an und ignorierte den letzten Anruf, der ihr alles erklärt hätte.

39.

Zwei Wochen später

Aus der Vogelperspektive betrachtet, erinnerten ihn die fünf sternförmig aufeinander zulaufenden Flügel der Justizvollzugsanstalt Moabit immer an eine überdimensionale Windmühle. Unten am Boden waren die Eindrücke, die die roten Wachtürme hinter den Stacheldrahtzäunen vor dem Zentralgebäude der Gefängnisanstalt hinterließen, weit weniger romantisch. Selbst nach den vielen Jahren wurde es Steuer immer noch etwas mulmig, wenn er in den Hochsicherheitstrakt musste.

Er sah auf die Uhr, aber es war noch Zeit. Sie hatten sich für kurz vor elf hinter den Kontrollen verabredet. Wie auf dem Flughafen musste jeder, der die Sicherheitszone betreten wollte, alle metallenen und gefährlichen Gegenstände am Eingang ablegen und danach durch einen Metalldetektor schreiten. Er hatte ihn schon passiert und setzte sich auf einen wackeligen Holzstuhl ohne Armlehne, der in diesem Moment durch sein Gewicht einer herben Belastungsprobe unterzogen wurde.

»Es tut mir leid«, waren ihre ersten Worte, mit denen sie ihn wenige Minuten später begrüßte. Ihr Gesicht hatte wieder etwas Farbe angenommen, doch sie wirkte immer noch so, als würde sie sich nur langsam von einer sehr langen Krankheit erholen, und in gewissem Sinne war das ja auch der Fall.

»Wieso entschuldigen Sie sich? Sie sind überpünktlich.«

»Nein, nicht deswegen.« Iras Lippen deuteten ein Lächeln an.

Er kannte diese Reaktion. Steuer wusste, er war ein Mensch, den die meisten nur respektieren, aber nie mögen würden, und ihm war klar, dass Iras scheues Lächeln das Höchstmaß an Sympathie war, das sie ihm je entgegenbringen würde.

»Ich entschuldige mich für meine Fehleinschätzung«, eröffnete sie ihm. »Ich war der festen Überzeugung, Faust hätte Sie geschmiert.«

Er lachte trocken. *Angeschmiert* wäre wohl die treffendere Vokabel. Tatsächlich war er vom Oberstaatsanwalt manipuliert worden. Kurz nach dem ersten Cash Call, als Jan seine Forderung zum ersten Mal im Radio aufstellte, informierte ihn Faust per Telefon, bei Leoni handele es sich um eine wichtige Kronzeugin, deren Existenz unter keinen Umständen enttarnt werden dürfe. Er sollte am besten sofort stürmen, koste es, was es wolle.

»Ich hab mich in Ihnen getäuscht …«, sagte Ira, »… und das tut mir sehr leid.«

»Na, dann haben wir doch wenigstens eine Sache gemein.« Er wandte sich von ihr ab, und sie gingen gemeinsam den langen Flur hinunter, an dessen Ende der wahre Grund ihres heutigen Zusammentreffens auf sie wartete.

»Auch ich habe einen großen Fehler gemacht. Ich dachte, Sie würden mit Götz unter einer Decke stecken. Nur deshalb habe ich Sie überhaupt zu ihm in den Hubschrauber steigen lassen.« Steuer gab sich Mühe, nicht zu kurz angebunden zu klingen. Dabei konnte es ihm eigentlich auch egal sein, ob sie seine Entschuldigung ernst nahm. Er hatte ihr das Leben gerettet, indem er Götz' Handy hatte orten lassen, kurz nachdem das Transpondersignal des Hubschraubers vom Monitor verschwunden war. Wäre Ira ans Telefon gegangen, hätte sie sich die hässliche Narbe in der Leiste erspart. Die Notärzte waren vielleicht nicht in letzter Sekunde, wohl aber in letzter Minute zur Stelle gewesen.

»Nicht, dass wir uns falsch verstehen. Ich halte Sie immer noch für untauglich, eine Verhandlung zu führen. Sie sind krank. Eine labile Alkoholikerin. *Darin* hab ich mich nicht geirrt...« Die nächsten Worte betonte er besonders deutlich: »Deshalb und *nur* deshalb wollte ich Sie von Anfang nicht am Tatort haben.«

»Wann wussten Sie's?«, fragte sie ihn. »Wann war Ihnen klar, dass er es war?«

»Ich schöpfte zum ersten Mal Verdacht, als Götz Leoni unbedingt vom Flughafen abholen wollte. Aber sicher war ich mir da noch lange nicht. Ich wusste nur: Wenn sich der Maulwurf zeigt, dann auf dem Dach des MCB-Gebäudes.«

Er blieb stehen und sah sie an.

»Wie verkraften Sie die ganze Sache eigentlich? Psychisch, meine ich.«

Iras helles Lachen hallte an den nackten Betonwänden wider. »Körperlich sieht man mir wohl klar an, dass ich ein Wrack bin, was?«

Steuer zog verärgert die Mundwinkel herab.

»Ich frage wegen Ihrer Tochter.«

Ira fuhr sich nervös durch ihre frisch gewaschenen Haare, bevor sie ihm antwortete.

»Wenigstens hat Götz in diesem Punkt die Wahrheit gesagt.«

Sie gingen weiter und verfielen unbewusst dabei in einen Gleichschritt.

»Wie geht es ihr denn?« Steuer fragte nur aus Höflichkeit. Aus den Akten kannte er bereits die wichtigsten Informa-

tionen. Der Täter hatte Kitty zuerst ein Beruhigungsmittel gegeben und spritzte ihr danach ein Narkotikum. Das Gift, die zweite Spritze, kam nicht mehr zum Einsatz, nachdem Götz den Killer auf Kittys Handy angerufen hatte.
»Wenn Sie sich mir anvertraut hätten, wäre uns der Auftragsmörder übrigens nicht entwischt.«
Sie erreichten die Tür zum Vorraum des Verhörzimmers. Eine hochgewachsene Polizistin, die eben noch in einem Magazin geblättert hatte, stand auf, grüßte den SEK-Chef verlegen und öffnete den beiden die Tür.
Steuer ließ Ira den Vortritt. Nachdem sie wortlos eingetreten waren, stellten sie sich gemeinsam, aber in einigem Abstand nebeneinander vor die einseitig verspiegelte Glasscheibe, die ihnen einen Blick in das dahinterliegende Zimmer ermöglichte.

Jan May sah gut aus. Nicht nur den Umständen entsprechend. Wenn Steuer es nicht besser gewusst hätte, würde er ihn glatt für einen Anwalt gehalten haben, der hier in seinem dunklen Anzug auf seinen Mandanten wartete. Steuer sah zu Ira herüber, doch die konnte ihren Blick nicht von der schönen Frau an Jans Seite wenden, die mit der einen Hand ihrem Verlobten durch das Haar fuhr. Mit der anderen hielt sie ihr Baby fest, damit es nicht versehentlich von dem quadratischen Metalltisch fallen konnte.

40.

Die altersschwache Klimaanlage im Neubautrakt der Justizvollzugsanstalt schaffte es noch nicht einmal, den kleinen Verhörraum abzukühlen. Sie betätigte sich allenfalls als Bakterienquirl. Wie zum Beweis nahm Jan May ein Taschentuch aus gestärktem Leinen vor den Mund und hustete einmal hinein. Dann putzte er sich die Nase.
»Sind Sie jetzt zufrieden?«, brach Ira das Schweigen, das den Raum füllte, seitdem sie eingetreten war. Sie stützte sich mit beiden Ellenbogen auf den Verhörtisch, an dem sie sich gegenübersaßen.
»Ich bin glücklich, dass Leoni und mein Kind noch leben, ja«, antwortete er ihr lächelnd. »Dafür danke ich Ihnen sehr.«
»O nein.« Ira winkte ab und deutete mit dem Daumen auf die Spiegelscheibe hinter ihr. »Ihr Lob geht an die falsche Adresse. Dafür ist Steuer verantwortlich.«
Der Coup des SEK-Chefs hatte in den letzten Tagen die Medien beherrscht.
Zuerst hatte Steuer geplant, Leoni durch ein Double zu ersetzen. Doch niemand konnte absehen, wie gefährlich Jan wirklich war und ob er endgültig Amok laufen würde, wenn er das Täuschungsmanöver auf dem Dach entdecken würde. Also wurde Leoni mit einer kugelsicheren Weste der Klasse IV ausgestattet, die ihr letztlich das Leben rettete. Was auf dem Dach wie eine Herz-Rhythmus-Massage ausgesehen hatte, war die vergebliche Bemühung des Pflegers gewesen, die Quelle der inneren Blutung zu finden, dabei hatte sich Leoni nur vor Schreck ein Stück ihrer Zunge abgebissen. Als Steuer von Götz schließlich

genötigt wurde, die kaum verletzte Frau wieder in den Hubschrauber zurückzubringen, wussten seine Männer, was zu tun war. Leoni wurde noch im Treppenhaus durch einen der zwei Plastik-Dummies ausgetauscht, die man vorbereitet hatte, um Verwirrung zu stiften. Unten am MCB-Gebäude warteten drei Rettungswagen, die mit den Attrappen in jeweils verschiedene Richtungen hätten fahren sollten, damit die Killer nicht wussten, in welchem Fahrzeug die echte Leoni lag.

Nicht nur, dass Götz am Ende bei Schuwalow mit einer Schaufensterpuppe angeflogen kam – in ihr befand sich auch noch ein GPS-Transmitter, der die Polizei schließlich zu der Mafia führte.

»Worüber haben Sie sich gerade mit Ihrer Verlobten unterhalten?«, wollte Ira wissen. Kurz nachdem sie eingetreten war, hatte Leoni Ira sanft die Hand gegeben und danach wortlos den Raum mit ihrem Baby auf dem Arm verlassen.

»Ich berichtete ihr von den tollen Neuigkeiten, die ich von meinem Anwalt erfahren habe. Dass ich mit etwas Glück den dritten Geburtstag meiner Tochter wieder in Freiheit feiern kann«, antwortete Jan. »Mit sehr viel Glück bekomme ich eine elektronische Fußfessel und darf meine Strafe im Hausarrest absitzen.«

»Im Zeugenschutz?«

»Bei meiner Familie, ja.«

»Fein. Und von mir wollen Sie jetzt auch noch etwas Schönes hören, um die Sache perfekt abzurunden, oder?«

Er sah sie reglos an.

»Sie wollen doch bestimmt anerkennende Worte dafür, dass Sie eine groß angelegte Verschwörung aufgedeckt haben?«

Jan sollte am Ende tatsächlich Recht behalten haben. Faust hatte Leoni auf eigene Faust an den offiziellen Stellen vorbei in ein geheimes Zeugenschutzprogramm geschleust. Aus den sichergestellten Unterlagen seiner Prozessvorbereitung ging eindeutig hervor, dass er niemals geplant hatte, Leoni wieder nach Deutschland zu holen.
»Leoni lebt, Marius wurde verhaftet, und die Aussage seiner Tochter wird vermutlich den größten Ring des organisierten Verbrechens in Berlin zerschlagen. Auch Sie sind von den gröbsten Vorwürfen entlastet, Jan. Die ballistischen Untersuchungen haben eindeutig Götz als Mörder von Stuck und Onassis identifiziert.«
Jan nickte zustimmend.
»Ich wollte nie jemandem wehtun. Mit Ausnahme von Timber, vielleicht.«
Ira lachte kurz auf. Sie kannte die Vorgeschichte zwischen ihm und dem Star-Moderator. Jan hatte Markus Timber eine E-Mail mit der Bitte geschickt, sich mit dem ungeklärten Schicksal von Leoni in seiner Show zu beschäftigen.
»Dem Spinner absagen«, lautete damals die einzeilige Antwort, die Timber eigentlich Diesel zur Weiterbearbeitung schicken wollte. Aus Versehen hatte er auch Jan im Verteiler. Ira hätte ihm vermutlich ebenfalls die Nase dafür eingeschlagen. Trotzdem konnte sie im Augenblick kaum Sympathie für den Psychologen empfinden. Sie hatte die letzten Nächte wach gelegen und es versucht. Doch ihre Wut auf ihn wollte einfach nicht verschwinden.
»Vermutlich denken Sie, ich habe Ihnen mein Leben zu verdanken, Jan. Ist es nicht so?«, stellte sie die nächste rhetorische Frage. »Sie sind doch bestimmt wahnsinnig stolz auf sich? Allein deshalb, weil ich mich nicht umge-

bracht habe, sondern in diesem Moment vor Ihnen sitze.«
Er hörte auf zu lächeln.
»Nein. Deswegen bin ich glücklich. Und dankbar. Aber nicht stolz.«
»Quatsch. Sie fühlen sich großartig. Sie glauben, Sie haben meine Tochter gerettet und mich vom Selbstmord abgehalten. Doch in dieser Hinsicht muss ich Sie leider enttäuschen. Sie sind gerissen, das gebe ich zu. Allein die Tatsache, wie gut Ihre bezahlten Scheingeiseln die Aussagen abgesprochen hatten, beweist Ihre hervorragende Planung. Es wird schwer sein, die Laienschauspieltruppe wegen irgendeines Anklagepunktes zu belangen. Hierzu muss ich Ihnen gratulieren. Doch unsere analytischen Gespräche während Ihrer Geiselnahme können Sie allesamt in der Pfeife rauchen. Ich habe mein Trauma immer noch nicht überwunden. Meine Welt besteht jetzt nicht aus rosafarbenen Sonntagsbesuchen meiner Tochter, die mich übrigens weiterhin ignoriert.«
Jan sah sie nur stumm an. Die freundliche Wärme seiner grünblauen Augen war trotz ihrer harten Worte nicht abgekühlt.
Iras Wut wuchs dadurch nur noch weiter. Sie stand so ruckartig auf, dass ihr Holzstuhl nach hinten kippte und krachend auf dem Steinfußboden liegen blieb.
»Sie sind ein großartiger Schauspieler, aber ein verdammt schlechter Psychologe.« Sie ging im Kreis um den Tisch herum. »Sie haben vor zehn Tagen hohle Phrasen gedroschen, doch keine davon hat mir irgendeine Erkenntnis gebracht. Und was sollte eigentlich der Quatsch, als Sie im Studio behaupteten, Sie würden Sara besser kennen, als ich wüsste?«

Wortlos öffnete Jan den Mittelknopf seines Jacketts und zog einen doppelt gefalteten, mehrseitigen Brief aus der Innentasche seines Revers. Er legte die Blätter behutsam auf den Tisch, als handele es sich um ein wertvolles Gemälde.
»Was ist das?«
»Die Antwort auf Ihre Frage.«
Ira blieb stehen und hob die Seiten mit spitzen Fingern auf. Dabei machte sie ein Gesicht, als würde sie den Deckel einer Büchse Maden anheben. Sie entfaltete das abgegriffene Briefpapier und warf einen flüchtigen Blick auf die erste, handgeschriebene Zeile. Dann sah sie noch mal genauer hin. Eine geschwungene, formschöne Mädchenschrift.
»Die letzte Stufe«, sagte er.
Das kann nicht sein.
Für Ira fühlte es sich an, als fiele die Temperatur im Raum schlagartig um mindestens zehn Grad. Sie wollte Jan den Brief ins Gesicht schleudern, doch sämtliche Kraft dazu war aus ihren Gliedern gewichen.
»Ich habe sie behandelt«, hörte sie ihn sagen, während sie sich bückte, um ihren Stuhl wieder aufzurichten.
»Sara?« Ira musste sich setzen, bevor der Schwindelanfall ihr zuvorkam.
»Sara kam vor achtzehn Monaten zum ersten Mal in meine Praxis. Wir vereinbarten mehrere Sitzungen, in denen sie mir von ihren Gefühlen, Zwängen und Komplexen erzählte. Und davon, wie sehr sie Sie geliebt hat.«
»Sie waren Saras Therapeut!«, wiederholte Ira wie in Trance und blätterte dabei wieder in den Seiten des Briefes.
»Was glauben Sie denn, warum ich Herzberg abgelehnt habe und von Anfang an nur mit der berühmten Ira Samin

verhandeln wollte?«, erhob Jan seine Stimme. »Nach Saras Tod habe ich ihr Schicksal über die Medien verfolgt, Ira. Sie haben das Gleiche durchlitten wie ich. Auch sie verloren einen geliebten Menschen, ohne das ›Warum‹ zu kennen. Ich wusste, Sie würden mich verstehen. Mit mir reden. Sie gelten als die Beste. Sie lassen nur stürmen, wenn es nicht mehr geht. Genau das brauchte ich. Eine Verbündete auf der anderen Seite. Jemanden, der mir Zeit verschaffte. Ich brauchte Sie.«
»Aber, aber…« Sie hob den Kopf und ignorierte die dicke Haarsträhne, die ihr in die Stirn gefallen war.
»… kannten Sie dann etwa auch Katharina?«
Jan nickte wieder.
»Sara hat viel über ihre kleine Schwester Kitty gesprochen. Und wenn man es genau nimmt, hat sie mich erst auf die Idee mit der Geiselnahme im Sender gebracht. Zuerst plante ich ja, einen lokalen Fernsehsender zu besetzen. Ein TV-Studio entpuppte sich jedoch als völlig ungeeignet für meine Zwecke. Zu viele Menschen. Keine abgeschlossenen Räume. Da erinnerte ich mich an Saras Gespräche über Kitty. Sie hatte in einer Sitzung erwähnt, wie sehr sich ihre Schwester ein Volontariat bei 101Punkt5 wünschte, und da kam mir die Idee. Eine Radiostation ist kaum gesichert. Niemand rechnet hier mit einem Terroranschlag.«
»Sie wussten also die ganze Zeit, dass sich meine Tochter unter der Spüle versteckte?« Ira war wieder auf den Beinen.
Jan schüttelte energisch den Kopf.
»Das war keine Absicht, nur ein unglücklicher Zufall. Aber dummerweise ging sie in die Kaffeeküche, während ich kurz vor dem Gang ins Studio nochmals auf der Toi-

lette war. Als ich den Sender kaperte und Kitty sich nicht unter den Geiseln befand, vermutete ich sie allerdings im Nebenraum.«
»Sie haben alle belogen!«
»Nein. Nicht alle. Sie haben mich doch damals gefragt, ob ich Kitty etwas antun wollte. Die Antwort lautet: Nein. Ich hab sie nur als Augenzeugin benutzt, damit alles echt aussieht. Ich habe Kitty sogar wissentlich das Funkgerät von Stuck gelassen, damit sie Kontakt zu Ihnen aufnehmen konnte, Ira. Sie bestätigte einen Mord, der nie stattgefunden hat. Erst als sie kurz davorstand zu entdecken, dass Stuck noch lebte, musste ich einschreiten.«
»Sie haben mich benutzt«, stellte Ira erneut fest und stand auf. Mit zwei Schritten war sie an der Tür und schlug mit der flachen Hand dagegen.
»Sie sind keinen Deut besser als Götz.«
Die natogrüne Stahltür wurde von außen entriegelt.
»Denken Sie über mich, was Sie wollen. Aber lesen Sie den Brief«, sagte Jan, während Ira schon halb entschwunden war. Sie blickte nicht zurück.
»Lesen Sie ihn.«
Das war das Letzte, was sie von ihm hörte. Der Polizistin hatte die Stahltür hinter ihr bereits wieder ins Schloss gedrückt.

Epilog

Natürlich tat sie es. Noch am selben Abend. Sie las.
Es waren zwei Blätter. Graues Umweltpapier. Beidseitig
beschrieben. Nach den ersten beiden Worten brauchte Ira
eine halbstündige Pause, um sich im Bad zu übergeben.
Dann hatte sie sich wieder im Griff. Etwas besser zumindest. Sie setzte sich zurück an den alten Esstisch und erteilte ihren Augen stumme Befehle. Eine weitere Viertelstunde später gehorchten ihr die Pupillen wieder, und sie
konnte endlich weiterlesen.

Mein Testament

Liebe Mama, liebste Kitty,
sehr geehrter Herr Dr. May,

wenn Ihr diese Zeilen in Händen haltet, werde ich
nicht mehr bei Euch sein. Ich schreibe einen offenen
Brief, weil Ihr vermutlich alle nach meinem Tod
etwas gemeinsam haben werdet: Schuldgefühle. Jeder von Euch wird denken, er hätte versagt. Als
Mutter, als Schwester oder als Therapeut.
Du, Mama, machst Dir bestimmt die größten Vorwürfe, wo Du doch Mutter und Psychologin zugleich bist. Deshalb wirst Du auch die Erste sein, die
diesen Brief auf der obersten Treppenstufe findet.
Ich bin mir sehr sicher, Du hast meine anderen

Zettel alle ignoriert. Du bist trotz meiner Warnungen weitergegangen und hast mich in der Badewanne gefunden. Nun, der Dickkopf liegt eben in der Familie.
Ihr anderen werdet mein Testament hoffentlich einen Tag später mit der Post erhalten haben. Aber macht euch keine falschen Hoffnungen. Ich besitze keine kostbaren Güter, die ich Euch vermachen könnte. Nehmt Euch von meinem materiellen Besitz, was Ihr wollt. Ihr werdet Euch in Bezug auf meine Klamotten, den Fernseher und den durchgerosteten Golf sicher schnell einig werden.
Das einzig wirklich Wertvolle, was ich Euch hinterlassen kann, sind meine Gefühle und Gedanken.

Ira starrte auf die letzte Zeile des ersten Blattes. Ein dicker Tropfen fiel auf das Papier und verwischte die königsblaue Tinte, mit der die traurigen Worte verfasst waren.
»Ist alles in Ordnung?«, fragte eine heisere Stimme am anderen Ende des Zimmers. Sie wischte sich mehrere Tränen aus dem Gesicht und sah zu ihm herüber. Diesel hatte sich den unpassendsten Zeitpunkt ausgesucht, um sein Versprechen einzulösen. Mit den Worten »Ich hab dir doch gesagt, ich lad dich auf einen Drink ein, wenn wir da rauskommen«, war er vor einer halben Stunde in ihre Wohnung gehumpelt. In der einen Hand einen Blumenstrauß von der Tankstelle, in der anderen eine Flasche ›Mr. Bubble‹-Kindersekt.
Jetzt lehnte er im Türrahmen zwischen Küche und Wohnzimmer und stützte sich zusätzlich auf einer Krücke ab. Er trug einen fleischfarbenen Verband um den Hals, auf dem »Ich hasse Radio« geschrieben stand. Die Verbren-

nungen hatten seinen gesamten Oberkörper gezeichnet, als er in einem Anflug von Panik glaubte, sie würden im »Erinnerungszimmer« ersticken, und sich auf das brennende Kleiderbündel geworfen hatte.
»Was liest du da?«, fragte Diesel, so sanft es seine Stimme erlaubte. Er wirkte etwas hilflos. Ira dachte kurz darüber nach, ob sie ihn nochmals bitten sollte zu gehen. Vorhin hatte er sich nicht abwimmeln lassen, vermutlich weil sie es gar nicht erst energisch genug probiert hatte. Insgeheim war sie ganz froh, jemanden in ihrer Nähe zu wissen, falls sich das Grauen bewahrheiten sollte. Falls sie wirklich das lesen würde, was sie auf der folgenden Seite vermutete.
»Ich bin gleich fertig«, bat sie ihn um Geduld und blätterte um.

Mama: Du verbringst die Hälfte Deines Lebens damit, nach einem ›Warum‹ zu suchen. Warum bin ich in Bezug auf Männer so anders? Wieso bin ich immer traurig gewesen, wenn Du mich besucht hast? Warum konntest Du mir nicht dabei helfen, meine Probleme in den Griff und wieder Freude am Leben zu bekommen?

Ihr alle wollt alles hinterfragen. Gibt es keine sinnlosere Art, sein Leben zu vergeuden, als nach Antworten zu suchen, die einem nichts bringen?

Mama: Du bist die Expertin auf dem Gebiet der Psyche. Du wirst mir zustimmen, wenn ich behaupte, es gibt so manch komplexes Problem, bei dem man nach jahrelanger Entwicklung nie mehr die erste Ursache finden wird. Am Ende bleibt immer nur ein Anlass. Wir beschäftigen uns mit Symptomen und wissen nichts über ihre Wurzeln.

Meine Polyamorie (hab ich das richtig geschrieben, Dr. May?), mein sexuell aus der Art schlagendes Verhalten, war nicht das Problem, wie ich in Ihren Therapiesitzungen lernen durfte. Es war das Symptom eines tief in mir sitzenden Minderwertigkeitskomplexes. Sie haben das gut erkannt, aber geholfen hat es mir leider dennoch nicht. Jetzt weiß ich also, dass ich die Macht über eine Vielzahl von Männern gerade dadurch genieße, dass ich mich ihnen hingebe. Sie wollten jetzt weiter bohren, Dr. May. Herausfinden, warum mein Komplex in letzter Zeit immer stärker wurde. Mir kam das noch nutzloser vor, als ich mich ohnehin schon fühlte. Verstehen Sie mich nicht falsch. Aber ich denke, wir können immer tiefer und tiefer in meinem Gemüt graben, und wir werden doch niemals auf den ›Urknall‹ meiner Psyche stoßen. Irgendwann wird es eine erste Frage geben, auf die niemand eine Antwort weiß. Und die gängigen Klischees können wir ja schon mal ausschließen: Nein, ich wurde nicht missbraucht. Nein, es gab keinen Hausfreund, der zu mir unter die Bettdecke gekrochen ist, als ich noch klein war.

Ich liebe Dich, Mama. Du hast mich nie vernachlässigt. Du hast nichts übersehen. Du trägst keine Schuld.

Dir, Kitty, bin ich ebenfalls nicht böse. Sicher, ich war entsetzt, als ich herausfand, dass du ausgerechnet mit Marc geschlafen hast. Zuerst wollte ich mir selbst einreden, dass er vielleicht der erste Mann gewesen wäre, zu dem ich eine normale Beziehung hätte aufbauen können. Doch die Wahrheit ist: Meine Gefühle zu ihm waren schon wieder erloschen. Ich wollte mir einreden, mit ihm hätte ich den Ausstieg aus der Szene geschafft. Tatsächlich machte ich mich mit diesen Gedanken nur wieder kleiner und nährte meinen Minderwertigkeitskomplex. Mach Dir also deswegen keine Vorwürfe, Kitty. Was Du getan hast, indem Du Dich auf ein Verhältnis mit meinem Mitbewohner eingelassen hast, war weder die Ursache noch ein Anlass für das, was ich gleich tun werde.

Iras Konzentration wurde ausgerechnet an dieser Stelle durch das nervtötende Telefonklingeln gestört. Jetzt, wo sie endlich erfuhr, warum dieser Brief nicht auf der obersten Stufe gelegen hatte. Kitty musste vor ihr in Saras Wohnung gewesen sein und ihn an sich genommen haben. Ira schluckte und fühlte, wie sich ihre innere Leere mit einer fast brennenden Schwermut füllte. *Das erklärt auch ihre plötzliche Wut auf mich*, dachte sie. Kitty hatte Saras Absolution nicht annehmen wollen. Sie fühlte sich weiterhin schuldig durch den Betrug an ihrer Schwester. Aus Scham versteckte sie den Brief. Schließlich projizierte sie ihre eigenen Schuldgefühle auf eine andere Person. Auf ihre eigene Mutter.
Wie Recht du gehabt hast, Sara, dachte Ira. *Wir haben alle etwas gemeinsam.*
»Ich geh schon!«
Das Telefon läutete immer noch hartnäckig. Diesel atmete schwer, als er in die Küche humpelte, um dort das Gespräch entgegenzunehmen. Iras altmodischer, cremefarbener Apparat war noch von der deutschen Bundespost

und sogar noch mit einer Wählscheibe ausgestattet. Er hing direkt neben dem Kühlschrank.
»Ich höre 101Punkt5, und jetzt spring aus dem Fenster, wenn es nichts Wichtiges ist«, hörte sie Diesel in den Hörer rufen. Dann wurde es still. Als er nach einer Minute immer noch schwieg, zuckte Ira mit den Achseln.
Verwählt.
Sie zog beide Beine an und saß nun im Schneidersitz auf dem Stuhl vor ihrem alten Esstisch. Mit schweißnassen Händen griff sie sich die nächste Seite.

Sie sind ein guter Psychologe, Dr. May, auch wenn mein Verhalten Ihnen sicherlich nicht die beste Visitenkarte ausstellen wird. Sie lagen hundertprozentig richtig mit Ihrer Vermutung. Ich habe Ihren dringenden Rat befolgt. Danke noch mal für die Empfehlung, mir eine Überweisung zu besorgen. Die Kernspinuntersuchung bestätigte den Verdacht einer organischen Ursache für meine wachsenden Depressionen und lehrte mich ein neues Wort: Glioblastom. Kitty, wenn du es im Internet als Suchbefehl eingibst, wirst du deine Trefferquote erhöhen, wenn du es mit den Schlagworten ›Hirntumor‹, ›inoperabel‹ und ›tödlich‹ kombinierst. Ihr anderen wisst, dass die meisten daran spätestens nach einem Jahr sterben. Eine Chemotherapie führt nur zu einer Verlängerung des Leidens, und eine Operation ist bei mir unmöglich, weil die Tumorzellen das gesamte Gehirngewebe zu durchdringen scheinen.

So, und nun? Jetzt kennt ihr alle den Grund, warum meine ohnehin schon angeschlagene Persönlich-

keit sich zuletzt immer stärker veränderte. Ich liefere euch sogar eine nachvollziehbare Begründung für meinen Selbstmord. Ich will nicht warten, bis ich ohnmächtig am Küchentisch zusammensinke und meine rechte Körperhälfte nicht mehr bewegen kann. Ich habe keine Lust zu erleben, wie ich wildfremden Menschen hilflos ausgeliefert bin, während ich im Vierbettzimmer eines öffentlichen Krankenhauses langsam sterbe.
Als ich mir den Beipackzettel von den Medikamenten durchlas, die mir die Neurologin verschrieben hatte, konnte ich keine andere Entscheidung treffen. Sicher, Mama, für Dich wird es am schlimmsten sein. Es ist immer grauenhaft, wenn das Kind vor den Eltern geht, sagt man. Aber wie schlimm wäre es für Dich, wenn Du mir die kommenden Monate beim Sterben zusehen müsstest? Und wie entsetzlich für mich? Nenn mich egoistisch, aber ich besitze nicht die Kraft, um meine und Deine Schmerzen gleichzeitig auszuhalten. Es tut mir leid. Ich muss handeln, solange ich meine Symptome noch im Griff habe.

Die warme Hand auf ihrer Schulter schnitt sich durch ihr T-Shirt wie ein Brandeisen in ihre Haut.
Trotzdem freute sich Ira über Diesels Berührung. Ihr war völlig schleierhaft, wie er es durchs Wohnzimmer geschafft hatte, ohne dass sie dabei die knarrenden Dielen gehört hatte.
»Wer war denn dran?«, schluchzte sie und verstand selbst kein einziges Wort, das aus ihrem Mund kam. Ein Zittern lief durch ihren gesamten Körper.

Statt einer Antwort begann er, sanft ihren Nacken zu massieren.

»Ich lass dich jetzt besser alleine«, flüsterte er nach einer Weile.

»Ja«, sagte sie, griff aber gleichzeitig nach hinten und drückte seine Hand wieder zurück auf ihre Schulter. Er blieb stehen. Und sie lasen die letzten Zeilen gemeinsam.

So, nun aber genug der langen Vorrede. Hier kommt er endlich: Mein letzter Wille:
Dr. Jan May, Ihnen vermache ich die Bestätigung, alles in Ihrer Macht Stehende für mich getan zu haben. Durch Sie gehe ich mit der wohltuenden Erkenntnis von dieser Welt, doch kein völlig nutzloses Subjekt gewesen zu sein.
Dir, Kitty, hinterlasse ich den Trost, dass ich nie wirklich böse auf Dich gewesen bin. Man darf niemals im Streit gehen, und ich werde es daher auch nicht tun. Ich liebe Dich, Schwesterherz.
Und Dir, Mama, vermache ich die Gewissheit, überhaupt keine Schuld an meinem Tod zu tragen. In Deiner Liebe hast Du alles für mich getan. Auch wenn ich Deine Therapieangebote ausgeschlagen habe, brachten sie mich letztlich doch dazu, in die Praxis von Dr. May zu gehen. Vielleicht werde ich Dich noch einmal kurz anrufen, bevor ich meine letzte Reise antrete, damit Du hörst, wie sehr ich Dich jetzt schon vermisse.
Allerdings knüpfe ich mein Vermächtnis an Dich an eine letzte Auflage: Bitte grüble nicht mehr nach dem ›Warum‹.
Warum wurde ich so, wie ich bin? Warum habe ich

ein Glioblastom? Warum zerstören diese Bastarde ausgerechnet mein Gehirn? Warum sah ich keinen anderen Ausweg?
Du kannst immer weiter fragen, Mama. Tu das nicht. Es wird Dich irgendwann zerstören. Wenn Du damit nicht aufhörst, wird es Dich von innen auflösen. So wie mich.
Ich liebe Dich unendlich. Bis bald.

Sara Samin,
im Vollbesitz ihrer geistigen Kräfte

Sie schwiegen eine halbe Stunde. Vielleicht sogar länger. Keiner von beiden sah auf die Uhr. Keiner wollte mit einer billigen Floskel die Stille unterbrechen. »*Wenn es irgendetwas gibt, was ich für dich tun kann*«, dachte Ira, *ist wohl die am häufigsten gebrauchte und zugleich sinnloseste Phrase, die es gibt.* Man sagt sie meistens nach Todesfällen, auf Beerdigungen oder nach der Diagnose einer unheilbaren Krankheit auf. Also immer dann, wenn es eben überhaupt nichts mehr gibt, was irgendjemand noch für einen tun könnte. Die leeren Worte rangierten für Ira knapp vor: »Ich bin immer für dich da.« Sie war froh, dass Diesel auch diese barmherzige Lüge nicht benutzte. Stattdessen wechselte er schließlich einfach das Thema:
»Ich hab die ganzen Flaschen gesehen, Ira.«
Sie putzte sich geräuschvoll die Nase und verzog dann ihre hübschen Mundwinkel zu einem absichtlich künstlichen Grinsen.
»Du weißt doch, dass ich davon abhängig bin.«
»Aber gleich den ganzen Kühlschrank voll?«
»Hol mir eine.«

»Na klar, ich hab ja sonst nichts zu tun.«
»Du hast dich selbst eingeladen. Ich wollte nicht, dass du vorbeikommst. Aber wenn du nun schon mal da bist, kannst du dich wenigstens nützlich machen.«
Diesel winkte ab und schlurfte schon längst wieder Richtung Küche.
»Gieß deinen Kindersekt in den Ausguss, und bring dir auch was Anständiges mit«, rief sie ihm hinterher. »Dann trinken wir gemeinsam.«
»Du kannst dich ruhig alleine mit dem Teufelszeug zugrunde richten«, kam es abfällig aus der Küche zurück. Die Kühlschranktür ging auf, und mehrere Flaschen klirrten gegeneinander.
»Das Gift hier wird dich noch irgendwann ins Grab bringen.« Er kam mit einer Literflasche aus der Küche zurück zum Esstisch.
»Was ist übrigens *das* hier?« Er legte einen Frischhaltebeutel neben die Flasche auf den Tisch. Ira öffnete den Schraubverschluss und nahm den ersten Schluck.
»Lag im Gefrierfach. Brauchst du die Dinger etwa noch?«, hakte er nach. Sie sah nicht auf das Tütchen mit den Kapseln.
»Vielleicht.«
Ira wollte nicht mit ihm streiten und war froh über die Ablenkung von der Haustür. Es klopfte. Erst zaghaft. Dann etwas lauter.
»Wer war das übrigens vorhin am Telefon?«, erinnerte sie sich, während sie aufstand.
»Die gleiche Person, die vermutlich jetzt vor deiner Tür steht. Ich hab ihr gesagt, sie soll vorbeikommen.«
»Von wem sprichst du?«
»Das kannst du dir bestimmt denken.«

Sie drehte sich ruckartig zu ihm um und zeigte mit dem Zeigefinger auf seinen Oberkörper.
»Also, pass mal auf, Diesel. Wenn wir uns noch mal wiedersehen wollen, dann musst du dich bei mir an bestimmte Regeln halten, kapiert?«
»Oh, jetzt weiß ich auch, warum dich Götz so gerne hatte«, entgegnete er grinsend.
»Regel Nummer eins: Lade niemals jemanden ohne mein Wissen in meine Wohnung ein.«
»Und Nummer zwei?«
»Lüg mich nicht an. Ich dachte, du kannst Cola light Lemon nicht ausstehen.«
»Tue ich auch nicht.«
»Dann hör auf, hinter meinem Rücken aus meiner Flasche zu trinken. Im Kühlschrank stehen genügend andere für dich.«

Sie konnte sich ein Lächeln nicht verkneifen als sie ihm wieder den Rücken zudrehte und die Tür öffnete.
Dann schloss sie ihre Tochter in die Arme.

Danksagung

Zuerst danke ich wieder dem Menschen, ohne den dieses Buch sinnlos wäre: Ihnen. Als Leser haben Sie mir einen Kredit gegeben, indem Sie »Amokspiel« gekauft haben, ohne zu wissen, ob Ihnen der Inhalt überhaupt gefällt. Und? Natürlich bin ich wieder brennend an Ihrer Meinung, Kritik, an Ihren Denkanstößen oder anderem Feedback interessiert. Sie können mich gerne im Internet unter www.sebastianfitzek.de besuchen, oder Sie schicken mir direkt eine Mail an fitzek@sebastianfitzek.de

Aus Platzgründen kann ich hier nicht alle Mitarbeiter meines wunderbaren Verlags aufzählen. Stellvertretend für das gesamte Knaur-Team bedanke ich mich bei Frau Dr. Andrea Müller – dafür, dass Sie mich für den Verlag entdeckt, intern gefördert und schließlich geformt haben, indem Sie durch Ihre hervorragende Lektoratsarbeit erneut das Beste aus meinen Zeilen herausholten.

Ich danke Beate Kuckertz, der Verlagsleiterin (mit der ich am liebsten »schwarz« fahre, sogar in Rom!), und dem Marketing-Leiter Klaus Kluge, deren herausragende Anstrengungen meinen größenwahnsinnigen Traum vom Bestseller nicht pathologisch werden ließen. Von den vielen Dominosteinen, die fallen mussten, damit meine Bücher ihre Leser finden, haben Sie beide einen der größten umgestoßen.

Andreas Thiele danke ich für seinen enormen Einsatz stellvertretend für alle anderen im Vertrieb, die ich leider noch nicht persönlich kennen lernen durfte.

Ein spezielles Dankeschön in diesem Zusammenhang ist für Andrea Kammann reserviert, auf deren Portal www.buechereule.de mein erstes Buch besprochen wurde, als es noch niemand kannte, so wie ich allen Buchhändlerinnen (und -händlern) danke, die meine Bücher lesen und empfehlen.

Sabrina Rabow – Danke für die unglaubliche PR-Arbeit (wer sogar mein Foto in die Zeitung bringt, hat's echt drauf), David Groenewold und Iris Kiefer – Danke dafür, dass Ihr meine Werke verfilmen wollt. Thomas Koschwitz und Manuela Raschke, Euch danke ich für Eure Freundschaft und Unterstützung, Stephan Wuschansky für seinen genialen Einsatz als Sparringspartner.

»Amokspiel« ist ausschließlich ein Werk meiner Fantasie. Damit aber in der Fiktion die Fakten stimmen, haben mich mehrere Experten mit ihrem Wissen überhäuft, die jetzt den Kopf für meine »künstlerischen Freiheiten« hinhalten müssen:

Allen voran mein Bruder Clemens und seine Frau Sabine – Ihr habt als erfahrene Ärzte nicht nur medizinische Fehler ausgemerzt.

Frank Hellberg – Danke, dass wir im Treptower Hafen Deine gesamte Flugzeugflotte in Flammen aufgehen lassen durften, und Du mir gezeigt hast, wie man einen Hubschrauber am besten zum Absturz bringt, obwohl ich das am Ende gar nicht brauchte. (War aber genau das richtige Thema für jemanden wie mich mit »Flugsorge«).

Ich danke einem Polizei-Insider, der lieber anonym bleiben möchte, nachdem er mir bei ausgedehnten Essgelagen beim Perser zahlreiche Insiderinformationen zum Ablauf eines SEK-Einsatzes dieser Größenordnung gab.

Christian Meyer – Danke für Deine wertvollen Hinweise. Dich und Deine Sicherheitsfirma werde ich beschäftigen, wenn die bösen Jungs einmal hinter mir her sein sollten.

Arno Müller – Danke für alles, was Du mir über Radio beigebracht hast. Mit Timber hast Du im wahren Leben zum Glück keine Gemeinsamkeiten, so wie alle Figuren des Romans keine Ähnlichkeit mit real existierenden Personen besitzen. Okay, mit einer Ausnahme: Fruti. Aber Du bist echt noch viel kranker im Kopf als Diesel.

Ich bin glücklich, mit Roman Hocke den besten Literaturagenten an meiner Seite zu wissen, über den ich auch Peter Prange kennen lernen durfte, der mir wieder hilfreich zur Seite stand, als Autor und, noch wichtiger, als Freund.

Obwohl ich nicht gerne Achterbahn fahre, verspreche ich Dir, Gerlinde, zehn Freifahrten dafür, dass Du immer als mein erstes Testpublikum herhalten musst.

Schließlich danke ich meinem Vater Freimut für die wertvolle Unterstützung trotz der schweren Zeit. Wir beide wissen, dass Christa das Ende kennt, obwohl sie nur noch die ersten einhundert Seiten lesen durfte. So wie sie immer alles gewusst hat, lange bevor ich auch nur davon zu träumen wagte.

Zum Schluss entschuldige ich mich bei allen, die diese Danksagung für zu lang halten, obwohl ich dabei schon Heerscharen von Helfern ausgelassen habe, die ich jetzt alle zum Essen einladen muss. Ich hätte es natürlich auch kurz machen können: Ich danke allen, die mir geholfen haben. Ich stehe tief in Eurer Schuld. Aber kommt bloß nicht auf die Idee, ich würde Euch deshalb mal beim Umzug helfen …

                                                Berlin, im Dezember 2006

»So aufregend, dass sogar die Seiten
vor Spannung zittern.«
Bild am Sonntag

Sebastian Fitzek
Die Therapie

Psychothriller

Keine Zeugen, keine Spuren, keine Leiche. Josy, die zwölfjährige Tochter des bekannten Psychiaters Viktor Larenz, verschwindet unter mysteriösen Umständen. Ihr Schicksal bleibt ungeklärt.
Vier Jahre später: Der trauernde Viktor hat sich in ein abgelegenes Ferienhaus zurückgezogen. Doch eine schöne Unbekannte spürt ihn dort auf. Sie wird von Wahnvorstellungen gequält. Darin erscheint ihr immer wieder ein kleines Mädchen, das ebenso spurlos verschwindet wie einst Josy. Viktor beginnt mit der Therapie, die mehr und mehr zum dramatischen Verhör wird …

»Unheimlich geschickt zieht Sebastian Fitzek ein
fesselndes Verwirrspiel um Wahrheit und Lüge auf.
Ein begeisterndes Debüt!«
Rhein-Neckar-Zeitung

Haben Sie gute Nerven?
Sind Sie bereit, dem Wahnsinn ins Auge zu schauen?
Dann lesen Sie den folgenden Auszug aus
Sebastian Fitzeks »Die Therapie«!

Knaur Taschenbuch Verlag